王海鸰/作品

大校的女儿

作家出版社

王海鸰

著名作家,著名编剧。

1952年12月生于山东。16岁当兵至济南军区某部海岛,做过通信兵、卫生兵、业余宣传队队员、医院宣传干事。1983年调至总政话剧团任编剧。

主要作品有小说《星期天的寻觅》《牵手》《大校的女儿》《不嫁则已》《中国式离婚》《新结婚时代》《成长》《新恋爱时代》等;电影《小岛》《走过严冬》;电视剧《爱你没商量》(与人合作)《牵手》《不嫁则已》《大校的女儿》《中国式离婚》《新结婚时代》《相伴》《成长》《新恋爱时代》《人世间》等;话剧《洗礼》《冲出强气流》等。电影、电视剧、话剧曾获国家级各种大奖,《人世间》获第二十八届上海电视节白玉兰最佳编剧(改编)奖。

长篇小说《中国式离婚》《新结婚时代》获《当代》长篇小说年度最佳奖(读者)。长篇小说《成长》以最高票当选新闻出版总署2010年度"大众喜爱的50种图书"文学类第一名,并入选新闻出版总署2011年向全国青少年推荐的百种优秀图书奖。

新版自序

我喜欢写作。从前是兴趣，后来是工作。兴趣与工作的高度贴合让我觉着自己真是幸运。

写作可以把你经历的一切转化为财富：艰难、顺遂、悲伤、喜悦、痛苦、欢欣……

写作可以让你心安理得地享受一切娱乐：旅行、读书、观影、逛街、聚餐、八卦……

回头想，我对生活能够一直充满激情兴致勃勃，要仰仗写作。

感谢。

第一章

魏申申最近心情不好,因为她丈夫胖子心情不好。

歌剧院排《金子》,让她家胖子和另一个男演员演男一号,AB制。论实力,胖子比那个演员强得多,理当是A组,谁料领导竟然想出了"按姓氏笔画排列"的阴险主意。胖子姓王,那位姓于,王四于三,于在前,于就是A。A好比足球比赛中的上场队员,B是A的替补,若非A有意外,B只有坐冷板凳的份儿。至于宣传啊,评奖啊,鲜花灯光掌声啊,更是有A无B。所以,谁A谁B历来是一个敏感问题。一个"按姓氏笔画排列",就算是堵上了所有的嘴,任你有天大意见天大看法,对不起,跟领导无关,找你爹去。胖子气得跟领导拍了桌子:"我他妈改姓,我姓'一'!"领导细声慢语不急不躁跟他说道理:"姓什么都可以,都没有问题,问题是截止到上《金子》为止,你是姓王吧?那就得按'王'算。否则,大家都临时改姓,不就没有了依据?……下部戏!你的新姓下部戏生效。"下部戏!歌剧院多少年才能上一部新戏?就算有了新戏,适不适合你?适合你,导演用不用你?用你,他是不是还"按姓氏笔画排列"?……悲愤之余,胖子决定另辟领域,搞个人独唱音乐会。眼瞅着那么多要嗓子没嗓子、要造诣没造诣、正经音乐学院根本进不去的通俗歌手呼啦啦一下子红透了半边天,出场一次挣的钱顶得上他们干好几年,他就不平,就生气,就愤怒,他得以他的存在,告诉愚昧的中国观众什么是音乐,怎么叫唱歌,"个唱"的创意就是在这种情况下萌生了出来。但是很快,创意萌生的兴奋就为具体的苦恼代替:钱。

美声唱法,有真嗓子真功夫的,不需要音响,不需要花里胡哨的舞台包装,灯光都不需要,可以大白光一白到底,但是,剧场是需要的,一架三角钢琴的伴奏是需要的,更重要的,得宣传。没有媒体做开路先锋,就算你是真的帕瓦罗蒂,在中国照受冷遇。这都是钱,一笔相当大的钱。

胖子因此闷闷不乐郁郁寡欢,甜蜜的二人世界一下子塌掉了半边。那些日子魏申申整天往外跑,参加同学聚会,朋友聚会,朋友的朋友的聚会,跟认识不认识、熟悉不熟悉的人叙旧,聊天儿,唱歌,跳舞,亲亲热热,活活泼泼。她的专业水准的漂亮,专业水准的歌与舞,使她成为了每一个聚会中最受欢迎的明星,仅此而已,实际收获一点儿没有。别看从小在文艺圈里长大,其实她相当单纯,或者说傻,对男人的了解仅止于皮毛。终于有一次,她的一位成了大款的小学同学给她上了一堂生动的男性性心理学的课。全部对话如下。

"申申呀,小学五年级的时候我就爱上你了。"

"真的?……不胜荣幸!"

"至今,我心没变。"

"得了!孩子都他妈生出来了还'我心没变'!"

"两码事。——说吧,一个音乐会多少钱。"

"谢谢!……我们一定抓紧还你。"

"不要你还。"

"雷锋啊!"

"交易场上没有雷锋。"

"交易？"

"别装了申申。既然你要什么我知道，同样，我要什么你也应当知道。"

……

魏申申盘腿坐在我的单人床上痛哭流涕，边哭边骂，骂自己：自以为魅力无限所向披靡，到头来，在人家那里，你跟一切卖笑女子同等待遇！……

——自尊心、自信心同时受到了伤害。

"不是那么回事。"我安慰她，"要是是你的事儿，我敢说，他们肯定会毫不犹豫拔刀相助不要回报——争先恐后地！可你是为了你的丈夫啊，这就大不一样了，性质就变了。这种情况下，他越喜欢你，就越不会帮你。噢，拿着自个儿的钱，帮助自己喜欢的女人跟另一个男人好，脑子有问题啊！"

魏申申心情好了些，却仍觉委屈，仍抽抽搭搭："辛辛苦苦吃了、吃了那么多顿饭……"

"好了好了！我给你拿条毛巾去。"

魏申申摇了下手，伸腿下床，趿拉着鞋去了卫生间。擤鼻子，清嗓子，哗哗地撩水洗脸。片刻回来，眼睛通红，刚洗过的脸儿皮肤紧绷。

我做总结似的挥着手，说："这事儿就到这儿吧，不要再想了！至于你们家胖子，能帮就帮，帮不上就算。犯不上两个人一块儿受罪，没意义。"

本意是安慰，却不料又招出了魏申申新的泪水。

"不是为他——不全是。我，我，我……你，你知道……"这次哭得更凶，话都说不成句。

魏申申不能演戏。

申申踏入这个圈子纯粹是因为长得漂亮，也不能怪当时招她进剧团的那几位专家领导走眼失职，她的漂亮确实是不可抵挡，冷艳华贵光芒四射大气磅礴，叫谁见了都会觉着不把这样的美纳入经营美的圈子里，任其失散于民间，才是失职，是暴殄天物。进团那年她十七岁，至今有些老演员说起那时的她来仍感叹不已嗟呀不已："什么叫漂亮？那才叫漂亮！漂亮得你呀能跌一跟头！"招生时对她表演方面的才能测试过，不行，但还是决定收下了她。我想我能理解那几位专家领导当时的心情，就好比篮球教练见到一个两米多高的棒小伙儿，能不如获至宝般招至麾下？不会打篮球，教呀！又好比男人选择女人，先看的就是外表，心灵可以改造，外表怎么改造？可谁知道申申竟就不可教也不可改造，手把手都不行，比一般人还不是干这个的。听说早年间她还演过几个独幕戏，我调来剧团后就没见她演过，演也是跑龙套，比如站在人堆里凑个数，躺在地上扮演个死尸，在舞台后区来回穿梭几趟以制造热烈气氛，通常一个字儿的台词没有。这事用不着专职演员干，我都行。要换别人，早就得被剧团开了，申申能留下来，还是因了她的漂亮。一个剧团光戏好是不够的，下去演出，场合上，没有几个说得过去的美人戳着，会令大众失望，人家看剧团不光是为了看戏，还为了看人。这体会我有，当年在海岛部队，军区文工团来海岛演出，那些漂亮的文工团姑娘往往比她们的节目更能使我们激动。申申仅是作为门面、花瓶才被留了下来就够可悲了，更可悲的是，十几年的舞台生涯没能把她的演技培养出来倒培养出了她一颗热爱舞台的心，自己不行，就把全部希望压在了胖子的肩上。

"申申，试试往电视方面发展，我看电视剧前景广阔；比话剧还容易，一个镜头一个镜头地拍，错了可以重来。"当时，《四世同堂》《凯旋在子夜》什么的已经出来了。

"都快三十了，还没有出道，等到你挤进去，得多大了？还不一定挤得进去。女演员的好时候就那么几年，三十岁前，出来了，就出来了；出不来，就出不来了。"她已不再哭，头微微垂着，神情疲乏，声音消沉。

我看了看墙上的钟，快五点了。

窗外的阳光仍然很强，很刺眼，白炽一片，照其他季节看，这还是下午呢，我通常在下午就得去吃晚饭。我们食堂的开饭时间是全年一贯制，早七点半，午十二点，晚五点，因而到了夏天，晚饭后的白昼就格外地长，长得叫人不知该拿它干点什么，有厨房的人们就可以不受诸如此类的限制。一吃了晚饭人就懈怠了，即使百无聊赖也不想做事，连书都不想摸。从前不是这样。从前，在海岛的时候，我的许多休息时间都是在各种书里度过的，业务书、文学书、政治经济哲学书，那曾使我感到无比地充实、高傲。可惜年龄越大，这种感觉便越淡，相反，有时当我因实在无所事事而只能看书的时候，心里感觉到的常常是难以控制的空寂和委屈。我的无场次大型话剧剧本《周末》已经交上去了，于是心里就很轻松。这是从构思那天就期盼着的轻松。可惜与这轻松相伴而来的，还有惆怅，还有空虚，倒好像那作品是用来充填心房的一大块东西，拿出去了，心就空了，唯一的办法是赶快再找点什么东西填上。写新的东西？当然。沉重强似空虚。可我不甘心现在就写，不想在这时刻写，那不是晚饭后做的事，晚饭后的气氛适于悠闲，比如，散步。

我喜爱散步。在海岛驻军医院时每天晚饭后都要沿着海边晃荡两个多小时，有时候同雁南、小梅一起，更多的是同自己。不想调来北京后这喜好却被剥夺了。北京是个太循规蹈矩的城市，似乎绝不允许暮霭中的路旁或公园有一个独自散步的女性身影。小姑娘应当有女伴儿,大姑娘要有男伴儿,青年妇女则需傍着丈夫或牵着小孩儿。这些散步的伴儿我都没有。我快三十了,未婚,却仍是想散步,试过几次后方知确实不行。常常是正自得其乐地溜达着,一辆自行车会"吱"的一声在身边停住,车上坐着个小伙儿。"交个朋友?"他说。"不。"我说。如此几次,心里不能不犯嘀咕:夜色朦胧的,眉眼都看不清,一个神经不正常,总不会个个都有病。再一次我就不说"不",而说"我是已婚妇女"。对方笑笑:"那有什么关系?"认准了我是时下重振雄风的——严格说是雌风——某种女性职业大军中的一员了。这不约而同的认定叫我感到十二分窝囊,曾一向认为自己长得很有几分书卷气。

从此后,我便老老实实,规规矩矩。要散步吗?屋里散。在四米来长的空地上反复练习"向后转走"。晚上,已经十二分地困了,却硬是撑着不睡,得等合住一个单元的邻居睡下了再睡。我神经衰弱,被吵醒一次这夜就再也别想睡着。与我合住的是一对夫妇,住朝南的大间;我住朝北的小间,与厨房隔壁。女主人通常在看完所有的电视节目后开始洗碗,深夜听来,流水声、碗盘碰撞声犹在枕畔。厨房归他们独用,单身只配吃食堂。我打三岁起上幼儿园就吃食堂,上小学住校又吃食堂,当兵后自然还是食堂,直吃到今日,深谙了食堂大师傅们把萝卜白菜土豆统一成一个味儿的本领。

——当婚未婚的苦恼,这些还算是浅薄的。深刻的,我懒得说。

我对申申道:"要不,申申,咱们出去?先吃饭,找一家好一点儿的冷饮店,有奶油蛋糕的那种,痛痛快快地吃一顿,完了去——最近有什么新电影没有?"

有一会儿工夫申申没动,然后双手把头发向后一捋,头顺势扬起,也像是顺势把刚才的坏心情甩了开去:"走!"

"去哪儿呢?"

"再说!"她跳下床来,轻盈无声,像一只巨猫。

我换衣服换鞋,心里头是丝丝的喜悦。

最近一段时间申申很少到我这儿来了。胖子在他们剧院排《金子》,不能去外地演出,申申就天天做好了晚饭在家等他,像一个好好媳妇。今天胖子晚上有事要十点以后才能回来,申申满腹心事耐不住寂寞,才跑来找我。夏日漫长的黄昏里能有申申做伴是件愉快的事儿,她的生动,她的妩媚,她的透明一向叫我喜欢。但我从不过分流露这种情感,更多的倒是把这种情感的依赖深藏起来。自尊心的需要。

楼道里电话铃响了,我住的是一幢老式五层楼,每个单元二层至三层之间的楼道拐角处有一部公用电话,那时私人住宅电话须按行政职务配备,手机这种东西尚闻所未闻。有人去接电话,电话是找我的。

申申警告我:"不管是谁,你今天晚上没空!"

我接电话。电话是胖子打来的,找申申。电话那边他发自丹田的共鸣声滚雷一般震得我耳朵嗡嗡心往下沉。

"你在哪里?"知道不该这样问,忍不住。

"在家。"

"不是说十点以后才回来吗?"

他含糊道:"啊,是啊,临时有点儿事……"

我放下电话,慢吞吞上楼,房间里,申申已穿好了鞋,一脸的不耐。

"找你。"我说。

"谁?"

"还能是谁?"

她脸上掠过一丝不安,接着向门外飞奔,我对着她的身后高喊:"不管是谁,你今天晚上没空!"

她嗒嗒嗒嗒下楼头也不回,一只手放脑后冲我摆了摆,两分钟后她回来了,整个人竟是通了电似的大放光彩,一进门就去找她的包,找到了就往外走,快走到门口了才想起了我这个人,想起还应当跟这个人说一声。

"音乐会资金落实了!"

"噢。今晚上就开?"

她总算耐心了一点儿:"得及早准备。他说让我给他当主持人,那么多事呢你想。……我走了。"

她走了。我站在原地想了想,也走了。当然不可能去冷饮店去看电影,一个人,像个傻瓜。我去了公园。

正是夏季公园一天里人最多的时刻。

一个清清爽爽的女孩儿迎面走来,身边走着个干干净净的年轻人,戴副白边眼镜。年轻人在说话,女孩儿在听,时而微微颔首,眼里含笑,看样子两人尚在初级阶段,各自正努力扮演好各自的角色。他们与我擦肩而过,年轻人的谈话飘来,是些富于全局性的话:中国现行政策……体制……权宜之计……小平说过……

这类话如果听众是我我怕会不以为然,至少在心里;可那女孩儿听得是如此专注津津有味,谈恋爱就应当在年轻的时候,于天真混沌中点石成金化腐朽为神奇,透彻是激情的天敌。

申申说胖子说我缺少女人味儿。当时申申就反驳他了:"她还缺少女人味儿?小巧玲珑的,我觉着比我强多了。"申申的反驳不用说是为了诱着丈夫往下说,往深里说,做妻子的哪有不喜欢听丈夫批评别的女人的?尤其喜欢听丈夫说别的女人不如自己。果然胖子就说了:"她比你可差远了,她呀,太聪明,太透彻。"申申告诉我这些话时我嘴上虽硬,心还是被刺痛了,深知这样一个缺点对一个女人来说是多么致命。身为女人而缺少女人味儿,等于在"女人"这个事业上被判了死刑。诚心诚意地想改,比如装傻,装天真,装温顺,岂知"装"就是那么容易?装者,表演也,要么得有天赋,要么得经过专业训练,北京两所与表演有关的著名学校,每年招蜂引蝶般,能吸引来几千名少男少女,一学四年,毕了业就是大学本科——也是学问。

这个公园叫紫竹院公园,园内有湖水,有翠竹,而不是紫竹,还有充足的新鲜空气,门票却只要五分钱——现在已涨到了两块——等于不要钱。傍晚,夕阳的七彩在湖面流溢,鲜艳热烈如印象派的画。走累了,拣一条面向湖水的长椅坐下,半睐起眼,极力把湖想象成海。

我在海上生活了十二年。

第一次见到海时我十六岁,穿一身没有帽徽领章的新军装,乘登陆艇进岛。那天的海是浅灰色,海面平静,如一块巨大的玻璃在太阳下闪闪发光,同来的兵们被它的辽阔气势震撼得呆了。半天,才有人说出话来,说的是:啊!那一刻我也惊讶,原因却完全相反。我感到了一种不知从何而来的熟悉、亲切,仿佛和它相知多年。四十分钟的航程,我始终站在登陆艇的甲板上看它。它也看我,柔软、明亮、闪闪烁烁。没有人告诉我没有人知道我将要去的那个小岛是我父亲的出生地。父母孩子多,工作忙,对我们难有现在家长对孩子的那种重视和交流。很长一段时间我都不知道我的老家是哪里,父亲母亲来自何方。当兵几个月后父亲才在信中告诉我说,我所当兵的岛是我的老家。顷刻间所有的迷惑如潮水般退去,谜底显现:我的生命原来与大海一脉相承。当年,父亲参军离开了它;几十年后,我参军回来,十六岁到二十八岁,海是我青春的见证……

"这里有人吗,请问?"

我从梦中醒来,抬眼一看,面前立着个戴眼镜、拎皮包的高个儿中年人,面容清癯文雅——是好人。于是只好说:"没,没人。"我不能昧着良心。中年人坐下了,稍事沉默,开始说话,两个人坐在一起,一言不发也不自然。他选择的谈话题目是关于人性。

"人的性欲如同食欲,好比肚子饿了就要吃,非常正常……"

南方口音,做学问的人常有的口音,态度坦然平静诚恳,一如人们谈论电脑信息两伊战争社会主义。我却止不住地脸发烧,相形之下,倒显得是我心中有鬼;好不容易抓空说了声"再见"——不说不行,对方是如此彬彬有礼——跳起来拼命快走。不能跑,没有跑的气氛。边走边偷偷回头看怕那人追上来,人家却根本不追。这一点也不是通常概念中的流氓,但只能更叫人心情沮丧。

第二章

胖子大名王庞。因为长得比一般人胖点儿,又因为名字里有个"庞",就被魏申申昵称成了胖子。人常把婚姻比喻作鞋,别人看着好看,自己穿着舒服,是最好的鞋。魏申申的"鞋"就达到了这个标准。

头一次见胖子时他们还没有结婚,申申为我们双方介绍:"韩琳,我朋友。王庞,我朋友。"

我握了胖子伸过来的手,那手倒不怎么肉,然后微微仰起脸看着他道:"歌剧院的?"他是哪儿的我当然知道,为的是找点话说。

"男一号!"申申抢答。

"你们歌剧院多少人啊?"

"五百来人。"胖子答。

"这么多!"我们团人还不到一百。

"真正能干活儿的,顶多二百五。"

"那二百五呢,闲着?"

"闲不着——那二百五骂干活儿的这二百五。"

我笑得弯下了腰去,申申不笑,光顾自豪了,眼睛盯着她的胖子,满脸放光。

申申是我们剧团外形条件最好的演员,胖子与歌剧院的男女众胖子比起来,也得算是身材姣好,要是他们俩上街,那就是街头一景,都高高大大,都气质文艺,犹如太阳和月亮同时出场,令人目眩;要是他们俩在家,那十四平方米的小窝就是一个容器,专盛甜蜜。时常,星期天的二人早餐会延至成午餐、晚餐,饭菜飘香笑语绵绵,边说边吃边吃边说,物质和精神并驾齐驱。所以申申对我说,我要是你,一天也活不下去。所以她要不断地给我介绍对象:带孩子的单身父亲,比我小六岁的未婚硕士,快退休了的中老年鳏夫……通常,从人们给女人介绍的男人类型大致能看出这个女人在人们眼中的价值,但这条规则不适于申申,她是个规则之外的人,做事基本不走脑子,全凭情绪,想起一出是一出。所以,不管她给我介绍什么样的人,我都不沮丧,不兴奋,宠辱不惊,或者说,无动于衷。并且,也不去见。被逼不过见过两至三个,都是一面之后就没了下文。

楼道里电话铃又响起来了,已不知这是第多少次了,一声声的,听起来一声比一声高,焦急地,声嘶力竭地。没人去接,尽管从电话响第一声开始楼里的所有耳朵便都竖了起来。我也不接。房间不便敞门空气不能对流蒸笼似的热,我的着装已从简到了上面胸罩下面裤衩的最低限度。多少次想就这样冲出去接一下电话,万一是找我的呢,有几次甚至都站起来,都走到门口,都拉开门要冲了,都是在最后一刻,被理智劝住。至于穿好衣服去接一个不一定是我的电话,我想都不想。一个单元里多少户人家一天多少电话啊,要都去接,穿衣服,脱衣服,上楼,下楼,喊人……不不不,与其这样我宁肯把找我的电话一块儿牺牲了,想来大伙儿都是同样状态同样心态,正是下午时分,一天里最热的时候。

我正在房间里看雁南的信,侧身坐在写字台前,脚浸在凉水桶里，电扇开到了最高挡，正对着，直吹。

韩琳：你好。

收到这封信先不要回信了，我要去军区政治部的卫生所了，正式调去。

后天出岛，等到了那边有了具体地址马上给你信。

我怀孕了，还是这次探亲时作的孽，他来得不是时候，你知道我正在准备考研，打算毕业后去军区总院，做医生终归是在大医院好，这下子全完了。本想不要，四处皆遭反对，他家里，我家里，还有他。在这种情况下我也只好豁上了。去卫生所那种地方业务肯定荒废，利也不少，离家近，工作轻松，现在我再怎么振作也抵不住肚子一天天毫不留情长大，孩子生出来还得养，一人在岛上确实不行，去军区总院的事只好再说。

你是怎么回事，跟上次信中提到的那人又散了？原因也说得含含糊糊。

"才华平平，缺乏男子汉气"，这也能算作理由吗？才华平不平得看跟谁比，跟我比跟你比还是跟诺贝尔比？也许你说的是跟你比了。"他在他们班毕业出来的那拨人里，也就是个中等。不论创造力、组织能力、开拓精神……"你在干什么，韩琳？考核干部？提拔接班人？

找个比自己强的——过去我们常这样说，我们追求才华追求地位追求超群出众。这完全是十八九岁少女的心情，是不了解生活的复杂性产生的天真，是普遍存在于女人中间的虚荣！靠别人证明自己，靠别人提高自己。可是韩琳,你是一个有事业、独立性很强的人,你的价值已完全无须对方证明提高了啊!你需要的是一个切切实实的爱人,平等相处心心相通彼此关心体贴,而这一切不是"组织能力""开拓精神"所能提供给你的!务必转移自己的视点,把注意力放在一些不起眼的事上,比如他与周围人的交往、对父母的心肠、对工作的态度等等。

关于"男子汉气",我不知你所谓的男子汉气是指什么,指长相?不能是小个子、金鱼眼、红鼻头?对长相的要求务必宽容。我以为只要不引起生理上的反感即可。告诉你,结婚后我最不重视的就是对方的长相了。相反,我讨厌他的总是自觉不错,可当年我为他的八字眉曾经是多么遗憾啊!总之,这些东西在生活中实在是太没意思了。

也许,你指的是气质,但气质不是能一目了然的。谦恭不是无能,随和不是软弱,动辄脸红的人也许恰恰是最坚强的人。对了,姜士安来咱医院住院了,髋关节后脱位,演习时受的伤,手术挺成功,现外科正给他做皮肤牵引。知道人家现在是什么了?团长!想象得到吗?当年咱连那拨男兵里最不起眼的一个成了最出息的一个——人不可貌相!韩琳,切不可形而上学,不可接受小说电影为我们提供的模式,不可有任何先入为主的成见!婚后与婚前对对方的判断喜好有时常常相反,我现在最不能容忍的就是所谓男子汉的傲慢了!

韩琳,我都要做妈妈了你还整天寻寻觅觅,说残酷点,找对象有时如同做买卖,不适当地要高价错过机会最终会使自己的商品大跌价的。婚姻远远不是你我所想象的那样神圣,有点儿像买生活必需品,买不着好的,就买次的,因为必需。人生应当正常、完整。这样说不是要你凑合,是要你实际。对你来说,对方能对你的事业、工作有所帮助固然更好,但一般来说只要无妨碍即可,要紧的是生活中的协调关心,望你会识别人,切不可把长处当短处、短处当长处。

好了,就到这儿吧,我得睡觉了,明天还有手术。

雁南

姜士安跟我要了你的地址,他给你去信了吗?

又及

姜士安当上团长了的事让我颇生感慨,我们——我、雁南和他——同年兵,当年一同去了海岛部队通信连电话排,后来雁南上军医大学,我改行去岛外的护训队,他仍留在岛上连里。他刚当兵时的样子至今在我脑子里还很鲜明:黑、瘦、矮,穿最小号军装手都露不出来。如今却是团长了,手下有一千多号的人马了,而他同年入伍的战友们如我如雁南才只是区区营职干部,差着多少?端的是人不可貌相世事难料命运诡谲!

姜士安没有给我来信。从连队分手后他只给我来过一封信,那信我一直保存着,这并不意味着规格待遇,当兵后所有人的所有来信我都保存着,我有一种珍惜文字性东西的本能。那信给我的印象很深,因为该看的时候没有看,事后才看,所以印象深。信中他这样说:

"今来信没有别事,因咱们分别好长时间了也没有通信,请原谅。今天正好过五一放假给你写信。实在对不起你,走了好长时间也没给你写信,主要是懒,再说也不会写信这些你该知道吧。

"现在咱电话排正忙着出坑道，看起来到五月二十号就能出来，就能在地上面值班了，我们可高兴了。你以后有机会来这里看看吧。现在排里的工作还不错，就是不如你们在时活泼了，一下子冷清了好多。自你们走后同志们可想念你们了，有时因此事想得我（们）睡不着觉。"

括号里的"们"写在"我"和"睡"之间的上方，打了个对钩，是后添上的，反而暴露出了要掩饰的意思，接下去他说：

"我爷爷给我定了个对象，家里没有女人照顾，不方便。他让我回家看看，如都同意，就结婚，就可以让女方来家里住了。不回去是说不过去的，但我不想同意这事，不知你有什么意见，请速回信。"

那信我没回，没看完，第二页掀开后瞄一眼下面的落款就放下了，就算是看完了，当时我还有三封信急着看呢。那时候通信是我们的生活主要内容之一，同时收到四五封信是常有的事，我看信的习惯是先从最没有意思的看起。有意思没意思一般从信封的笔迹和地址上就能判断出来，准确率在百分之九十五以上。他的信比我预料的还没意思，总共不到两页纸，却用了大半页纸在说为什么没有写信，为什么写信，翻来覆去；字又难看，这"难看"里两层意思都有：潦草和丑。

电扇在最高挡处呼呼旋转，搅动起一股又一股的热流。桌子椅子墙壁，摸摸哪里都比手热。泡脚的凉水都变成了温的。看表，已经六点多了，肚子却是一点儿不饿，天热得人新陈代谢都停止了。我将雁南的信折好，收起。心想，得出去，随便去哪儿，随便干什么，否则，我会被这间小屋窒息。拿上紫花帆布挎包做道具，脚步再匆匆一点儿，人们就会以为我是去采购东西。

刚一下楼,碰上了魏申申。

"这不在家嘛,怎么不接电话?"

"你打电话了?"

"无数次!你们这楼道的人,一点儿没公共道德!……你干吗去?"

"不干吗。"

"上我那儿去?"

"胖子呢?"

"去新疆了,演出。……别说啊,他们剧院不知道,偷着去的。"

"胆够大的!"

"那也是叫他们给逼的!"

我们往申申家走。申申和我住一个院儿,她家到我家,两栋楼相距不过几十米。她买了个25英寸彩电,刚找人帮忙给拉到家里,电视一进家她就给我打电话了。25英寸彩电在当时非常豪华,颇值得与亲朋好友们共享。

"能看了吗?"走着,我问。

"应该差不多了,正安着。"忽然她两手一拍,"哎!正好哎!帮我安电视的那哥们儿是胖子的朋友,上个月刚刚离了婚——你上哪儿去?"

"收发室。看有没有我的信。"

"不去我家了?"

"不去了。"

"你——神经病啊!"

我向右拐,扬长而去。

收发室里还真有我的信,两封,但都不是我期待中的。雁南说姜士安要去了我的地址,要去了地址为什么不写信来?

那天我又去了公园，实在没别的地儿可去，一个人在公园里走，直走到"金乌西坠，玉兔东升"。那天晚上的"玉兔"是月牙儿，细细的一线，纤小清瘦，在北京过于明亮的夜空里黯然无神，仿佛化好了妆的脸上未及涂唇膏的嘴。

……那月牙儿细细的一线，纤小清瘦，镶嵌在干净得没有一粒杂质的海岛夜空上，亮晶晶的，我走它也走。我刚下零点至三点的夜班，从坑道里出来只身一人回营区宿舍。通常夜班都是三人一行，那天忘了什么原因，只有我一人返回。三个人一块儿我都害怕，坑道在山上，途中要穿玉米地、穿松林，要走二十五分钟，虽然有枪，但怕走火，连队规定子弹不得上膛，因之夜班夜行一直是我深为苦恼的事，不是怕死，是怕"死不了也活不成"——这是"强奸"的代用说法，是我们排年龄最大的一位女兵的发明，她十九岁。不知现在的女孩子怎么样，反正我们那时对于强奸这种事真正是恐惧到了病态的程度，看到《南方来信》的书里说女革命者如何被美国兵脱光衣服同男人关在一起，就会唰地起一身鸡皮疙瘩，会想：如果这事摊我身上，我马上死！不知这是不是因为当时我们没有受过性教育的缘故，无知便要想象，想象是无穷的，就好比人们对于死亡的恐惧，恰是因为谁也不知道它究竟是怎么回事。几年来的多少个夜班啊，我们就是这样地恐惧着，但是没有一个人肯承认。那是一个"一不怕苦二不怕死"的年代，一个"男女都一样"的年代，谁也不愿意被人看作懦夫。

我走出坑道，外面漆黑一片，海岛的夜里，除了信号台，再无一处灯光。天上的月亮，偏偏又是那样孱弱。我深深吸了口气，咔，咔，声音很响地上好步枪刺刀，背在肩上，一步步向山下走。松涛阵阵，碎石哗哗……猛然间，我回过头去——

动作似乎在感觉之前——我的身后，头上方，紧挨着我的地方，有一颗头，头上有一双眼睛闪闪发光，头下是一件黑棉袄，腰间束着绳子，毫无疑问这是个人，男人，简直想不出他怎么能够在碎石满山的路上悄然无声摸到了我的身后。接下来发生的事情我自己也不明白，事后想也想不清楚——几乎是眨眼之间我已站在了他的身后，他的上方！用军事术语说就是，占领了制高点。这次轮到他回过头来，看我。我一言不发，定定伫立，静静回视，肩上的步枪也不知何时如何被端在了手中，枪刺凛凛然反射着月牙儿的寒光……片刻，那人转过了头去，哗，哗，哗，踩着满山遍野的碎石，走了。我原地直立，步枪平端，目送他走直到消失。

我继续下山，上了刺刀的步枪就一直端在了手上。走着走着，咔的一声，手中枪上的刺刀不知为何自行垂落，与枪管形成了一个直角。心里清楚应该把刺刀上好，苦于没有第三只手，仅有的两只手紧握枪身须臾不敢挪窝，就这样，我端着这个"直角"一直走回了营房。

走进熟悉的营房看到游动的哨兵，全身立刻软了，站也站不住，倚着墙都站不住，只好顺势出溜，坐在了地上。这一瞬间清清楚楚感觉到所有的头发唰的一下子落下来了，才知道刚才它们是竖着的，才知道"怒发冲冠"并非虚构。同时，汗水也出来了，呼，一身；呼，又一身，湿透了的衬衣冰凉地贴在身上。……吱呀，身边不远的男兵宿舍门开了，接着跑出来一个人，披着军大衣，想是去上厕所，快到跟前了他看到了我，吃了一惊："谁？！"

"……姜士安？"

"韩琳！……怎么在这坐着！天这么冷！怎么啦？"

"拉我起来……"

他伸出手拉我,我总算是站起来了,怀中的枪咣地摔在了一边,全身仍哆嗦不止,牙也嘚嘚,说不成话。姜士安神情万分紧张焦灼,一迭声问:

"你这是……刚下班?是不是病了?要不要去卫生室?……要不,我给你叫卫生员来。你等着!"

"不……"

"韩琳你到底怎么啦?你说话呀!"

"我害怕……"

这次我第一次也是唯一的一次向人承认我害怕,说完泪就流下来了,哗哗地。

知道了事情的经过,姜士安让我以后碰到这种情况,夜间必须一个人进出坑道的时候,务必叫他。如果是去,可以直接在窗外喊他。如果是回,就打电话。电话排每个班的宿舍里都有电话。他那时已比我高出将近半头了,刚当兵时我们俩一般高,我一直把他当小男孩儿待的,对他很是关心照顾,尽管他比我大着几岁。这才不过一年的工夫,他不仅个子高了,肩也宽了,胸也厚实了,长成男人了。我看着他,点点头道:"好的。"

那天晚上在公园里我一直走到太阳隐退、天光收尽、星辰一颗一颗布满夜空,走到了游人渐稀、渐无;到这时候,竹林、小草、垂柳、针叶松,就都尽情地舒展开了,阵阵清香凉爽湿润直扑入怀……我一直在走,没坐。细细观察过,确实还没有年轻女人敢于在公园的长椅上一个人堂而皇之地久久痴坐,也难怪上次人家那位好好先生会认错了我。

第三章

从公园回来时院子里已经没有人了,邻居还没睡,敞着的门上挂个天蓝纱网,关了灯的屋里电视光忽明忽暗,电视声很响地传出。我回身把单元门插好,就去卫生间冲了个冷水澡,进自己屋,把房门关上,上床,关灯——灯光太热,小太阳似的;打开电扇吹着,静静等待,看表再有一会儿女邻居就该去洗碗了。

有一件事我曾不止一次反思,那就是,假如我那次认认真真看完了姜士安的信,会感到那里面流露出来的一点儿特别吗?每一次的答案都是:不。

当时的我正在热恋,热恋中的人都是木头。

我们护训队是由我们部队中心医院主办的,在山沟里。一天下午自习,护训队的"焦淑红"找我陪她去门诊看病。叫她焦淑红是因为她姓焦,还因为她好看。焦淑红是当时文学作品所能提供给我们的最美丽的女性形象,浩然小说《艳阳天》的女主人公。我二话没说,放下书就陪她去了,我是她的团小组长。我们往门诊走,时值秋日,路旁枝叶阔大的法国梧桐下铺着一层金黄的落叶,踏着落叶,沙沙沙沙。门诊楼里很安静,下午不门诊,只看急诊,本院的人可以例外。穿过洁净的长廊,我们来到了外科门诊室。轻轻推开门，室内同室外一样安静，午后的阳光从窗外进来，铺洒在两张并列靠窗的桌子上，一个人坐在桌后阳光里看书。听到声音，那人转过脸来。

——是他！

他就是我的热恋对象，我们护训队全体五十二名女学员崇拜的偶像。

他给我们上过课，不过我们认识他可不是因为他给我们上过课，我们一到护训队就知道了他。在这方面，女孩子们的嗅觉无与伦比。我们像干部处干事一样熟知他的履历：年龄，二十八岁；籍贯，江苏无锡；学历，大学本科；职务，医生；婚否，已婚。……"婚否"这一栏的内容叫人难过，但并没有影响我们对他的热情，相反倒给这热情蒙上了一层崇高、悲壮的色彩。他极有才，业务极棒，还会拉小提琴，会唱歌，身材修长性格深沉，那时候就会唱苏联歌曲《山楂树》，在一次晚会上唱过。他唱歌时我们一个女同学当场就哭了。事后大家问她哭什么，她说她哥也会唱这支歌，一听这支歌她就想起了她哥哥。骗人都不会骗，谁不知道谁呀？他说一口南方普通话，来上过第一次课后，我们便一致同意这种口音最好听。没过几天，护训队的好几个女孩子说话时zh、ch、sh、z、c、s便分不清了，"注射"念成"阻涩"，很优雅地。我们见过他的妻子，他妻子也是这个医院的军医，我们全体一致认为她不配他。身材还可以，可那张脸就像贫血病人似的，不用说，血色素准低，六克以下。其实身材好有什么用呀，一生孩子，全统一了。而且据说她已经怀孕了。他们俩结婚不怪他，是她追的他，他没有办法。每一个他给我们上课的日子都是一个令人激动的日子，那天早晨同学们的洗漱时间必定要比平时长出许多。服装是制式的，军装，唯一显示个人风格的地方是军装领口的三角区。我曾注意到一个同学怎样把她认为效果最好的一件红方格衬衣从晾衣绳上拽下,半湿着套到了军装里面,那情景真叫人热血沸腾!我也默默地做着准备,穿上部队发的白粗布衬衣,用手掌揉搓一下梳好的小辫儿,使之不那么光滑。我不是想以这种外在的与众不同引起他的注意,而是想让他从这有意夸张的与众不同的外表看到我与众不同的内心。我总觉着他与我在精神上有着某种一致,我渴望得到证实。当然,我枉费了心机。要不世界上怎么会有那么多的自作多情和单相思?我们五十二个爱他一个,每个人都会有一个观察他并显示自己的角度。我不过是这五十二个中的一个,五十二分之一,一节课四十五分钟,平均一个人还摊不上一分钟哪!虽然课余在院子里也可以碰到他,但每到这时我便会早早地、远远地避开,为了怕给他留下什么不好的印象——我宁可不给他留下印象。在一起的女孩子崇拜的人容易相同,但表现崇拜的方式却永远不会相同。比如我,自尊,胆怯。由于自尊而胆怯,由于胆怯而自尊;再比如"焦淑红",大胆,自信。刚好与我反了个个儿。

我敢百分之二百地保证,这次的门诊相遇绝不是邂逅,"焦淑红"肯定事先进行过一番福尔摩斯式的工作。一进门我便靠着门后的诊床站住了,"焦淑红"走过去,在就诊病人的椅子上坐了下来。我心情很复杂,说不清是高兴还是不高兴,但激动。

"哪里不舒服?"医生的职业用语。语气神态也是职业的,温和,平静,淡然。

复杂的心境一下子趋向单纯:我想走。

"我这边的锁骨疼……"

天哪,锁骨!她还不如干脆说胸骨!她开始解领扣,尽管背对着我,我也知道那领扣下是一片怎样光滑、雪白、细嫩的肌肤。我深深地低下了头,面孔发烧,心里一个劲儿地希望——这是唯一的希望——希望我的那位同学的锁骨真能查出点什么毛病来才好。当然,没有,怎么可能有?!她以为叫一个人陪着来就会使她的行为在他眼中纯洁,可他不是傻瓜,他会瞧不起我们的,讨厌!讨厌!讨厌!我总算没有发作,总算强忍到了一切结束。在我如获大赦夺门逃跑时,却忽然听到有人叫韩琳。谁在叫?不是"焦淑红",是男声。是他吗?不会。可屋里再没有别人。是他了。但他怎么可能知道我是韩琳韩琳是我呢?我迟迟疑疑地转过身去,他正在对我微笑,那微笑似七月的阳光使我头晕目眩。他说话了,南方普通话,跟我一个人说,而不是五十二个。他说的大意是这次考卷批出来了,想不到你会有如此独到的见解,年龄这么小,一定要珍惜自己……七月的阳光照耀!怔怔地,怔怔地,忽然,我掉头就跑。泪水在脸上奔腾,洇湿了我用来揩拭的衣袖……我感觉到的欢乐和悲哀太巨大了,巨大得超出了我所能承受的限度。回到宿舍,我拿起了镜子。镜子里是一张圆圆的、红红的、泪汪汪的娃娃脸。像电影中的叠印镜头,这张脸前缓缓出现了另一张轮廓鲜明的脸庞:苍白,清丽,深刻,高贵——他的妻子。我把镜子扣在了桌子上。

他叫我韩琳。我忽然发现这名字是好听的,以前我曾那么不喜欢它。琳,多么俗气平常。他叫"韩琳"。他显然注意到了她渴望他注意到的那一切。她以那一切来显示着她的存在,她的价值。她是多么天真固执啊,可是,她成功了,在他那里。那一年,她十八岁。

魏申申却不认为这是成功。"那算什么!"她说,"你为什么不给他来一个第三者插足?"我立刻痛心地发觉我选错了谈话对象,或者说选错了谈话题目。懒懒地,我说:"插不上。""你插了?""那时还不兴这个。"魏申申看着我笑笑,轻轻地摇头,一副恨铁不成钢的神气。我把脸扭向了一边。

后来护训队毕业，我被分进了岛里的医院，永远地离开了他，再没有过任何联系，没写过信，甚至想不起打个电话。打电话原是极容易的事，两个医院有直接的业务联系，可是我没打。这跟道德呀理智呀什么的没有关系，因为我压根儿就不曾有过不道德不理智的念头，只是没想起来就是了。可是我忘不了他，他的存在和他的认可在我心中变成了精神一类的东西，我很骄傲。仿佛自己是一个衣衫褴褛的百万富翁，了解的人自然会看重，有眼无珠的忽视我丝毫不以为意。我生活在我的内心世界里，那世界被知识被书本被未来被自信充实着。唯一令我遗憾的是工作，护士工作，它过于简单、被动，与我渴望的钻研、创造、绞尽脑汁儿的境界差距太大。有一天我们内科护士班得到了一个择优保送的医科大学名额，大家都认为这名额非我莫属，我也这样认为。可最后这名额却归了小姚，一个脸蛋儿像水蜜桃一样饱满的县城姑娘，见人爱笑，笑得甜汁流溢。得知是她时我简直傻了，一个劲儿地跟雁南说："这是怎么回事？她连汉语拼音都不认识。她去不如我去，真的，不骗你！"雁南满脸的怜悯，迟疑了一会儿才告诉我，她已打听清楚了，那是我们主任的意思。其实不用打听也应该想到。内科大事小事主任当家，教导员不过是个摆设。可是我不能理解不能接受——主任！为什么？他是五十年代的老大学生，一口俄语说得唱歌一样，医术漂亮，人也漂亮，威武魁伟，气宇轩昂，因有海外关系才被从军区总院下放了来。他来后不久就对我的才智表示了公开的欣赏，我视他为知音，小心翼翼保持着与他的距离——在崇拜敬重的人面前我的首要反应永远是拘谨，好比爱极了一样东西反而不敢轻易触碰，生怕不当心损害了它，唯有以十倍出色的工作学习响应着对方的欣赏，深信对方的心智完全能够体会、理解。但显然他更欣赏小姚。小姚哪儿好？"小姚使主任感到了他作为一个男人的魅力。"雁南说。并举例说明。有一次雁南来我们护士办公室找我，遇上了主任和小姚。主任问小姚为什么不服从护士长分配去做一件什么事，小姚身子一扭，背对主任小嘴微噘道："人家不愿意嘛！"主任凝视着小姚甩给他的后脑勺，脸上露出了年轻、温柔、若有所思的微笑。

"你懂吗，对于一个年过半百的男人来说，在年轻异性眼里的男性魅力，比领导的威严更宝贵。"雁南在冲着我放马后炮。

呵，我凭什么就认为主任会认为我比小姚们更懂得他的魅力？小姚不懂汉语拼音，却比我聪明。雁南说这不是聪明是本能。没有了本能还不如没有聪明。我感到悲哀。雁南安慰我："别灰心！雄关漫道真如铁，而今迈步从头越！"

"怎么越？"

雁南双手捧起我耷拉着的头，双唇微噘道："'人家不愿意嘛！'——怎么样？"

"太不怎么样了！"我终于笑了，"会把我们主任吓晕过去的！"看到我笑，雁南也笑了。雁南真好。

从此后在主任面前我再也没有了拘谨，再也不关心他眼中我的形象，他从根本上不懂得我。我是女人，但首先是人，我首先要向这个世界证明的是我作为人的存在和价值。就为这件事我把我的主任摒弃了，同时摒弃的，还有我的理想。击碎一个理想原来是这样地容易，一件小事足矣。我的理想是成为一名好的医生，像我心中的"他"，像雁南。

雁南军医大学毕业后就回到了岛里，是我们医院唯一的妇产医生。雁南的身上永远有一股消毒液的味儿，即使脱下白大褂，脱下军装，脱下衬衣，在淋浴喷头下冲三个钟头，再换上刚从商店里买来的衣服，也没用。那味儿已经渗透到她的血液里去了。由于是医院里的"唯一",她经常要做手术,每做手术就要把手连胳膊浸到消毒液桶里泡,这个桶里泡半小时,那个桶里泡十分钟,手上的脂油都泡没了。本来那双手是无可挑剔的美:白,手掌纤小,十指细长,手背上并排四个浅浅的坑。可惜的是略嫌干燥了,失去脂油滋润的表皮皴裂出一层细小如尘的鳞屑。我挺遗憾。我要有雁南那样好看的手,睡觉都戴手套,手是女人的第二张脸。雁南却不遗憾,只是自豪。她也该自豪,名副其实一方领地的女皇呢。她常常很忙。她喜欢忙。有时休探亲假院里因一时找不到合适的人替她而不准假时,她也抱怨。但她的抱怨只是为了强调,显示。强调她的重要,显示她的幸福。我非常非常地羡慕她:一个护士,医院里多一个不显多,少一个没关系,人的悲哀莫过于自己的不被重视。在这个问题上,我跟身处另一极端的雁南观点一致。

理想没有了,学习却没有停止,方发现没有理想的学习才是最纯净的学习:学习就是学习的目的,是大脑饥渴时的食物,是生活方式,愉快,平和。好比吃饭,因为想吃了才吃,不是专为去补充营养利于排便,胃口才会更好。那一段日子,除了医学书,我无书不看,能有那么多的书看,得感谢雁南。军俱乐部主任的老婆来医院生孩子,正好在雁南的辖区,雁南趁机要他拿书来给我看。现在想那主任当时根本就是在敷衍我,逮着什么拿什么,不假思索,杂且乱,连当时的禁书都拿来了。我倒也无所谓,没有了目标也就不讲范围,照单全收。什么《啼笑因缘》《安娜·卡列尼娜》,什么《日心说和地心说的斗争》《人类的起源》《辩证唯物主义历史唯物主义》,乱七八糟,互不相干。

那天晚上我坐在被窝儿里看书,上身棉袄,脚底下蹬着个热水袋。外面天已经黑了,时间却还早,不到六点半。天太冷,宿舍里没暖气,每到晚饭后,科里的学习室便挤满了人,看报、聊天、下棋，磨蹭到熄灯回宿舍钻被窝儿睡觉。我轻易不去凑热闹，嫌吵。岛上风大，冬天更大，冬天的晚上尤其大，宿舍里面的风都有三级。我们医院单身的简易楼就坐落在海边，刮台风时的海水沫子都能飞溅到门外长廊的铁栏杆上，弄得铁栏杆上到处是被海水锈蚀的瘢痕，如同烧伤病人愈后的皮肤。

有人用钥匙开我的门。是雁南。她住在我的隔壁，每天晚上都得到我这里来遛一趟，每天每天，像医生查房。为了免受冷天从被窝儿里爬出来的开门之苦，我给了她一把自己房门的钥匙。她也给了我一把她的。我倒没有查房的习惯，只是食欲较好，而雁南房间里总有可吃的，她正在谈恋爱，谈恋爱的女孩子一般都有一个零食的无偿供应者。雁南对零食的兴趣不如我大，雁南不馋。她那从海外（我们是海内）乘火车乘轮船定期进来的包裹里的东西，大部分就由我享用了，我不爱吃的雁南才会分给别人。她的那位是军区政治部的干事，她对此满意，那时我们女兵都喜欢干事而不喜欢参谋。战时出将平时出相——和平时期，干事比参谋有前途，男干事女医生是当时部队婚姻的最佳配方。那人出身贫寒，这也使雁南满意。她从小在军区大院里长大，看不起她熟悉的那些男孩子，认为他们没有分量。一个毫无背景的穷孩子能奋斗到军区一级的大机关，本身就证明了他的才华和能力。我没有见过那人，连雁南和他见面都很少，他们的感情联系主要靠通信。雁南是在探家时由家人介绍与他认识的，回来后不久接到了他的信，那封信我看过，雁南需要跟人商量怎么回信，她被他的文采吓住了。信上这样写道："时序流易，日月如梭，晚风吻面，繁星满天，军营已经进入了宁静深沉的夜，我坐在窗前，思绪陷入了对往事的深深回忆之中，情感与理智驱动了我的手，不觉欣然命笔……"信结尾是，"愿我们的友谊，能够穿过平原，越过高山，跨过黄河,飞过海峡,将我们紧紧地连在一起!"

字是没的说,非常漂亮,柳体。我表示了佩服,我的字是永远长不大的小学生体。然而说到雁南所谓的"文才",我不敢苟同。雁南为此跟我争得红了脸,我还是不敢苟同。气得雁南说:"就算不怎么样,总比你我强!"

我寸步不让:"可能比你强,比我,不一定!"并当即"欣然命笔",以雁南的身份给那人写了封回信,没他信中的词儿多,但用就在点上,雁南看完后就不吭声了。雁南的基本鉴别能力还是有的,服从真理的基本觉悟也是有的。门开了,又关上了,熟悉的消毒液味儿渐近,我没有回头,被窝儿塞得严丝合缝,不愿意动。雁南走到对面我的脚边坐下,只要不是原则问题,她一向随和。

"看什么呢?"她问。我正在看丰子恺的《音乐知识十八讲》,一本很老的书,繁体字,纸页磨得都毛了。我把书合上让她看封面。"丰子恺是谁?"她又问,我也不知道。她笑了起来,"不知道就看!"

"不看,干什么?"

她若有所思地看了我一会儿,小声道:"我说,你写东西挺好的,干吗不试一试?"

后来,当我的处女作在部队最高文艺期刊《解放军文艺》上发表了时,雁南说:"你是我发现的。"

第四章

　　我的处女作不到六千字,手法陈旧思想幼稚。要搁今天这个文学花样翻新,出手就是长篇,十二岁小女孩儿都能写出诸如找男朋友要找"富贵如比哥(比尔·盖茨),潇洒如马哥(周润发),浪漫如李哥(李奥纳多),健壮如伟哥(这个词我就不解释了)"这样文字的年代里,我那东西只能是汪洋大海里的一个泡沫。但在当时不同,当时那的确是一件挺了不得的事。来自医院的夸奖羡慕嫉妒自不必说,我甚至还收到了读者来信。姜士安给我打来过一个电话,其时他已调到深海一个更小的岛上。电话中他说:"祝贺你!"那几天我正美得晕头转向,不假思索或者说是有点儿习惯了的,就把那祝贺收下了,都没想起问问他的情况怎么样,我是在后来才知道他当时已经结婚了,那一刻我的反应之强烈出乎我的意料。就好比一件你不喜欢的东西,虽说放在那里并没有什么用处,甚至你可能都把它忘了,但一旦有一天发现它没有了,属于了别人,你会若有所失蓦然一怔。

　　在连队时姜士安一直是我的施爱对象,怜爱、友爱的爱。这是我从小的毛病了,看到弱小的或不幸的,怜悯之心便油然而起。那时就常有大人说我将来适合做医生了,我想我那个当医生的理想，可能就是这样给怂恿出来的。

那个时候，我觉着姜士安是我接触过的人里最可怜的了。刚下连有一段时间里我并不认识他，分不清他和排里的其他几个男新兵谁是谁。一律的瘦、矮、黑，一律的家乡土话。连队里农村兵百分之九十以上是这种形象；一个连队百分之九十以上是农村兵，加上穿着同样的服装，短时间内他们在你的眼里会完全一样，如同一片树叶和另一片树叶。后来，是一个星期天，星期天两顿饭，下午，连队改善生活吃发面包子，他让我认识并记住了他。那天的包子是白面的，馅儿是剁碎了的萝卜、油条和粉丝，炊事班为图省事把包子包得巨大无比，一个足有三两，我对面一个小黑瘦子一气儿吃了十二个：两只手一手掐俩，几口一个，吃完了转身再拿，拿了三次，直到摆在两排餐桌中间那几个巨大笼屉里各剩下一团湿漉漉的土黄色笼布，才住了腿、手和嘴，满脸的意犹未尽和幸福。那时我一个包子还没有吃完，顾不上吃了，只顾看了，看得都傻了，三两一个十二个大包子啊，堆起来也是一座山啊，都吃到哪里去啦？老兵们含笑看着新兵们的吃相，时时对个眼神儿，带着过来人的优越、宽容和刻薄。新兵能吃这是常规，都是些农村来的穷孩子，多少年吃不饱饿过来的，而我对面这个小黑瘦子，似乎又是他们中间饿得最狠的一个。那天吃完饭洗碗时我问他叫什么名字，他的回答是："姜士安啊。"颇使我不好意思，毕竟一个排的战友相处这么些天了。才发现他其实挺与众不同的，比一般的男兵都黑、都瘦，更突出的是矮，跟我差不多高，小孩儿似的。我们就这样认识了。他是山东农村人，初中毕业，今年十九岁。除了头一条，后两条都有点儿出乎意料，初中毕业在那时得算是高学历了，他这样的农村兵大多高小都没有毕业。

回宿舍发现雁南正躲在上铺吃桃酥，连队三令五申不准乱花钱吃零食,这规定似乎格外针对着我们女兵,雁南不怕。雁南的父亲是军区副司令员,即使她本人品格端良,也架不住来自各级领导的密不透风的另眼相待,毕竟她才十五六岁,是个地道的孩子。除了敢花钱买,为了吃,她还敢去偷。也是我们连的伙食太糟糕了,不知别的连队是不是也这样,还是我们连的司务长有问题,一天三顿两顿咸菜,尽管有时给炒一炒蒸一蒸,再炒再蒸,咸菜还是咸菜。主食一顿大米两顿玉米面饼子,一周两次白面。姜士安们也许无所谓,比起他们过去的吃不饱来说,生活是向前进了;对于我们,则真的是一个非常痛苦的倒退。雁南最常偷的,是猪油。趁炊事员不在,溜进伙房内部,从黑棕陶瓷罐里掘出一大筷子猪油,再舀点儿酱油,一块儿拌进热热的大米饭里,味道好极了!很快,猪油拌米饭在女兵里风靡。男兵没人敢干,女兵干这事若被发现,恶作剧而已,男兵被抓住被报告连部,那就是偷。话虽这样说,我每次干也是提心吊胆,也是在忍无可忍的时候才偶尔为之,但是,每一次,成功之后,吃的时候,我定要分出一份来给姜士安,不管多少。他太瘦太矮了,纯属营养不良。看他大口大口吃着我调制的猪油拌饭,我很满足。那满足有点儿像小时候为给一只没人要的小狗多一会儿温暖抱着它一块儿在外面挨饿受冻,为满足一个乞丐的索求奉送了自己的早点因此饿一个上午——是一种牺牲了肉体需要换取来的精神上的满足,雁南曾说我这样的人比较适合去做修女。我尽其所能对姜士安好,不拘是猪油拌饭,谁家来人带来好吃的我也会把分给我的那份分他一些。我对他比对所有其他男兵都好,因为不在意他,无所顾忌随心所欲地对他好。我所谓的"不在意"是这样的:如果对方不是他是另外一个人,比如,一个个子高而挺拔,从城市入伍或者是干部子弟的人,一个当时我所认为的我的同类,我就会在意,会矜持地保持距离。

雁南在连里待了一年就走了，上大学去了，我却去不了。当时我父亲已由军区司令部二级部长调任某军分区的副司令员，正师到副师，降职使用，那个年代这类事很多。母亲来信只简单陈述了这个事实，别的没说，但我本能地知道，他们已经无力再为我们做什么了。雁南是上午走的，走的时候我正在值班。中午下班回来，雁南床上只剩下了一个光板，我心里难受极了，为了没能送她，更为了我自己。下午是我们值勤分队补觉的时间，排长让女兵班出一个人查线，副军长家的电话不通了，我就积极主动地要求去了，这种时候睡也睡不着的，与其睁着眼干熬，不如出去走走。男兵班也出了一个人，是姜士安。

那是一个很冷的冬天，据老兵说海岛的冬天还没有这样冷过。近海的海水都结冰了，白花花一片，夜晚看时，假面具一样阴森可怖。海上好长一段时间不能通航，听深海几个小岛上的电话守机员说，他们早就不洗脸了，那些岛上的淡水全得靠船运去。后来还是海军派来了几艘破冰船，犁地也似的在冰海里轰轰地刨了好几天，才算开辟出了几条航路。那天的路面上，薄雪与冰冻在一起，又硬又滑，电线杆子朝北的一面一律半雪半冰。我们一路走着一路查，电缆没有问题，电话没有问题，是明线出了问题。明线出问题最麻烦，要一个电线杆子一个电线杆子地爬上去，一截线一截线地试，我们从下午开始，一直查到天都黑透了，一直查到副军长家前最后一个电线杆子了，还没有发现故障在哪里。由于心情不好中午没怎么吃饭，这时候就感觉到饿。走前灌了壶热水的，要喝时才发现水已结成了冰，军用水壶被冰撑成了一个球形。姜士安以为我渴了欲去给我要水，机关干部住宅区家家都亮起了标志有人的灯，我说我不渴就是饿，令他颇为为难。是啊，要水可以，要饭——要饭怎么可以?

"韩琳,你坚持坚持。我抓点儿紧!"他说。说完,迅速套上铁鞋,咣咣咣,几下子爬上了最后那根电线杆子,手套都忘了戴。这一路,所有的电线杆子都是由他爬上爬下,我要做的事情只是在下面看着东西。海风嗖嗖地刮,小刀子似的,我将两手笼在棉袄袖子里,仰脖看他。他笔直地立在天上,身体微向后仰,身后就是那屏深宝石蓝的夜空。那天的月亮很亮,冷冰冰的,他紧闭双唇两手不停,开单机,夹线夹,振铃,测试……一板一眼,如一尊无知无觉的铁人。

"你冷不冷?"看了一会儿,我喊。

"还行。"

"快好了吧?"再看一会儿,我又喊。

"从这到总机也没问题。……你现在去窗户下找电线接头,咱们测一测到那里的这段线。"

我背着磁石单机和沉甸甸的工具包来到副军长家窗下。这是这家人餐厅的窗户,副军长一家正聚在明亮的灯光下用餐,窗子开了一道小缝,一股由各种气息混合成的家庭气味儿从窗缝里泻出。屋里一大桌子饭菜冒着腾腾热气,热气中是数不清的碗和盘子。屋里人都只穿毛衣,副军长毛衣都不穿,穿毛背心,脸上仍兀自亮光光一片像在冒汗……

"韩琳。"我回过头去,是姜士安,站在我的身后。

"好了?"我一阵高兴。

他抱歉地摇头,在窗下找到了电线接头,却撕不开裹着接头的黑胶布,手指头不灵活了;再看他的脸,皮下已冻出了一大块一大块的青,我赶紧把接头从他手中拿了过去,他叮嘱我弄好后把单机接上,他再上电线杆子,试一试这一段线路。

"你何必下来呢?叫我一声嘛。"我埋怨。

"叫了。"停停他又说,"你没听见。"

我再不好意思装腔作势,集中精力低头干活儿。

故障出在接头处,将锈蚀的线头用钳子剪掉,捋出一段新的,两下里接好,用绝缘胶布缠紧,通知总机试线。丁零,电话响起来了,从窗外看到屋里的副军长向电话走去,我们收拾工具返部。

月亮已高高地升上了中天,这天的月亮是满月,水银般倾泻进大海,使冰冷阴郁的大海漂亮了、生动了。我们踏着月光下闪闪的薄冰走,放眼望去,前前后后的路上,只有我们两个。冬天,没有风的海岛真静啊,静得像一汪水、一坨冰,静得仿佛这个世界上什么都没有了,只有你。……两双大头鞋一重一轻,咔咔咔咔,薄冰在鞋下时而发出细脆的破裂声。姜士安胸前交叉背着磁石单机和工具袋,两手拎两只大铁鞋,我只背一部单机和自己的水壶,却仍是感到疲乏。饿倒是不饿了,也不再冷,木了,只有心头的忧郁挥之不去……

"你想家了是吧?"走了一会儿,姜士安打破静寂。

"你呢?"我扭过脸去。他摇头。我问:"为什么?"

"……部队就是我的家。"

我不说话了。并不是反感他这样说——那时大家常这样说,带着相当的真诚——只是谈话的欲望没有了。

静静的海岛,静静的冬夜,只有大头鞋踏冰的声音,咔咔咔咔……

"什么是家?"姜士安又开口了,像是问我,又像自问。

这倒是我小时常思考的问题,还在幼儿园时。最后得出的结论是:家,就是你住的那个房子加上爸爸妈妈。但是此刻,我没有跟这个人说这种话的心情。见我没开口的意思,姜士安只好自己回答:"家,不就是亲人吗?来到部队,我觉着很温暖,特别是——"他猝然打住,停了停,才又说,"我说的是真的。……我没爹没妈,我没有家。"

我大吃一惊:"没爹没妈也得有家啊。……当兵前你住哪儿?"

"爷爷家,姑姑家,叔叔家,轮着住。他们对我都很好,特别是爷爷,家里穷成那样,也得让我上学,学费也是由他出面,从各家敛。从小我就知道自己是别人的负担,要少吃饭。每到吃饭,有剩的不吃新的,有孬的不吃好的,而且,从不吃饱,只吃到觉着不那么饿了,就放筷子。"

"你爸妈呢?"

"听爷爷说我刚生下来不长时间妈就死了,后来爹又死了。"

"怎么死的?"

"病死的吧。"

这是一件超乎我经验之外的事情——我父母双全家庭温暖——不知该对此发表些什么样的意见才好,泛泛说几句没有意思,什么都不说也不大像话,想了想,就说了:"其实呀,谁也不可能指望父母陪自己一辈子,是不是?……等你以后结了婚,有了自己的家,就好啦。"这番话之于我纯粹是鹦鹉学舌,是一种我认为与己无关的理论。那个时候的我根本不能想象父母离我而去,至于结婚,也觉着只是别人的事情。却不料姜士安竟会被这种有口无心的话打动,闻此后那样深深地看了我一眼,看得我心里咯噔一下,幸而他什么都没有说。

几年后,我被我自己的话不幸言中。

父亲走得非常突然。

那天夜里,我一夜没睡,在医院靠海边那间单身宿舍里整整写了一夜。那是我第一个中篇小说,以父亲为原型。我的第一个短篇小说也是以父亲为原型,写了一个从戎一生的老军人面临离休时的心态。小说发表后姐姐来信说:"你的小说对爸爸是一个极大的鼓舞和安慰。"

父亲一生仕途不顺，开头还好，不到四十岁时第一次授衔，就是两杠四星，大校。那会儿，为了父亲我多自豪啊。同时，内心深处又那样热烈地希望父亲能"再升一升"，再升一升就是少将、将军，我崇拜将军！对一个生在军营长在军营的小孩子来说，军衔就是她用来衡量父辈成就和荣誉的唯一可见的标志。但是父亲再也没升，"文革"开始后，一切都偏离了原先可能的轨道。先是被降职，后来复职，去了军区辖区内最穷的一个地方任军分区司令。父亲是乘一辆北京吉普去赴的任，途经我们部队驻地，头一天我乘船出岛等候他们。北京吉普风尘仆仆开来，在我面前停住，车上母亲和父亲一起。在我的记忆中，母亲永远和父亲一起，不管父亲是升是降，是去繁华都市还是穷乡僻壤。那次我和父母在一起待了半个小时，说的什么都忘记了，不能忘记的是他们当时的状态和神情。父亲满脸长途跋涉的尘土，仍遮不住由里向外渗透着的一种光辉，沉静，坚定，激奋，昂扬。母亲脸上的神情就是父亲心情的镜子，或是父亲心情的一种比较通俗的诠释：笑眯眯的。决不会单单因为官复原职，从大军区机关、正规军平调到地方部队，算什么官复原职？但那终究是一方相对独立的领域，他终究是要去那方领域里当一把手，就好比农民渴望自己的一块土地，一个军官，渴望的不就是一个指挥权吗？尽管那里穷，偏僻，他不在乎！我想可能就是在那一刻，我隐约懂得了一点儿父亲，懂得了一点儿男人。但是，父亲的仕途到此为止，几年后，他被免去司令员职务，为该军分区的顾问，顾问即离休的缓期执行，父亲面临着人生的重大转折。那段日子，是我们家最阴暗的一段日子，父亲被降职时都不曾有过。母亲和我们姐妹之间的通信往来中，充满了担心忧虑。我在写我的第一个短篇小说时，把这一切写了进去：

  可是，明显消瘦的爸爸并不因此多吃一点儿。每次晚饭后他总是默默站在院子里，仰望着天空飘浮的云彩。阵风掀起他灰白了的头发，他一动不动，显得那样苍老孤独。以前，妈妈总嫌他不着家，现在，他在家的时间实在太多了；以前，家里的客人往来不断，尤其到节假日，简直让人心烦，电话也总是跟着爸爸追，睡觉都不得安宁，现在，家里实在太静了，因为已没有什么事再需要他，生命的主要部分已经结束了。尽管爸爸从没有在我们面前抱怨过一句，但从他日见衰老的脸上来看，这样下去，简直要他的命。

  写这个东西的时候我二十多岁，不论年龄性别还是阅历，都无法准确揣摸出一个经历坎坷、五十多岁男人的切实心境，我只能白描；到不能白描时，作者非得出来说话时，在小说的结尾处，我给小说中的主人公安排了一个出路，让他写回忆录。小说发表后不久，父亲就离休了。一次我回家探亲，就说爸爸你真的可以写回忆录嘛，要不，我来做你的助手？记得当时父亲笑了，没说话；我固执地要他说。他说：写回忆录，是需要一定职务的。心"嘡"地在胸腔里一跳，震得耳朵里一阵轰轰，我不敢再看父亲。这个事实我是知道的呀，这不是规定，是规律，规律比规定更无情更不可抗拒：谁会对一个默默无闻的普通人的回忆录感兴趣呢？你自己觉着风风雨雨曲折坎坷可人家要看的是经历了那一切之后的成就，看那面插上了顶峰的胜利旗帜，所谓名将名人明星。以前我们从来不跟父亲谈论这些，回避，像好心的家人回避跟病人谈论他不可治愈的疾病。而今，父亲自己坦然说出。面对父亲我检视自己：对于小说中的父亲，我安排他写回忆录凭的是想当然是不假思索是一种偷懒；对于小说外的父亲，我得承认，我这样说纯是为了安慰，带着年轻人的粗疏和不负责任。就是那一次，我对我自己和父亲开始了以前所没有过的剖析和审视，或者可以这样说，我对父亲的关心观察了解，恰恰是从他的要离休开始。也许这只是一种巧合，是因为恰恰在他离休的时候，我长大了。

我把那次以及以后的许多经历感受，统统写进了夜里刚刚完成的中篇小说里。在这部小说的结尾处我让主人公对他的女儿说："我想过了，离休后，看能不能为你做一点儿什么。比如找一些你需要的资料，提供一些你需要的生活。"但这再不是凭着想当然和不假思索了，生活中的父亲真的就是这样对我说的，他甚至在干休所我们家那幢二层小楼楼上——父亲离休前被调为副军职，也算是一种补偿——专为我留出了一间房子。他以平静达观的心态，完成了这个重大的人生交替过程。我怀着天真真挚的情感，怀着与父亲交流的渴望，怀着得到父亲欣赏的期待，怀着给予父亲安慰和满足的热切，夜以继日，改完了这部长达六七万字的书稿，打算写完后亲自带回家，再让父亲看——初稿他已看过——再提意见，直到他满意为止。起床号响时我刚好写下了最后一个句号，身心无比轻松地脱下棉大衣准备出操。夜里起风了，屋里很冷。刚下楼听到有人叫我，说教导员让我马上去科里他的办公室。我感到奇怪，一路上做了无数的猜测，但对即将到来的，竟是一点儿预感也没有。

教导员告诉我，早晨，医院接到上面的电话，我的父亲于昨晚在军区总院去世，死于心脏骤停。父亲住院我是知道的，臀部疖肿引起轻微发烧。在跟妈妈通话时我还就此开过玩笑，说凭爸爸这样的年龄能因一个疖子发烧，说明他机体反应能力很好,很年轻——为什么会一点儿预感没有?

教导员通知我的时候我没有哭,我不信,我一定要亲眼见到才信,可是没有船出岛,头天夜里海上就起了大风。我给家里打电话,中间经过了无数总机,电话是妹妹接的,声音很小。

我喊:"爸爸怎么了?"

她说:"爸爸……没有了。"

我要回家!我要回家看爸爸!我要最后摸一摸爸爸的头发,爸爸的脑门儿,爸爸柔软爽滑的大手……可是没有船出岛。各船艇在接到大风警报后就躲到了安全地带不再出航。十级大风刮了两天两夜,阴云低罩,海面墨黑,一排排巨浪咆哮拔起顶天立地如面目可怖的黑色怪兽。太阳没有了,月亮没有了,星星没有了,爸爸没有了!大风之后是大涌,大涌两天才停,从岛里乘船乘汽车乘火车日夜兼程到家还要两天,于是,六天。六天里亲爱的爸爸早已化作青云飘然飞去,去了一个为女儿所不知的远方永生不得相见——想死我了想死我了想死我了……

……

我返回部队,乘一艘军用登陆艇进岛。

正是秋季,傍晚,海上最好的季节,最好的时刻。来自八方捕捞对虾的渔船云集码头,各自开始生火做饭,支支炊烟笔直上升,上升着融化于无形,变作了海上的氤氲;海水平滑如镜,映照出天空的脸,大红大金大蓝大紫,色彩浓重无羁奇异诡谲,美得令人心碎。从前我们常在这个时候结伴来到码头,在各个渔船上跳进跳出跟渔民们讨价还价。不要鱼,不要虾,只要螃蟹。鱼和虾水产收购,渔民们卖给我们时就不会便宜多少。螃蟹水产不要,冰冻了没人敢吃,活着运出去当时没这个条件。水产不收购的渔民们就会卖得便宜,最便宜时我曾跟他们讲价讲到螃蟹七分钱一斤。回到宿舍,点上小煤油炉,将螃蟹用脸盆煮，上面扣一只脸盆做盖。随着水温上升，螃蟹将脸盆抓得咔咔作响，需要人将上面的脸盆紧紧按住。煮好了，就着盆吃，另一只盆吐皮儿用，两三个人一晚上就能吃出一脸盆的皮儿。

那时候的我父母双全，幸福得像个傻子。

"是韩护士吧？"我回头，一个士兵，看着面熟，大概是在我们科住过院的病号。我对他笑笑，不知姓什么，就不叫。"韩护士干什么去了？"

"探家。"

"家里都好吧？"

"好。"

"小韩！"又有人叫。是曲干事，宣传处的头号笔杆子，戴一副白边眼镜，脖子奇长，按身高应该穿一号军装，实际上才穿三号就刚刚好。"小韩，最近又有什么大作？"

"哪有。没有。"

"给你提供个素材？"

接着他便说了起来，是一个有关领导的讽刺笑话，还没说完自己率先笑成了一团。此类笑话我听过无数，这是其中比较拙劣的一个。但我也跟着笑，拼命笑，笑得直咳，大笑中恍惚听到又有人叫我，心里禁不住一阵厌烦。我想一个人待会儿，不想见人不想说话，我累了。可惜我们医院是岛上唯一的医院，认识我们的人必然多我必须接受折磨。但这回这人对我的称呼跟别人不同，既不是"韩护士"也不是"小韩"，他叫我：韩琳。

是姜士安。站在离我不远处的船舷边。一认出是他，泪水夺眶涌出。我从护训队分回岛里医院时他已调走了，这是我们分手后的第一次见面。我迎着他走去，泪水在脸上狂奔。他向我伸出了双臂，倏然间，又缩了回去，两只手因不能作为而不停地摩擦，发出唰唰的声响。

"韩琳，怎么啦？……韩琳，你别哭啊！……说，怎么啦？别哭，别哭啊！"他连连发问，担忧，焦虑，焦灼。

我深深吸口气正待说时，一个人从我身后闪了出来，冲他叫了声"姜营长"，姜士安回叫那人"高参谋"。高参谋道："前天打电话找你，你们营文书说你回家了，老婆生孩子，男孩儿女孩儿？"

"有男有女。"

"双棒儿？"

"双棒儿。"

他有孩子了？他结婚了！就是说，他不再是一个人了他有他自己的家了他已不再是我的同类！奔腾不止的泪水刹那间止住迅速干涸。他和高参谋说话。我掉头看船后的大海。大海被船身犁开了一个巨大的锐角，雪白的浪花在船边翻卷、跳跃，时而飞溅上甲板，唰，从甲板上流过，复返归大海，带着无数的泡沫。

高参谋终于走开，姜士安得以转脸向我，没容他开口我便问他："你结婚了？"

"啊。"他看着我的脸，急急道，"这事我告诉过你呀，一开始的时候。"

"一开始的时候是什么时候？"

"你在护训队的时候，我给你写过信，那年的五一节。"

"噢，对。"我点点头，冲他笑笑。然后不论他怎么问我刚才怎么了，我都不说，直到我下船，直到那船载着他继续向大海深处驶去……

晚上，我从床底下拉出了我用来盛信的纸盒子，找到了他说的那封信，赭黄色的信封，盖着三角形的军邮戳。我把信抽出,打开来,看,一字一字。在信的最后他说:"我爷爷给我定了个对象,家里没有女人照顾,不方便。他让我回家看看,如都同意,就结婚,就可以让女方来家里住了。不回去是说不过去的,但我不想同意这事,不知你有什么意见,请速回信。"

我慢慢地把信合上,装好,收起,怀着一种"永别了"的心情。

第五章

门外响起了嘭嘭的敲门声,邻居家男人回来了,我以为他在家就把门给插上了。女邻居故意押了好一会儿后才去开门,这时我就知道我完了,至少前半夜别想睡了,每次夜半敲门声都是吵架的前奏曲。他们吵架不关房门,敲开了吵;往好里宽里想,人家是拿我不当外人儿。

"说是去一会儿去一会儿,你那'一会儿'到底是多长?"
"那你让我在家干吗,陪你看电视剧?"
"陪我看电视剧又怎么了?咱俩谈恋爱的时候——"
"恋爱是恋爱,要不就不会有恋爱、结婚这些不同的词儿……"
"明白了。结了婚麻将就比老婆重要。"
"操!这日子真他妈不能过了!"
"你才知道?离婚——拿钱来吧!"
"凭什么?!"
"你在外面玩儿个鸡还得给钱呢是吧?"
"你是鸡吗你要承认你是鸡我就给钱!"

我躺在热成一团的夜暗里静静地听着我的邻居高一声低一声地吵,那段日子,我经常思考的一个问题就是,造物主能让人把眼睛闭上为什么就不能让人把耳朵闭上呢？

　　每次我都是这样忍，从不抗议从不说。既过日子就得吵架，人家并不过分。况且他们也是无奈，他们心里烦我的程度，肯定不亚于我烦他们。否则，女邻居怎会那样积极地为我张罗对象？就像我一个好心的娘家人，生怕我老在了家里。她给我找的对象不管别的方面怎么千差万别，有一点儿相同，都有房，一结婚就能立马把我接了走。看着她这样操心忙碌我心里很是不忍，很想跟她说你即使把我嫁出去了单位也不一定就把这房子给你，你跟别人合住一套房子的主要障碍并不在我。终是没说：人家口口声声可是说为我着想，我根据什么就能说别人是为了自己了呢？两家关系已然紧张得只剩下了这一层窗户纸遮着，真捅破了，还得在一个房顶下圈着，整天抬头不见低头见，那日子才真是他妈的不能过了。

　　不结婚真的是不行了，为自己，为他人，都不能再拖下去了。

　　脑子里慢慢又浮出了那套两室一厅的独门居室。若真的能拥有这样一套房子，就算拥有了家的一半了。那套房子的主人，那个男人，就是女邻居给介绍的，是北京军区的一个参谋，有权力调动车。那年头能认识一个能调动车的人是非常实惠的事，女邻居家的双缸洗衣机，就是那人找车帮着拉回来的。他唯一的缺陷是离过婚，可是，照女邻居话里话外透露出的意思，这缺陷对于一般人来说是缺陷，但对于我这样的大龄女青年来说，得算旗鼓相当半斤八两了。这很有些伤害我原本就很脆弱的自尊心，于是我说，我没兴趣，闻此女邻居一下子急了。

　　"面都没见呢怎么就没兴趣？！"

　　"大致你都说了……"

　　"具体还没说呢！那人特爱学习，烟酒糖茶一律不沾，唯一的爱好是看书，我去过他家，一张床上半铺书，跟毛主席似的！"

"看书不是目的……"我咕噜着。我熟悉的父辈在他这个岁数大都已做到了军区二级部部长以上。但我没说,怕自己显得庸俗。

"但总是优点!"

不一定。二十岁时是优点,四十岁时依然只有这个优点那就是缺点了,一切都有条件。"爱看书"在年轻人那里是一张可能兑换的支票;在中年人那里,就应当是已然兑换完毕的现金;如果一个人到了老年还是一事无成,纵然学富十车不也跟废物一样吗?

第一次见面是在公园,女邻居陪着去的,是一个黄昏,太阳已移至西天呈现出垂暮前的全红,风儿返过了劲来,一阵比一阵欢实,摇动起公园门口的竹丛,阵阵清爽。我的心情好了一些。天气一好我的心情就好。心情好,做决定时就会豁达、宽厚。在女邻居扭着脖子东张西望的时候,我心里就想,差不多就行了,婚姻之事不可不认真,但也不可过于认真。

"嗨——"

就在这时身边女邻居发出一声突兀的高叫,吓我一跳,下意识循着她旗帜般高扬的手臂看去,迎着夕阳,一个中等身材的陌生中年男子向我们跑步过来,绿军裤,白上衣,双手端在腰间,两腮帮子上的肉卡着跑动时的步点儿,有节奏地一颤一颤……我赶紧把脸别向一边,从心底责备自己:怎么一看就是别人的缺点一看就是缺点?切切记住韩琳,你也不是一个美人儿!

那天,我和他在公园里走了三十分钟,表现得非常耐心、配合、驯顺。分手前,他主动约定了下次见面的时间。初战告捷。

下次见面,他开着公家的车来接的我,接我去参观他的家。

他的家是我平凡理想中的天堂。卧室、客厅、卫生间、厨房、专职专房,令人顿生无限遐想。他去采购时我没去,一个人留在了家里，在各个房间里走来走去，走进走出，时时，就倚着某间房的房门站住了，双臂抱在胸前，久久地沉思：这屋子朝南，窗子阔大阳光灿烂，写字台就放在窗下吧。早晨，吃完早餐——早餐也绝不凑合，既然有着设备齐全的专门厨房，要熬粥，煎鸡蛋，还要有各种的小菜——吃完早餐，泡上一杯茶，把稿纸在光线充足的写字台上摊开。没有同居一处邻居家的电视声，开门关门声，吵吵嚷嚷声，楼道里永远不断的电话铃声和吆喝声，有的，只是我的钢笔尖在稿纸上走动的声音，沙沙沙沙……

他回来了，买了菜，买了鱼，买了哈密瓜。把哈密瓜洗净放进冰箱冰镇着，作为饭后的水果。

我们一起做饭。我择菜，他洗，我切，他炒，都没怎么说话，却没丝毫两人相对无话时的尴尬和焦虑，水灵灵的青菜，活蹦乱跳的鱼，刀切菜时的嚓嚓，油锅的吱啦，丝丝缕缕都是填充，是和谐，是温馨，是无声的话语。……生活本就是物质的，起码是以物质为基础的。……好人，再拥有这些外在条件，对于我，应当说是可以了。……我思绪飘忽地想着，偶抬头看他一眼，正碰上他也看我，二人相视一笑。我撩上垂下的头发，复埋头切菜。心里对自己说，就这样吧，韩琳，就这样吧。

我们很快弄出了蛮像样子的一桌子菜，花花绿绿，有凉有热，他还开了啤酒。我不喝酒，为了气氛，倒了一杯放在手边。一旦面对面地坐下，还是有点儿拘谨，尽管两人都主动找话来说，态度都很积极，总是有一点儿累，直到一瓶啤酒下去，他的话才开始多了起来。

"我们这开始精简了，你们那儿开始了没有？……我打算走！"

"哦。为什么？"

"没意思！……官场上的事儿，我算看透了，没意思。蒋介石说得好，立世当权，并非要学问，只要有手腕儿——太对了！我这人，学问不多，有点儿；手腕儿，一点儿没有。请客送礼，不会；巴结奉承，更不会；会，也不干，犯不上！你是上级，该请示，我请示，该汇报，我汇报，别的，没话——跟你当官的没话，没共同语言。但到有一天你退下来了，我去看你。"

"那时你跟他就有共同语言了？"话一出口我就知道错了，赶紧轻轻一笑，以减轻那话的分量。说话刻薄不计后果是我的诸多毛病之一，母亲针对此一再告诫过我，凡事，要紧动脑子慢张嘴。其实，我并不对所有人刻薄，只对亲人、亲近的人才会这样，而现在，我不是正打算跟他成为亲人吗？幸而我的话没造成什么后果，不知是由于他的宽容还是木。接着我的话，他道：

"对，跟当官的不交朋友，这是我做人的原则。"

"其实，我觉着，交朋友，合得来合不来，是主要的；至于他是不是官……"

他对这个题目却并无兴趣做进一步探讨，把话题转到了话题的开头，显然那才是他当前心中的中心。"这回精简，我们部编制减掉了二分之一。副部长十一月二十四号到点儿，能空出一个位置，就这一个位置，十八双眼睛盯着，论工作能力，论水平资历，我在这十八个人之首，可是，"他摇头，脸上露出悲愤，"我不怨我干得不好，不怨我能力不够，只怨我没有一个当红军的爸爸。你说我爸爸他当年怎么就知道打鱼？哪怕帮红军拉拉纤、送个人儿呢！"

"其实，到地方干也不错，趁着相对年轻。部队终究不是久待之地，就是当了副部长又怎样，还不是得走？"他眼盯着桌上的某个点，不吭，目光沉郁；于是我知道下错了药，试着换一个方向，再说："走一步看一步，你现在就是个机会问题，只要有了机会——"

"让我当总长,当总理,都没问题!"我以为他是幽默是开玩笑,抬头看他,同时心里都想好了怎么附和两句,凑凑趣,却发现对面那张肉脸异常地认真严肃:"给我一个舞台,我还你一个奇迹!"

我还能再说什么?两个陌生男女坐到一起,本是要通过"说"来沟通来达到一个共同的革命目的。如果你已发现根本就达不到"共同",还有什么心情再说?就好比买卖双方侃价,买方说一百,卖方说一百万,差距这么大,这买卖哪里还能谈得下去?只有免谈。吃完饭,我抢着洗碗,让他去坐。他不去坐,倚在厨房门口跟我说话,不知是出于礼节,还是意犹未尽。

"想知道我为什么离婚吗?"我一下子又有了点儿情绪。"我刚认识她的时候她还什么都不是,家里也穷得要命,所有人都说她不配我。她爸妈生病,挂号,取药,是我;换煤气罐,是我。她家里电视机,都是我买的。……她脾气不好,上来一阵儿,跟疯子似的,逮着什么摔什么。……动不动就回她爸妈家住,有一年春节都不回来,这人冷得很。……有一个男人常去接她下班,我就碰上过三回。"说到这儿他的声音陡然提高,"你以为他是真对你好?不就是看你长得漂亮吗?男人我还不知道?其实她并不漂亮,我们刚认识的时候,瘦得什么似的,小脸儿蜡黄,没胸。那时候,除了我,谁能跟她结婚?都是玩玩罢了。我现在怀疑,我不是她的第一个。我们第一次在一起,她流了血,可是后来我发现,她是来例假了……"

他讲得拉杂,不连贯,一件事没说完,还没结论呢,就蹦到另一件事上,也许是积怨太多,一件事顶着一件事自动向外涌,容不得他说详细说条理,以至都讲了半个多小时了,我也没能知道他为什么离婚,"她"在我脑子里也始终面目模糊。即使如此，我还是得说，他是好人，无论按什么样的标准界定。他对我也很有诚意。按说，按照预先打算的说，这桩婚姻应该没问题了，好人，又有房子，还要什么？可是事到临头方才发现，抽象中的好人一旦具体起来，就容不得大而化之了。能力差点儿，平庸一点儿，没多大出息，这些我都想到了，都预备接受，就是没想到他会是个心胸狭窄又自以为是的怨妇。噢不，怨夫。与一个怨夫结婚、成家、共度一生，我有这个襟怀有这个能力吗？雁南说：婚姻远不是你我所想象的那样神圣，有点儿像买生活必需品，买不着好的，就买次的。可是，次，次到什么程度方是底线？

那天，我正坐在医院单身宿舍的床上看书，雁南拿来了一封信。信首：梅玉香同志——梅玉香是外科卫生员，负责妇产病房，是雁南的部下。我问雁南："怎么回事？"雁南示意我先看。我便看。这是一份详尽的军队干部履历表，详尽到一次口头嘉奖都未被遗漏，写了一页纸零三行，信末尾的客套词है是：祝学习进步工作顺利乘胜前进！落款：同志程百祥。一分钟过后，我抬起头来，问："怎么回事？""还不明白？""明白是明白——""那你就给他回封信！""我回？""你起个草，叫小梅抄。""包办婚姻啊。""是恋爱！""恋爱？"我抖着两页单薄的履历表。"韩琳，别太挑剔了，头一封信，还能怎么样？再说，小梅今年肯定复员，她不愿意在农村找，你知道。这样的机会对她已经是不容易了。帮帮忙，嗯？"随手又递过一张照片，青年军人的两寸半身免冠照，看上去又陌生又熟悉，是张没有特点的脸。雁南站一边当解说员：这人是个汽车排长，家跟小梅一个村，不过以前不认识，两家老人牵的线……

雁南走了，我下床坐在桌前把照片竖在脸对面开始写回信。

尽管回信的内容也是一份履历表——小梅的履历表——但比对方开的那份要自然丰满生动多了;也写了一页纸零三行——这些细节很重要;信末尾的祝词朴实热情而不失分寸:祝你好。雁南看完后一个劲儿地表扬我:"韩琳,你是真聪明!"我谦虚道:"聪明是不幸的源泉。"雁南没领会出这谦虚,反点头表示了同意:"言之有理。最近我老是想,要是小梅一直在他们家乡里一直没有出来,压根儿不知道外面是什么样,可能反倒好些。"

  我和雁南都没有正儿八经地在农村待过,每年夏秋两季助农劳动,干几天就走。我们心目中的农村便是小说《艳阳天》里的农村,处处是爱情、露珠和绿。可一到了小梅嘴里就全不是那么回事。她说她十岁退学下地干活时一天挣六分,合不到两毛钱。我们诧异十岁的孩子能干什么。她说成年妇女干什么她就干什么,除了犁地之外,和大老爷们儿干一样的活儿。一年里最累人的是秋收,收地瓜。那活儿急,要倒地种麦子。刨完了就地切,就地晒,晒成瓜干,逢下雨半夜也得爬起来抢收。地瓜是她家乡的主食,一年得吃大半年瓜干,吃苞米面是改善生活,白面过年才能吃上,大米见不着。农民不种什么就不吃什么。山区缺水。秋收时她最怵的就是切地瓜干,拿着小木板拿着刀,蹲在地里边切边向前赶。这种活儿都是包件,干一垄四分,谁也不敢怠慢。一天下来,两腿哆嗦得站不住,晚上睡觉疼得爬不上炕,得靠哥哥抱上去。哥哥比她大三岁,看她累成这样,心疼得直哭,几次闹着退学跟她一块儿干活儿帮家里,娘不准。娘说就是自己不吃不喝也得供他上学,他是男孩子,他不能跟他爹似的一辈子在地里做死,累死,穷死。爹四十不到就死了,娘跟他苦了二十年,到头来还得自己拉扯三个孩子。小梅还有个弟弟,比她小两岁。弟弟也上学。娘是个有见识的人。她和娘养活着他们兄弟俩,供他们吃,供他们穿,供他们上学，多苦多累，心里自豪。小梅说现在说这些真觉着像在做梦。人哪，真是怪物，没有受不了的罪，没有享不了的福。现在医院里的人整天闹着给食堂提意见，不是嫌菜的花样少就是嫌菜不中吃。"我们那阵儿，哪有菜吃？有菜没有油炒啊！豆油舍不得吃，得留着夜里点灯用，芝麻油那么一点点当什么用？一天三顿吃咸菜，能下饭就行。下来红萝卜了，腌上。吃着红萝卜，青萝卜又下来了，再腌上。赶红萝卜吃完了青萝卜就腌成了，这时再把白菜帮子腌上。一茬接一茬地腌，一茬接一茬地吃。有的家连咸菜也不叫随便吃，为省粮食。……"

"唉，算了，不说这些了。看这，小梅，同类项合并完了，再往下呢？"

我一直在辅导小梅数学，我和雁南计划帮她考上护校。新规定战士提干必须经过院校学习。小梅不愿意复员。她喜欢这里，喜欢这里的一切，包括我们，并处处事事模仿。我们吃苹果削皮儿，她也削；我们睡前要洗洗换换，她便也洗也换；我们不吃肥肉她便也不吃，尽管她爱吃。其中最热衷于模仿我们的事是说普通话。小梅的家乡话口音很重，"哥"念"果"，"做"念"揍"，"耳"念"乐"。小学校的老师上语文课比别处老师须多费一道工序：耳，耳，"乐朵"的乐——如同用国语注释外文。小梅来后一年家乡口音就听不出多少了。她其实挺聪明。小梅的变化引起了教导员的注意，教导员认为农村孩子应当保持自己的本色，他本人即是保持本色的榜样，离家乡十多年了，一口胶东腔仍是纯洁无瑕。一次他们科春节晚会他独唱《北风吹》，回到宿舍后雁南直着脖子学给我听："跛风那国催……"笑得我差点儿肠梗阻。教导员责成雁南对小梅进行批评帮助。小梅要入党要提干，政治经济命脉都攥在教导员手中，雁南便找小梅谈了。

"小梅，你们家乡话，好不好听？"雁南怎么也曲里拐弯起来了？

"好听什么？土死了！"

雁南看看我，叹口气，没滋没味地又问："是吗？怎么土？"

小梅抿着嘴不出声地笑了，想了想，突然喊道："乐果（二哥）——家走次（吃）饭俩（啦）——"嗓门儿大得就像真的站在田野里一样，把我和雁南吓了一跳。小梅喊完憋不住又笑了起来。

"别笑了小梅。"雁南哀求她道，"不过家乡话还是不能忘的对吧？要不将来复员回去不好办对吧？"说完扭头看我，我目不斜视。

"忘不了！"小梅说。停停，又说，"我不复员！"

"当兵总是要复员的……"

"我不复员！！"声音之响使我和雁南同时一惊。小梅看我们一眼，放低了声音，"我不复员，我喜欢这里。到了这里我才认识了你们，我才知道，以前我活得就像个白痴，整天吃了挣，挣了吃……"

窗外，海浪哗哗，低低地，缓缓地。

"小梅，以后我教你学说普通话。"

"也教我学接生，对吧？"

"那当然啦！"

"我帮你补习文化，咱们考护校！"

小梅看看我，又看看雁南，看看雁南，又看看我，然后谁也不看，说："要是我早能跟你们在一起就好了。"

……给"同志程百祥"的信发出去了，小梅只是抄了一遍，也附了一张照片，两寸半身相，规格同对方那张一样。我说过，这类细节很重要。雁南也同意，认为既然想成，就不能矜持也不可掉价儿，分寸得把握好。我们在共同对"敌"，我和雁南是小梅的军师。她无条件地执行我们决定的一切，没有异议没有建议，没有反感没有热情，态度平和像是在做一件与她并不相干的事情。这使雁南心里不踏实。

"小梅，你到底觉着这个人行不行？""只要人家不嫌乎咱就行。""那是他的态度。你自己呢，觉着行不行？""我就是觉着只要人家不嫌乎咱就行。"雁南问不下去，就不问了，从此隔十天左右拿来一封信给我，我写了回信，雁南审阅后再交给小梅抄、发，这样往返了五六个来回，小伙子信中一次比一次多地流露出对小梅的、也就是说对我的肃然起敬。雁南再也不表扬我了，后来干脆直接说了："韩琳，这次，你把信写得稍微、稍微……稍微那个一点儿好吗？"稍微哪个一点儿？戏演得不错，却没法收场了！这天，雁南又拿着小伙子的信来了，我断然拒绝："不，雁南，我洗手不干了！"雁南说："你先看信！"我看信，看完后禁不住从心里发出了一声欢呼。小伙子要来，利用探亲假。一旦他和小梅真正接上了头，我就可以撤出，再也不用像个骗子似的从中作祟了。心里一轻松，就想开玩笑。"雁南，"我一本正经地说，"见面时需不需要我代劳？"雁南看着我不怀好意地笑："不必了！还是各尽所能吧！"

小梅却不自信。在百祥同志预定时间即将到来的时候，她紧张得手都凉了。雁南把镜子捧到她脸前，一遍遍地说："看看，小梅，睁大眼睛看看！……这里面的俊俏丫头是谁，你不知道？""可是我跟他说什么？"我说："闲聊天，拉家常，谈学习，谈工作，谈现在，看未来，国内生产国际局势种族歧视计划生育宇宙飞船试管婴儿——想到什么你就说什么！"雁南说："试管婴儿计划生育什么的我看先不要说，头一次见面就说这些容易引起误解！"我说："这不过是打个比方，意思是说谈话时要放松、随便！"雁南说："也不能太随便！"我说："别把小梅当傻瓜！"小梅说："我就是傻！都怪我平时不注意学习……"雁南说："哎呀呀呀，这又不是开班务会！"……

　　小伙子在岛里住了三天，住在军直招待所。小梅每天中午和晚上去看他。头一次是雁南陪着去的，回来后我问雁南怎么样，雁南说没有什么毛病。什么叫没有什么毛病呀？雁南说没有什么毛病就是没有什么毛病！她的情绪有点儿烦躁，这时候应当不理她。我去问小梅，小梅却问我廖军医怎么说，雁南姓廖。这使我有点儿不安。后来小伙子走的头天晚上我应小梅之邀和雁南一起去为他送行，才算亲眼看到了他。确实没什么毛病，个头儿不高但也不矮，那张脸不俊但也不丑，挑剔一点儿的话是内分泌旺盛脸上显得油多了点儿，我不喜欢油汪汪的脸。但雁南早就说过叫我不要过于挑剔。我们坐在招待所的房间里吃花生喝水说话，四个人里顶数小梅拘束，一说话就脸红，弄得我和雁南都不敢看她。他还好，也健谈，只是从没有主动挑起过话头，全是顺着我们说。我们说小梅入伍以来进步很大，他说这是领导同志们和二位大姐帮助的结果；我们说小梅没考上护校今年可能复员，他说分工不同目的是一样的；我们说你头一回进岛肯定晕船了吧，他说多锻炼几次就好了……一如头一封信中"祝学习进步工作顺利乘胜前进"的风格。

　　从招待所出来时天已经黑了，天上有月亮也有云。"月亮在白莲花般的云朵里穿行，晚风吹来一阵阵快乐的歌声……"歌声从医院单干楼里隐隐传来，听得出的确快乐，只是云却不是白莲花般的，是乌云，很厚，月亮走着走着就被它罩住了，没有了月亮天地间顿时一片黑乎乎的。我的心情不好。天一不好我心情就不好。

　　"廖军医、韩琳护士，你们都别结婚吧！你们不结婚我就也不结婚，咱们在一起，不行吗？"

"你对他不满意？"

"不。"

"不什么？是不满意还是不是不满意？"

"不是不满意。"

"那你干吗要说这些话？"

"说着玩儿的。"

雁南再没说话。小梅也没有说。我也没说。

……复员的命令下来了。我和小梅同乘一艘船出岛，我因又发了几篇较有影响的小说声名鹊起被我现在的单位借调去北京。四十分钟的航程，小梅一直没有说话。她原是个顶爱说话的小姑娘，一点儿小破事儿能岔七岔八地说半天。雁南说得对，她还是待在家里根本就没出来的好。我说得对：聪明是不幸的源泉。老子说得对：绝学无忧。我们坐在前甲板上，海水细细的泡沫不时飞溅上来，我几次想提议转移地方，终是没说。小梅靠在我身上，靠得很紧，半张脸埋在竖着的大衣领里，一动不动，我便也不敢动。船靠岸了，下了船，我们要分手了。一个去长途汽车站，一个去火车站。我拉着她的手，笑着："再见，小梅，有时间我去看你！"她笑笑。我说："真的！如果他们能要我，我就可以到处体验生活，就可以去你那里。"她不笑了，怔怔地看我。我又强调："真的！"

"那要是……那要是他们不要你呢？"

"那也能去你那儿。从北京回部队，拐个弯，就到你们村了！"

小梅突然着急起来，翻包翻口袋，找纸，找笔。我说我有你的地址，她说那个不管用，路不好走，下了火车要坐汽车，下了汽车还有好长一段路不通车。……去火车站的公共汽车来了，我接过小梅画的线路图跳上了车。车开了，小梅看着我；车开快了，小梅忽然跟车跑了起来，边跑边招手，像是有事儿要说。我把身子探出车窗外，透过车后滚滚的黄尘，听到她在喊：

"不过他们肯定会要你的，韩琳护士！"

她叫我"韩琳护士"，四个字一个不省。认识我的人只有小梅一个人这样叫我，那是第一次见面时固定下来的。雁南向她介绍我：这是韩琳，内科护士。她想了想，叫道：韩琳护士。

我至今没去看小梅，但知道她结婚了，复员回去后的第二年结的。男大当婚女大当嫁，生存和需要其实比爱情更接近于婚姻本质。在那个吵吵嚷嚷、酷热难当的暗夜中，我的最后一个念头是，要不要去看一看小梅？

我是被一个找我的电话叫醒的，醒来时天已经亮了。电话正是我那位男友打来的，约我出去，方才记起今天是星期天了。

第六章

　　出院门碰上了我们剧团的另一位编剧。同是编剧，他一级，我三级，档次差着不是一点儿半点儿。人家也不像我半路出家，正宗科班毕业，来剧团后，上了三部戏，响了三部戏，还不到四十岁。上级机关几次意欲让他出任剧团领导，均遭婉拒，此举愈发令同仁敬重：这才叫真热爱艺术，不是叶公好龙。他的妻子是舞蹈演员，很漂亮；儿子上小学三年级了，很出色。可谓事业有成家庭美满，既有抱负又很实际，是一个能力很强的人。我很佩服他，恭称其老师，心里从来没有一点儿人们通常所说的那种预感。相互打完了例行的招呼，老师问我剧本准备好了没有，我看着他，不明白。他说我的《周末》定于明天上午九点全团讨论。我大吃一惊，呆住。老师已走得看不见了，我还站在原地拿不定主意。拿定了主意后就去给男友打电话，告诉他我不能去赴约了并讲明了原因。《周末》是我的心血之作，明天是决定它命运的时刻，今天我必须在家里做些准备，电话中男友流露出的遗憾颇令我心动。

　　第二天我早早地就起了床。从宿舍到剧场只需五分钟，我提前一刻钟就出发了，带着本，带着笔，第一个来到剧院。天气预报这天最高温度三十一度，不高，感觉却是出奇地热。没有太阳,没有风,空气黏糊糊地罩在天地之间纹丝不动。那时剧院还没有空调,有重要演出就得提前准备好大量的冰块,演出开始前分装在盆子里一盆盆在观众席前摆好,盆子后面再放一排落地扇,负责将冰块散发出的凉气吹送到观众席里。平常的日子就只有电扇,吊扇,悬挂在剧院高高的天棚上,已经老得转不大动了,扇叶一叶是一叶,怎么使劲转也连不成片。我记录本上的字儿被手汗洇成了一朵一簇,好在那些字儿全无意义。

开始我一直在做记录,边记边还频频点头,表示着谦虚,若有所悟,英雄所见略同等等等等的意思,但渐渐地我发现这种姿态并没有什么用处。

"艺术是什么?它和非艺术的区别在哪里?现代英国美学家克莱夫·贝尔说艺术应当是'有意味的形式'。"说话的是一个三十多岁的女演员,毕业于中央戏剧学院表演系,不仅在我们剧团,在演艺界,也算得上是名门出身。名门自然就有着名门的风范,外国艺术大师的名字,不管多么拗口生僻闻所未闻,由她嘴里说出都像是她的熟人儿,一串串高深的专业名词更是叫人闻之肃然。她有着一双狐狸眼,看人时,尤其看男人,半合半开半斜,越显其媚,并不想勾引谁,本能、习惯而已。下巴略长,皮肤稍粗,牙齿很好,细密而白,因此常常要嫣然一笑或不禁莞尔,时有机会在电视剧里出演妓女或姨太太,基本是些没名没姓的角色,所以她格外推崇"没有小角色,只有小演员"的说法,视黄宗洛为她的学习榜样精神楷模。可惜从八十年代后期开始,神圣的艺术殿堂也不可避免地沾染了市场经济的特点:势利。人们的眼睛只盯着主角、明星,只看红花不看绿叶,令狐狸眼们在激愤不平的同时,也寂寞。所以狐狸眼格外珍惜,不肯放过一切展示她才华的机会,今天就是她的机会。"布莱希特说,戏剧只有参与了建设世界这一工程,才能在舞台上塑造世界。可在《周末》里有什么呢？几个人，几段苍白的经历，看不到时代，看不到历史，更不要说世界了。标准一定要高，没有高标准，就不会有好作品。都说不能眼高手低，"一顿，"NO！眼高才是一切的前提！高尔基说，戏剧是一种困难的文艺形式，没有困难不见功力，正所谓沧海横流方显英雄本色！"

我收起了笔和本，收起了眼中的谦恭，仰脸看天，一条腿也架在了另一条腿上，调动起全部肢体语言，告诉对方我很烦，请闭嘴。狐狸眼不闭嘴，四年"中戏"收获的知识她这才用了多一点儿？一点点。剧团领导眼中也露出了不耐，但无奈，作为领导，他不能遏制一个团队成员对于团队活动的参与热情。

终于还是有人说话。"我说，咱是不是来点实的？就戏谈戏，务虚以后再务，躺热的天！"浑厚的男低音，声音不大，却传到了剧场每个角落，是那种所谓有穿透力的声音。因狐狸眼的发言而昏昏欲睡的剧场为之振了一振，个把被从睡梦中惊醒的人扭着脖子寻找说话的人。我一动没动，我知道是谁。"我觉着《周末》的关键问题在于上面能不能通得过。不是不让你写矛盾，没有矛盾就没有戏，这谁都知道。但是怎么写写到什么程度，对编剧是个考验。你的主题究竟是什么？到底想告诉人点儿什么？有什么积极的意义？不清楚。剧本的不清楚是因为剧作者的不清楚，我建议帮助作者把最近党中央的精神吃透，从政治上号一下脉。"

"NO！"狐狸眼一声尖叫，像一把利刃将男低音拦腰斩断，半死不活的剧场彻底兴奋了起来，仿佛一出戏终于进入高潮，"伟大的思想先驱卢梭怎么说的？——法律是不允许进入剧院的，只要有一点点强制的存在，剧院就由娱乐变成惩罚！著名戏剧理论家威廉·阿契尔怎么说的？——"

"卢梭说了算还是中央说了算？"

"这正是艺术的悲剧艺术的堕落！是我们剧目质量搞不上去的症结之所在！"

"你呀，说别的行，还就甭跟我谈艺术。想当年我在这儿搞艺术的时候，你还在幼儿园里'找呀找呀找朋友，找到一个好朋友'……"男低音今年五十四岁了，距退休还有一年，最后一句他是唱出来的，唱得字正腔圆中气十足，于是剧场里响起了稀疏的笑声，尽管稀疏，也是笑声。话剧演员尤其知道剧场中笑声的宝贵，男低音大获全胜颇有几分得意，狐狸眼不甘失败欲起身再战。领导抢在她的前面站了起来，两手平伸用力向下压着，道：

"大伙的发言都很好，从各方面对《周末》进行了论证，相信对作者会有所启发。希望韩琳能将大家的意见琢磨消化，对剧本做进一步修改，争取在现有基础上再上一个台阶。……散会！"就散会了。

这天老师没来，为了什么事不知道，是不是他也觉着《周末》太糟，让他不好发言，不忍当面伤我，就——躲了？

我低头匆匆去了剧场的洗手间，直在里面待到估计人都走得差不多了时才出来。我这会儿不想见人，不想听任何虚情假意的安慰鼓励，更不想再听人跟我探讨"艺术"，这种借探讨艺术之名行炫耀、发泄甚至是填补精神空虚之实的作风平常就令我厌烦，别说在这个时候了。

剧场里空空荡荡，没有灯光没有舞美装置的舞台显得破败不堪，昏暗的光线下，可看得清上面的一层灰尘，毛茸茸的。侧幕条都被拢了起来，露出台后横七竖八的道具，景片，电线，大小箱子。唰，唰，唰，老朱在扫地。我拣后排边上的一个椅子悄悄坐下，将自己隐蔽了起来，连老朱，我都不想让看见。

"孤王酒醉桃花宫／韩素梅生来好貌容／寡人一见龙心宠／兄封国舅妹封在桃花宫……"

老朱边扫地边哼戏文,心情很好。我就没有见他什么时候心情不好。他来剧院两年多了,负责清洁和看门,却没有人知道他的全名,多大岁数,从哪里来,如何而来。只知他姓朱,一辈子未婚,无儿无女,也没有父母,一个彻彻底底的孤人。住一间借建筑物拐角搭盖的简易小屋,单人床放进去便三面顶墙,只剩一侧不足一人宽的过道。放不下桌子,他就捡来大小适宜的木板搭个桌子;水泥墙灰秃秃的不好看,他就把旧挂历拆了挑漂亮的贴一满墙,还养花、养鸟,最喜欢的,是吃一口好的。吃饭是他极重视的事,从不凑合。我经常见他坐在小屋门口,自己给自己包饺子:和面,调馅儿,擀皮儿,砸蒜泥儿,全套的程序。尤其可贵的是,忠于职守。比如你想带个人进剧场,跟他再熟——哪怕你昨天刚给过他一小袋大米,尽管是你吃不了的,给别人行不行?扔了行不行?给他,就是一份好意,一份惦记,没用,没领导发话,他绝不批准。领导常为此感慨,要是部属都像老朱该有多好:工作好,需要少,无牢骚,狗一样忠诚,还不必给他评职称。

老朱仍在唱:"内侍臣摆驾上九重／高御卿发怒你为哪宗……"

曾经,我很同情他,觉着他很可怜,此刻,却兀地生出几分理解,几分羡慕:肉体的所有感受,最终还是要通过心灵得出结论,快乐与否的标准,全在每个人的心里。他贫穷卑微他快乐。我优裕高雅我却不快乐。

老朱终于也走了。偌大的剧场静下来了,放眼看去,一排排无人的座椅连成了一片空虚。

只有我知道我为《周末》付出了多少心血,这之前我还写过六个剧本，都是在这一次次的所谓讨论中，在"再上一个台阶"的敷衍中，不了了之。前六个剧本放弃也就放弃了，但是《周末》很好，经过了六个剧本的磨炼，它已相当成熟。如果这样的剧本仍不能为这个剧团接受，就说明我与这个剧团是真的无法相融了。这里没有人事因素，大部分发言也都出于真诚，包括狐狸眼，包括男低音。但这只能更加证明了问题的严峻：我和这个剧团在美学追求上有着相当的差异。我无法改变剧团，又无法放弃自己，于是，就僵住了。斯坦尼斯拉夫斯基说戏剧是一种集体经验，集体创作集体欣赏。换句话说，就是要限制个性的过分张扬。我记住了这话，并努力实施，在最大范围内修正了自己。修正不等于放弃。而在目前，不放弃自己，就意味着放弃剧团放弃这份工作：一个萝卜一个坑，你不能总占着一个坑而长不出萝卜。

　　当初借调来京时领导明确告诉过我，能写出可供剧团上演的剧本来，就留下，写不出来，走人，试用期半年，令我骤感压力。我不懂戏，看的都很少，一个小岛上哪里有戏？十几年我只看到过一次话剧，军区话剧团的《雷锋》，印象中还不是太好。这种事谁也救不了你，唯有自救，我的办法是：恶补。晚上，窜去各个有演出的剧院看戏，话剧、京剧、沪剧、越剧，《三百年前》《狗儿爷涅槃》《烟雨濛濛》《阿混正传》；看完戏回来后躺床上接着看剧本，莎士比亚、缪塞、曹禺、老舍；通俗的、高雅的、好看的、难看的、传统的、现代的，一视同仁兼容并蓄逮着什么是什么。白天，写，硬写，逼着自己把小说思维转向戏剧思维，这二者有着完全相反的特性。转眼，就是半年，我是在试用期快到时才把剧本拿了出来，抒情风格，偏又遇上反"精神污染"，抒情在当时按有些人的标准不是"精神污染"也得是"精神污染"的亲戚，至少是有此倾向。幸运的是，当时的剧团领导有着同样倾向并且霸道：这是个好戏！就这么定了，上！于是，我的命运也就这么定了，戏上之后，被正式调入。那是一段幸福时光，戏立起来后，层层看好，一路绿灯，获得了空前的肯定：军事题材戏剧创作的新突破——领导和专家这样说。是夜，拍板上这部戏的那位领导同他老伴儿一块儿，从剧院出来直接跑到街上，花二十六元钱吃了顿涮羊肉以志庆贺，那时的二十六元可不能算是小钱。可惜这位认可欣赏我的领导很快因年龄到了退了下来，我是在他退了之后才感觉到他之于我的宝贵——他退下来后，我就再没上过戏。他晚年不幸，老伴儿先他而去，几个孩子均出国定居。五十年代也是剧坛一名骁将，曾把自己两万元的稿酬一次性交了党费，那时的两万元顶不上今天的两百万二十万是顶上了。但到了八十年代末，退休之后，他却要因一项按规定必须自费的手术，为了区区一两万块钱的手术费低下头来四处去借。一年春节，他打来电话：韩琳，我这个春节过得很凄凉，家里只有我和小阿姨……我深为震惊，震惊的不是他的处境，而是他的表述。一个这样的男人，如不是在现实面前完全地无奈了，无望了，屈服了，怎么会肯如此背叛自己的自尊？后来，他得了肺癌，手术前我去看他，带去了花篮和祝福，原以为面对的会是形销骨立阴凉凄惨，却不料老人形容开朗谈笑自如，分手前还给我写了幅字："凶吉福祸有来由，但要深知不要忧。只见火光烧润屋，不闻风浪覆虚舟。"七律，据说是白居易读《老子》后作的。我把这字拿去裱了，郑重其事挂在了写字台的上方，失意时深深看它两眼，很是能从中得到些安慰、感悟。这工夫，在刚刚遭受了致命打击一个人坐在空空的剧场里时，我又开始在心里默念它了，一字字地仿佛念经。却是不论怎么念，虔诚地念，也轻松不起来，超脱不起来。一个很现实的问题摆在面前：如果这部戏再上不了，我恐怕就别想在这个单位里混了，能不能留北京可能都是问题，就这么回去？怎么跟母亲交代？因为父亲的缘故，母亲对我寄予了无限期望。

"韩琳，"我茫然扭过脸去，是他，那位我尊敬的老师，站在座椅之间的过道上，两眼含笑，问，"完了？"

我一语双关："完了。"

他轻声一笑，走进来在我身边坐下。"听我说韩琳，《周末》相当不错，可以说非常成熟，是一个从生活出发的东西。坦率说，我没有想到。"我瞪大了眼睛，他的神情诚恳认真，不像一种安慰，"你很有才华，戏剧感觉很好。"

"那您上午为什么没来？"我不禁嚷道。

"有点儿非办不可的急事。没关系，我的意见都跟领导谈了。"

"他们怎么说？"

"他们同意我的意见。当然本子还需要做一个调整，结构上的调整。打个比方，一幅画，每个局部都很好，眼睛、鼻子、眉毛、嘴，都很好，很美，可是假如安错了地方，嘴安在了眼睛的地方——"我笑了起来。他也笑了，明白我明白了。"两天时间就够！"这是他最后的话。

我在闷热的小屋里整整待了两天两夜，吹着电扇，两腿浸在一只凉水桶里，调整剧本，让"眼睛、鼻子、嘴"各就各位。剧本交上去之后我就躺倒了，高烧，头疼欲裂。早晨申申来过一趟，收拾房间打开水送饭，一阵旋风般地忙活之后就走了，她家胖子的"个唱"正在关键时刻。这天天很好，夜里下了场大雨将多日来的闷热一扫而光，邻居两口子上班去了，我得以敞开房间门让习习的凉风由窗至门自由出入。真舒服啊，我闭上了眼睛，睡意渐浓。有敲门声，我叹息了："进来！"单元门开了，门外的人进来了。是他，我的老师！心中一阵紧张，到现在我也解释不清这突如其来的紧张。一切都应被理解为正常的：她有病，他来看望病人。他是这病人的同事、老师，有权也有义务表示一下关心。当然，她敬重他的成就，他欣赏她的才华，但这也是一种不超越同行、同事的关系。他们之间没有一点儿超越这种关系的东西，可我就是紧张，这算不算是一种预感呢？

　　他进来，并顺手把我敞着的房间门关上了，然后走进来，站住，把拎在手里的一大网兜水果放在床边的桌子上，坐下。我想起身，他不让，却没说话，只是那样微笑着摇头，含着温和的责备，这责备让人从心里头感到舒适。该我说话了，却找不着话说，急中生智一向不是我的长处，心里一阵焦躁。"药都按时吃了吗？"他随随便便拿起桌上的药瓶，自自然然地问，气氛立刻变得又随便又自然。我真感谢他的细腻、体贴和聪明。"没有打针吗？"他又问，我笑着摇头。他不看我，看着我的写字台说："不打针也好，药物对你来说是次要的，你需要的是休息，你太累了，一个人，什么事儿都要靠自己……"他突然转过脸来，看我，目光里深沉的理解使我的心一阵抽搐。我避开了他的眼睛，眼角溢出了泪水。我想他不会发现，我已提前把头转向了里侧。屋里一阵长久的极静。"还烧吗？"随着这声悄然询问，额头上感到了一只清凉爽滑的手。我不敢动，全身的神经都集中上了额头，然后又将额头的感觉向下传导，传到四肢、躯干和胸腔里那颗满是皱褶的心。于是心被抚平了，松弛慵倦像蜷卧在飘在微尘里的阳光里的猫。我愿意永远是这只猫，我愿意时间就此打住世界就此定格。可是那只手却不可避免地移开了，心立刻紧缩，沉沉、沉沉地回到了原来的位置，原来的状态。……忽然，眼前暗了下来，我睁开眼睛，发现窗帘被拉上了，他在昏暗中走回来，解释说："外面的光太亮了，你不觉着刺眼吗？"这时该怎样回答？我不知道，完全像个傻瓜。他看着我，看了一会儿，俯下身子，他吻我了……我从来没想到吻是这样的，最早我以为那只是唇与唇的接触，后来才知道不是，却不知道怎样才是，原来这样就是！我不能不可怜自己，也算是学过医的，懂得人体，懂得骨骼肌肉血液器官，却不懂得生命，生命原来是这样美妙，美妙得难以言喻，我枉自来世这么些年，空负了造物主对人的厚爱……某根神经的不安忽然使我警觉，我几乎是下意识拦住了他用意明显的手，同时下意识地说："不。"

"为什么？"

真的，为什么？但我没有力量细想，"不。"我只有机械地重复。

"不会怀孕的。"

"不。"

"真的不？"

"不……"

他放开了手。他站起身来。他走了。

我独自躺在我的小屋里，好久，一动不能动，脑子也是，好像是服多了冬眠灵。后来，病加重了，感冒未愈又添腹泻，我的自我诊断是，植物神经功能紊乱。等病完全好了时，我的理智才恢复了。我谴责自己，严厉如谴责一个堕落的女人。

我去剧院，这天正是《周末》剧组的建组大会，全团集合，一路上，大伙对我的到来表示出的由衷欢迎使我心情明朗，使我更坚定了对那一切的厌恶。但我不打算不公平地仅指责对方。由后台进入剧场时我在化妆间里停了一停，化妆间到处是明亮的镜子，对镜照照，镜中人沉静，自信，生气勃勃。我笑笑，走出化妆间，向剧场走去。我已决定了再见他时的表情：大方，诚恳，热情，庄重。总之，一如既往。我做得到的，只要我想做到。会议开了整整一个上午，领导讲话，导演阐述，演员发言……一直到十一点半。心里不知为什么总像缺点儿什么似的空落落的，静下来想想，不得不承认，这是因为一上午没有看到他的缘故。几次有意无意四处扫视了整个剧场，没有他的影子。他去哪儿了？

出差了。还有一个礼拜回来。

心里一阵怅然若失。为什么这样？难道在厌恶的同时还存在着思念？不，不是思念。这不过是想在唯一知道这龌龊秘密的另一个人面前表白自己坦荡的急切罢了。这秘密太沉重，唯此才能减轻它在自己心上的压力。我等着他的归来，我要彻底结束错误，恢复正常。要让他知道，我不是他想象中的那种人。女人并不都如男人一厢情愿所揣测的那样。希望他不要把我在病痛中的软弱当作对女人的经验接受下来，那不过是一个错误，一个正常状态下不会发生的错误。

这其间我应邀又去了我那位男友家一次，程序内容与上次完全相同，做饭、吃饭、说话，只是在分手前有了一点儿变化：临出他家门的时候，他把两只手轻轻放到了我的肩上，轻到那只是一个姿态，几乎没有实质上的碰触，然后，轻声问我："可以吗？"我眼也不眨地干脆说道："不可以。"他点点头，收回了手，丝毫不以为忤，大概是把我的拒绝理解成了矜持、羞涩。一个男人连想亲热亲热都要先征求意见，要先问一声"可以吗？"那答案就只能是，不可以。凭着这个"面"，这个"肉"，这个怯懦腻歪不敢承担就不可以。那一瞬我想起了他的吻，坚决果断地，不容置疑地，居高临下地，更重要的——适时准确恰到好处地！……全身禁不住又是一阵战栗，通了电一般。

我等着他回来。

他回来了。

在完全没有精神准备的情况下,我遇到了他,是在路上,从宿舍去剧院的路上。面孔半点儿也不耽搁地发起烧来,我没有办法,只好盯着路旁矮墙似的冬青拼命想:这么多树怎么会长得一般高呢?修剪过?并没有见谁修剪啊!真可笑,一般高。……他在看我。我没看他,但全身都感觉到了他的目光,那目光深厚锐利,心又抽搐了。"病彻底好了?"他总算开口了。我点点头。"我走的时候太匆忙。"我点点头。"我买到那本书了。只买到两本。你一本。"拒绝吗?可这是书,一本时下令人趋之若鹜的书,拒绝了反倒显得心中有鬼。收下?又怕他错误地理解了这接受。怎么办?给他钱。对,给钱!……下次单位开会,他拿来了书,我一手接书一手递过去攥在手心里的九元八毛三分钱,那三分是三枚一分的硬币,亮亮的从我手里跳到了他面前的桌子上。他看着钱,没有说话;我拿着书走了,也没有说话。以后,好长一段时间我们都不说话。有人在时说,没有人时不说。

一切跟想象的全不一样!

正常似乎没法恢复了。我害怕见到他,见到他就紧张,紧张得连傻瓜也会看出些许端倪;又渴望见到他,他好像成了生活的一部分,没有,生活便残缺不全了。那种种精心设计的大方诚恳热情庄重全没用上,用不上!我为自己惊讶,我想准是我的神经出毛病了。出毛病的是神经吗?我自己十分清楚,不是。我厌恶自己,厌恶他,厌恶我们之间的那件事情。可是又渴望,抑制不住地渴望,渴望着重新体验,胸中如有两军对垒,互不相让,战争不断升级,愈演愈烈,到了白热化的程度。这事必须有一个结果,否则,我永无宁日!他呢,他怎么想?我们仍不说话。有人在时说,没人在不说。

下午,政治学习,传达中央军委文件以及层层下发的相关文件,以支部为单位,他最后一个到的,却并不马上进来,而是站在门口向坐得满满的屋里扫视。我看到了他的目光,立刻触电似的低下头来。不一会儿,有人在我身边坐下来了,是他。我没有抬头,但知道是他。文件很长。很好。有人在睡觉,发出深睡时才有的均匀粗重的呼吸声。我一心一意寻找睡觉的人,总找不到。睡觉的人经常伪装得看起来像是听得最专心的人,两手支着额头,脸向桌面,一副专心聆听苦苦思考的样子。我觉着很好笑,真觉得好笑。我发现我的心在渐渐平静,发现这件棘手的事其实并不可怕,只要不再刺激它也别总那样"绷"着,它就会自行消亡。比如现在,他刚在我身边坐下时,我全身的肌肉包括骨骼肌平滑肌心肌确实一齐发生了共振般的痉挛,但不能总是痉挛,它们的能量有限,痉挛了一阵就疲倦了,疲倦消失后一切便恢复了正常,有好几次当我在找寻睡觉人时确实把身边的他忘了。我解脱了。左胳膊被人轻轻碰了一下,下意识地转过脸去,看到了放在肘边桌上的一张字条。

——太枯燥了。无声地说点什么吧,好吗?

骨骼肌平滑肌心肌们一齐痉挛!纸片消失了。过一会儿,又回来了,纸上多了一句话。

——为什么不愿意理我?我得罪你了吗?

也许谈谈不是坏事?也许谈开了反而好!我拿起了笔。

——没有。我依然尊重你。

——我宁可用这尊重去换取一点儿别的!

——你对任何一个女性都可以这样说。

——我不愿辩解,但我感激你说出这句话。这证明你也爱我。

——这里面根本无所谓爱。这件事最终只能是一场空。

——所有的最终都是一场空。永恒谁也无法追求,只有希冀。对永恒的希冀恰好证明了人对自己渺小存在的重视。人所拥有的只是现在。我现在非常爱你，想你！

——请不要这样说话！

——这是实话！

——我只能使你失望。

——为什么？我们的爱并不虚幻。此刻我就想紧紧地拥抱你！太想了！因为，爱。

——任何堕落都有美好的借口。也许男人不存在堕落的问题。

——你充满了欣喜和炽热的渴望，你感到了生命的力的饱胀，而你却冠之以"堕落"，究竟是什么压抑了你？我期盼着我们灵魂和肉体的结合，即使是悲剧是毁灭！不要与命运和爱神抗争吧，一切听从爱神的安排，因为一切都在流动；一切听从命运的安排，因为你我都是它的手中之物。人，太渺小了啊！

纸片已经写满了，两面都满了，密密麻麻再无插足之地。即使有我也不能再写。幸亏是写而不是说，否则，我将管不住自己的舌头。我被他那简直是宇宙意识的超脱、自信震撼了，脑子里一坨糨糊，里面原有的一切都被打乱，然后又乱七八糟地粘在了一起，我脖子僵僵地看眼前的桌面，不敢稍稍转一下头，生怕转错了方向转到左边去，他在左边。我不能看他。我不知这是由于惧怕令人目眩的光亮还是惧怕令人羞惭的黑暗。我的脑子里是一坨糨糊。休息了。随着一阵获得新生般的声响高潮，室内安静了，人们出去了。我没动。很高兴除我之外的人都走了，否则，我拿不出一点儿敷衍的气力。

"晚饭后有时间吗？"天哪，他什么时候进来的？

"你有什么事？"我这样反问。我应说没时间，嘴不由己。

"我这次出差还给你带来了一样小礼物。"

"真的！什么礼物？"我问。同时，另一个我不由为这装出来的欢天喜地天真烂漫脸红发烧。

"到时候你就知道了。我给你送去,晚上七点半,行吗?"

"好啊。"我夸张地点头夸张地笑,声音高得有点儿走调了。

晚饭没吃,没有食欲。什么欲都没有,脑子里是一坨糨糊。我面对墙壁坐在写字台前愣神儿,愣了不知多久,听到了敲门声,我哆嗦了一下,赶紧垂下眼睛,写字台上事先摆好了一本摊开的书。"请进。"我说。"韩琳,让你马上去剧场,临时通知今晚上的演出专家要来。"

来人是《周末》剧组的剧务。看看表,六点一刻。

第七章

我去看小梅。

以往出远门我总要选一本书带上，这本书必须不是太厚，以免沉；必须好看，以能抵御环境的嘈杂；还得有滋味可反复阅读，以免读完了就完了。但这次没带，忘了，我几乎是逃离北京的，逃离他，还有我自己。在车上闲着没事儿，只好听别人说话，上车后对面下铺两个三十来岁的女子一直在头对头地唧唧咕咕，这会儿，正探讨到有关男性心理。

"哎，看过《聊斋》吗？"

"'撩摘'是什么？"

"书。专讲鬼、狐狸精什么的。……里面有个《恒娘》。听说女人看了《恒娘》，就能牢牢把握住男人的心理。"

我心里动了一动。《聊斋》我是看过的，还是海岛那个俱乐部主任拿给我看的，由于是文言文也由于时间紧，当时就看得囫囵吞枣不甚了了，现在更是差不多忘干净了。当下决定，回去后一定找来再读。我现在比任何时候都想知道男人心理，具体说，他的心理。

那天晚上到了剧场后方知道，晚上要来的专家全是重量级的专家，评奖委员会的评委。本来说好第二天来，因为其中两人的出国事宜,临时改为了这天,于是领导利用演员化装前的时间召开了这个剧组全体人员参加的紧急动员会。他也来了,他是这个戏的"剧本顾问"。按心照不宣的惯例,上级领导来看戏的时候,剧团领导紧张,好与不好,关乎他们的政绩;专家评委来看戏的时候,演职人员紧张,尤其演员,好与不好,关乎他们的一系列利益。动员会不过十分钟,气氛却是"砰"一下子就起来了,干柴烈火。表面上看不出什么,散了会,人人该说说,该笑笑,嘻嘻哈哈大大咧咧,甚至比平时更嘻哈更大咧,但是暗藏其间的紧张亢奋焦躁却是无处不在,如平静海面下的潜流。散会后我没有走,留了下来,毕竟,这是一场对我来说也十分重要的演出,就好比我的一个孩子,被打扮收拾好了,要领出去见人了,尽管是好是赖这时已由不得自己了,还是想在一边守着。开会时他没跟我说什么,没机会,我坐前面,他在后面;散会时我扭头向后看了一眼,没看到他。

他去哪儿了?

前台,灯光师在做最后的灯光调试,这个戏的灯光非常重要,时空转换全仗它了,总起来说运用得还算不错。

观众席一侧的前排,音响师坐在阔大的调音台前忙活,前几场演出下来,人们对音乐意见不少,以他的最为尖锐。"……观众一看,要诉苦了,肯定该二胡出来了,果然,咱就给送上了一段弦乐。能不能有点儿逆向思维呢?都以为要有音乐了,我偏偏没有,大幅度空白!本来嘛,演员戏正演得好好的,干吗非要跑出来一段音乐瞎搅和!应该动动脑子,不要凭着惯性往戏上贴音乐。"招惹得音响师背后恨骂不止:"真他妈胡呛!不就一写字儿的吗?装得跟真的似的!"这话肯定会传到他的耳朵里,文艺团体的重要特点就是透明无秘密。但他不在乎,从来都是该说说,都说在明面上、点子上,反而在剧团里威信很高，毕竟，谁也不是真糊涂。……偌大观众席里，只有音响师一人，一目了然。

他去哪儿了？

后台夹道，一个年轻女演员正躲在里面吃方便面，道具急急火火找了来，一看已被小姑娘吃得差不多了的方便面时，眼珠子都掉出来了。"天！你怎么把道具吃了！马上要演出了！去！给我马上买去，趁小卖部还没下班，快去！"

我来到了化妆间。

化妆间灯光通明，一盏盏灯照在一面面镜子里，成倍地增加着亮度，亮得刺眼。我踱到化妆师身后，看她给女一号化装。《周末》是一部女戏，因而女一号实际上就是男女的一号。女一号三十多了，长得一般，化妆师都比她漂亮。可她戏好，跟她演对手戏，容易被激发被带动。她若演妻子，对方很快就会找到丈夫的感觉；她要演悲痛，能让不明就里的旁观者为之眼睛湿润。长得一般的演员戏通常好。

老朱探进头来，眯着眼扫视了屋子一圈，对化妆师道："你！电话！"化妆师应声要走，被女一号按住："这儿得粘一下，"她指着自己的外眼角，"有点儿往下耷拉。抓点儿紧，完了我还得默默戏。"化妆师朝镜子里看了一眼，镜子里女一号面无表情，她只好请老朱帮着问问对方是谁，待会儿有时间再打过去。老朱答应着走了。老朱的出现使一伙早已化好了装、百无聊赖的群众男演员终于有了一个可以兴奋起来的话题。关于老朱，其身世有着多种说法，较为集中的是：老红军的后代，生下来被寄养在了山区农民的家里，由于营养不良没能发育完全，所以至今没有明显男性特征，比如胡子，比如喉结。有关他最终被归于男人的那个最主要方面，更是人们——男人们——谈论、开心的话题，尤其当有女性在场的时候。

第七章　075

"也就是个男孩儿水平吧，"说话人一本正经，"七八岁的男孩儿？""不不！这只是表面上看，实际上，很好！""很好"说得意味深长。"怎么知道？""怎么不知道？昨晚上在紫竹院公园跟一个女的见面，就硬得像，"一顿，"筷子似的！"众哄然大笑，笑声如浪，一波高过一波，整个化妆间里沸腾着快活。"都不要吵了！！"女一号猛地站起，转过身去，面向全体一声断喝。如若不是粉底霜、腮红等等的覆盖，她此刻绝对是脸色铁青。全场哑然。演出前是需要安静，尤其主要演员，但我还从来没见到女一号这样过，她一向随和；这才兀地想起今天的演出很重要，我竟然把这茬儿给忘了。心里一直慌慌着，没着没落的，紧张着也亢奋着，但显然的不是为了戏。

演出开始前我看到了他，在观众席后排。这场演出我也是在观众席里看的，但有意没去他那里，不想人为地做什么，只想听其自然，或者说，想听他安排。

整个演出在我看来非常糟糕，演员太紧张了。

夫妻吃饭。按照剧情，丈夫用筷子夹起妻子特意为他腌制的酸黄瓜，咬一口，说："真好吃啊！"结果，这位演丈夫的男演员在夹着酸黄瓜往嘴里送的途中，紧张得将黄瓜掉到了地上，把地板砸出了"咚"的一声，这哪里是腌黄瓜落地时应该发出的声音啊？于是观众笑了起来：你那黄瓜是木头的！要说这也不算什么，舞台嘛，仰仗的就是一个假定性，他笑归笑，能理解；让人不能理解的是这位演员，他居然弯下腰去把掉在地上的那块黄瓜用筷子夹了起来，然后原封不动地接着往下演：送到嘴边，咬一口，说："真好吃啊！"在生活中你能这么干吗，用筷子从地上夹东西吃？不能从盘子里再另夹一块吗？怎么就认准了那一块呢？脏不脏啊？讲不讲卫生啊？就算你不嫌脏，你节约，你就觉着那一块好，夹起来，吹吹灰，再往嘴里送，好不好？人家不！还好意思说什么"真好吃啊"！令全场观众大喜。把我气得泪都出来了：真够机械的，真够笨的，一点儿应变能力没有！大概就是这不该有笑声时的笑声把男演员的心给笑毛了，笑乱了，下面的戏他越演节奏越快，有的台词快得像说快板，外行也许看不出来，内行可都明镜儿似的。我紧张得心都蹦出来了，无济于事。如同在场外看体育比赛，再着急，使不上劲，还不如体育比赛，体育赛场还可以叫"暂停"。我扭头向坐在剧场中间的专家看去，缭乱舞台光的映照中，专家们一个个状若泥胎。我攥着两拳冷汗重看台上，不停地在心里对那位已然乱了方寸的男演员呼喊：请不要再出错了，拜托！没用。他不仅又出了错，还是大错：妻子晕倒，按剧情应被丈夫有力的双臂托住，可这丈夫因乱了神分了心忘了接了，让毫无准备的女一号生生摔到了地上。事后检查，尾骨裂隙性骨折。幸而是尾骨，幸而是"裂隙性"，幸而演妻子的女一号德艺双馨，忍痛坚持到了演出结束，否则，不堪设想！……一时间，心里充满了对这位男演员的怨愤。也知道舞台演员不易，和观众是面对面的，一举一动，一个眼神，都在观众视线之内；观众的反应，也尽在演员的感觉之中。没有一定功夫一定定力，没有相当的心理素质，很难做到在角色、自身、观众这三者之间进退自如，做到"心中有人，目中无人"；但你也不能糟到这程度吧，干不了改行啊，这不害人吗？

演出终于结束，我硬着头皮走进剧场会议室，听专家谈意见，却不料听到的跟我预料的完全不同，一时间都把我给听傻了。到底是专家啊，火眼金睛，孙悟空，能够透过现象看本质，能够忽略不属于戏剧本身的意外因素，能够对我们的努力我们的程度做出一个公正的评价。专家们尤其对剧本表示了肯定，使我如同掉进了幸福的棉花堆里，全身绵软、温暖，眼前一阵一阵地模糊。……会议结束,人们纷纷起身,向外走,我缩在最后面的一个座椅里,没动;本打算来挨批的,所以才找了这样一个不起眼的位置。兴奋不已的喧哗、脚步由身后流过,有相约着出去喝酒的,有急于回家述说的,有的家里人甚至已经来接了,来送雨具,据说外面下雨了。来的时候还没有,来的时候漫天晚霞呢。他们的家里肯定也早已为她(他)准备好了夜宵、洗澡水和一脸的期盼等待。这一切我都没有。剧组倒是发了夜餐,两个干面包四根火腿肠,看着就够了。只好回去吃,有什么吃什么,没有就不吃。睡是肯定睡不着的,演出完后的兴奋能让人彻夜难眠,更何况这样一个非常的演出之夜?……我坐着,不想动,没有急于动的动力。身后的脚步、喧哗渐渐地稀了,淡了,没了。你呢,你在哪里?你说七点半来,我等你来着。演出期间,你没说什么,没机会说,如果有机会,你会对我说什么?会说演出完了再来送礼物给我吗?我现在觉着你是对的,你说的都对,我没有必要与命运抗争,我需要温暖,需要激情,需要生命。哪怕那只是暂时的。我不再追求考虑最终了,所有的最终都是一场空,你说得对!……老朱在叫我,他要关门了,人都走光了,只剩我了。人都走光了你也走了?

我走出剧场,大雨哗哗,地上明晃晃一片。我在雨幕里跑,脚下发出"吧唧吧唧"的声音。路灯下,前面走着两个人,一男一女,共撑着一把伞,男人撑着,另一只手搂着女人的肩。我赶上了他们。是他,同他的她。她招呼了我一声,他没有说话,我也没有说话。我跑回我的小屋,脱下湿淋淋的衣服,擦干头发和身体,这样的天没法再洗冷水澡了,暖瓶里的热水只够洗脚。洗脚的时候喝了一杯奶粉冲的热奶,离开北京去看小梅的决定就是在喝奶的时候做的。

下了火车后倒汽车,下了汽车后果如小梅所说,还有好长一段路不通车。在赤裸于八月阳光下的小路上走了半个多小时，进村后拐了不知几个弯后，来到了据说是梅玉香家的门前。黑漆大门，挂着两个沉重的铁环。心无端地紧张起来。这是小梅的家吗？她在吗？如果不是如果她不在我怎么办呢？一路上的艰辛和完全陌生的环境会使人产生过分的忧虑。我抓起一个铁环打门。听到了脚步声，脚步声渐近，停住，门开了，面前出现了一个年轻的农村妇女。

"小梅？"

"韩琳护士！"

是小梅，是小梅了。全世界只有她一个这么叫我。比在部队时明显胖了，但并不发"暄"，很结实，给人的感觉是成熟了，饱满了。生了孩子的缘故吧？我们一直没有联系。调去北京后，我只跟雁南一个人通信。

一字排开的三间房，中间是堂屋兼做灶房。小梅引我进了东房，我的眼前不禁豁然开朗：四壁粉刷得白中透蓝，顶棚糊着湖蓝色的壁纸，色调相当优雅。写字台沙发电视机缝纫机一应俱全。还有床，而不是炕。双人床十分宽大，蒙着一个看上去沉甸甸的橘红色床罩，床罩四边垂着绒线穗——是巴基斯坦床罩，我和雁南合送给小梅的。由于惊奇由于意外，胸中顿时涌上了千言万语，脱口而出的却只是最苍白的一句："嚙，这么干净！"

"嗨！几天没得空收拾了！花生地招了虫，捎信到县上叫他回来，不回，说是承包了一批运输货物，按期完成能赚大钱，家里这几亩花生加起来也赶不上他赚的零头，让我能整整就整整，整不了撂了也不咋的。我能说撂了就撂了？这些天见天泡在地里，家里这摊子喂猪喂鸡刷锅燎灶的事都交给了他妈，昨天下晌才算完了事。"

"他就是他吗？"

"就是他！"

我们笑了起来，由于时间造成的生疏一下子全消失了。

原来"同志程百祥"在小梅复员后的第二年也转业了，安排在县里跑运输。小梅边说边手脚麻利地用抹布把桌椅窗台统统擦了一遍，放下抹布又去院子里抱回了一抱柴草，掀开锅盖添了两瓢凉水，坐下烧起火来。

"你干吗？"才两点，做饭还太早。

"烧水，泡茶！"

"用不着。对我来说茶水和白开水没区别。"

"白开水家里也没有现成的。农村就这样，喝口汤也得烟熏火燎烧半天。一天三顿，一月三十天，天天天天，腻歪死人！哪像咱医院，喝水有开水房，吃饭有食堂，水票饭票一掏，什么都现成，多轻省！可那会儿咱们不觉，整天嫌食堂的菜难吃，变着法想自己做，偷着用电炉，用酒精炉，炒个鸡蛋吃都美得不得了！嘻！……"她边说边笑边烧火，左手续柴草，右手拉风匣，动作协调优美极了。"他说要给我买个鼓风机，我说你甭买，农村的电不像城市，没个准点儿。再说，烧柴草还敢用那玩意儿，半年能烧掉一年的，有本事你给我弄煤弄煤气来！说是说，他本事再大，上哪儿去弄这些国家掌握的东西？就算能弄个一回半回的，能保证长远？保证不了。保证不了还不如不要，省得勾起馋虫来打不掉。这不，去年秋上，他跟我商量，说：哎，咱把炕打了吧，换床，沙发床。我说冬天睡床能行？这不比城市，有暖气有炉子。他说咱也生炉子。我说煤能保险？他说能。能个屁！炕打了，床买了，弄来的煤紧省紧省才烧了半个月，冻得我半夜爬起来上了西屋他娘的炕。我就跟他商量着把炕盘起来，人家死活不干，我也就算了，心里其实也舍不得，舍不得那床，舍不得那床罩——那床罩多漂亮，总压箱子底也不是事儿啊!还有,我们俩计划年底抹水泥地,锃亮锃亮的水泥地上盘土炕,像啥样儿?冬天挨挨也就过去了,算起来大冷的天也没几天,夜里多灌几个烫壶,问题不大……"

"孩子呢,还没有?"

"没有。不急。都刚从部队上下来没几年,等日子稳定稳定再说。"水开了,乳白色的水汽从木锅盖的边缘向外溢。小梅提起锅盖,腾腾的热气忽地蹿起,小梅歪着头眯着眼用瓢向暖瓶里灌水,两个暖瓶灌满,又去西屋拿来四个鸡蛋。

"干吗?"

"剩下点儿水,打几个荷包蛋。"

"你吃你打,我不吃。"

"我知道你爱吃鸡蛋。"小梅听都不听,边磕鸡蛋边说,"冬天鸡蛋两毛四一个你都买,说是补脑。怎么又不吃了?放心吃,俺家的鸡蛋不药人!"

咣当,院门被推开了,跑进来个四五岁的小胖子,穿裤衩光上身一脑袋汗,脏兮兮的小脸被汗水冲出一条条白道道。"姑!供销社里来白的确良了,俺妈叫你快去!"他大喊大叫着一头扎进屋里,这才看到了我,立刻瞪着眼张着嘴愣住了。小梅照他小脊梁上给了一巴掌。"傻看什么!不怕叫人笑话!"

小胖子便不看了,转身扒头朝锅里瞅瞅:"姑,做啥吃?"

"做屎吃!"

小胖子冲着小梅紧紧鼻子,跑到水缸前拿瓢踮脚舀了水,咕嘟咕嘟一气灌了下去,眼瞅着小肚子鼓了出来,喝完了瓢一扔向外跑。小梅喊:"把院门关严实!"小胖子到门口后却不声不响把原来关着的那扇门也拉开,开得大大的,头也不回从四敞大开的门中间跑了。

"这个小×养的!"小梅笑骂着关了门回来,"他家去年养了一年长毛兔,俺家那人帮他家推销过兔毛。打那儿,村里有什么事他娘都要来告诉一声。"

我们在东屋的沙发上坐下,吃一口小梅做的红糖水荷包蛋,味道比想象的好。鸡蛋十分新鲜。"那哪能不新鲜?都是自家鸡下的。家里养着八只下蛋的鸡,春天一天捡到过九个蛋!眼下天热鸡不爱下,就这一天也下不去任。他妈叫我拿出去卖,我说值不当的,咱家不缺那两个钱,吃,都吃了它!吃不了腌上,他从县里来家时煮煮带着。我腌鸡蛋用的是广播里教的法儿,放花椒,腌出来尝尝,那味儿就是不一样……"小梅说着,笑着。我跟着笑,由衷地。一切和想象的不一样。当初为了替她写情书撮合这门亲事,我多后悔啊!此刻的感觉可不同了,像开国功臣。显然,我的那位"百祥同志"挺争气。他和小梅都外出当过兵,趣味也比较一致。我为小梅高兴。

没听到门响也没听到脚步声,门帘被人撩开,门口站着一个精瘦结实的老太太,穿一身原白色衣裤,赤着脚,高耸的颧骨把脸皮撑得看不到皱纹。"这是哪儿来的客呀?"声音温厚,一点儿不似她的长相。

"俺战友。俺娘。"小梅给双方做着介绍。

我叫她"大娘",她笑笑避开我的眼睛,对小梅道:"下晌做什么吃呀?"

我心里很温暖。小梅的婆婆也不错。一切都不错。我们决定吃包子。我的要求。院里有现成的韭菜,我最爱吃韭菜。开始小梅的婆婆还不同意,嫌八月的韭菜不中吃,嫌吃包子怠慢了客人,小梅说:"娘,你管她呢!人家想给咱省点儿咱还不高兴?"

小梅叫她婆婆在家里把面和上海米泡上,叫我跟她一块去供销社买肉。我说我留下来割韭菜吧,这样分配劳力比较合理。心里是不想出去,我挺怕村里人那毫不掩饰的目光,使人觉着自己像没穿衣服。小梅听都不要听,径自拿钱找兜做着出门的准备。找兜时很是找了一阵,把写字台一侧的几个抽屉都翻遍了。头一个抽屉装着些梳子镜子发卡之类的杂物,靠外边有一瓶药,"复方 18 甲基炔诺酮",长效避孕药。我想起在护训队学过的,警告小梅说长年用此药可能真的要永远不孕了。她笑笑把药放回抽屉关上,继续找兜,在最后一个抽屉里找到了一个尼龙兜,我们拿着一块向外走。

小梅的家在村东,供销社在村西。贯穿东西有一条挺宽挺平的沙土路,路的左右分站两排齐刷刷的白杨。八月午后的阳光很硬,但一走到白杨树下顿觉清爽阴凉,温度差了至少两度。小梅挽着我的胳膊在白杨树下走,边走,边一一地同碰到的熟人打招呼。"他叔,凉快哪!""来客啦?""嗯哪。俺部队上的战友!""他叔"是个老头儿,裸露着上身,胸前皮肉耷拉着像火鸡的脖子。我冲他笑笑。走出不远,小梅又叫:"婶儿!""哟!这是谁呀?""婶儿"是一个五十来岁的妇女,目光灼灼。"俺战友!专门来看我!""啧啧!从哪儿来?""北京!""北京"二字小梅说得格外响亮,我冲"婶儿"笑笑,"婶儿"也对我龇了龇牙。走没几步,又听她在后面叫道:"下晌做什么待客呀?""包子!""就这!亏你说得出!今儿个不弄他个十碟八碗的,对得起你家那些嘎嘎响的大团结吗?""俺战友就喜欢这口!"小梅头也不回朗声答道,嘴角挂着浅浅的笑,走远了,怕我不明白小声解释:"农村都这样,日子过富了还行,要是过穷了,孩子出来都没有人喜抱!"其实我特别明白。我为她高兴。

供销社很大,像小城市的中型商店。人不多,卖肉的地方稍多点,肥瘦任挑拣。小梅在悬挂在钩子上的猪肉前站住,并不急于买,目光沉着地在猪肉上睃巡。我有意站得离开她一些,免得在这个需要固定一会儿的地方被人谈论。我的穿着并不特殊,但我深信外地人穿什么在这里都别想蒙混过关。这种现象很易感觉却不好解释。人们在打量我,但小梅不在身边我尽可以对所有的打量佯作不知。微笑了一路了,很累人的。小梅在挑肥拣瘦。"新鲜不新鲜?""不知道!"卖肉的脖子一梗,脸一扬,一看就知道了肉的质量。小梅笑笑。"要那块!……瘦的!肥的一点儿不要!有多少算多少!"她展开握在手心里的一小卷子钱数着,这时身后走过来一个胖得绝不难看的少妇,三十多岁,鼓鼓的前胸将衣服撑出了横褶。她在小梅身后站住,探头看了看小梅手心里的钱,又缩回头,神情活泼地自己对自己笑笑,很高兴的样子。"嗨,大妹子,割这么多肉,到底是有钱人啊!"小梅吓了一跳,我也赶紧往人背后缩了缩,生怕小梅再向人介绍"俺战友",从来没有被人当光荣炫耀过,不习惯。不料这次小梅根本没这个打算。她一看到那女人马上转回头去,一声不响。"俺大兄弟回来了?是得犒劳犒劳,男人不能光使唤。"女人说着,脸上绽出了一个笑。笑着,她说:"割点羊肉!羊肉性热,来得快,上劲!"小梅仍是不理,交钱拿肉招呼我走人,满脸的鄙夷。出了门对我说:"寡妇!离婚的!说是感情不和,其实是嫌她男人那玩意儿不行,听着都肉麻!村里好人没愿搭理她的,她也就卖花生不带秤杆子论了堆了,见天说那么些裤腰带下面的话,招惹得几个贱男人三更半夜爬墙头,好几次她家的狗一叫一宿。她养了三条狗,一条凶似一条……"

小梅的婆婆在家已经和好了面泡上了海米割了韭菜,正在择。小梅见状大声埋怨着撵她回屋歇着。老太太对我笑笑,顺从地走了。我说:"你和你婆婆关系还不错?"

"还行。现在的老人,你只要手头大方点,勤快点,能处好。"

"该让老人抱孙子啦!"

小梅笑笑，剁肉，没吭声。

包子极好吃，吃得我胃都蠕动不了了。小梅带着我去散步。我们走在乡村的田野里，太阳已经完全隐去了，四周是一片朦胧的黛绿。

"还记得吗？在医院时咱们常去海边散步，你，我，廖军医。廖军医说为了达到锻炼身体的目的一定要保持步速，结果散步不像散步，倒像是急行军。有一次几个男兵就跟在咱们后头喊一二一，那天我穿的是刚改过的军裤，偏偏屁股那里改瘦了。

"还记得吗？在岛上比这晚些时候是捕虾的日子，咱们不吃虾，只吃螃蟹。廖军医说吃螃蟹不能吃梨，吃了就中毒。你问她是哪本书上说的。她说是她姥姥说的。你不信，你说咱吃的都是活螃蟹。她说这跟死活没有关系。你不信，真的吃了一个梨，洗干净削了皮吃的，还是中毒了。上吐下拉，还不敢去门诊看，食物中毒算事故。幸亏廖军医偷着给你开阿托品治，才好了。"

小梅悠悠地说，我静静地听，心在温柔、忧郁的甜美中融化。我们那时真年轻，年轻得像大海的黎明。

回去时已经很晚了。月亮为我们照着回去的路，月光静静的，村庄静静的。小梅的婆婆已经睡下了，大铁锅里焐着热水，灶膛里依然可见余烬疲乏了的灰红。小梅把锅里的水分别盛进两个桶里，再兑上凉水，拎到院子里。我们在院子里洗澡。明知不会有事儿，我心里还是发虚——院子太大了，头上就是天，天上有月亮有星。小梅笑我，三下两下脱掉衣服为我树立榜样，我心一横也就豁出去了。我们用瓢舀水肆无忌惮地往身上浇，舒服极了。小梅说我瘦了。我说她胖了，但更好看了。她的皮肤细白，浇上水后，在月光下像瓷器一样闪闪发亮，胸部依然那么好看，饱满高挺。她曾经为此苦恼，用一个自己缝制的宽布条将胸紧紧勒平，被雁南发现后好一顿火，买了两个正规胸罩扔给她说："妇产科的人连这个都不懂吗？你这样搞会得乳腺炎乳腺癌，至少是乳头凹陷，生了孩子不能喂奶！"小梅吭哧了半天说，他们村的人都说让男人摸过的姑娘这里才会大。雁南气得笑了起来，说你怎么样你自己还不知道？她立刻释然了，换下了宽布条，从此后那小胸脯便高高挺了起来，宛如雕塑家的作品。雁南悄悄对我说，小梅这种型的人生育能力特强。我问她是不是她姥姥说的。她大笑着点了点自己的鼻尖。

"小梅，该要孩子啦！"

"非得要孩子吗？"

"为什么不要呢？"

小梅舀起一瓢水往身上浇。月光下，水似碎银般在那丰满细白的躯体上闪烁，静静地，若有所思地。她说了："他，不行。"

"不育症？"

"比那还糟。他是半点儿都不行。……你信不信，我现在跟结婚前一个样？"

我不信。我提到了那瓶避孕药。她苦笑了，说这是做给别人看的，他的主意。人家要避孕药都掖着藏着不好意思，他恨不得敲锣打鼓让全村人都知道，就跟村里那个天生不来月经的女人整天把月经带挂在当院里晒一个样。

"对不起……对不起！……"

小梅摇摇头，"这种事儿，事先谁能知道？咱们认识他之前他的病已经落下了。吓的。割阑尾，备皮①，给他备皮的是个女护士。备皮备到那个地方时他没能控制住自己，女护士照着那

---

① 备皮：准备皮肤，将手术所需区域的毛发刮净。阑尾手术的皮肤区域从脐至大腿上部。

儿给了他一巴掌,说他耍流氓,还吓唬他说要汇报领导。就这样。……他本来以为结了婚就能好,他说他不是成心坑我。"

"没想法儿治吗?"

"省里都去过了。"

月光如银似水。我们并排躺在那张宽大的双人床上,凉席爽滑,乡村的夜风习习。

"实在不行,离了吧。"好久,我说。

好久,小梅说:"就为这?那还不得让人说死!"我无言以对,我是一个外乡人。小梅又开口了,声音有些异样:"他说,他有一个战友,人很可靠,他想叫他……帮个忙。他说我们不能没有孩子。你说这法儿,行吗?"

我不知道。我握住了身边小梅的手,她的手心又湿又凉。远处,传来阵阵激烈的狗吠。

次日,我上了归去的长途汽车。小梅站在车下送我。"韩琳护士,你说他说的那法儿,行吗?"

"先别!再治治试试。让他来北京,找我,我帮他找人!"

"如果就是不行呢?"

汽车缓缓启动了,没有时间了,我咬咬牙:"那就照他说的办!"

没有别的办法。唯愿那个素不相识的男人不仅能给小梅一个孩子,还能唤醒她的肉体,愿那苏醒了的肉体,能去反抗一切的束缚。

对不起,小梅,对不起……

第八章

看小梅回来,路过大院门口的收发室顺便取了邮件,回宿舍。宿舍里整整齐齐,走前特意收拾好的。进屋把包往地上一放,邮件往上面一堆,先擦灰。桌子窗台凉席一路擦下去,擦完了就去卫生间洗,一天一夜了,一路的火车汽车,身上脏得一蹭就起泥儿。从头到脚洗了,把衣服用洗衣粉泡上,这才上床平躺下来,挺直了酸痛的腰背,回来没能买上卧铺,一路坐回来的。冰箱里有走前预备下的黄瓜、西红柿、鸡蛋,再泡袋方便面,就是一顿很好的晚饭。一个人,最怕外出归来后屋里的乱七八糟和一无所有。

已经立秋了,立秋后的北京,白天再怎么热,早晚是凉的。晚风由纱窗里吹进,徐徐的,絮絮的。我干干净净地躺在干干净净的床上拆看邮件,身心舒适。

有雁南的信,来自"军区政治部卫生所",信中说她目前"对新生活很不习惯"。工作上,"事少人多,每天就开开感冒丸胃复康,再不就看报纸聊大天,聊得人心都空了,像个空纸壳"。家庭生活上,"有点儿像你说的近视眼看人,远看五官端正肤质光洁,走近了看便知全不是那么回事。说不上什么大矛盾,全是小事。比方说如果他现在在家,我就不能安安生生给你写完这封信,他会时不时走过来大大方方看上两眼,很是烦人。我希望他关心我的地方他不管不问,我不愿别人过问的事上,他偏偏表现得兴趣浓厚,不知是他有毛病还是我有毛病。也许我们俩都没毛病,是一种根本上的不一致不协调。"结论是,"婚姻是大事,宁可没有也不能凑合。"看得我笑了起来,这就是雁南,随时随地下结论,下就斩钉截铁不留余地。上封信还说婚姻是生活必需品呢,这次又说宁可没有也不能凑合了。不过,也许这也是生活的一种本质?如同盲人摸象,每一个局部都真实。

有一封邀请信,去甘肃河西走廊参观访问,去的地方有兰州、武威、金昌、张掖、酒泉、敦煌,所有费用由邀请方出,二十天。敦煌是我一直向往的地方,但是二十天太长,手里还有好几件需赶紧完成的事,已经耽误了一些时间了,不能再耽误了,去敦煌只好以后再说。

有人敲门。我诧异地穿鞋下床开门,是他!心立刻一阵创伤般的悸动,才发现我一直没有忘记他,他一直就在我的心里。

"回来了?"

"你……怎么知道的?"

"我不知道。来碰碰运气。"我又不知该说什么了,呆呆地站在那里。"不让我进去吗?"

"我刚回来屋里很乱……"

"——你也很累。好吧,只说一句:那天晚上的演出很重要,我怕打扰你,所以有意避开;演出完后,她来送雨伞。"

我点了点头;他走了。我重新回到床上躺下,但是刚才的从容、宁静、闲适荡然无存。

我的所有心理活动情绪动态似都在他的掌握之中,他仿佛拿稳了我不会拒绝他,无法逃避他,他到底要干什么?什么是他的终极目的?就为了那件事吗?如果就为了那件事,我不愿意。这不公平。窗外天色渐渐暗下来了……他在昏暗中走回来,解释说:"外面太亮了,你不觉着刺眼吗?"他俯下身子,他吻我了。全身一阵战栗和渴望的眩晕,什么是公平,什么是不公平?斤斤计较患得患失在这里并不适用。一切听从爱神的安排,因为一切都在流动;一切听从命运的安排,因为你我都是它的手中之物。人,太渺小了啊!走一步看一步,车到山前必有路!我开了灯,轻松下床,给自己准备晚饭,先用"热得快"烧上水,然后去洗西红柿洗黄瓜。

申申在楼下叫我,大约是看到亮着的灯了。才几天没见,申申像是变了个人,瘦了憔悴了头发都显得干涩了——这些都还在其次,主要的是神情中的某种变化,原先的她用我的话说是没心没肺,不管什么事,比如那次遭受"同卖笑女子一样待遇",你能感到她是真气,真恼,但神情语气里透着的那么一点儿自谑总让你觉着她其实无大所谓。此刻的她则是完完全全地萎靡了,没有了那点精神,就好像被人抽去了筋骨,蜷坐在我的床上,弯腰弓背屈膝,脚指甲上斑驳的蔻丹像是墙皮脱落的墙,透着黯败。尤为触目的是两条腿,一大块一大块红色风团几乎连成了片,高高凸突于皮肤上,留着抓挠后的血痕。

"怎么啦这儿?"我问。

她先是不明白,后顺着我的目光看到了自己的腿,方道:"蚊子咬的吧。"打从这儿说起,我得知,申申的胖子外面有人了。

迹象是早就有了:不爱说话,总发愣,坐在沙发上两眼看天,对申申极不耐烦,家里头大事小事不管不问,对楼道里的电话却分外关注,铃一响,立刻进入状态,身体绷直屏息静气一动不动,警觉如素质良好的犬。有几次他不在家申申替他接过电话,都是女声,相同的女声,纤细柔和的那种。申申问胖子是谁,说是一个朋友的妻子,朋友出国演出,托他照料。

事情的明确是在前天。前天晚上是胖子筹措多日的独唱音乐会，媒体通知了，观众安排了，有专家，有朋友，朋友还分了工，领掌的，叫好的，献花篮的。花篮也落实了。甚至还请到了有关的一位重要领导。前天天气也好，晴，凉爽。总之，万事俱备。申申担任这场音乐会的主持人。下午，胖子睡觉，申申做演出准备。这时，那人打电话来了，别人接的，听到喊后申申去接了电话，告诉对方胖子晚上演出现正在睡觉，有什么事她可以转告，对方说声以后再打就把电话挂了，申申亦挂了电话，一转身，胖子赫然立在身后，目光森森，吓她一跳。她说你不正睡觉吗怎么起来了？他问是谁的电话。她说了。他说他起来上厕所。说完转身去了位于电话旁边的公用男厕所，他们住的是筒子楼。申申沿着楼道往回走，全部注意力留在了脑后。一直没有动静。进屋后，从门缝悄悄向外看：他从厕所里出来了，向这边看了看，就向电话走去，走到电话跟前却没停，依然走，他要去哪里？他走出了这个楼道的门，踏上了上一层楼的楼梯——每层楼相同的地方都有一部公用电话——申申想都没想就跟了出去，踏着猫步，迅速轻捷。她在楼梯口站住，这里看不到他，可以听到他。

　　他拨电话，片刻后，通了。"是我。"他这样说，又说，"刚才给我打电话了？……对，晚上演出，不能看你去了。感冒好点了吗？……要按时吃药，多喝水，早睡觉。睡觉要盖好被子，不要贪凉，立秋了。这次我就不能亲自去替你盖被子了，你就当是我替你盖的，记住，我可是要去检查的哟！……"

　　申申下楼，晕头涨脑，全身发软，脚底下几次踏空，幸而手一直牢牢把着楼梯扶手才没有摔倒。那扶手从来没见有人擦过，手和衣服都被它蹭黑了，她一点儿都不知道。

　　申申完全是听凭脚的带领，走下楼梯，穿过楼道，回到了房间。脑子空得只剩下了或者说满得只能容得下两个念头：都相互替着盖被子了，肯定是有过 Body 接触了，肯定了！Body 者，身体也。最近一个阶段胖子一直在攻读英文——不想再在国内蹉跎，准备弃暗投明，去懂得歌剧的国家发展——在屋里迎着门的墙上挂个小黑板，一天写上数个单词，出门进门地背，申申闲来无事，就也跟着背，居然也掌握了不少单词，居然也能用英文表达个把汉语不好表达或不忍表达的词儿了。她的第二个念头是，一定要把他拉回来，从那个女人的被子里！可是，怎么拉呢？申申坐在沙发里，双手抱着又空又涨的脑袋使劲地想，想想出一个万全之策，想不出，脑子不听使唤了，灵感是在听到他那渐近的脚步声时到来的——他的"个唱"！在胖子进门的一瞬间，申申镇定地站了起来，然后，继续着刚才被中断的事情，仿佛什么事都没有发生。

那天晚上，攒了一肚子气和劲的胖子超水平发挥，黑燕尾服，白衬衫，黑领结，站在台上一唱就是六十分钟。整个剧场鸦雀无声，每一曲终了，掌声称得上雷动，且整齐一致，内行一听便知，这掌声不是"领"出来的，是由衷的爆发。而穿一袭大红拖地长裙、乌发如云肌肤似雪仪态万方热情奔放的女主持人魏申申更如一颗光彩夺目的明珠，二人相得益彰相映生辉珠联璧合。演出成功结束，当鲜花、记者和朋友们拥上台来的时候，当观众在台下起立鼓掌的时候，胖子一把将美丽的申申揽在怀里，推向台前，高声向众人宣布："This is my wife！"这一宣布的独特形式和精彩内容将晚会的高潮推到了极致。申申恍若梦里，搞不清此时是真彼时是真，泪水再也禁不住地奔腾而下，更激得台上台下掌声如潮——莎士比亚说过，泪水是女人最好的饰物。男人们看着她，满心爱慕，多么美丽的女人；女人们看着她，满心羡慕，多么幸福的女人！

梦的彻底粉碎是在当夜。

演出结束后胖子让申申先回家，他还有一个聚会，同学，可能得闹上一夜，让申申早睡，不要等他。申申明明知道他去哪里、去干什么，"我可是要去检查的哟！"但同意了，她需要最后的证据。

……那是翠微小区的一栋居民楼，整栋楼只有几个窗口还亮着灯，他进了楼后，尾随而来的申申就站在楼外等，看着那几个亮着的窗口想，不停地想，哪一个窗口是"她"的？他们现在在干什么？"她"什么样儿？漂亮还是年轻？当然最大的可能是又漂亮又年轻！……无数蚊子围着她嗡嗡撞击，她浑然不觉；立秋后的夜透着渐深的凉气，她只穿一件薄丝的连衣裙，也浑然不觉，在那里一直站到早晨，站到他们从那个门洞里肩并肩出来，她看到了"证据"，那一瞬间她呆住了，同时感到的，还有失望。她怎么也没有想到，从她手里夺走了他的人，竟会是这样一副模样儿：小鼻子小眼儿小窄脸儿，脸色苍白身材瘦细；也绝不年轻，至少不比魏申申年轻，刨去吃醋的折扣——要有的话——那也只能算得上是一般，不太丑而已。她仰脸向他，笑盈盈地；他垂首向她，也笑盈盈地，肩上背着个像一本书那么大的小白包，显然是她的。他在家里可是什么都不干的，连煤气罐没气儿了都得申申张罗着找人去换。他们走来，申申下意识地闪进了如墙的柏树后面，她不知道该怎么做，她没有思想准备，对方的平平相貌一下子抽去了她原先所有设想的根基，比如你本想指责一个人嫌贫爱富，临了才发现他去了一个更贫的去处……

"他怎么说？"

"我还没有跟他说。"

"都两天了还没有说！"

"……我害怕。"

"怕！怕什么？"

"不说，还能假装什么事儿没有。说了，就什么都没有了。"

"那也不能自欺欺人！"

她瞟我一眼："你不懂。"

"可是——"

"韩琳，已经没有什么'可是'了。如果那个人年轻漂亮，他对她很可能只是一时的兴趣，可是她既不年轻，也不漂亮，那答案就只有一个，爱上了。"

申申边说，边伸出一只手抓腿，唰唰地抓，抓破了已凝固的血痂，血抹得到处都是。我拉住了她的手，她低头看了看，这才住手起身去卫生间洗。申申的反应使我恐惧：走一步看一步，理论上不错，但是，问题是，你无法知道哪一步会踏上地雷会引起那场同归于尽万劫不复的大爆炸。听着卫生间哗哗的流水声我想，我必得去甘肃了，时间空间是扼杀欲望的最好方法，唯此，我无法躲开那致命的诱惑。

申申求我不要去甘肃不要离开她，她说她现在"非常非常难过"。我不能不去，又不能说出实情，于是申申生气了。

"韩琳，你去那不过是玩儿！"

"也不全是……"

"得了！"她摔门而去，用力之大连窗子都跟着咣啷了一下。我背倚写字台站着，听着申申下楼的脚步声，噔噔噔噔，渐小，渐无……

我收拾去甘肃的行李，要带的东西很多，主要是衣服。那边已经冷了，途中还要进天祝藏族自治县，上乌鞘岭，据说乌鞘岭界东界西气温能相差一二十度。就是说在岭这边你还穿着裙子，到岭那边你就得套上毛衣。人说出门千里不带针，我却要带上那么一大箱子的啰嗦。还要去买兰州的火车票,通知要求到兰州集合。正值暑期结束的暑运高峰期,卧铺票还不知买得着买不着。去小梅那里的旅途劳顿尚未恢复,又得出门。收拾好了东西就去买票,售票处买票的队伍蜿蜒延伸进旁边的小胡同足有一里,首尾不见,我排了两个小时的队只买到了站票,捏着这张站票票身心越发疲惫得没有一点儿力气。晚饭后很想早点上床睡觉,但是还得去申申家,看一看申申。

申申正在家里和胖子谈判。

胖子极爽快地承认了一切,本意是早说早了,他正要去赴约会,时间地点都定好了的,绝无可能临时更改,那时人人都没有手机。他是在出门前被申申拦下了的。"为什么?"申申问。他不说话。"她是干什么的?"申申又问。他仍不说话。"你看上她什么了?"申申再问。他还是不说话。"你说话说话说话说话!!"申申气得发疯,两手攥着胖子的胳膊拼命摇。胖子这才急了,使劲掰开申申的手把她推了开来。他用的劲是过大了,申申向后趔趄着摔到了地上,他没看到,他光顾检查身上为约会特意换上的新上衣有没有出问题了。申申半坐地上仰脸看他,看那张心爱的脸,冷静的脸,心往下沉,冷汗一身身地出,呼吸也困难了,张大了嘴喘气,仍觉着憋,像一条挣扎在岸上的鱼。她觉着自己快要死了,她觉出自己这会儿就是死了也无法再引起他的注意。她憋得难受,无以复加无可名状无可奈何不发泄出来就要窒息,于是,跪在地上,把头向墙上撞去,一下一下,一声声异样的"嘭嘭"终于引起了胖子的注意,当时他正在抚平被弄皱巴了的袖子,抬头循声看去,禁不住大叫:"申申!"申申立时凝固,屏息静气等待,等待胖子进一步的表示:走过来,把手放在她的肩上,好言相劝,扶她起来,此外,她没有更多更高的期待——她全副神经都集中到了肩背部,她那里甚至已经感觉到了他的手的温热……

"没想到你会这么爱我。"

片刻后,她听到他这么说,人却没有过来,她回过头去,他正在看她,站在屋中央的灯下面,两手插在裤兜里,若有所思。

"你这话是什么意思?"她问。他耸了耸肩,没说话。他的耸肩绝不是东施效颦,非常标准自然,因而非常潇洒,毕竟是受过正规训练的西洋歌剧演员。申申望着他,半自语般道:"你的意思是,没想到,就没有责任,是不是?"

他想了想,默认,稍后进一步补充:"结婚时咱们都太年轻,才二十来岁。二十来岁的人,哪里懂得什么是婚姻?"

申申从地上"噌"一下跳了起来,如母兽般直向胖子扑去。既然活不了那就同归于尽了吧,生不能在一起,死在一起好了!她疯狂眼神里透露出来的这层意思把胖子吓得连连倒退,我就是这个时候到的。胖子见我如见救兵,一把拉住亲人的手,一迭声道:"韩琳你来得正好快劝劝申申你们是朋友!"边说边以我的身体做掩护向门边运动,当他用背在身后的手打开门时,被申申察觉,一个箭步蹿了过来隔着我薅住了胖子的胳膊,同时,一只脚重重踏上了我的左脚背,一阵钻心刺骨的疼痛,痛得我禁不住尖叫,但是谁也没有理会我的叫,这屋里的热闹已经够多了,多到连我自己都顾不上理会,近在眼前的申申的脸使我意识到了事情的严重:眼珠通红好像燃烧的煤球,雪白光滑的额头鼓起一个吓人的大血包,上面可见丝丝缕缕的青紫……我以身体做墙拼着命将两个人隔开,我的奋不顾身使胖子得以避开了申申的进一步追捕,用了全力挣开胳膊上的那只手后,他倒退着撤出了房门,在楼道里高声说了句"韩琳拜托!"便沿着楼道一溜烟逃走了。

屋里静下来了。

我叫申申，申申扭过脸去，不理我。头发从她脑后的发卡里散落出不少，耷拉在脖颈两侧的肩上。她身上穿的是那件宽大柔滑的丝质裙袍，淡粉色，上面是一大朵一大朵更淡一些的粉红荷花；袖子也非常肥大，长及腕、肘之间，穿上它走起来，整个人飘飘洒洒。这是我和申申一块儿买回来的，当时申申拿不定主意，主要是太贵，相当于我们半个月的工资。最后促使她下定了决心的因素是："还可以怀孕的时候穿！我和他都这么大块儿，孩子肯定也小不了——对，就它了！"我提醒她，要是赶上肚子大的时候是冬天怎么办？她笑吟吟道，这就用不着你操心啦。就买下了。回来的路上，我说：你们的孩子，像谁都漂亮。申申说：皮肤不能像爹，又黑又粗。我说：要是男孩儿也无所谓了。申申说：他一心一意要女儿。那时，他们决定次年要孩子。现在是那时的"次年"，人还是这个人，衣服还是这件衣服，却已然又全都不是了。

晚上我住在了申申那里，胖子一夜未归，我向申申保证，走前，无论如何也要把他给她找回来。

我去找胖子，用的是刑警破案的方法，抓住一条线索，穷追到底，一追追到了中央音乐学院的教师餐厅，时间是第二天的中午。当时胖子正准备用餐，西餐，红菜汤和意大利面条。看到一瘸一拐走进来的我，他吃惊地站起身来。我们谈了半小时左右，除了沉默之外，对话大致如下：

"你和那女的是真爱上了，还是一时的……相互吸引？"

"我想，是前者。"胖子跟我说话时爱用书面语，大约因为我是文字工作者的缘故。一般来说，演员都有一些附庸风雅投其所好的本能的乖巧。

"听申申说那女的长得并不——"

"没错儿！"胖子一下子挺直了脊背，神情中带着一种要捍卫什么的挑战意味。

"那你看上她什么了?"

"你以为男人只知道以貌取人吗?"

"别的男人我不管——你以什么取人?"

"别这么咄咄逼人……"

"咄咄逼人?"我把控得胀痛不已的左脚抬起来架在旁边一把餐椅上,说,"我觉着我已经非常客气了。"

于是胖子看到了搁在椅子上的我那只脚,那脚的脚背已肿胀如一只大圆面包,亮亮的,像是面包上涂了油。胖子似叹似赞:"什么叫朋友?这才是!……"

"说你。你以什么取人?"

"曾经也是,以貌取人。现在,不是了。"胖子一顿一顿地道,"为什么呢?因为,我明白了,以貌取人得有以貌取人的资格,我没这资格。"

"申申从来没有说过你什么。"

"但我不能没有自知之明,我配不上她,我跟她就好比俗话说的,牛粪跟鲜花。申申那样的人才要想找的话什么人找不着非找我?要权没权,要钱没钱,结婚六年地无一垄房无一间,迄今寄居在你们单位的屋檐下,但这牛粪也不是一无是处,他有好处,他的好处就在于,有自知之明,配不上鲜花不是?主动离开!"

"你有这么大公无私吗?"

"是你了解我还是我了解我?"

"一般说来,旁观者清。"

"那你说,我为什么?"胖子说完后斜眼看我,手里的叉子在盘子里不停地搅来搅去,拿准我说不出来的样子。

"本性吧。不断求新。"我看着胖子盘子里的意大利面条,慢慢地道。那面条上已凝出了一层动物油的油脂,被叉子一搅,碎成了无数细小的鳞片,看着就很难吃。"即使得到了一个十全十美的,还想尝一尝有缺陷的滋味。"说到这里不由得一怔,想起了他。他是不是也是这种思路,求新猎奇多多益善?

"精辟!深刻!"胖子大声喝彩,带着明显的讨好、奉迎。

于是我觉着不是,我看着胖子,继续往下说:"作为第三者、旁观者,而不是作为申申的朋友我要告诉你,新的未必就是好的,申申非常难得,你不要身在福中不知福。"

"是不是身在福中,谁说了也不算,得我说了算。一个男人,事业上一事无成,身在福中从何谈起?"

"那个女的可以在事业上帮你?"

胖子一愣,然后叹道:"你果然是——聪明!其实,我喜欢跟聪明人打交道,他们有足够的智商,足够的理解。对,不错,她可以在事业上帮我,帮我出国。都说了吧,我开音乐会的钱,就是她出的!"

"她很有钱?"

"比起你我来说,是。"

"你爱她吗?"

"那还用说。"

"爱她,还是爱她的钱?"

"钱也是她的组成部分。"

"除了钱这一部分,你爱不爱她的其他部分?"

"当然,光爱人家的钱那叫什么——"

"——叫妓女。"

胖子摆摆手不与计较,"她性格很好,文静、温柔,非常体贴。"

"申申性格不好?她性格不好能在那种情况下还为你主持音

乐会？"

胖子一下子沉默了，连手里一直动个不停的叉子都停了。好一会儿后，抬起头来，看着我苦恼地道："我真的不能理解，我有什么好，值得她这样。她应当明白，我们俩在一起纯粹就是一种浪费，资源浪费。我的所谓才华聪明对她来说，没有意义；反过来，她的漂亮对我来说，也没意义，不仅没有意义，还是负担，很沉重的负担。这就好比一个快要饿死的穷人，你送他一首世界名曲还不如给他一碗面条，他要名曲干什么？他根本就不具备消费这种奢侈的能力！"

我听着，心直沉下去，但我不甘心就这样放弃，于是故意用一种讥诮的口吻道："说来说去，还是为了钱嘛，没有感情，更谈不上爱。"

胖子这次表现得极为耐心和有涵养，"韩琳，你是聪明人，认识问题不该这么概念。常言道权力是一剂春药，同样道理，金钱也是。爱不爱一个人，起关键作用的从来就不是她的弱点，而是她的长处，对她长处的欣赏程度。欣赏与容忍，成绝对的正比。告诉你，韩琳，现在，此刻，只要想起她，我就有一种冲动，想见到她；见到她，又渴望着进一步的接触。你没结过婚恋爱总谈过吧，应该能够判断出，这是不是爱。"

于是我知道，一切已经无可挽回。眼下我唯一能做的是警告胖子不要操之过急，万一出了事对谁都不好。胖子这才答应晚上回家，好好待她，一切等我从甘肃回来再说。

后来，胖子果然如愿出国，果然唱出了名气，有了名就有了钱，有了钱就有了房子有了车，就成为了一名美国公民。这其间，他的二任妻子一直同他一起，两人还共同生了一个孩子，孩子的性别也正是胖子一心一意所希望的，女儿。此前他一直暗中担心女儿长得会像妈妈，后来听说女儿一般像爸爸，才放心大胆地让女人怀了孕——男孩儿长成什么样就无所谓了——结果，女儿生出来后，除了黑且粗的皮肤像了爸爸，其余部分仿佛跟妈妈一个模子里脱出来的，小鼻子小眼小窄脸儿；性格都像，安静、温柔，不爱说话，动不动就哭。每每看到这小小女儿，胖子的心头便会罩上一层淡淡的愁云：一个女孩儿长成这样，还有何前途可言？她妈妈能有今天得益于当年跑到台湾去的外公的遗产，还得再加上他这样讲信义的男人，其概率比天上掉馅饼高不了多少。再后来，胖子便开始在夜里做梦，梦到了女大十八变，他女儿变成了一个真正的公主：乌发如云肌肤似雪，穿一袭大红拖地长裙，面对他热情地微笑……

第九章

我拖着箱子,拖着沉痛的左脚,往进站口走。北京站到处是人,坐着的,站着的,躺着的,走着的。火车天天有,还有飞机、汽车,还有船,仍是运也运不完。这些人都是从哪儿来,到哪儿去,干什么去?未必也像我一样,是迫不得已。

候车大厅满目是人,乌乌泱泱,我来到了去兰州列车的候车区。还有二十多分钟检票,我想我必须找个座位坐下,左脚肿胀感觉一碰即裂,这个样子站二十分钟我非疯了不可。但没有座位,所有的座位都有人,没人也有人的代表。我径直向放着一提北京果脯的空座走去。空座两边坐着两个男人,一个在看书,另一个抱胸垂首地似是睡了。我看了看他们两个,问:"这是谁的?"

正在假寐的汉子应声抬起眼皮:"这儿有人!"

"请拿一下。"

"人马上来!"

"来了再说!"

我口气强硬甚至带着点挑衅,此刻我被痛苦武装,无所畏惧。一直看书头也不抬的男子这时抬起了头来,颇有点儿好奇。汉子也是没有料到,犹豫了一下,最终还是决定了把东西拿开。

我坐下来把左脚抬起架在箱子上，长长地嘘了口气，于是我的脚伤展现在了左右二位的视野里。汉子只看了一眼，复低头睡觉去了；那男子倒还好，脸上露出了点关注。

"伤得不轻啊。"他说。

"啊。"我说。

彼此这就算打上了招呼，当他得知我的最终目的地是敦煌时，摇头了，说敦煌当然值得一去，但是我这个样子去，白去。我告诉他我带着药呢，卫生科给的解痉镇痛酊就放在箱子里。他问我拍没拍片子。我说用不着，就是让人踩了一下。他说他的脚，也是左脚有一次给扭了一下，当时也是没在意，就当一般的扭伤治了，糊膏药抹药水热敷烤电，什么法儿都用了，总不见好，越疼越厉害，只好去医院看，一拍片子，第五跖骨骨折。折的地方没人管自己长上了，医生给砸开重新复位打石膏固定前后整整折腾了仨月，到现在，天阴时还疼。叫他这么一说我的脚越发痛起来了，嘴上却连连安慰自己：

"我不会。没看我还能着地呢。"

他毫无体恤："脚背上五根骨头呢，断一根，着地是没有问题。就算没骨折，你现在也不适合到处跑，还跑那么多地方。"

我早就知道我不适合了，出门后不久就知道了。只是因了惯性惰性才走到这一步，现在经人一说，立刻觉着非回去不可了。可是，新的问题又来了，要真是骨折了，打上石膏，我一个人在北京，也不好办。要不，回家？……回家！一个半小时之后就有一次回家的列车。

一想到家，想到家里的妈妈，顿时觉着天宽地宽心胸开阔，眼睛都潮湿了。我到底还是有着一个家的，有一个无处可去时的去处，一个随时可以接纳我的地方。决心一定，立刻考虑行动方案。兰州的票就不退了，用它进站，进了站就去返家的列车那里，上车后补票。到了那边家里要是能来车接一下就好了，可是，怎么通知家里？看看表，还有二十分钟检票四十分钟发车，如果我腿脚正常，四十分钟赶到车站对面的邮局拍个电报不成问题。现在是不行了，只这么想想左脚就是一阵剧痛。要是有雷锋就好了。我扭着脖子前后左右张望，没看到一个穿军装的。下意识打量坐在左右的这二位，右首的那个汉子，这回是真睡着了，鼻息粗重均匀；左首的那位已又开始看书，都是一副踏踏实实等着到点进站的样子，叫人没有勇气打扰。收回目光时无意瞥一眼那人看的书的封皮，眼前一亮，那居然不是金庸也不是地摊书刊，而是一本《现代军事武器》。他很有可能也是一位穿着便服的军人呢，跟我一样。心中虽然兴奋，但也没敢贸然开口。首先，即使他是军人也不一定就是雷锋；再者，学雷锋也不是不分场合没有下限的。让人在就要检票的时候跑出北京站，跑到马路对面去，为了一个素不相识的生人，冒着可能会误车的风险，谁干？这远不是顺便帮人拎个箱子或扫扫车厢那么简单。可我现在只有他了。

  他约三十来岁，中等个。五官平淡，没什么特点，好的不好的特点均没有。肤色偏黑，毛色很好，板寸头漆黑放亮。服装随意得体，上身一件深蓝T恤，下面一条白棉布裤，凉鞋线条宽大简洁，穿着袜子。拿书的手指甲红润，修剪整齐。看样子还行。这时他扭过了脸来，我方意识到研究他的目光是过于专注了。我正好与他的目光相撞，脸上不由红了一红。他笑笑，想了想，好像明白了什么似的，说：

  "快检票了。你就这一个箱子吗？"

  这是一个乐于助人的人，更确切地说，乐于助我的人。想也没想地，我突然就把我的打算请求对他和盘说出。不出所料地，令人难堪地，他没有回答。先是看了看表，想了想；又想了想，又看了看表。这时我再不说话再等下去就是愚蠢了。我说："来不及了是吧？……其实也无所谓，到那边再说也行，反正是到家了，怎么都好办。"

"时间倒是来得及，停止检票前赶回来就行，我是卧铺，不愁没座儿。问题是我的东西怎么办。"

我顺着他的目光看去，看到了一个箱子一个旅行袋，不假思索地道："东西好办，我给你看着。"话一出口就后悔，我想请人帮着拍个电报还研究了人家这么半天，我凭着什么就能让人让我帮着看行李了？情急之下马上补充说，"我也在部队工作。"

"从前？"

"也是现在。"

他看我，明显审视的目光。也是，我这副样子，一件皱巴巴的布连衣裙，一条瘸腿，孤零零一个人拖着个箱子，哪里有一点点人们概念中女兵的影子——飒爽英姿？尤其是在这个当口说出，更像是一个骗局，至少是，一个无聊的玩笑。想到他会不信，且有充分理由不信，我有点儿急。事到如今，拍不拍电报都不重要了，重要的是，关乎荣誉。我想也不想就拿出自己的工作证递了过去，那上面有照片有姓名有我就职的工作单位，当然还有年龄。我这年龄已经避讳向别人说自己的年龄了，但是当时全然忘记。显然他没想到，颇有点儿惊愕，完全是凭着下意识把那个红皮小本接了过去。接过去后就像是接过了一个烫手山芋，两难：看也不好，不看也不好，最后，他采取了一个折中的办法，当然，"折中"一说是我的揣测：看，但不细看；匆忙打开，瞄一眼就合上，就还给了我。然后，起身，走，走几步又回来。

"打个长途电话岂不更好？"

"我们家是军线。"

第九章 105

他又那样地看了我一眼,让我把地址姓名电报内容写一下。我写给了他,他看着脸上浮上了一丝淡笑。我禁不住又一阵脸红,那正是本人的重要缺点之一,字难看,这也是日后我换电脑写作的重要动因。他拿着字条走了,我想起又一件该我想着的事。

"哎——钱!"我喊。

"回来再说!"

他答应着就跑远了。他的个子不是中等而是中上,站着看比坐着看要高得多:腿长。一下子增加了好几分人才。对于男人来说,身材比脸蛋儿重要。

一刻钟后,开始检票。前后左右的人纷纷起身,拎着、拖着、招呼着,去排队。这时我尚能沉得住气,从检票到发车,还有二十分钟。五分钟过去了,我开始着急,伸手将所有行李拢在腿边,以让腿能感觉得到它们存在,一双眼睛,就紧紧盯住了候车大厅入口。又过去了五分钟,检票已基本结束,看着由拥塞变得冷清空阔的检票处,心里阵阵发慌。万一他误了车怎么办?我误了车怎么办?真不该去冒这个险,电报拍不拍真没什么要紧。万一,万一他因为着急撞了车呢?我被自己的这个念头吓得一下子站了起来,就是在这一刻,他出现在候车大厅门口,我清清楚楚地看到,在他看到我时的那一瞬间,他脸上露出的如释重负……我们几乎没有说话,拿着东西就走,前方检票员已经解开铁链子往栏杆上拉了,我们边喊边走,那一刻,我瘸着一条腿居然还能够走得飞快。

他是在差一分钟的时候踏上了他的那次列车,都没能来得及走到卧铺车厢那里,只能上车后再拖着行李一节一节车厢地挪了,也算是万幸中的不幸。他刚上车列车员就收踏板关门了,接着,列车启动,我冲站在车门后的他欣慰地挥手告别,忽然,脑子里嗡的一声——

——钱!

这件事梗在了我的心里。为这个日后我还专门去邮局查了一下,所得结果使我越发难受:发那样的一封加急电报需五块多钱,当时我的月工资才一百八十多块,折合折合,这五块多钱得相当于今天的五十多块。

我忘不了他拍电报回来看到我时脸上的如释重负,那一瞬,我心里有一种骄傲的快意。当时是没机会说,如有机会,我肯定得告诉他:别说你那只是两件行李,就是两箱子钞票,我心不动!这件事他做得也漂亮,在于己无害于人有益的情况下达到了人格的自我完善。本是好事,那五块钱却成了瑕疵,我的瑕疵。他对此有什么感受?懊恼还是窝囊?

曾有一段盼着他能主动联系,我不知他姓甚名谁何方人士,他知道我。但是他一直沉默,使我又想起他在那样的情况下在我的工作证上那样匆忙地一瞥,未必知道我。

下火车后妹妹在车站门口接我,妈妈从干休所里为我要了车。看到我的脚伤后妹妹让司机直接把车开到了她工作的医院为我挂了急诊拍了个片子,还好,没有骨折。回家后同妈妈讲起了电报的事情,妈妈津津有味地听完了道:

"这孩子不错。"

第十章

家里真好。

干休所傍山而建,我们家在干休所的最里面,窗外的对面就是山,葱茏青翠。家里小院的花草树木蓬蓬勃勃,清晨,耳边是一声声鸟叫,新鲜空气直沁脾肺。没有汽车,没有烟尘,没有嘈杂拥挤的人。各种娱乐、生活服务、医疗保健设施齐全,大院门口还有士兵站岗,是一个安度晚年的好地方。

雁南来看我了。

当时我正在跟母亲说《周末》演出前后的情景,用的是章回小说的叙述法,从头道来。把个母亲听得目不转睛屏息静气,随着我的讲述时而叹息,时而紧张,时而生气,时而开怀,一杯泡好的绿茶搁在床头柜上都放凉了,忘了喝了。当我说到我们的那位男主角用筷子从地上夹"酸黄瓜"吃时,母亲放声大笑,笑得全身颤抖泪都出来了。我心里一动,建议母亲去趟北京看我的戏。母亲想了想说算了。我问为什么。她不说。我非要她说。她说:

"要是你爸爸能看到这些,该多高兴啊。"

我哑然。父亲是我们忌讳跟母亲提及的话题,母亲也轻易不提。焉知父亲已浸透在了母亲四十三年的生活里,事事处处点点滴滴。母亲的不提仅仅是在嘴上,是体谅我们,她的心里,何曾就有过片刻的忘记了?我一下子不知该说什么才好,就是这时门铃及时地响了,我扭脸向窗外看去,高兴地看到了站在院门外的雁南。

雁南的到来使我们静悄悄的家热闹了起来。她给我带来了"奇正藏药",专治跌打扭伤,敷上后二十四小时即可见效;给母亲带来了一大堆乱七八糟价格昂贵的补品;给保姆小英带了一条七成新的裙子。小英因此也喜欢雁南,洗水果拿瓜子热情空前,并主动请示母亲给客人预备什么饭,从前,小英一向最烦有客人在家吃饭。

刚开始母亲也一块儿坐了会儿,母亲在场我们聊天的范围就比较局限,无外乎工作啊身体啊什么的,措辞也较收敛。这时雁南已调到军区总院了,她退下来的副司令员父亲成功地为她又发挥了一次余热;怀孕也有五个月了,肚子不见大多少,腰明显粗了,两颧骨还长出了妊娠斑,妊娠反应已经过去,现在出奇地能吃。我们谈到了小梅,没细说,不知为什么,我一向不好意思在母亲面前谈论有关"性"的事情。母亲走后,我才对雁南说了那事,雁南说她知道也正在帮小梅想办法,又说:

"那位百祥同志如果完全不行,是不行。首先孩子,从哪儿来?但要是有了孩子,叫我说,行不行的,无所谓。跟你说韩琳,现在我挺烦那些事儿的。隔几天他就非得来那么一次,有什么意思啊真是的,想不通。"

"新鲜劲儿过去了。"

"可能。我现在挺羡慕你的。"

"莫名其妙!"

"你不可能理解我。"

"该有的你全有了,丈夫,孩子,喜欢的工作,你还想要什么？"

"得到的同时就意味着失去。"哲学语言，让人费解。

"你失去什么了？"

"自由。选择的自由，恋爱的自由，独往独来的自由。"

"绕这么大半天弯子，你是不是又看上什么人了？"

"哪里还有这个资格！"

"那是另一回事。"

于是雁南长叹一声，不说话了。雁南是一个很容易被感动的人，或者说，很容易动心的人。一个忧郁的眼神，一道才华的闪光，一个微笑，甚至苦难、不幸，都有可能使她心动，并且每一次她都会觉着这一次是真的，就是说，起码在她这方面，非常真诚。事后我嘲笑她，说她擦出的那些感情火花就像电焊的光，亮，热，美，但是轻飘，薄脆，短命，没有根基到可以挥手即去。她为自己辩驳说时间连生命都可以更新呢何况感情？雁南动辄爱以生命作比，妇产医生做久了的缘故。我说别人怎么就不像你呢？还是你水性杨花。实际上我的评价对她不完全公正，她同时又相当地传统自律，任心中波涛起伏汹涌，从未付诸行动。按说像她这种空想式的精神恋爱者，丈夫孩子这些世俗因素本构不成妨碍的，可惜她又生性追求完美，即使仅仅是在遐想的爱河里遨游，也不希望自己有一点点瑕疵。后来，许久以后，我乘车上街路过一家报亭，在众多封面女郎的俏脸中瞥见了一个文章题目，叫作《结了婚的女人想恋爱》，不由会心一笑，想，这不是说的雁南吗？

沉默良久，雁南开口了，问我想不想知道他是谁。我问她我认不认识他，她说不认识。那我就不想知道了。如果双方我都认识，还可能会有一点儿比较、分析、联想的乐趣。否则，这种事情，往往当事人说起来有滋有味惊心动魄，第三者听来却是大同小异似曾相识。说到底,男女间的恋爱不就那么几个套路?雁南的套路比之别人要更乏味一些:她最高潮的一个结尾,也就是同人拥抱了一次,还是在冬天的马路边上,隔着两个人用以御寒的纺织物,那拥抱又要打去许多的折扣。但看雁南兴致勃勃,甚至带着一点儿恳求——她需要倾诉——我实在不忍直接打击她,只好采取缓兵之计。

"雁南,不要以为这一次就是真的了,早晚还得过去!"

"不一定。这次的感觉和以前绝对不同。"

"每次你都这样说。"

"是吗?"

"是的。"

雁南便有些惶惑,想想,说:"那就让时间来检验吧——三个月!"

"什么三个月?"

"按照心理学的说法,三个月之内,过去了,就过去了;过不去,三个月以后还是忘不了,那就是真的了。"

这话让我心里一动。别看我说雁南水性杨花,心里却非常清楚我跟她差不多少,我是说在对待感情问题的风格上,我也属于很容易心动的那种,否则,不至于带伤仓皇出逃走到这步。也许,其实人人都差不多少,区别只在于行动与不行动?好吧,三个月之后!

进家不久,母亲就开始问我的"个人问题"了。我不喜欢母亲问这些,不喜欢任何人问,但自从父亲去后,无论母亲问什么,我都会表示出极大的耐心。从前,常常什么原因没有,我就会跟父母闹别扭,他们想听我说点什么,我偏不说什么,现在不了。我跟母亲说了我新处的那个男友,母亲全神贯注听完了后,下结论说:这人不行。母亲的态度让我温暖让我感激,她从来不说"差不多就行了",她仍然珍重我,在她的心里,我仍然不是需要做季节性降价的处理品。自从进入大龄女青年的行列以来,我经常受到这类打击,我都烦了。

当时我半坐床上背靠海绵垫子,受伤的左脚下垫着又一个海绵垫子,随意,慵懒,舒适。这是楼上的一个房间,父母从前的卧室,房间窗下就是一架葡萄,密密匝匝仿佛翠绿的地毯;院外一排高大的白杨树,再远处就是那座四季葱茏的山,秋风由窗口吹进,一阵一阵。母亲盘腿坐在我的脚下,手里捧一杯绿茶,从前她一向喝花茶的,父亲去后,改喝了绿茶。于是姊妹们又纷纷往家里买绿茶,比着赛着买,令家中绿茶泛滥。妹妹还从她的无锡同事那里听来了一个保存茶叶的方法:将茶放进铁茶叶桶里,盖子的缝隙处用透明胶带封严,外面再多套上几层塑料袋,搁进冰箱的冷冻层,随喝随取,什么时候都像刚买来时一样新鲜。我的回家母亲显然高兴极了,我躺在床上不能动,她就日日上楼陪我,或者说,我们相互陪着,整天整天地说话。话题不定,想哪儿说哪儿,有比较重要的,如我的"个人问题",大多数都是一些无关紧要、今天说了明天就忘的闲话。母亲的谈话风格与父亲整个相反,擅讲形象的细节,细到连人物彼此的称呼和语气词都不放过。比如说起邻居家成为植物人了的女主人时,她会这样说:

"早晨我说出去走走,一出院门碰上了张玫,"张玫是那家孩子里唯一的女孩儿,"她说,阿姨,吃了吗?这孩子挺有礼貌,回回见了我主动招呼。我说吃了,你妈妈怎么样了?她说她妈妈能听到她叫她了。说,我一叫我妈的眼皮子就动!唉,这孩子!她妈妈每天都是她给擦,洗,换,都不让保姆上手,连她爸爸,她都不放心。这么麻烦,她图什么,她妈也就是个活死人,不就图,每天进家,能有个妈叫着?"

母亲三岁死了母亲，六岁死了父亲，寄居在比她年长二十岁的大哥家里。哥嫂对她还好，家境也好，吃上穿上都跟自己家孩子一样，还尊重她的意见让她一直读完了高小，那时村里女孩子上学的都很少，但这一切无法代替母爱，母亲举例："在亲爹亲妈面前你可以撒娇，在哥哥嫂子家里，能吗？夜里肚子疼，不吭，挨着，怕吵了别人，一身身地出汗，身上跟水捞出来的一样；天亮你舅舅带我看病，大夫说这孩子再晚来一步就没救了。……家里边来了客，让叫大叔叫大叔，让叫大姨叫大姨，该说说，该笑笑，很会看大人眼色，村里人都夸我伶俐。伶俐？住在人家的家里，不伶俐也伶俐了！"母亲十四岁那年家乡里去了八路军，她就跟着走了，哥嫂并不拦她，一切由她，十八岁她与我父亲结婚从此后才算有了自己的家。

姜士安也说过与母亲类似的话，可惜，不管多少人说，只要那感受还没成为你的感受，你就很难真正懂得。当时我只是想，可能因为从小没有母亲的缘故，母亲才会对大家公认的张玫的孝顺，有着另一个角度的独特解释。后来，五年后，我切身感受到了母亲这个解释的精辟，感受到了无妈可叫时的痛楚。痛得我在几天之内，生出了一大片白发。

曾以为是深谙死亡的，未成年时就见过两起，一次跟同学爬山，在一个山坳里看到了一个死去的女人，衣裤整齐，身材窈窕，脸什么样看不到，她是趴在地上的。我和同学镇定地看了一会儿，就离开了。没感到恐惧，相反，倒有一种终于见识了耳闻、想象已久的事物的满足感。第二次是在军区总院住院，风湿性关节炎，科里一个十九岁的圆脸护士似颇喜欢我，一天晚上她值班，问我想不想看死人，我说想，她就带我去了。那人躺在一间灯光昏黄的空屋子里，平车上，而不是床上，被白被单从头到脚盖住。圆脸护士把被单掀开，露出了那人的脸，胖得吓人，黄绿色，护士告诉我那是浮肿，死于肝癌。回来的路上护士问我害不害怕。我说不。她便显出了一些失望。再以后见到的死人就多了。在护训队上生理解剖课，从福尔马林池子里捞上来一个放解剖台上，打开肚子，看肝在哪儿肾在哪儿肠子在哪儿都什么样；剪开腿上的皮肤，看什么是腓肠肌胫前肌股四头肌。那些尸体由于浸泡过久已没有了脂肪，肌肉的颜色也仿佛肉贩案板上放久了的猪肉，是一种不新鲜了的暗红。以致每一次解剖课后，好多同学好久都见不得菜里的肉。我没有这种反应。解剖时，亦始终平静沉着，只是在看到那人下巴上的胡茬儿和指甲缝里的灰泥时，心才动了一动，想，他从前是干什么的？那人据说是一个死刑犯。从护训队毕业进医院后见到的死人就更多了，时而还能目睹从生到死的那个瞬间。

　　我想我之所以对死亡不惊讶不恐惧，是因为我视它是生命的自然过程；但是，死亡不仅仅具有自然科学层面上的含义，除非是至亲至爱的人的离去，谁都不会真正懂得它。

　　父亲去世时我一度意趣全无，想，回家来吧，住在家里，守着母亲。什么工作事业人生追求，在父亲的离去面前，显得那样苍白，不足道，甚至是，可笑。

　　同父亲最后一次相聚是他七十岁的生日。我跟护士长请假回家，护士长不同意，不是因为工作忙，我们医院的最大问题是闲，不是忙，病源不足。领导日常最操心费力的事情之一是怎么给下面安排些事做，一来无事生非，二来一大堆闲人游来逛去，看着也不大像话。护士长不同意我回去是她觉着这算不上理由，并以自己为例："我父亲七十岁那年，我就没有回去。"我说："父亲和父亲不一样。"本意是说同为父女，感情的亲疏程度会有很大不同，根本没想到护士长会从另一个角度理解我的意思。护士长出身贫苦，母亲早年间去世，家里还有父亲和一串弟妹,她是家中最出息最有钱的一个,她父亲拿她当银行看待,来信就谈钱,全不考虑他的女儿已有了孩子有了一个自己的家,弄得她一见她父亲来信就紧张,常跟我们诉苦。但是她说行,别人说不行,我的那句话当即就把她得罪了。冷冷地,她道:"是吗?你的父亲就高人一等?"我一听也急了,话赶话地说:"我是说你觉着父亲七十岁生日的时候不必回去,我觉着必须回去!""光凭你觉着行吗?别人能不回去你为什么就不能?""别人是别人我是我!""你和别人有什么不一样的?""当然不一样!没看还有把自己亲妈都给杀了的人呢!"这本是我从报上看到的一条消息,顺嘴就这么说了,怎么也想不到护士长竟会愚蠢到认为我是指她,真是对我的严重侮辱。但还没等我理论呢她先又哭又喊地跑开了,一头扎进科教导员的办公室,非说我说她把她妈杀了,让教导员为她做主。教导员耐着性子听完了事情的来龙去脉,批评了护士长,并做主准了我的假。教导员是个明白人,很具人文情怀。过去我一向不太关心领导,那次使我印象深刻,感到了领导的水平和风格对一个下属的重要。

  我给父亲的生日礼物就是我的那部以他为原型的中篇小说,第一稿,带回去请他提意见。不过六七万字的东西,他关在楼上他为我留出的那间书房里,看了三天,那几天他吃饭都不怎么说话。母亲几次问我小说里写了些什么,"你爸爸看得脸都充血了,晚上要吃三片安定才能睡!"又说,"你爸爸不能再受刺激了,他这一辈子很不容易了。"忧心忡忡地。弄得我也跟着担心起来。后来,父亲看完了,却没有就小说本身谈什么,跟我谈了许多别的。都是在晚饭后散步的时候,在干休所绿荫遮蔽的甬道上,他讲,我听。但事实上我并没有听进去多少,父亲不善讲述形象、细节的东西,讲的多是思想、体会、结论。

以我当时的年龄，那些东西是枯燥的，无从体会也不想体会，那是我日后深为后悔的事，尤其在自己也逐渐年长之后。在那些个树影婆娑的晚上，每当我听得不耐烦时，就要想法打断父亲找一些别的话说。比如，问问他对我小说的看法，潜意识里，是想得到表扬。母亲跟我说这是父亲七十岁生日的最好礼物了；她说大多数人一辈子过去就过去了，你却给你爸爸写下来了，做了一个记录，一个总结；更让你爸爸感到欣慰的是，在他退下去的时候，你们及时地成长起来了。父亲从没直接对我这样说过，只是他比任何时候都喜欢同我交谈了。但每遇我打断他时，他也并不坚持。后来，我想，那时父亲已看出我尚没有能力接受他的经验感受了，所以他不说。或者说，其实他说了，那些个晚饭后的漫步长谈，不都是说吗？却被我轻率地忽略掉了。父亲注意到了这忽略，就放弃了。他以一个老人的睿智懂得，有些事情，非阅历不可。

父亲七十岁生日过得热闹圆满，姊妹们从四面八方赶回家来，生日晚餐我们还喝了酒，我的祝词是：愿爸爸永远与我们同在。

父亲的去世毫无先兆，本来都要出院了，母亲不让，让他再坚持几天，查一查体。父亲不高兴，但还是服从了。我们家里，从来一切生活安排都以父亲的需要为主，领导核心是母亲。那次妹妹电话中说起这事我们还开了玩笑。"爸爸生气了，嫌妈妈不让他出院。""多住几天有什么嘛！""爸爸想家了。""哈！"父亲的家，就是他住的那个房子再加上我们的妈妈。

父亲离休后，刚开始一段时间，他和母亲似乎都不太习惯。从过去的两难相见到一天到晚的长相厮守，是得要一个过程。一次探家，正聊着呢，父亲突然叹了口气，说了句跟刚才的话题毫不相干的话。"你妈妈这个人呀，有时有点儿霸道。"我顿时严肃。母亲在我们面前抱怨父亲,是常有的事,什么"太固执"呀、"好耍小孩儿脾气"呀之类。父亲抱怨母亲,这于我还是头一次。隐隐觉着事情重大,责任重大。细想,父亲的话绝对有道理有根据。比如,能吃什么,不能吃什么,必须吃什么,都是母亲说了算。固然这是出于好意,但是仅有好意不成,好意也得讲道理主观愿望和客观效果方能一致。我掉过头去就找母亲谈了,自认为谈得很委婉,也得体。大意是,爸爸也知道您是为了他好,不过他感到有点儿压抑。恰好这时父亲进来,母亲立刻就问:"怎么,我让你感到压抑了?"是笑着说的,但已笑得很不自然。父亲当即矢口否认:"没有啊!怎么回事?"样子非常无辜。我吃惊地看他——这不成我造谣了吗?——父亲根本就不看我。所幸我还明智,没有非要当面对质说出个一二三四,这事就这样过去了。事后我没找父亲谈这事,父亲也没找我。因为那时我已经明白了我的愚蠢。父亲的抱怨不过是随嘴说说,并无要第三者介入解决的意思。第三者的介入无论多委婉,在客观上都是离间。从那以后父亲再也不跟我说这方面的事儿了,令我颇为失落。母亲比父亲小十一岁,但在有些方面,尤其生活方面,她拿他就当孩子,带着一种母爱。后来,当我自己成了母亲之后,才知道母爱有时候就是不由分说不讲道理的。下次探家,就发现父母的离休生活已然由"必然王国走向了自由王国",一次比一次好,比离休前还好,卸除了人生的社会角色、只剩下了彼此的夫妻生活将他们更紧地联在了一起,生活得规律丰富单纯。按时起居,每天早饭后一块儿出去走一走,走回来,由父亲给两个人分别泡上各自的茶,父亲喜爱绿茶,母亲喜爱花茶,然后,在客厅里坐下。说话时,絮絮地,细细地;不说话时,各做各的事,安详从容。但只要一个不在,另一个就会变得心神不定,明明在看报纸,你却能感到他或她的眼睛留在了冲着门的后脑勺上。父亲住院，什么时候去医院探视，去时需带些什么东西，就成了母亲每天主要的生活内容。由于算军职干部，每天下午都允许探视，但母亲不能每天去，干休所车辆有限；地处偏远，无论乘公共汽车还是出租车，都很困难。因之母亲每一次探视都令父亲"高兴得像小孩儿似的"！当时在家的妹妹这样说。

常听有军队干部半开玩笑：咱也没啥更高理想，能混到退休后有辆车就行。退休后仍有专车坐的须大军区副职以上，父亲才是副军。后来，有一次，父亲对我说："以后你给我们买车。"我说："好的。"但到了"以后"，到了我有力量给父母买车的时候，却没有人再需要我！

父亲去世前的几个小时，还同母亲通了电话。他们不能每天见面，就每天通一个电话，通常是在晚饭后。那天放电话前，父亲说："我散步去了？"母亲说："去吧。"就把电话放了。父亲去的时候身边没人，当时他是坐在床上的，腿上盖着被子，那天天很冷，气温突然下降，正是变季的日子，床对面的电视机开着，父亲通常只看新闻联播，新闻联播一结束就不再看，如此推断，他的离去是在晚上七点到七点半之间，护士去的时候已经八点多了。

总院通知了干休所，干休所直接开车到家里去接母亲，去接母亲的人在院外按了门铃。那门铃是我从海岛去北京办创作学习班时买的。那时那种门铃很少，我只在日本电视剧里听过，从此就喜欢上了，注意上了，学习期间去王府井购物发现了它，赶紧买了一个。当兵时我们都喜欢往家里买东西，东北的大豆，博山的瓷器，新疆的葡萄干……我往家里带的自然是海产品，海米、海参、对虾，海米是我买的新鲜小虾自己煮的，晒的，剥的。邻居们都说我们家孩子孝顺，哪里知道我们从中获得的满足和幸福了？能有机会有能力给双亲给所爱的人买东西，是享受。我给家里买的那个门铃声音清脆空灵柔和：叮咚——但是从那个夜晚开始，母亲再也听不得这铃声了，以后，只好把它换了下来；母亲也不能再接电话，因为父亲离去前的几个小时，还在电话里同她说话。是在进家前的头一分钟，我由于思念父亲不得相见而痛得麻木的心才突然感到了一丝细而尖锐的新痛，像有一枚锋利的刀片插入，使我立时清醒。开门进家后我就要往楼上冲，妹妹引我去了楼下的小屋，此刻，那里变成了母亲的卧室。父亲母亲一辈子了，只要都在家，永远是共用一个卧室，任凭楼上楼下其他的房间空着。父亲去后，母亲就拒绝再进楼上的那间卧室，甚至拒绝上楼。夫妻感情过于深厚是一种不幸。我们围坐在躺在床上不声不响的母亲身边，几天几夜，恳求她为我们着想，母亲身体一向不好，曾因心梗抢救过两次。我们已经失去了爸爸，不能再没有妈妈。我拉过母亲的手贴在脸上，我说妈妈呀她们都结婚了都有家了我没有，你要是再不在了我就无家可归了就是孤儿了妈妈你不能不管我我求求你了！……

之后整整一年，母亲不接电话，不上楼，不出门。但最终，她挺过来了。父亲在世时常对我们说：你母亲这个人非常坚强。

我曾对母亲说，妈妈，我干脆转业回来吧，回家，陪你。父亲去后，家里只剩下母亲，姐妹们轮流回来陪一下但也不能长住，毕竟都有着各自的小家。母亲却说：怎么，你才这么年轻就打算混日子了吗？她当然希望有我做伴，但更希望我有出息。接着又补充道：不要让你爸爸失望。

雁南带来的"奇正藏药"果然管用，用上的当天夜里，疼痛就减轻了许多，二十四小时后揭下膏药的时候，不痛也不肿了。但我还是按照请假时获准的二十天，住满了日子才离开的家。

离家还有几天呢，母亲就开始为我的走张罗了。在海岛时每次探家归队我都要带走一大提包的点心、糖、花生什么的，到了北京想买什么就可以买什么，花样品种还比家里能够买到的丰富高级，母亲就不再给我带那些了，而是带一些单身没有条件烹制的熟食，煎鱼、熏鱼、煮咸鸭蛋，临走再给我装上一盒煮好的饺子，让我到北京后用开水烫一烫就能吃。但我一直从心眼儿里不愿母亲为我做这些事，可又不知该怎么跟她说，于是就很烦躁，常找茬儿发脾气。

火车票拿到了，车次是当天二十二点四十。晚饭后，我在客厅里看电视，小英在厨房里下饺子，母亲到处张罗着找盛饺子的饭盒。每次我走都要带走几个饭盒，却从不想着给带回来，家里的饭盒都快被拿光了。母亲边找饭盒边嘟囔：

"这么多饭盒都哪儿去了？叫你们想着带回来带回来，没一个记着的。"

"行了妈妈别说了！"我忍无可忍。

"怎么了？"母亲一下子站住。

"不就是饭盒吗？下回我带回来就是了，老说老说！"

"下回带回来？马上我就要用！"

"没饭盒就别带，其实我一点儿都不想带。那么老远的路，进站出站的，为着盒饺子，还不够麻烦的！"

母亲一下子火了，高声道："小英！饺子不要下了！"

喊罢转身回了她的房间。我镇定地坐着没动，眼睛视而不见地看着电视，耳朵捕捉着母亲卧室里的动静，什么动静没有。

片刻后小英过来了："四姨，姥姥哭了。"小英十八岁，跟我大姐孩子同岁，一直随我们家第三代称呼我们。

我去母亲房间。"妈妈。"母亲不响。我说，"妈妈，我这两天有点儿烦……"

"你烦就冲着我来？我不是个尿盆子，谁想滋就滋！"

我再也忍不住地哭了。我不愿哭，直露情感一向是一件使我不舒服的事，母亲没法儿了解这些。不是所有情感都能够交流的，不能交流时只好宣泄，曲里拐弯地宣泄，这就很容易引起误解。我昏天黑地地哭着，既然已经开了头了。不知过了多久，母亲开口了。母亲说：

"再过几个月就春节了，春节不是还有假嘛。"

原来母亲什么都知道，都清楚。

第十一章

春节我没回家,去了云南边防。我不愿回家过春节,姊妹们个个携夫带子,只我孤身一人,别人别扭,我也别扭。不关心我不好,关心多了我烦。当然对母亲不能这样说。我说:"领导希望我们能够在春节期间去一下云南边防(也是真的),看看那里怎么过春节,自愿,我想我去算啦。主要是这么考虑的:与其春节呼啦一下子全回家,节后呼啦一下子全走,不如分开回去,细水长流。她们的假期什么时候过自己说了不算,只有我可以机动。你看怎么样,妈妈?"母亲在电话那头沉吟了一下:"好吧。"又说,"小心一点儿啊。"

清晨五点,我就由昆明住处乘一辆北京吉普往边防线上赶了。云南我是第一次来,第一个感觉,群山连绵。与北方山刀削斧凿般的陡峭、冷硬不同,这里山的线条极其圆润、丰满。如果山有性别,那么,北方的山是男性,这里是女性,深翠清新,笼罩在忽浓忽淡忽来忽去的雾纱后面,酷似一群群宁静典雅秀丽的少妇。我被告知,即使一刻不停,也得在晚上七点方能到达目的地,车上司机却只有一位,一个二十来岁的战士。他的年轻和势单力薄不能不使我担心,听很多来过云南边防的人说,这里的路况相当复杂,我今天的命就算交到这位小司机手上了，本能地想跟他套套近乎，他不说话，你说十句他可能一句不回，几个回合下来我只得闭嘴。汽车在沉默中驶出市区，驶过县城，驶上山去。

北京吉普沿着盘山土路向山上绕行，路很陡，陡到了人很快便会感觉到飞机起落、气压急剧变化时产生的那种耳鸣。路的一侧是丛丛密密的亚热带植物，植物阔大的叶片被无数驶过的汽车扬起的黄土遮蔽得失去了原有颜色；路的另一侧就是毫无遮拦、毫不含糊的绝壁，绝壁下随处可见各类型号的汽车残骸，视之毛骨悚然。我们的头上是天，脚下也是天，放眼看去，上上下下全是一块一块游动着的云和雾，车在天中行。汽车拐弯，刚拐出去就见迎面冲过来一辆披着绿色伪装网的大解放，小司机向右急打方向盘，北京吉普蹦跳着与大解放擦身而过，右边半个轮子却因此悬上了绝壁，小司机又将方向盘向左一通猛打，方令北京吉普重新上路。我紧紧咬住牙关生怕自己一个不小心惊叫出声分散了司机的注意力。人说沉默的司机是好司机，但愿如此！……天光忽暗，左右太阳仍然灿烂，是路前面的中央，蹲伏着一方遮天蔽日的黑云，幽幽然，森森然，仿佛怪兽的巨口。汽车一头扎了进去，顿时，天昏地暗大雨如注，车身、车顶篷被击打得嘭嘭作响，前挡风玻璃上的雨刮器徒然摆动，狂暴包裹、摇撼着小小的北京吉普，如巨浪摆布一叶小舟，我下意识扭脸向身旁看去，小司机端坐如前，只是微微眯起了眼睛，好像一个被雨水眯了眼睛的孩子。我闭上了眼睛，听天由命。……突然，战鼓雷鸣般的喧嚣一下子消失了，我屏息静气等了一会儿，还是静寂，耳边只有北京吉普奔跑的喘息，慢慢睁开眼来，眼前竟真的是一片艳艳的晴天，路面干得不见一丝雨迹，汽车开过，黄尘飞扬。如果不是车窗上仍在往下流着的水印子，我真要怀疑刚才那惊心动魄的一幕是不是幻觉。再往前走，再如此这般地经历了几次后我方明白，这就是云南的山了，远观秀雅温静，近处暴戾任性，如一个美丽的悍妇。

凭着石头般的沉默和金子般的坚忍，小司机终于把七八百公里的盘山土路抛在了身后，把他和我带到了目的地——驻云南边防某军军部。在军部草草地吃了晚饭，我被送到了某师师部。

师部驻在山间的一个天然溶洞，当地人称它曼棍洞。洞的进口不大，进去之后无比巨大，且景观奇特。曲径通幽处如江浙一带的庭廊，九九十八弯寻不到尽头；宽敞开阔处像篮球场，容得下几个连的兵；洞顶悬石千姿百态，狰狞的，妖媚的，安详的。一个师的司、政、后机关全住在里面，还能够做到工作区、宿舍区分开，且有食堂，有会场。我被安排在了一个据说是师职干部才能够住的单间，那一排单间是在"曲径通幽处"用一块块军绿塑料布分隔出来的，每个单间一面是洞壁三面塑料布，左邻右舍彼此看得到对方的脚和头顶，就我看到的头顶而言均是男性，这令我觉着寂寞而且不便。最简单的问题，夜里去哪里方便？是夜，几乎一夜未睡，眼盯着在悬挂塑料布的木框上奔跑狂欢的硕鼠，心里为去哪里方便的问题焦虑。也曾想过是否用脸盆或茶缸，随即就打消了这个念头：与左邻右舍等于是同处一室，一个轻微的翻身都听得清楚，哪里就能够这样放肆了？结果是，越担心越要出问题，这一夜我起来了三次，且都是老老实实去的设在洞外的厕所，穿好衣服，打着手电，提心吊胆，通往厕所的小路两边据说都有地雷的。来回一趟得折腾半个小时，头一趟还差一点儿找不到回来的路。于是第二天一早我找到了师领导，坚决要求下基层，并且进一步请示，可否去医院之类有女兵的地方？

就这样，我来到了驻云南边防部队的医疗所，认识了彭澄。彭澄是这个医疗所的护士。我是晚饭后去的，由师的宣传科干事陪着,见所领导,见科领导,一级一级,最后,到了彭澄她们宿舍。

这里的一切都是我再熟悉不过的:铺在床铺边当座布的小毛巾被,马扎子,横贯房间两头的铁丝,铁丝上永远挂得满当当的衣服,还有气味,一种化妆品、洗浴用品、水果香和少女气息混合一起的气味,洁净的薰香;甚至连门后簸箕里的垃圾,都同我们海岛医院宿舍里的一样,果皮、纸屑、一团团的头发。情景也一样:晚饭后通常是女兵们最悠闲的时刻,趴在床边写信的,看书的,织毛活儿的,听半导体的,唱歌的。所领导和师宣传科干事带我进去,女兵们纷纷起身,带着好奇和微微的兴奋打量我。她们在这里很寂寞,无处可去,电视机也少。

"向大家介绍一下,"干事开口了,他的音调之高和态度之郑重使我的心一下子提到了嗓子眼儿里,果然,他说了,"这位是我军著名作家——韩琳!"

我气得脸微微发热,来的路上我跟他说过千万不要这样说!刚才在所领导科领导那里他就是这样介绍的我,介绍完了,一时间,都让人家无法做出相应的反应。是过了一会儿,那几位领导才参差不齐点头笑道:"听说过听说过。……好啊!年轻有为啊!"令我很是难堪。你想嘛,哪里有"著名"却不为人所知的道理,这不刺激我吗?于是来女兵宿舍的路上我特地跟他说了,叫他只说我是哪个单位干什么的就行,不要说什么著不著名,因为我不著名。他呵呵地笑着说我"客气!谦虚!"我说真不是客气不是谦虚请他务必如何如何,他答应了,谁料一到现场他竟会我行我素变本加厉呢,当着这么多人的面,这么郑重!是想以这种方式给我一个更大的惊喜?天底下就有这种浑然不觉的木头,以为只要他是好心,就有权强行奉送。女兵们都年轻,都不是领导,单纯率真,是怎样就怎样。在干事介绍完"著名作家"后,一个个仍瞪瞧着我,鸦雀无声没有反应,假装出来的都没有。干事这才有了点儿感觉,赶紧说:"韩作家写过不少作品,像——"他"像"不出来,把脸转向所领导,"那什么来着?就在嘴边上!"所领导咳了一声,又咳了一声,又咳一声,最终,也没有咳出什么。

那一刻我不仅难堪,还很难过。那一刻我真的希望自己是"著名"的,哪怕虚衔浮名,哪怕仅仅是为了不让这些女孩子失望。设想一下,此刻出现在她们面前的不是我,而是——彭丽媛吧,那将会给她们带来怎样的惊喜、快乐和满足?将心比心,谁也不会对一个和自己一模一样平淡平常的普通人感到格外的兴趣。这一刻我方痛彻体会到:本就是名利场中人,"名"不为人所知,不能不说是一种失败,不能不让人失望。屋里一时间很静。所领导到底是领导,坚持要将死棋走活,说还是请韩作家介绍一下自己的作品。我当然不会愚蠢到真就介绍,介绍了,得到的如果还是静默,我只有钻地缝了。但这却是一个开口说话的机会,我知道该说什么怎么说,我太熟悉这些女兵了。

我说:"嗨,我哪有什么作品?瞎写,写着玩儿。我以前也在医院工作,我们医院在海岛上,病号少,可去的地方也少,业余时间没有事干,就写东西玩儿。"

闻此,女孩儿们的眼睛里闪出了活泼的光,屋里气氛开始活跃,接着,一个脸上长有雀斑的胖女孩儿开口了。

"哎,你以前在哪个科?"

"内科。"

一阵喊喊喳喳,气氛更加活跃。

那女孩儿又问了:"你什么时候调到北京的?"我说了什么时候。她紧接着问:"直接从海岛调去?"我点点头。屋里忽又静默,但此静默已不是彼静默——甭管咱有名没名,能直接从海岛调到北京,也不简单嘛。

"我看过你的小说。"

这时,听到有人这样说。声音发自屋角,以致我歪了歪身子,才看到了说话的人,黑眼睛,小嘟嘟嘴,短发像是刚刚洗过,蓬蓬松松。个头儿目测跟我差不多,腿非常长,估计我穿三号军裤她得穿二号。我有些紧张,好不容易才把话题岔开,又给拉了回来!脸上保持住微笑,心里紧张盘算万一她要是张冠李戴了我是给予纠正还是将错就错,同时嘴上敷衍:"是吗?"

"是,《解放军文艺》上,好几篇写女兵的,我最喜欢《她们的歌》。"

"那是她写的?"雀斑小胖子歪着脸看我问那女孩儿,目光里带出了与前不同的审视和打量。

"应该是,作者韩琳嘛。'琳'是双木林再加一个王是吗?"
我点了点头,不知该说什么,我没想到,怎么可能想到?
小胖子欣喜地尖叫一声,没容我看清怎么回事,她手里变魔术般出现了一个本子,并且,拿着这个本子来到了我的跟前让我签名!事情变化之快像旋转着的万花筒令人猝不及防头晕目眩。喜悦是喜悦,同时还心虚,下意识瞟一眼小胖子递过来的本子,上面已有的一个签名更是吓我一跳,那名字是:田华。有心不签,怕显得小家子气;签,除了心虚还有一个非常现实的障碍,字难看。正踌躇间一支摘了笔帽的笔送到了眼前,把我逼上了梁山,签!字难看,用连笔掩饰,龙飞凤舞,唰唰唰,一蹴而就,也算有个气势有个风格。这么想着,心里安定些,于是屏气,提笔,手竟又抖了起来,好不容易把手也安定好了,把名签了,还没等松口气,又一个本子递了过来,一本完了,又是一本……恍惚间,感到屋里十几个女孩子都聚拢在了我身边;恍惚间,听到了小胖子喜悦的尖叫:"那天彭澄给我们读《她们的歌》，我就猜作者肯定也是在部队医院工作，肯定也是女的，要不然不可能写得这么像——还真的是！是不是彭澄，我当时是不是这样说来着？"恍惚间，我想，原来明星是这样制造出来的。

彭澄是一个文学爱好者，一个部队的文学爱好者，一个部队的女文学爱好者，这是我的小说之所以能被她看到并记住的三个重要要素，三要素缺一不可。她日记本扉页上用以自我鞭策的警句就是：理想——改行，从事文学创作！这理想彭澄不轻易示人，怕被说成好高骛远不安心本职工作，但是对我毫无隐瞒。她视我为知己，为人生榜样，一遍遍问我怎么走到的今天这一步，我只好一遍遍地跟她说，她就一遍遍听，每一遍听都像是第一次听，眉头微蹙，黑眼睛盯着我的脸，像是要把我说的每一个字吃进心里。我说完了，她会长叹："其实我也是这么做的呀，可我怎么就是不行呢？"

"你才二十二岁。"

"我'都'二十二岁了！"

"那我都三十了，别活了。"

"你我怎么能比？"

"怎么不能比？"

"怎么比？举个最简单的例子，三十岁的团长年轻吧，二十多岁的战士呢，就是老兵了。你我也是同理，你已经功成名就啦韩琳姐！"

"功成名就！我算是什么功成名就！功在哪里名在何方？"

说这话时我没有一点儿矫情，这时我和彭澄已是朋友我不愿意让她对我有不正确的认识，那样就没意思啦。她却说：

"我要能达到你这一步，就心满意足了。"

"你要真达到了我'这一步'，你就不会这么说了。"

"知道知道。就好比,肚子饿时会想,要能吃饱就好了;到吃饱了时又想,要能吃好就好了;到能吃饱吃好时就又想了:吃饱吃好算什么?猪的理想嘛!"我笑了起来。彭澄常会突然蹦出这么一些不着边际的插科打诨的话来,叫人忍俊不禁。

当时我们刚吃完午饭,正沿着一条旁边布满了绿色伪装网的小路绕着圈散步。我曾建议去前面不远的山上走走,她说不行,所里规定她们的活动范围只限于以所部为中心的方圆二百米之内,也是出于安全考虑。所以她们来前线快一年了,其实什么都没大见着,还不如我来这几天见的东西多。站在这里极目远眺,除了山还是山,大山小山远山近山。山里没有四季,只分雨季旱季。雨季名副其实,没完没了地下雨;旱季徒有其名,没完没了地下雾,那雾淡时如蝉翼,浓时像牛乳,再浓一浓时,就是雨。眼下正是这里的旱季,群山在云里雾里。

"韩琳姐,"彭澄遥望着雾里的群山,"我们兵站宣传科说,只要能在《解放军报》上登两篇文章,就能调到兵站去。"说这话时她的黑眼睛像是都罩上雾了,迷茫,怅然。

"《解放军文艺》行吗?"

"当然行啦!"

"《解放军文艺》我认识人,我帮你想想办法。"

她的黑眼睛一亮:"那我就能改行啦!我一点儿都不喜欢干护士,先声明这里决没有瞧不起护士的意思,不喜欢不等于瞧不起,我不喜欢的工作多了,我还不喜欢做国家总理呢!我的意思是说,这是个个性问题,不是思想问题。"

"谁说你是思想问题了?"

"领导呀!"她说,说完后又小声补充,"还有部分的同志们。"我笑笑没吭,不想批评她但也不能怂恿她,毕竟她还小还要在这个单位待下去。这时她伸出一只手揽住了我的胳膊,那手很暖，很软。我们走在云南的群山之间，雾越发地浓了，浓得我们的头发上开始往下滴水。彭澄又道："其实我工作做得很好，这点觉悟和能力我有。可是不管我怎么做，他们都说我不安心本职工作，至今，入党立功全没我份儿。"我握了握她揽着我胳膊的手，没说话，没话说。

一进医疗所，碰上了彭澄的护士长。护士长很胖，妇人的胖，没脖子没腰，才三十出头的年纪。据说从前还行，生了孩子就成这样了。她吩咐彭澄下午上班后去三病室，任务是："陪伤员们聊聊天，快过春节了，容易想家。"彭澄从嗓子眼儿里"嗯"了一声，垂着眼睛转身走了。

护士长对我笑笑："不高兴了。都不愿意去三病室，嫌没意思。一病室有个侦察兵，侦察兵嘛，兵里的尖子，加上小伙子长得也帅，会唱会跳，挺招人。二病室军长的司机在，是位消息灵通人士，天上地下的事没他不知道的。我看他是吹牛，架不住女孩子们信，也是我们这里太闭塞太枯燥了。三病室什么没有，八个伤员八块老实疙瘩，上回派小丁去，一下午，一个和八个，大眼对小眼，不说话，说不起来。下班后我批评小丁，小丁委屈得哭，也知道不能全怪她。"

"彭澄行吗？"

"她行。"这时三个轻伤员走来招呼护士长，护士长对我道，"我陪他们出去散步，你去不去？"

看得出她很希望我去，可是——我说："我还有点儿事，咱们抽空聊？"

我想去看彭澄，护士长的话使我好奇。

还没到一病室呢，先听到歌声了，男声，唱的是《雨中即景》的"士兵版"，声音不错，想来就是那个招女孩子们喜欢的侦察兵了。歌词属自填，写他们自己雨中洗澡的事儿："哗啦啦啦啦下雨了,只见大家们在洗澡。叭叭叭叭叭脱衣服,个个脱得赤条条。(白)你想看也看不到——"哄,大笑。这笑显然是针对了这屋里的那个女护士。

二病室有人在绘声绘色地说书:"军长家属一气之下给军长发了封信,严格说发了个寻人启事,'×××——咱军长的名字——男,身高一米五○,×年×月×日奉命赴滇,至今三月有余杳无音信,有知其下落并通知家属者致重谢。'军长这才给他家属写了回信,四个字:'查无此人。'军长说老子的身高明明一米六六嘛,哪里能接受她的这个侮辱……"屋内大笑。说书的自然是那位司机。姑娘们说得不错,在这两个病室执行任务,不仅轻松,而且快乐。

三病室却没有动静,越近越安静,我在敞着的门外站住,悄悄向里面看:这是一个十六个床位的大病房,住着八个伤员,伤员们半坐半卧在各自的床上,彭澄坐在房间尽头的一个空床上,面对着他们。

"难道说,就没一个愿出节目的?"彭澄说。伤员们纷纷小声说不是不愿,是不会。彭澄说:"不会节目,会说会笑吧?……那就行!我跟同志们交个底,我今天下午的任务是制造节日气氛,春节了嘛。待会儿领导还要检查,看我节日气氛制造得如何,到时希望同志们配合一下,大声说话大声笑——体现节日气氛的意思,不想笑的也请装一装,估计领导待的时间不会太长。总之吧,为了我的个人进步,还请各位多多关照!"

话音刚落,全场开怀,包括躲在门外的我。笑着,伤员们就"个人进步"这个话题七嘴八舌地向彭澄问开了。

"彭护士入党没有?"

"入了!"稍停,"思想上入了。"

又是一阵会心的笑。笑声中又有人高声地问:"那,立功了吗？"

"立了，二等功！"等全屋响起一片低低的惊叫，彭澄方道，"我们所立的集体二等功，有我的一份。"

士兵们开心极了，屋里气氛立刻活泼、融洽起来。我悄悄向彭澄看去，她也在笑，细密的小白牙一闪一闪，黑眼睛笑成了两道缝，光润的脸蛋儿红扑扑的，像个喜庆的节日娃娃。成功地"暖了场子"之后，她开始讲笑话。

"……有这么一对老夫妻，同年同月同日生，六十岁生日时他们决定庆祝一下。上帝问他们有什么愿望，老太太说，她希望能得到一笔钱，和她的丈夫一块儿周游世界。上帝点点头，问老头儿有什么愿望。老头儿说，他希望得到一个比他年轻三十岁的妻子。上帝说，好吧。并即刻满足了他们各自的愿望：老太太得到了一大笔钱；老头儿呢，胡子长了，背佝偻了，牙全掉光了，一下子老了三十岁，九十岁。"屋里静静的，士兵们一时没反应过来。彭澄笑眯眯道："他的妻子六十岁，正好比他年轻三十岁。"

士兵们大笑起来，恰好所长路过，闻声而入，笑眯眯道："好热闹啊这里！"同时对彭澄点了点头，表示满意，表示致意。士兵们一看所长还真的来了，一个个差点儿没有笑翻过去，令所长感到了这笑跟自己大有关系，又不知"关系"在哪里，不免疑惑，但大家只看着他笑，不予解释，越发地让他心中忐忑，出门时下意识把脸对着门上方的玻璃照了一照，没有问题。于是小声问站在门外的我："他们笑什么？"

我安慰他道："彭澄讲笑话呢！"

那个下午结束的时候，彭澄给伤员们跳了舞，霹雳舞。她跳舞的时候就没有人笑了，人人屏息静气，生怕打扰了那个美丽的舞者——年轻女孩儿仿佛陶醉在了另一个世界里，脸上的表情如梦似幻：眼睛眯起，喇叭花似的双唇微微张开，目光透过迷蒙的睫毛向一个看不见的远方望去；手臂如鸟儿飞翔的两翼般舒展、轻摇；两条长长的腿大幅度抬起后再无声地踏下，如同踏在棉花上，又如同飘浮在云朵里。八名伤员都是外伤，有的轻，有的重，此时，棕黑的脸上一律轻漾笑意，含着友爱，不用说，还有倾慕；身穿夹克式绿色作战服的女孩儿背衬雪白的"天幕"、面对年轻的士兵翩翩起舞，把春节前的边防装点得宁静、美丽。

我对彭澄说了护士长对她的信任，她无所谓地一笑，"她怎么不信任信任她自己呢？噢，自己分配自己陪轻伤员散步去。谁不想陪伤员散步？可以趁机到处转转，看看风景，走出营区都不算违纪——还能减肥！"

她是那样想出去看看，她来后还什么地方都没有去过，我决定想法满足她的这个愿望。我跟领导说我一个女同志单独出行不方便，如果可能，请安排一个女同志一块儿。领导问："没问题。说，要谁？"我说："彭澄。"

那天傍晚，我去阵地采访回来——我晚上住医疗所，白天出去——彭澄鸟儿一般向我飞来，跑到跟前一句话不说，张开两臂抱住了我，一张脸就埋在了我的肩上。我不太习惯这种同性间身体上的密切接触，使使劲，推开了她，她把脸别在一边不肯正面对我。

"嗨嗨嗨！怎么啦？"

她迅速在脸上擦了一下，"韩琳姐我有一种预感——"

"什么预感？"

"改变我命运的时刻来到了！"

我顿时感到了压力，同时也产生了怀疑，我这样做究竟对还是不对？

在一个没有太阳的晴天里，我们来到了三连。这种天气我也只在云南的大山里见过。没有太阳，却是严格意义上的晴：湛蓝湛湛的天空明澈高远找不到一丝丝云，山绿水绿地绿满目皆绿鲜绿鲜绿，纯粹、浓密、耀眼。三连连指设在一个天然石缝里，穿过窄而昏暗的通道，就有一个相对宽敞平坦的空地，空地中间摆几个子弹箱，上面蒙块军绿塑料布，就是连部的会议桌兼餐桌了。桌子中间有一盏煤油灯，明亮的灯花在玻璃罩中跳动。连长去哨所了，指导员接待的我们。指导员快三十岁了，已有干部、老兵称他为"老爷子"了。彭澄跟在我的身边，大睁着两眼看东看西，有时看得着了迷竟会呆呆站住，像个跟妈妈来到从未到过的地方游玩的孩子。指导员向我介绍着连队的情况，眼睛却时时向彭澄那里投去像是不经意的一瞥。彭澄的年轻可爱，她的好奇单纯，她毫不掩饰的敬意，最能激发出男人们的男子汉气概。概况介绍完毕时指导员主动提出带我们去十六号高地看看。"连部这里没什么看头。"他说。彭澄欢呼雀跃。指导员别过脸去，极力掩饰起眼里的笑意，几秒钟后，转过脸来，已然满脸满眼的严肃。"戴上钢盔。"他说，谁也不看地说。但马上就有战士跑去给我们拿来了两顶钢盔，一个素质很好的连队。

　　前面两个拿着冲锋枪的战士开路，后面指导员殿后，我们一行五人向十六号高地出发。地上湿漉漉的，地表被雾浸湿了，下面的山地依然坚硬，因而格外滑，稍不小心就是一个趔趄。我们人手一根拐杖，几步一滑地向山上蹭。山中有一条被踩出来的小路，身边、头顶，遍是藤蔓枝叶纠缠不清的亚热带植物，我们遵嘱不去碰它们；要滑倒时，尽力身体前倾不向两边去，山上到处都是地雷。静下来用眼睛搜索都可以看到：也是绿色，扁圆形，大小如烧饼。彭澄比我先看到，回过头来指给我，神情相当紧张，但不失镇定。我让她一定记住指导员嘱咐的上山要领，她点点头，转身跟着前面的战士继续向上爬。这时二号军裤在她腿上都显得短了,每一次向上攀爬时腿的后蹬,裤脚与袜口之间都会露出一截白皙的小腿。

十六号高地本是这场边界冲突中的一个热点,今天却热闹非凡,八一电影厂来了个摄制组正在拍摄,士兵们围在一边嘻嘻哈哈地看,树下面甚至还拴着两只后方慰问来的没舍得杀的鸡,人笑鸡叫,一片祥和。这时对峙双方两国外交似已取得了某种进展,于是,作为"外交的延伸"——军队的军事活动,也随之暂停。加上春节是双方共有的节日,大家便都遵守了和平的默契。

摄影师拿着把镐头对准一个钢盔猛砸,别人要帮忙他不让,大概是怕达不到他脑子里的设想。彭澄小声问我:"他要干吗?""做旧。"我说,并进一步解释,"他可能想拍战斗实物,这钢盔太新啦。"一个士兵插道:"早知道有用我们就留下了,那玩意儿太多了,钢盔、枪、枪管都打弯了,都让军工给运走了。"士兵们早就注意到我们了,或说,注意到彭澄了,只是一直没好意思、没机会同我们搭讪。

摄影师开始拍摄,对准一些破钢盔、炸烂了的工事、秃了顶的半焦树木左拍右拍。彭澄看得目不转睛,自跟我出来以后,她就是这副表情,看什么都目不转睛,黑眼睛瞪得溜圆,似要把看到的一切都通过眼睛吃进胃里再通通地消化吸收掉。那样子简直就像饿狼觅食,又像是海绵吸水,干透了的海绵,嗞嗞地。

摄影师拍完了实物,开始拍人,对着一张纸片看看,叫道:"谁是张天富?"

士兵们纷纷扭头,找,嘴里胡乱叫着张天富的名字。没有张天富。一个士兵转身向山洞跑去,那里是他们阵地上的宿舍。片刻后,从洞里带出来一个个子小小的战士。他的个子实在太小,目测不如我高,顶多一米六,刚出现在我视野里的一刹那令我的心怦然跳动：这不姜士安吗？个子，肤色，脸上那略有些腼腆的神情……当然同时知道他不是，我们最后一次见面时姜士安已高出我大半头了，穿着四个兜的衣服，是干部了，营干，不仅不再腼腆，而是相当地自信从容了。

张天富的事迹是，独自一人在一个距敌方只有六米的哨位上坚守了七个月零五天。那个哨位是一个小石缝，小到只能容得下一个个子在一米六〇以下并且要单薄的人。张天富符合这些要求，就被派了上去。他今年二十岁，十八岁当兵，第三年兵的老兵了。如果两年多的部队生活仍没能让他长高的话，他可能就是长不高了，这点他不如姜士安幸运。摄影师安排他坐到了摄影机前，自带的马达转起来了，上千瓦的大灯亮起来了，张天富被灯晃得眯起了眼睛，两手放在两膝盖上，像是正在听课。摄影师对着他不断下一些很具体的命令："别眯眼！……说话。……随便说什么，现在不录声音。……笑一笑。稍微笑大一点儿——太大了！……"张天富忠实执行着摄影师的每一道命令，却没能力使摄影师满意。摄影师也看出了这点，关了灯，沉思片刻后左右环顾，相中了彭澄，招手叫她坐到张天富的对面，把彭澄吓得连连摇头。

"不行不行我不行，我从来没有拍过电影！"

"放心，不拍你。"摄影师很实在，"你就负责跟他聊天，愿聊什么聊什么，目的只一个，让他松弛。"

大灯再次亮了起来，周围一下子安静了。明亮灯光下的彭澄美丽得无可挑剔——唯有年轻才能经得住这样明亮的挑剔——头发、眼睛、皮肤，直至脖子，细腻，光滑，熠熠生辉。彭澄如入无人之境。一旦明确了自己的任务就不再紧张，对付士兵那是她的强项。她一手支在膝上托着下巴，微微含笑看着张天富，像一个好脾气的大姐姐。

"小张,多大了?"

"二十。"

"我比你大多了,你得叫我姐。"

于是小张心甘情愿地,或者说十分高兴地,叫了一声:"姐。"

彭澄点点头,"听说你一个人在一个哨位上待了七个月零五天,真的一直是一个人吗?"

"是呀。送给养的军工每次来只能把东西放在另一个地方,我趁天黑的时候去取,他们不能过来。"

"那不闷死人了?"

"是呀。电话不能打,广播也不能听,离敌人太近了,很闷的,精神上也很紧张。每过一天我就在本子上画一道杠,算日子。八月十五那天,指导员上来了,那天正好下大雨,比较安全。安全也不能走得太近,但是指导员还是想办法让我看到了他。我就知道连里还记着我,心里头好过多了。"

"听说下阵地后,从连部到休整点七十公里,你喊了一路,喊哑了嗓子?"

一个士兵插道:"开始我们都以为他疯了。"

小张不好意思地笑笑:"七个多月没说话了嘛。"

彭澄问:"都喊了些什么?"

"瞎喊。"

"什么嘛!"

小张想了想,又不好意思地笑了:"也没什么特别的。爹,娘,我又活啦,毛主席万岁,还有就是唱了歌。"

"什么歌?"

"'大雁听过我的歌,小河亲过我的脸'——好多,想到什么唱什么。"

"还有哪!"这次说话的是小张的战友。

"没有啦!"

"有!你还喊:'嗨——希特勒!'"

所有人都笑了,笑得小张脸都紫了。摄影师满意极了,转动着摄影机镜头忙个不停,拍了这个拍那个。完后对彭澄说:"谢谢你,小姑娘!我把你也拍进去了,回去等着看电影吧。"彭澄一听又紧张了,一只手摸着自己的脸蛋儿,嘴里边一个劲儿地"哎呀"。摄影师道:"放心放心,镜头里看你更漂亮!"呱!呱!呱!士兵们出人意料地鼓起掌来,大约因为摄影师说出了他们想说而不敢说的心里话。这下子轮到彭澄脸红了,一向在士兵面前伶牙俐齿,这回,哑了。

中午饭我们在十六号高地吃的,战士们把两只活鸡都给我们杀了,还开了一大堆罐头,开了酒,春节期间部队允许喝少量红酒。但是指导员喝多了,开始是话多,到后来索性哭起来了,哭着哭着,突然,意料不到的事情发生了——他一头扑在坐他左侧的彭澄腿上,两手紧紧地抱住了她的腰,头就拱在了她的怀里,同时嘴里呜呜噜噜:"我们很不容易啊!谁也不知道,我们有多不容易!"

事情来得太过突然,所有人都呆住,彭澄也呆住,面孔由红到白,苍白。片刻之后才有两个人在震惊中清醒,站起身,走过去,把他们的指导员从彭澄身上架起来,一边对指导员更是对我们道:"指导员你喝多了,走走,去睡会儿!"连拖带拽把他弄进了洞里。

我们下山,指导员就留下了,由来时的两个战士同我们一道,再加上八一电影厂的人。刚走下高地不久摄影师就骂开了:"我操!这也叫政工干部,整个一个流氓!回头找他们领导,告丫的!"

彭澄没吭,脸色依然苍白。后面传来急促的脚步,同时,还有急促的喊声：

"姐！姐——"是小张。彭澄站住等他，目光温和友爱。小张却不敢看她了，看着一边的树，说："姐，别跟领导说！指导员他喝多了！指导员他心里难受！他家属要跟他离婚，他孩子才两岁。他其实是好人，特别好！"

"你放心，我不会。又不是小孩子了，这点儿事还理解不了吗？"

"姐！……对不起。"

彭澄摇头笑笑，像一个真正的姐姐伸手拍拍小张的脸颊："我走了。"

小张的眼圈红了。

从此我对彭澄格外地另眼相看，她立刻就感觉到了，对我越发依恋，有时会猛不丁地冒出一句："韩琳姐，你要真是我的姐姐该多好啊！"

彭澄的父亲也是军人，也离休了，也去世了。比我更不幸的是，她的母亲也去世了。同时，她既无姐姐也无妹妹，只有一个比她年长九岁的哥哥。

大年初三的时候，彭澄的哥哥来看她了。按说这里不允许探亲，她哥哥是省委下属部门的干部，正好省里组织春节慰问团，她哥哥就借工作之便，代表本部门随团来了。那天我下部队了，彭澄把电话一直打到了我所在的那个哨所，让我"务必马上回来！"就这样，我见到了她的哥哥。

漆黑的板寸头，平淡的五官，中上等个儿，长腿，正是"雷锋"！我目瞪口呆。比起我的意外和吃惊，他要从容得多，甚至给我一种感觉，一切早在他的意料之中，或说安排之中。他向我伸出了手，说：

"你好韩琳，我是彭湛。"

第十二章

从哨所采访回来,在汽车驶上通往医疗所的小路时,我就已看到了等在路口的彭澄和同她在一起的这个穿便服的男子了,非常醒目。在云南边防,穿便服比穿军装醒目。但我没认出他来,直到下车,因为想不到。我机械地握住他的手张口结舌:

"你不是那个、那个——"

"对,我是。"

我脱口而出:"我还欠你钱呢!"

他笑了:"没错!"

彭澄也笑,说:"哥你不是专门来要钱的吧!"

听口气她好像什么都知道,怎么回事?这时彭湛问我:

"你的脚怎么样了?"

"没有骨折。"

"那天有人去车站接你吗?"

"有。谢谢!"

彭澄站一边一言不发,晃着她短发蓬松的脑袋,笑眯眯地看看这个又看看那个,这时我便断定,她肯定什么都知道,怎么回事?

这天是云南边防一个难得的晴好天气,像我和彭澄去三连那天的天气一样,没有雾,天空明澈高远湛蓝。彭澄请求:"咱们去外面走走!"我们在外面走,沿着傍山的小路,到处是浓绿和大山吐出的清鲜,三人成列,彭澄居中,一手挽我,一手挽她的哥哥。

彭澄说:"今天天气真好!"

我说:"真好!"

彭澄说:"可惜没有太阳。"

没话说时人们便会谈"天",意识到这点我觉得有点好笑,正寻思着找些有意思的话来说,彭湛开口了,接着我们刚才的话题,他道:"——太阳出国了。"

我和彭澄笑了。他看我们一眼,又道:"去了美国。"

我们大笑,他继续说:"留学。"又一顿,"——自费。"

我笑得气都喘不过来了,彭澄则干脆捂着肚子蹲在了地上。事后,彭澄生怕我不明白还特地向我指出:"我哥这人挺幽默是不是?他其实特有才!要不是婚姻问题没处理好,早出来了。"

彭湛结过婚,现在是单身。据彭澄介绍,她哥哥的前妻是服装商场的售货员,又虚荣,又俗气,还懒。"整个儿就是个小市民,没文化!我哥本来一直挺好的,二十三岁就是副连长了。"我的判断没错,果然他是当过兵的。"一结婚,全完了。我爸从前一直指望着他这个儿子子承父业当少将的,结果刚当到中尉就转了业,到地方这么多年来,也没什么长进。都说一个女人就是一所学校,我看我哥就是在'她'那个学校里给待坏了。当然我哥也有问题,意志力薄弱。"对于他们最终分手的原因,彭澄概括说:"他们从根上就不是一路人!"我说这样一无是处的一个人你哥当初为什么还要同她?彭澄说:"我哥说她漂亮。"我说:"她漂亮吗?"彭澄说:"一般。"

医疗所节日聚餐,彭湛作为彭澄的亲属出席,席间落落大方不卑不亢,跟女孩子们谈笑风生,跟男人们大碗喝酒,诙谐幽默豪爽热情,把在场男士们比得没了颜色,令女孩子们满眼满脸放光,其中尤以彭澄为甚,随着她哥哥的每一个不俗表现拍手跺脚大笑大叫,有时都有点儿过了,有点儿"领笑""领叫"的嫌疑了。我当然不会那样幼稚,已过了轻易被谁蛊惑的年龄。后来大伙儿让我唱歌,不唱不好,这种场合;唱又不能,我内向。这时他站了起来,说是愿代表我们两个后方来的人,在春节之际,为远离家乡亲人战斗在云南前线的同志们献上一曲。选的歌出人意料又恰到好处,苏联歌曲《灯光》。

"有位年轻的姑娘,送战士去打仗,他们黑夜里告别,在那台阶上……"

头一句既出,偌大的房间一下子静了下来,此时此境此曲,再加上感情充沛有着相当水准的演唱,令人动容。好几个女孩儿泪光闪闪想必是已进入了角色。隔着诸多餐桌人头以及饭菜香烟的氤氲我遥望着他,心想,他与他的妹妹倒真的有些相像。

那天晚饭后彭澄值班,请我陪她哥哥"出去走走"。这是我们俩第一次单独相处,因为他一直表现得热情洒脱妙语连珠所以我轻松上路,却不料那天走出好远他都没有说话,我因没思想准备也没有话说,静默中只能听到两人的脚步声,令人紧张不安还有些尴尬。我想,得说话,否则,一对孤男寡女这样默默地走下去没事也有事了。环顾四周,天上正下大雾,不失为一个话题,于是咳了一声准备开口,他却早我半拍先开口了,说的是:

"你的脚怎么样了?"接着就笑了,自我解嘲地道,"'没有骨折'。"

我也笑了。同时心里不无感动,暗忖:难道像他这样的人也会紧张会不安吗?这时听他又说:

"没骨折你当时那个情况也不适合去敦煌,怎么就想不到?"

他肯定只是随口这么一说是为了找点儿话说,我却不假思索就说了——说为什么在那种情况下还要去敦煌——越说越快像蓄积过多过久的水终于找到了流通的渠道,哗啦哗啦流利顺畅从头到尾,隐瞒的只是男主人公的身份和名字。没有动机,也许动机在潜意识里。彭湛两眼平视前方,默默地听;我说完了好久,他仍默默。大雾如纱,四周静悄悄仿佛整个世界都隐去了。我们在静默中走,走得我觉着无趣了,有些讪讪的了,有些沮丧后悔了,这时,听到他说:

"韩琳,你比我想象的还要好!"

我猛然扭过脸去,看他——这分明是一句掐头去尾没说完整的话——但他从此再就没说。那天剩下的路,我们只谈"天"了。

是后来的后来了,在电话里,彭澄向我承认事先她的确什么都知道,我们熟悉了不久,当得知我仍是一个人时,她就开始琢磨一件事,琢磨我和她哥哥之间的某种可能性。我说那你应该跟我说呀;她说她怕,怕破坏了我和她之间亲切随便的气氛,更怕万一不成,和我连朋友都做不成了。她觉着她哥哥条件不是太好,结过婚,有孩子,工作也不理想,普通机关干部,没权没钱。但是那其间她一直在跟她哥哥热线联系,说我;她哥哥至今住在父母干休所的那幢房子里,有军线电话。她说她第一次跟她哥哥提到我时她哥哥就说见过我,并一丝不差地说出了我的名字单位和年龄。我颇为惊讶,说想不到你哥哥居然能够在那样匆忙的一瞥之间记住了我工作证上的全部要点。彭澄说这是因为当时你给他的印象很深的缘故。我就问:什么印象?同时努力回想自己当时的形象:拖着个大箱子,瘸着一条腿,满头大汗。彭澄说:聪明,本色。

接下来的日子里不知为什么彭澄特别忙,忙到了晚饭后都无暇陪她哥哥的程度,于是,顺理成章地,这个任务落到了我的肩上。我们沿着傍山的小路走,他跟我说了他的婚姻生活说了他的妻子。

"……她很漂亮,有点儿像那个日本电影演员栗原小卷,走在兰州大街上,回头率百分之百,当时追她的人很多,她选择了我,这对我的虚荣心是一个极大的满足,有一种成就感,男人嘛。"说到这他自嘲地笑笑,又道,"彭澄说我庸俗,我想你是应该能理解这种心情的。"

我笑笑。

"……她身体不好,没病,就是弱,很多事情做不了。比方做饭就做不了,闻到油烟味就反胃,就吃不下饭,只好我做。孩子生下来以后她身体更弱了,夜里得我起来给孩子喂奶、把尿。有一次孩子半夜发烧,我一个人抱着他走了好几站地去医院,夜里没车,孩子太小,自行车坐不了。"

说这些话时他并无抱怨,只是平静地叙述,却比抱怨更让人同情。

"……应当说她人不坏,性格耿直、刚烈,甚至是暴烈,所以在单位得罪人不少,优化组合时差点儿被组合下来。如果她比较稳定,我早就辞职干公司了,很多朋友叫我去。可是她这个样子,我哪敢轻易辞职?饭碗不大,毕竟姓铁。别我这边辞了职,她那边再没了工作,两边落空,大人好说,孩子怎么办?

"我儿子叫冉,长得像他妈,很漂亮。离婚时她说她不要孩子,我说我要;替她想想,一个女人,还得再嫁人,带着个孩子,是不好办。离婚后,我带着孩子过了半年多,她又要复婚,也是想孩子,说不要孩子不过是一种要挟,她并不是真的想离婚。那次离婚是她先提出来的,俩人吵架,吵着吵着她又说,离婚!我说,好。她说,走!去街道办事处!我说,好。到了街道办事处,她说她不要孩子。我说,好。就这么着,离了。我早就想离了,她不知道。所以那次离婚,等于是我使了个计谋,她这人头脑比较简单,加上要强,很容易地就上了当。你说,我是不是有点儿卑鄙?"我又笑笑。"就这么着,她又回来了。一度,我的确想复婚来着。离婚后,朋友们给介绍了不少,也见了几个,感觉上大同小异,都是各有长短。结过婚的人再看女人和没结过婚的人是不一样的,实际了许多也透彻了许多。既然都是各有长短,都是对付,还不如跟原来的对付,毕竟中间还有着一个孩子。就这样一起又过了一段后,双方决定复婚,去办复婚手续的日子都定下来了,单位突然派我去北京出差,把这事耽搁了。"

"后来呢?"

"后来我从北京出差回去,再后来上班,再后来春节,再后来就到了这儿。"口气是玩笑的。

我没有笑,静静地看他:"我是说,复婚了吗?"

"没有。"

"怎么呢?"

"从北京出差回去后,又有点儿动摇了,想等一等,再说。"

我知道不能再问下去了。如果答案如我猜想,他说了,而我这边还没有充分明确的思想准备,会使双方尴尬;如果答案不是,我则会感到很失望很没趣。不如就这样朦朦胧胧好了,如同云南的大雾,似是而非,若有若无。后来,在我们的事定下来后彭湛说:"事实上你那天的不再问下去,就表明了你的态度。"我问什么态度,他说,"你很在意。"

那次在云南,他共住了八天,我们之间的关系一直如雾般似是而非若有若无,直到他离开。他走的那天雾格外地大,大到后来就变成了小雨,淅淅沥沥。我和彭澄去他的居所送他,东西都收拾好了,彼此的通信地址也留过了,告别话也说过几遍了,就都不知该说什么好了,包括彭澄。彭湛住的是军部临时搭建的木板房,房隔壁是军文艺宣传队。天不好,宣传队无法下部队演出,就在屋里排练,也许是娱乐。总之,录音机一直开着,放一支当时非常流行的歌曲:"亲爱的小姑娘,请你不要不要哭泣……"就好像是为外面雨天配的乐。远处传来渐近的汽车声,开近了,又远去了……又有汽车声传来,渐近,近到门外,然后,吱,停住。我们三人不由同时挺直了身体。彭澄站了起来,说声"我去看看",就去了,于是屋里只剩下了我们两个。隔壁歌唱:"亲爱的小姑娘,请你不要不要哭泣……"屋外,浓雾聚成的小雨淅淅沥沥。就要分别了,作为主人,哪怕是暂时的主人,我该说几句什么。可是,说什么呢?

"韩琳,"他突然叫我,声音严肃,"你看,我们俩是不是考虑成立一个家庭?"

我看他,没马上回答。我得看他是不是逢场作戏,看他是不是想试探一下自己的魅力,看他究竟有几许认真。这也是我的大毛病,过于自尊,自尊到了自卑,脆弱,遇事的第一个反应永远是防范。这时,彭澄回来了,是车来了。北京吉普数秒钟之内便被浓浓的大雾吞没,只有依然清晰可闻的汽车马达声告诉我,他还没有远去。

从云南回北京后,一封航空信已在收发室里等了我几天,拆开信,是他的。"我说了,决意不复婚。她哭了,一夜一日,现成昏睡状,在床上躺着,真不知以后会怎么样。你的事我没有提——固然是因为你还没有态度,但即使你永远没有态度我也不想再这样同她凑合下去,因我已有了一个明确的坐标。——借口和理由俯拾即是,没必要在致命处再给她一下。我想这几天要好好陪她说些宽心的话,毕竟在一起六七年了,又没有深仇大恨。……这个时候孩子在楼下唱一支无忧无虑的闲歌，偶尔弹一下电子琴，纯洁得完全不成调。我想你会真心爱上这个孩子的。"信最后他说，"我的那个建议是认真的，请你考虑。"

我得说在看信的前半部分或前大半部分的时候，心情一直良好，激动，感动，悸动，只是在最后，一下子沉了下来，沉重，沉静。我不想做后妈，不管是给谁的孩子做。有虚荣的成分，更多是出于实际的考虑，那会从一开始就把我的婚姻生活置于一种复杂的、难以理喻的境地。我没有回信。他很快又来了信。

"她发难了，首先是，她要孩子。我说，好。然后一块儿去街道办事处改了孩子的归属。完了她又说，她也无暇带，要我立即给孩子安排全托，并且要条件最好的。我也同意，即刻办往军区幼儿园，找了一个朋友，朋友极爽快，说排除万难，去争取胜利。这时，她翻了脸，在历数我的全部罪恶后，发誓要死死缠住我，要和我马上去办复婚手续，说将来随便我在外面找情人、胡作非为都行。我想她现在说这话是太晚了，因为你在我心目中的形象已是那样清晰完美，这里面当然有很多我自己的复杂的心理因素。"信的最后他问，"你给我回信了吗？"

我回信之前给远在云南的彭澄打了电话。那电话不知经过了多少个总机的周转，彭澄的声音因此很小，听得我耳郭都被话筒压疼了。电话中彭澄和盘托出了这事的来龙去脉，最后她在电话里声音很小地喊道："韩琳姐，我哥很有能力，跟你在一起他会很快发展起来，相信我！"放下电话后，我给彭湛回了信。那封信我是去邮局里寄的。那天的太阳很好，明亮，柔和。收到我的回信后他没有回信，打来了电话。晚上，我已睡下了，听到楼道里有人喊：韩琳，电话！我"噌"一下子就从床上跳了下来，穿着拖鞋睡衣就冲了出去，心在胸腔里扑通扑通跳，不知是因为起得太急还是因为某种预感。电话是他打来的,也是经过了不少的总机,声音也是很小。电话中他的头一句话就是:我爱你!并且固执地,孩子气地,一定要我也说。可是我不能,我这是公用电话,上上下下全是耳朵。他非要我说。被逼不过,我只好小声说了,等于没说,他听不到。感觉到他有些生气了,只好对着话筒喊:"我跟你同样心情可我这里是公用电话!"他一下子笑起来了,接下去,就说到了结婚,让我去兰州,去"救他"。"你不来,她不放我。她不相信有你这么个人,以为是借口。"

母亲说,你去吧。又说,困难时候的互相帮助支持,很重要。春节后回家我跟母亲详详细细讲了这事,母亲聚精会神听完了后问道:"他的孩子最后判给谁了?"我说:"女方。"母亲说:"那就好。"我说:"妈妈你的意思是不是说,他还可以?"母亲没有马上回答,凝神看窗外盛开在篱笆墙上的蔷薇花,看了一会儿,扭过脸来,笑眯眯重复了一遍几个月前她说过的那句话:"这孩子不错。"当我通过层层总机把决定去兰州的事告诉彭湛时,他在那头说:韩琳,现在就是真塌了天我也不怕了,现在我们是两副肩膀了!

我乘飞机去的兰州。那个时候乘飞机的除了公款就是大款,这两款我都不是。但是彭湛说:"坐飞机来!火车时间太长!"语气急切。他的急切加深着我的急切,于是放下电话我就去买机票,用去了一个月的工资。

申申和她的男友开车去机场送我。

申申的男友姓陆,名成功,是一位在餐饮行业颇有成就的中年男子,一如他的名字。其妻在同丈夫一道历尽创业初期的千辛万苦之后,在苦尽甜来之际,因操劳过度撒手而去。丈夫对妻子的逝去痛心不已悲怆万分,同时也深藏感激:真是个难得的好女人啊，他需要她在时她就在，他需要她不在时她就不在。若不是她的如此贤达，他怎么可能会光明正大顺理成章从容不迫地去领略人间的无限春色？在尝尽了一个单身成功男人的甜蜜和苦恼之后，他把寻寻觅觅的目光定格在了魏申申身上，并不单单是因为申申的美，他接触的姑娘里，比申申年轻也美的有的是，究竟是什么吸引了他他说不清，只觉着跟她在一起有意思，有趣，有一种精神上的快乐。事实是，与众多漂亮女子的接触已在不知不觉中改变了他以前偏低的审美口味，正如美食可造就美食家一样，只有终年吃窝头咸菜的人才会只对着粉条炖猪肉流口水——他现在已然不是只知道以色取人的普通男子芸芸众生了。比如，木头美人他就不喜欢，再美，只要是木头，就难打动他；再如，趋炎附势的女子他也不喜欢，不仅是不喜欢，还有些许排斥心理。她们不仅打动不了他的心，甚至打动不了他的性，他在她们面前从生理上先就没有了反应。申申使他着迷。她可以使他心跳加速神经战栗血液奔腾生命之根坚挺。一句话，使他心动。他无比珍惜申申给予他的这种感觉，就好比一个食欲被过多过滥的美食破坏了的人渴望食欲一样，这感觉使他觉着生命中还有着某种期盼、某种乐趣，他因之对申申爱到了极点。有一次我亲眼目睹，申申喝酒喝多了，吐了，情急之下，陆成功伸出手去一捧一捧去接她的呕吐物，令我肃然。他想跟她结婚。说到底，这是一个受着五十年代教育长大的人，从根子上说，相对传统。申申对他的结婚建议却不怎么起劲儿，来往归来往，一直不肯给他一个准信儿。她无法忘记胖子，无法忘记同胖子一起度过的年轻浪漫高雅的共同岁月。最后这个"高雅"不是申申的词儿，是我总结出来的。申申有舞台情结，或曰艺术情结，优裕了的物质生活使她这情结越深，物质文明本来一直就是精神文明的温床和发酵剂。

第十二章

陆成功的车是一辆宝石蓝的雪铁龙跑车。那时北京的私家好车还不多,因而雪铁龙流线型的姣好身姿在那些方头方脑的车里就比较抢眼,令陆成功自豪。申申常当面嘲笑他的自豪——不仅是车——令陆成功越发地自惭形秽无所适从。祖祖辈辈多少辈子了都是苦出身,直到他这一茬儿才算翻过了身来,也就是刚刚在物质上翻了身,其他方面都还没来得及配套。十八岁的儿子早在一年前就送到法国去了,也许将来他的儿子,有老子的金钱奠基,会是一个比较全面的贵族。而他到目前为止,还只是有钱而已。为此,他尽力了,尽力想使自己做好,服饰整洁,早晚沐浴,谈吐文明,没有脏字,尤其是在申申面前,适当时候,还会反攻为守。比如申申说:"北京的天气真他妈讨厌!"他会当即正色道:"申申,以后不要'他妈''他妈'地说话。不好,啊!"弄得申申说不出道不出心里头腻歪得要命,却又离不开他,她习惯了他给她带来的物质上的方便,那方便对她受了重创而又空虚的心是一种填补。精神和物质有时是可以相互替代的。

申申不赞成我和彭湛。"怎么能找外地的?分居的婚姻是畸形的婚姻。"这不是问题。按我现在的条件,他马上可以随军来京。于是申申又说,"工作不理想。"工作也可以换;再就是"结过婚,还有孩子"了。这个问题的障碍只在我,我若不在乎,这个问题就不成问题。最后申申说他"长得也一般"。她看过我们在云南的合影,对此我更是一笑置之:长得一般,男人长得好有什么用?才华才是男人的立身之本,彭湛是有才华的。

陆成功在前面开车,申申和我坐在车后座上嘀嘀咕咕,任其一人在前面冷冷清清当专职司机,叫我心生感慨:什么叫卤水点豆腐一物降一物?这就是。申申为了胖子义无反顾,陆成功为了申申甘做奴仆,也许还有什么人正为了这个陆成功痛不欲生。人总是爱追求不属于自己的东西，这正是一切悲剧的根源。我庆幸自己不是悲剧中人，庆幸遇上了彭湛。我们一见如故一拍即合。怀着这样的深情厚爱听别人对他的诋毁——"诋毁"言重了，"否定"吧——就好比一个钢盔铁甲武装到牙齿的人，刀枪不入。凭着申申对我的了解，她当然地感觉到了，于是叹口气，退而求其次道："该说的我都说了，听不听在你。别跟他说啊，破坏我和他的关系对你没什么好处！"我说："怎么会，你把我看成什么人了？"这样说时我是真诚的，事后却还是告诉了彭湛，此乃所有恋爱中的女人男人易犯的错误，重色轻友，总认为自己正经历的爱情是永恒的爱情。以至于从此彭湛提起申申来深恶痛绝，令我后悔不迭，这是后话。

　　得知我要结婚，单位领导很高兴，我是他们的老大难，"高不成，低不就"，他们总这样半开玩笑地批评我。但即使这样他们也没有把我草率嫁出去了事，仍很负责任地按照程序给彭湛所在单位发了外调函。光我说不行，还得有组织证明他是好人，不是随便什么人都可以和军官结婚的。单位里平时和我关系一般的人也送来了结婚礼物，脸盆呀、暖壶呀、床单枕巾呀什么的，好多都送重了，都没地方搁都是负担了，但我仍很高兴，礼轻情意在。那些日子是我最幸福的日子。那几天天气也好，春天，而没有风，阳光明媚，到处是黄茸茸的绿，空气中弥漫着微醺的暖香，我日日马不停蹄东奔西跑，查体，采购，开各种信，"两眼一睁，忙到熄灯"，却不觉累。深夜，都躺到床上了，仍然是神采奕奕，身体里仿佛装上了一部永动马达，这部马达的动力是幸福。彭湛的爱情使我幸福，即将做新娘使我幸福。但是，对我冲击最大的似乎还不是这些，而是，从此后，我就有一个我的家了。有家的人也许可以想到没有家的人的孤独，但不见得会知道深藏在他们心底的自卑。那些日子，我昂首挺胸阔步在院里走进走出,所有见到我的人都说:"嗬,几天没见怎么变漂亮了?"

……波音747终于结束了它漫长的降落过程,在机轮接触到坚实地面的那一瞬间,心脏在我的胸腔里訇然起跳!

——没有拥抱,甚至没有握手,他一手接去了我的东西,一手攥住了我的上半截胳膊,紧紧地攥着,走。我跟着他走,全身都感受到了他攥在我胳膊上的那只手的热量。我跟着他走出机场,走向一辆桑塔纳轿车。是他们单位的车,他开来的。

东西放在后座,我们俩坐在前面,汽车向市区驶去。"该带的东西都带了吗?"他问。"带了。"我按一下腿上的褐色小皮包。都没有多说,都知道"该带的东西"指什么。他在电话里一再嘱咐过的,婚前体检表,单位介绍信,照片。结过一次婚,到底不一样的。"我们先去办手续。"我扭脸看他,多少有些意外。本以为怎么也得先让我去家里坐坐,歇歇,洗把脸。他解释说:"顺路。"其实这时我已想到了这个,同时想到的,还有一个也许是自作多情的想法:他愿意我早一点儿属于他。其实我也是。成熟男女间的爱情与少男少女重要的一点不同就是,注重形式,深知被年轻人们称为"那张纸儿"所代表的东西的重要。我们拿到了"那张纸儿",红色的铜版纸,八开,由中间折叠起来,里面有我和他的照片及简介。整个过程简单得让我觉着不真实。就那么三言两语,叭叭地盖上两个章,就算完了,一件终身大事。

从街道办事处出来已是中午,他说现在我们干什么呢?我说你说。他说我们吃饭去好不好?我说好。从下飞机见到他的那一刻起,从他攥着我的胳膊让我跟着他走的那一刻起,我的心突然就变得安静了,异常安静。多少年了,我一直是独往独来,大事小事我说了就算,错了对了我一个人承担,我累了,也倦了，一直很渴望着有那么一个人，能让我甘心情愿地跟着他走，我什么都不要想，只要跟着他走。我将会是一个很好的妻子，我的身上有着我母亲的遗传。

　　他带我去了一家清真小面馆，铺面不大，但很干净。吃的是牛肉拉面。一人一大碗，面上头堆着绿绿的香菜和煮得烂烂的牛肉，汤很浓，热热的，辣辣的，非常香，我都吃撑了。结账时，两个人才花了两块八毛钱。他付的账，我连掏钱的动作都没做，我们是一家人了，我可以什么都不用管，这种感觉真好。心中也曾闪过一个念头：这就是我们的结婚宴了吗？如是，是不是过于简单了？这时，听到他说："明天晚上，'白天鹅'，几个朋友一块儿，聚一聚。他们都想见一见你。"韩琳，你就什么都不要想了，一切听从他的安排！

　　从清真小面馆出来，他又带我去参观兰州市容。白塔寺，皋兰山，黄河母亲，还去了甘肃博物馆。比起北京，兰州安静干净，人少，车少，树多。总的来说，给我的印象不错，可我仍提不起情绪。我刚下飞机，有些疲倦，有些累，不愿意这样跑来跑去，想尽快能到一个类似家的地方，静下来坐会儿，可能的话，躺一躺；内心深处的一个想法是，我千里迢迢从北京赶来，不是为了兰州，是为了你。我们云南一别，再见面时就已成为了夫妻，有多少话要说多少事该商量啊——感情方面的事且先不提——让我看兰州，什么时候不可以？从博物馆出来又去了黄河边后，在他问我还想不想去玉泉山看看时，我直率地说了，不想去，我累了。他说不去也好，他也累了，因为今天我的到来，他昨天晚上几乎一夜没睡。我说那咱们赶快回家。他一言不发看着我们面前滔滔流过的黄河水，过了一会儿，才说，她在家里。

　　我们的新婚之夜是在别人的家里别人的床上度过的，是他的一个朋友。和我们合住这套两居单元的是这位朋友的妹妹,三十多了还未嫁人,令我一见她就有一种莫名的愧疚。彭湛拿不出钱来住宾馆,我要拿钱他又不肯,他们家的钱全部攥在了他前妻的手里,终于,我开始愤怒。

"你没做错什么不必这么软弱!"

"你很在意我没有钱吗?"

我烦恼地摆手。从小到大我就没在意过钱。小时候有父母,当兵后一直过着供给、半供给制的生活,可以说,钱在我的概念里,从来就不算什么。我在意的是理,是情。他现在是我的丈夫了,凭什么要被人这样欺负!他误解了我的沉默,开始说打算停薪留职办公司、趁相对年轻闯一闯。听到这里我心里一动,说:

"那么干脆,去北京!"

"怎么去?"

"随军。"

他摇头:"我从小在这里长大,地熟人熟——到北京我能干什么?"

不仅因为这个,还因为你那男人该死的自尊!我生硬地道:"那我们就一直这么分居着?"

他小心翼翼看我的脸:"你来兰州好不好?……明天,明天我们回家,看看我们的房子,那么大的一栋房子,还有一个小院儿。"

我说:"好。"

这样说不是苟且敷衍,而真的觉着这是一个新思路,对于一个想居家过日子的女人来说,小环境比大环境更重要。当年母亲不就是随着父亲的每一个新的任命,去不管任何的地方?

这时他又说:"你不必马上来,等我先干一段打下一定基础,我不想让你跟我一块儿吃苦。"

说这些话时我们刚同他的朋友们吃饭回来，他喝了酒，在我们所住的朋友家唯一的长沙发上躺下了，我坐在长沙发上，他枕着我的腿。他喝得有些多了，他一喝多脸会发白，本来肤色偏黑这时就成了青石色，眉目也因此显得清晰清秀了些。我用食指划着他的额头告诉他我不怕吃苦。他说他知道，从在北京站见到我的第一眼时他就知道。说完他合上了眼睛，似是睡了。我低头端详着怀中的这张脸，眼睛、鼻梁、有些爆皮儿的嘴唇。突然，他睁开了眼睛，望着我："她说，如果我一定要跟你，就永远不要想再见到儿子。"我眼瞅着怀中脸上的那双眼睛一点点变红、湿润，在盈盈欲滴的那一瞬间，他把它们合上了，于是，泪水就流下来了，顺着外眼角流过太阳穴，流进了两鬓。我轻轻擦去那泪，轻轻摇晃着身子，低吟浅唱般道："好啦好啦，睡吧睡吧。"他睡了，我一动不动坐在沙发上看着他睡，在我怀里他睡得很熟，像个孩子。我想，我会尽我的全力，让这个受了这么多折磨、磨难的男人，得到他所应当得到的幸福。

第十三章

我们回家。

那天是一个太阳很好的日子,上午。上午她上班,不在。他不愿意让我跟她碰面,不愿意让我烦恼,说他一定会处理好一切。他骑车带着我。有一段上坡路,我要下来,他不让,很用力地蹬上去后,说:我们将来一定要买汽车!我搂住他的腰,把脸贴了上去。汽车对我来说太遥远太渺茫啦,但是眼前的这个人这份情感却是实实在在可触可感的,形影相随,骨肉相依,心心相印。

刚一进家的大院门,心就充满了喜悦。门口担任警卫的士兵,路两旁枝叶阔大的梧桐树,服务社,卫生所,食堂……都让我感到熟悉,亲切,温暖。他带我沿着掩映在梧桐树下的洁净的柏油路回家。

家是一个二层小楼,有一个不大但也不小的院儿,只是院里不似别的小院那样生机盎然井井有条,院里杂草丛生,一片无人管理的荒芜,反令我高兴。首先证明了这的确是一个破碎的家,还证明了这家的女主人的确是不贤不淑。推开铁栅栏门,踏着砖铺的甬道来到了房门口,他掏出钥匙开门,门自开,这时我感到他全身微微一震。"是她在家里吗?"我问,他点头。

我说:"进去吧。"没有丝毫的紧张不安,甚至是带着某种优越,我迈进了从法律上讲已属于我的家。

他们家里同院里一样,要更乱一些。桌上,地上,沙发上到处是碎纸,小孩儿玩具,零食,客厅门旁的地上甚至有一摊半干的深褐色物质,细看,是方便面的调料。这样的一个家,得有多少日子没打扫了?感觉到彭湛在稍后的一侧看我,我拉住他的手,紧紧攥了攥。她不在楼下,我往楼上走,带着好奇,还有点儿急切,想见一见那个与我丈夫共同生活了七年的女人。她在楼上他们的卧室里,半卧床上,盖着被子,上身穿一件浅驼色的毛衣。彭湛为我们双方做介绍:

"小唐。韩琳。"

我们凝视对方。

那是一张象牙色的脸,白中透黄,很细腻,标标准准的杏核眼,细高鼻梁下一张好莱坞式的大嘴,的确非常像日本影星栗原小卷。长发松松地扎在脑后,一双同样是象牙色的手叠放在被子上,十指纤细玉润,仿佛她整个人的浓缩,我得说,这是很动人的一个人,楚楚动人。彭湛说的是实话,彭澄则属感情用事了。但是,现在不管她漂不漂亮,我都无所谓。谁说"那张纸儿"并不重要?很重要的。她也在看我。在她的眼里我是个什么样子?我对她笑笑。她立刻做出了相应的反应,也笑了笑,同时用嘴朝床边化妆镜前的小方椅努努,让我"坐",她的声音如她的模样,带着点磁性,很动人。我坐下了,回头看看,彭湛不见了。

"哪天到的兰州?"她问我。我犹豫一下,实话实说。她点头,"我猜着你也是那天到的。"

"我来他没有告诉你?"

"他敢吗?"她冷笑一下,"他这个人,什么事能躲就躲,得过且过,过一天算一天,没胆!"我对彭湛没告诉她我的到来不快,难道一切不都是光明正大的吗?如此,我们结婚了的事她肯定也不知道了,否则她就不会用这样一副女主人的腔调跟我说话,而且,还赖在这里不走。但这些我都没有表现出来,那张红色的八开铜版纸使我大度,踏实。她说:"那天他一大早就起来了,起来就听他在楼下刷厕所,把我和娃儿都吵醒了,我就知道是你要来了。他以前哪会想到干这些活儿?你看我病了这几天,家里头乱成了什么样子!……这几天我一直一个人在家,想喝口水都得自己去烧。"她说着,眼圈红了。

"你怎么啦?"

"小产。"我心里咯噔一下,没容我再想她又说了,"他从云南回来的那天下午,一回来就到处打电话找我,我正在上班,他非叫我马上回来,我是请了假回来的。刚一进门他就把我抱住了,边亲我边一个劲儿说,'萍萍,想死我了,想死我了!'拉着我就上了楼。就是那次怀上的。"

我镇定地听。无疑她是在挑拨离间,因为这是不可能的,因为那时我和彭湛已经彼此相爱。想是这样想,心却还是止不住一个劲儿往下沉。我问她:"你手术几天了?"

"就你来的头一天去的医院。"

"他送你去的?"

"他不送我去——他要不送我去他还叫人吗?"说着眼圈又红,接着泪水滚滚,她伸手摸过枕边的半卷手纸,揪下一大块来擦着。

我不知该说什么。这时对面如果不是她,任是谁,我都知道该说什么,事不关己的安慰话最是好说。我只有起身,对她说想去趟厕所。她揪下一块手纸给我,说是厕所里没纸。

楼上的这间厕所可谓狼藉。盛手纸的筐早已满得漫出来了,漫向那整个的一个角落,小山坡一样一直漫延到马桶根下。但这同样标志他们的确不和的景象却再也难以令我高兴、心安,那些用过的手纸血迹斑斑,是那个女人流产术后的血。……心中突然生出一阵克制不了的冲动,这就去找彭湛,问!出厕所门后,习惯性的礼貌使我觉着走前还是应当跟那个女人打声招呼,刚到卧室门口,看到坐在床上的她身体前倾眼中满是对我归来的欣然,于是只好走了进去,坐了下来。

她继续跟我说他:"他从来不管娃儿。有一天周末我加班,叫他去幼儿园接娃儿,他答应了,结果忘了,喝酒去了。幼儿园老师就给我打电话,我赶到幼儿园时七点多了,娃儿一个人坐在门口等,好可怜呀。

"他喝酒喝得好凶哟,一天三顿饭,除了早晨不喝,顿顿得喝,少则几两,多则半斤,一斤,直到喝醉!为他这个毛病,我们不知道打了多少回。我怀娃儿七个月,有一天提前下班回家,他跟一个女的躺在床上,就这张床!我说我去医院把孩子做了!离婚!他死死拦住了我。先是说我从怀上孩子就不让他碰,他只好找别人;又说他今天喝了点酒,正常情况下保证不会。最后说他要戒酒,让我再给他一次机会。我就心软了,再说那时孩子已经七个月了,是个人了,孩子没有错。那次他写了保证书。我说保证书我不信,就看你的行动,反正以后你再往家买酒,我就给你摔。他说好。戒了一阵,就又犯了毛病,我不管,我真摔,买几瓶我摔几瓶,他就说我脾气暴躁。我说那就离婚,他说离就离,就离了。离了不到半年,有一天,他提着东西上我妈家找我,让我看在娃儿的分上回家,再一块儿过一段试试。我这个人就怕别人给我来软的,就这么着,又跟着他回来了。

"他自己做错的事从来记不得,干了一点儿好事总说总说。

我怀娃儿时反应特别重,他一点儿不体谅,从来不说问问你想吃什么我给你去买,没有。那天我叫他给我买西红柿,正是冬天,没买到,他买了黄瓜回来,黄瓜也行。以后吵架,我一说他什么事都不管,他就说,那次你想吃西红柿没有,我不是给你买了黄瓜回来?"

这时我插了一句:"你们家里谁做饭?"

她笑了起来:"他跟你也说我们家他做饭了?你说,什么叫做饭:买菜算不算?择菜洗菜切菜淘米算不算?每次做饭都是我把什么都准备好了,最后就让他上锅扒拉扒拉,吃了饭还是我刷锅洗碗。如果不是油烟味过敏,我情愿跟他换,他干我干的这些,我'做饭'!"显然他们俩跟我说的都是实话,这时她又说了,"他这个人,心眼儿还特别小。离婚后,人家给我介绍了个男朋友,姓杨,我们处了一段,就那个时候他又来找我,我就跟人家断了。我跟那个姓杨的就是一般朋友,一点儿事儿没有,他就是不信。我说你不信我去找那个姓杨的问,他又不敢,胆小鬼。"

这其间我听到了几次上楼的脚步声,上来后,又下去了,当然是彭湛。小唐肯定也听到了,但我们俩谁都没有理他。她继续讲。我继续听。不知她是什么心理,反正我的心里,有着一种不无恶意的快感。当然这并不是说我被策反成功,人物关系先就注定这种策反成功不了,我怎么可能会听信她的?退一万步,即使她说的事都是真的,他们共同生活了七年,把一个人七年的错误、毛病一一挑出来做一种片断组合,这人当然是一坏人;但要是做一种相反方向的组合呢?结论就会截然不同。传记就是这样写出来的。人一辈子没有谁能做到只做好事或只做坏事。片断组合法高明就高明在,既可达到目的,又能保证句句属实。是那一刻我明白的,实话不一定就是实情。她一直在说,好几次说得泗泪横流,枕边的半卷手纸被揪得只剩下一个细细的芯儿了。看来她的确不知我们已经结婚,我得让她知道,看着她这样徒劳地努力,未免残忍。我说:"既然他这么糟糕,散了算了!"自以为此话说得严谨得体无以反驳,不料她说:"真散了,孩子不是没爸就是没妈。我图他什么?你也看到了,他真没啥可图的,我还不是为了这个孩子!"我哑然。

彭湛在楼下叫我,我下了楼,他说中午朋友请吃饭,到时间了。我示意楼上:"她怎么办?"

他很快地道:"那孩子不是我的是她男朋友的,那人姓杨。"

我很快地道:"怎么知道不是你的?"

他的回答是:"日子不对。"

我张口结舌,愣住。"他从云南回来的那天下午,一回来就到处打电话找我,我正在上班,他非叫我马上回来,我是请了假回来的。刚一进门他就把我抱住了,边亲我边一个劲儿地说:'萍萍,想死我了,想死我了!'拉着我就上了楼。"曾寄希望那是虚构是挑拨离间,显然不是。慢慢地,我开始一字字复述楼上那个女子的话,边讲,那一幕就在脑子里鲜活生动了起来,我甚至都看到了,当他在门口就迫不及待把她纤细的身体拥进怀时,由门上方的玻璃窗射进来的那缕照耀着他们的下午的阳光……

"那你叫我怎么办?从云南回来,憋了一肚子的火,又不能在你身上撒,只好找她。"这是他的回答。

我有些迷糊了,被他的坦荡和理直气壮搞迷糊了,难道,是我心胸狭窄少见多怪小题大做?一时不知该说什么才好,就不说了;我不说他也不说,两人闷闷地出门,闷闷地走路。吃饭时我该说说该笑笑,对他也是。那是表演,是给观众看的。感觉得到彭湛有些意外,从前他的小唐生起气来,不分内外不分场合，当众跟他翻脸是常有的事，所以这次他要跟她分手得到了他全体朋友的大力支持。意识到这点我开始沾沾自喜：让你见识见识，什么叫素质，什么叫教养！吃完饭走出餐厅跟他的朋友们热热闹闹地道了别，只剩两个人时一下子就都又沉默了。在我这方面，是拿不定主意将吃饭前的冷战继续下去，还是将吃饭时的友好继续下去。闷了一会儿，他去开自行车，开了自行车后也不说话，也不走，手扶自行车站在那里昂首看着远方，让我颇觉好笑。我走了过去，我说"对不起"，这次不是为了表演素质、教养，是我喜欢跟他好，不喜欢跟他僵着，我这人最不能跟自己闹别扭，于是就积极去替他想：他们虽说离了婚，但正准备复婚，一直在一起住着，他那样做没出大格。……他显然没想到，不习惯，一时竟说不出话来，脸都红了，像一个被大人呵斥惯了，乍一受到礼遇又高兴又不知所措的孩子，好不容易才咕噜出一句：

"走，回家。"

"回哪个家？"

不是我故意找茬儿，这是个实实在在摆着的问题：是回那个住着别人的我们家，还是回那个我们住着的别人的家？他似乎这才想起来这回事，想了想，说：

"她不走，我们走！"

"走哪儿？"

"敦煌！沿着河西走廊，武威张掖酒泉金昌嘉峪关，一路走下去，看一看沙漠戈壁，嘉峪关的日落。上次你没去成，这次去，保证你不会失望！"

"……再说吧。"

当天，我们还是回了别人的家。首先，我们不可能把一个正坐小月子的女子赶出去，不管那月子是因谁而坐；其次，我她他也不可能同住在一个屋檐底下。那天晚上，躺在别人家别人的床上，躺在我的丈夫身边，我失眠了。

朋友家很小，双人床只能靠墙放着，睡觉的时候，我被夹在彭湛和墙的中间。说出来别人也许觉着好笑，但是，结婚后同不同丈夫睡一张床的确曾是我很大的一个心事。从幼儿园起，到小学，到当兵，一个人一张床睡惯了，加上成年后日渐加重的神经衰弱，使我简直不敢想象如果身边突然多出一个人来我还能否睡得成觉。但是结婚就应该睡在一起，刚结婚提出分床会显得不近情理，于是暗暗决定，好歹忍他几日再说。那日，我怀着慷慨就义般的决心，做好了彻夜不眠的思想准备，上了那张床，孰料睡眠竟会在这种思想准备之下不请自到，而且一来就是那样深沉。那天夜里他起来过两次，其中一次还开灯看了看表，我都知道，都清楚，却都对我的睡眠没有影响。不仅是没有影响，还有帮助。有点儿像小时候，在家里，深夜，睡得迷迷糊糊时看到走廊里亮起了灯，听到了夜归的爸爸妈妈的脚步声衣衫摩挲声，会越发深沉、安心地睡去。这才相信，神经衰弱的确更多的是一种心理疾病。睡在身边的我的丈夫赶走了我孤独于世、无所归属的焦虑、紧张、忧郁，给了我安定和踏实。但是这天夜里，失眠症卷土重来。他说去敦煌，去了敦煌回来后再去哪里，新疆吗？一切都是即兴的，得过且过的，实用主义的，没有计划没有想法没有明天不计后果，包括他同小唐那个下午的性爱。婚前在给我的信中他说："关于以后安家的事，你尽管放权于我，由我安排，咱们绝不会比任何家庭差！"这话对我可说正中靶心，比任何表示爱意的甜言蜜语都具吸引和效力。所以来兰州后，面对一个接一个乱七八糟莫名其妙的混乱，我始终笃定，踏实：他会有安排，会有解决处理的办法。是在他说去敦煌时信念突然地动摇了，立刻摇摇欲坠。

我一直不肯正视，现在不得不正视了：他不是我希望、我以为的那种人。天快亮的时候，我想，先回家吧，我母亲家，尽管也是权宜之计，却合情合理，更主要的是，我想家了。他安睡一夜，中间只翻了几个身，我躺在他和墙之间静静等他醒来。他醒来后，我告诉了他我的决定。他欣然同意。这"欣然同意"令我轻松的同时也感到了悲哀。

接下来的两天，我们忙于买票，采购，同各方告别。兰州的甘肃特产有很多适合老年人的补品，百合干，人参果，红芪，黄芪，枸杞……我们把要买的东西列了张单子，拿着它在各个商场的各个柜台前跑来跑去。每买好一样，彭湛就用香烟在单子上那个物品名称的旁边点上一个洞，直到单子上该点洞的地方全部点满。那两天里，我是快乐的。

到家的时候是傍晚，妹妹带车去车站接的我们。在火车上时他一直有说有笑，快到站的时候，话突然少了，心神不宁。我问他怎么了。他说他有点儿紧张，这我一点儿都没有想到，心不禁很柔软地动了一动。到家洗洗手就吃饭了，小英熬的粥，放了七八种粮食，大、小米，红、绿豆，麦粒，薏仁，花生，还有枣，黏黏的，稠稠的，非常香；炒了几样素菜，切了自家腌制的泡菜，蒸了一屉烫面灌汤包。包子馅以猪肉为主，另外放了香菇和洋葱。香菇洋葱与肉混合一起会产生一种奇特的、类似植物味的异香。母亲的生活经验丰富无比，小英在她的调教下，都可以去馆子当厨师了。按我们家的饮食习惯，晚饭一向只喝稀的，或粥或面条，包子是单为彭湛准备的。母亲说，男孩子，晚饭也得吃点干的，不然顶不住。我笑母亲，说他都三十多了还男"孩子"，母亲说他就八十岁在我面前也还是孩子。我们母女说这些话时彭湛始终没吭，只是在该笑的时候笑一笑，该点头的时候点一点头，一个灌汤包乒乓球大小，他也要分作两口来吃。吃完饭去客厅聊天儿，母亲问了他许多问题，比如父母哪年去世的，都什么病去世的，他一直都干了些什么，现在的单位怎么样等等。问一句他答一句，问什么他答什么，坐在长沙发的角落里，腰板直直地挺着，两手交叠放在腿上，微黑的面孔又变成了青石色，打眼看去，眉清目秀的还真有点儿像个孩子，一个规规矩矩老老实实的乖孩子。看着他和母亲交谈，我忽忽悠悠地想，他二十多岁就没了父母，结婚时又找了那样的一个女人，多年来没人管没人问的生活使他长得有些歪了。彭澄说一个女人就是一所学校，如果我好好对他，关心他影响他，怎么知道他就不能够变一变呢？晚上上楼睡前，我去跟母亲道别。母亲对我说："这孩子不错。"我没跟母亲说在兰州的事情，说了对谁都没有好处干吗要说？刚上楼彭湛马上迎过来问我："你妈说什么？""说你不错。"他的情绪立刻高涨，张张罗罗从箱子里往外收拾东西。

第二天是星期天，姐姐妹妹们早已知道了我携夫归来的消息。由于我的迟迟未嫁，我的"夫"是个什么样子成为了大家心中一个很大的悬念，时间越久，悬念越大，所以这天中午刚过，姐姐妹妹们全都回来了。大姐的儿子面临中考，正在紧张的复习阶段，也跟着来了；二姐是自己来的，从博山驻军医院乘了三个小时的长途汽车；三姐和两个妹妹携夫带子，半小时内相继拥进了家门，家里面顿时人声鼎沸。我叫着彭湛一块儿把从兰州带回的东西一一分给大家。比起别的女婿来，母亲对彭湛似乎有着一份格外不同的感情，许是因为彭湛没有母亲的缘故？我们家其余几个女婿的母亲都健在，包括大姐夫。彭湛很快就感觉到了来自母亲这方面的特殊关爱，日前的紧张一扫而光，趁着分东西的工夫，叫姐姐，叫姐夫，认妹妹夫外甥外甥女，活跃，亲热，自然；并且一个人包下了晚上聚餐的大菜，菜做得也好，博得全家上下的称赞。

吃饭时母亲让开了一瓶五粮液，彭湛喝多了。姐夫妹夫都不擅酒，每人象征性地抿了一小杯，一瓶酒几乎全让彭湛一人喝了，直喝得他脸色煞白，神情淡漠，缄口不语，大家还没走时他就上了楼，不一会儿就睡了，呼声响得站在楼梯口都听得到。我送走了姐姐妹妹们，跟母亲说了会儿话后，也上楼了。洗完后进卧室，刚到床边，正睡着的彭湛猛地坐起："不行，我得吐——"话音未落就欠身向外张大了嘴。我一把抓起床边的一个服装袋撑开对准了他，刚刚赶上接住那喷涌而出的黄褐色半流体，哗哗地，沫子不时飞溅到我的手上，服装袋沉甸甸地向下坠着贴住了我的大腿，热乎乎的，散发着强烈的酒味和被胃液搅拌过的饭菜味。他开始干呕，一声一声，"呕呕"地让人不忍卒听。我深知呕吐，当年乘船进岛出岛，吐到最难受时就是这种时候，这个时候胃内容物已经吐光，肠胃却仍在痉挛，再痉挛下去，就会吐胆汁，吐血。他吐了血。我去卫生间将袋子里的呕吐物倒掉，然后兑了温水让他漱口给他擦脸擦脖子擦手，他平躺在枕头上闭着眼睛，软弱得一动不动。后来，他又睡了，这一次睡得平静深沉。我却没有睡好，他轻轻一动我就会惊醒，像一个睡在病孩子身边的母亲。次日醒来他第一句话是："别告诉妈妈。"他说"妈妈"，不是"你妈"，使我异常感动。

早饭后，按照事先安排的，我和他去英雄山看父亲。英雄山有个烈士陵园，是小时我们常被带去的地方。那里埋着许多在解放这个城市中牺牲的解放军官兵，一人一座石刻的墓碑。陵墓顺着山体的坡度而建，一排一排，排与排之间隔着松树，有风吹过，松涛声声。头几次去心中很是肃然，怀着景仰和一种莫名的羡慕，去的次数多了，也就渐渐淡了。后来政府号召火葬，有关部门顺势在这里建了座公墓，这里寻常百姓是进不去的，需有一定党政军职务，骨灰的存放秩序也要依据此人生前职务高低。每次走进这里我心里都不舒服，感到一种无奈的悲哀，为了父亲。他肯定是不需要这些个的，却是身不由己；我们也是。打开属于父亲小格的小门，父亲在里面对我们微笑，那是一张他七十周岁生日时的照片，高额头，深眼窝，一头雪白的银丝浓密整齐向后梳着。彭湛静静地看了一会儿，说："你爸爸很漂亮！"

看过父亲，我们顺路去了烈士陵园，这也算是这个城市的一景。彭湛看过之后颇不以为然，无论对它的规模还是风格。他说如果听他的话去敦煌，他就可以带我去途中必经的高台烈士陵园看一看了。一九三六年冬，红军四方面军第五军的三千八百多名官兵与六倍于己之敌奋战二十天，最后全部战死高台，其中包括军长董振堂。彭湛让我想象一下，三千八百多人的烈士陵园，是一种什么样的感觉。他说：

"董振堂那年可能四十岁不到，要能活到今天，至少是上将了，会有一栋小楼，终身配有秘书司机公务员警卫员炊事员。可是他死了。叶帅为他题了诗。"彭湛一字一句背了这诗，"英雄战死错路上，今日独怀董振堂。悬眼城楼惊世换，高台为你著荣光。"就此，他滔滔不绝地说下去，说了很久，甚至一点一点、不厌其烦、非常细腻地给我描述高台烈士纪念堂里一张年轻女护士的照片，是马步芳匪帮给照的。照片上她人已经死了，被钉在了一棵大树上，大概是为了不让她倒下。十几个持枪的男人分站在她的左右前后，兴高采烈地跟她合影。我默默听他说，但不知他为什么说。最后，他说："董振堂早先是冯玉祥的部下，那时对自己要求就非常严格，曾向他妻子下过保证他这辈子不抽烟，不喝酒，不嫖娼，不讨小老婆，直到八年后牺牲，恪守诺言。……我父亲曾是董振堂的部下，对他非常推崇。"我想，噢，原来如此。但接下去他说的话，使我发现还不止如此。这时我们已经下了山，山下就是公共汽车站，好几路，他说别坐车了吧，走一走。

"有好长一段时间了，我觉着活着没劲，上班，下班，吃饭，睡觉，毫无变化，也看不到什么变化的迹象。一个男人，出生于军人家庭，从小听到的看到的都是那些，受到的教育也是，有几个心里没有过英雄梦、伟人梦？当兵后转业，是对我的第一次打击，后来是父亲母亲去世，再后来是结婚生子，使我觉着所有的梦想都离我远去了，我却无可奈何。刚才说到董振堂时你用了一个词儿，'惨烈'。惨是惨，但同时还有个'烈'。壮烈，热烈，轰轰烈烈，都是'烈'，千古留名万人瞻仰，也不枉来世一场，都比我这样强，有了不多没了不少无声无息庸庸碌碌，蚂蚁似的。有时睡一觉睁开眼来，躺在床上，我就盼着来场战争、地震什么的，摧毁一切改变一切，顶不济，大家一块儿，死了拉倒。去云南之前正是我心情最不好的时候，我决定跟小唐复婚，之所以做出这样的决定，是因为对生活不再抱什么希望，既然是混，跟谁混不是混？男人往往是最脆弱的，不堪一击，特别是我这样的家伙。感谢命运，让我在这个时刻遇到了你。韩琳，我有很多的毛病，我非常清楚正是这些毛病使我走到了今天这步，我想，从现在起，得开始改了。第一步，先戒酒！"我抬头看他。他没有看我，说："昨天夜里你都没怎么睡我知道。"汽车从我们身后赶过，一辆辆奔驰远去……

雁南来了，等好久了。她刚生了孩子，还有几天才出月子，听说我回来了，就迫不及待地来了。人整个胖了两圈，更白了，白又亮，所以一见面就抢在我的前头说道："我现在是不是像个刚出笼的发面馒头？"然后又转脸专门向彭湛解释，"刚生了孩子。"待她说完我才得空跟彭湛介绍了一下她是谁。彭湛听后主

动寒暄:

"你是儿子女儿?"

"不理想,唉!"

"嗨,男女都一样。要我说,女儿好,听话,对父母孝顺。"

"是啊是啊,要不怎么说不理想。"雁南做妇产医生见多了人们的重男轻女,经常耍一些类似的把戏,几乎屡试不爽,都成习惯了。彭湛哪里知道她的这个毛病?一时语塞,借口有事出去了。

"个头儿还行,"雁南看着他的背影开始评价,"看样子人也老实。听阿姨说他也当过兵父母也都是部队的?你不会为了这个就找他吧,千挑万选找了个兰州的,他是干什么的?"恰好这时彭湛回来,听到了雁南后面的话,或者说听出了她话中的意思,主动说道:"小职员,市府机关里混口饭吃。"话是笑着说的,但雁南不是小孩子。刚才同他开的那个玩笑就不太恰当,毕竟人物关系还不到那个份上,这下子又让人听见了怀疑和不恭,便非常地不自在了,脸一下子红了,由两颊开始,顷刻间红满了额头。但这种时候最尴尬的人还是我,一边是朋友,一边是丈夫,说什么?暗暗希望彭湛出去算了,用余光看他,他不仅没有出去的意思,反而坐下了。稳稳地坐在长沙发中间,欠身拿起了长茶几上的水果刀,看着果盆里的水果,说:

"雁南吃桃子还是吃梨?"自然沉着,听不出一丝的勉强或故作姿态,让我稍稍放了点心。"都行。自己来自己来!"彭湛不让她"自己来",从果盆里挑了一个最大的水晶梨削着,边说:"常听韩琳说起你,女中豪杰。"

"听韩琳瞎说!"

"做手术直做到自己生孩子前,下了手术台直接上产床,到新单位不到半年就被评为优秀共产党员——我没记错吧?"说着彭湛扭脸看我。我看雁南，笑："没错！"同时为彭湛的精彩表现好不自豪。雁南脸更红了，红如熟蟹，讷讷地说不出话来，接过彭湛递给她的梨，一口接一口拼命吃。可怜的雁南，最不喜欢吃梨，一吃就胃疼，梨性大寒。

"雁南去过兰州没有？"雁南摇头。彭湛说："欢迎有空去玩儿，兰州是个非常有特点的城市。"

"当然当然当然！"雁南连声附和。

"明年去，带上孩子，我们明年买车，到时候，专车迎送，旅游全包。"我有些吃惊，彭湛对我一笑，"有些事本不想过早地说，想等有了眉目再说，今天说到这儿了，说就说了，雁南也不是外人。"雁南终于可以不再吃梨，专注地盯着彭湛，彭湛缓缓地，字斟句酌地说："我的计划是，一年买车，三年买房。我和几个朋友最早打算办一个郊区养鸡厂，这个项目已经跑得差不多了，地点，合作伙伴，资金还差一点儿，准备贷款补齐。跑这事的过程中，学到了不少东西，决定再搞一个工艺美术厂，利用大西北独特的民俗风情，弄一帮民间艺人，制作有西北特点的工艺品，手工制作，越土越好，与旅游部门联手，把来西北旅游的外地人和老外的钱统统赚来。照此思路，同时在兰州搞肯德基分店麦当劳分店。搞工艺品是输出土的，搞肯德基麦当劳是吸收洋的，把大西北的儿童们也动员起来，充分吸纳本地资金。还有更重要的一项，养蜗牛，去海南买地，一千多块钱一平方米，将来就是不想养蜗牛了，光卖地，也能卖出十几万。"

"彭湛，你这都什么时候的事？"我心里不太踏实，我不希望我丈夫为了一时的口舌之快，不负责任地瞎吹。他道"从云南回来以后"，一股热流从我心中流过。彭湛说："目前海南那边已经有人去实地考察了；北京也托朋友去肯德基了解情况，我回去后就准备正式向单位辞职。"雁南听得眼都圆了，这在她那个生活圈子里是难以想象的事情。军队和地方说是水乳交融,事实上隔着一堵相当厚的墙。墙外的人不知里面,墙里的人不知外面。

小英跑来叫彭湛了,中午雁南在家里吃饭,母亲让彭湛掌勺,小英已把小工的活儿都干完了,彭湛走好久了,雁南仍兀自感慨:"行了韩琳,后半生有指望了!"

"没听都还没影儿的事呢,你就听他吹吧。"

"能吹也行啊!我们家那个同志,一开口就是'咱就是这样,就是没本事,就是窝囊,怎么着吧!'别人还没说什么呢,自己先往下出溜,也算是男人!想想就气,就没情绪,就堵得慌。你哪怕真的就这样,真的没本事,吹吹牛总行吧?吹牛都不敢吹,怕担责任。"雁南恨道。她丈夫不久前转业了,目前工作还没有落实,正好在家把雁南的月子伺候了,不想雁南还不领情。"我用得着他伺候月子?有保姆足矣!看着他一天到晚在眼皮子底下转来转去,干些保姆干的事情,我就觉着天都塌了!……你还笑!因为这个我奶水都不好了,本来特别好,吃不完。"

"雁南,我觉着吧——"

"你别'觉着'!你觉不着!你哪里会知道,一个男人要是胸无大志自甘平庸起来,多么乏味叫人讨厌!"看着雁南沮丧的样子,我无法不为自己庆幸。

我和彭湛返回兰州。

依我是想在家里住够日子,然后直接各奔东西的,彭湛跟我商量,让我跟他一块儿先回兰州,态度谦和甚至谦卑,让我没法儿直接说不。我说:"跟妈妈怎么说?"

"就说还有点儿事要办。"

"什么事呢?"他说不出了。最后还是我跟母亲说的,说我有什么重要东西搁在了兰州，必须去取，所以得早离家几天，最后就从兰州直接返京了。看得出母亲极舍不得，家里热闹了这么些天了，我们一走，又是只有她和保姆的日子了，但她什么都没有说，母亲对我们一向体谅。在母亲点头表示同意时我难过地想，欺骗一个信任自己的人是多么容易。走前母亲又像以往那样提前好几天就开始给我们张罗了，令我心烦。从前我以为这烦是因为要离开亲人离开家又要孤零零一个人四处漂泊的缘故，但是这次跟从前不同，这次我是要同我的丈夫返回自己的家啊，为什么还是那样地不愿离开？

我不想去兰州。如果可能，倒希望能把彭湛现在就从那个乱七八糟暧昧混乱的环境里移植出来，在母亲这里或在北京，过一种干净、健康、明亮的生活。但现在不仅他出不来，我还得去，去帮他安排、了断。后来想，他的不愿一人只身返回，还有我的不愿前往，是不是都是一种预感？

去兰州的车票钱依然是得我出，可我已经没有钱了，没料到会有这么多的意外。只好同母亲借，借钱又得编一些谎话，看着母亲深信不疑二话不说打开抽屉戴上花镜一五一十点钱给我，我难过极了。当时是晚上，当我拿着母亲的钱进楼上卧室时彭湛自嘲："唉，年过三十了身无分文！"

"是啊。"我干巴巴地附和一句。对于凭什么要把钱全部都给小唐的事是再也不能提了。她说她陪他睡了七年，曾怀着那样的鄙薄觉着一个女人这样看自己看自己的婚姻是多么不自重多么庸俗甚至是贱，现在却发现这是他们双方的一个默契，一个共识，是他们关系的实质。否则，他怎么可以在已经爱上别人时又去找她，并且在解决完问题后立刻把她丢开？下午的阳光由门上方照射进来，沐浴着他们合二为一的身体……就是亲眼所见也不会更逼真更生动了吧？曾一再对自己说你学医出身应当对此事有着充分理解,在母亲家我也的确把这事给忘了,为什么一说兰州便会又想了起来?才发现它原本就没有消失它已牢牢扎根在了我的脑子里随时会幽然浮出。

车到兰州时天下起了霏霏细雨,阴冷阴冷,令我心情抑郁,还有些隐隐的不安。天气变化对我的心情影响一向很大。我们下了公共汽车,小跑着进了那座有警卫值班的大院。院里静悄悄的,几乎看不到一个人影,只有房屋、树木在雨中呆立,听任雨滴冷冷地敲打。我们冒雨向我们的家跑去。突然地就明确了心情不好的原因:那个家,真的是我们的家吗?她还在吗?她要还在,我们怎么办,躲出去还是与她同居?躲出去,去哪里?我和彭湛肩并肩地跑,谁也不说话。但我知道,我心头的忧虑也正是他的。彭湛打开了房门,房间里光线很暗,上午如同傍晚,他开了灯:屋里是一片刚搬完了家后的空旷和凌乱。

所有的东西都搬光了,沙发、茶几、电视、餐桌、椅子、冰箱……连厨房里的排风扇都卸走了,留下了一个方方的大洞,洞下面的窗台上溮进来一片雨渍;瓶瓶罐罐遍地都是,打开来看,全是空的,搬得非常细致。我们不约而同、一前一后上楼。眼前出现了奇迹:卧室里的那张床居然还在!床上居然还有一套卧具!忽然地,我明白了对方的思路。她搬走东西不是因为赌气不是为了惩罚,完全是为了她日后生活的实际需要,给我们留下的这套生活必需品,就是她冷静权衡的明证:以免惹得狗急了跳墙,去找她的麻烦,她是彻底地放弃他了。实际情况比想象的单纯,仅是物质上的问题要好办得多。她的这种无理贪婪也彻底摧毁了她在我心目中的形象,去除了我对她所能有的全部内疚。糟糕到极点的心情稍微好了一点儿。彭湛的脸却仍比外面的天还要阴沉,终究是角度不同。我轻轻搂住他的胳膊,说:"没关系。"我们去食堂吃的饭,主要是陪他吃,我几乎没吃，吃不下，没有食欲。他吃了三个馒头，两份菜，一碗面汤，毕竟两顿没吃了。看着他狼吞虎咽的样子我很有感触，想，到底是男人，拿得起放得下，心胸开阔。也是在后来，后来的后来，我才了解这并不是由于心胸，而是一种个体差异。个体差异用在这里是我的一种杜撰，我的确切意思是，肉体需要之于彭湛，似乎永远占据统治地位。从食堂回来，我们收拾房间，擦，扫，刷，洗。有了具体的事情和目标，加上想到晚上不必出去流浪，更重要的是渐渐意识到这已是我的家了——尽管一穷二白四面徒壁，但却是我的了——心情开始慢慢好转，由于活动，冻得发僵的身体也开始暖和。为了抵御屋外的阴凄，我还开了楼上楼下所有房间的灯。

房门被打开的时候我们刚好收拾到客厅，门开后，一个四五岁的小男孩儿被从半开着的门缝里搡了进来，同时响起一个老妇人愤怒的声音："你们去度蜜月！玩儿！让我给你们带娃儿，不要脸！"

只听到了这个声音，没看到人，大门就"砰"地关上了，惊魂未定的小男孩儿反身扑到门上，伸出小手去够门锁，同时大声哭叫："姥姥！"彭湛走过去把小男孩儿抱起来，紧紧搂在怀里，亲他，不停地安慰他。"爸爸，"小男孩儿哭泣着用小手指门，"妈妈——"

我呆呆地看着，有些眼花缭乱，目不暇接，像是在看电影，又像是在梦里。

第十四章

小男孩儿叫冉。

我带冉在院里散步，雨后的太阳干净明亮，花坛里的花仿佛一下子全开齐了，黄的，粉的，白的，一大块一大块蓬蓬勃勃，空气中弥漫着的花香浓得都有些呛人。不时会碰到同样出来散步晒太阳的老干部老太太，几乎每个人看到我和冉都会微微一怔，然后更注意地看一看我。他们都认识冉，不认识我，自然要想：这人是谁？他们不认识我我也不认识他们，所以尽由他们打量揣测不予理会，全然陌生的环境使我勇敢。但当有那么一天，冉出现在我们单位的院子里时呢？

冉的出现给我的婚姻生活带来了重大的名义上和实际上的不圆满。

"我要回家！"冉嚷。

我看表，才一点一刻，彭湛刚睡了二十五分钟。彭湛回来后立刻投入了紧张的工作，辞职，洽谈，跑各种手续，这几天夜里一直睡得很迟，最早的一次十二点半。早晨还要早早起来，办事得遵循人家各机关部门的作息时间。昨天夜里跟人谈事又到凌晨，因此中午这觉十分重要，冉若在家他就睡不成。冉是个不肯安静的孩子，不是楼上楼下地乱跑，就是大喊大叫，大声唱歌。他的嗓子倒是很好，音准也好，乐感尤其好。歌他只唱一个，翻来覆去，是当时被混血儿费翔唱得红透了大陆半边天的《冬天里的一把火》。这支歌的旋律完全超出了一个幼儿所能驾驭的范围，冉应付自如。每一个半拍，切分音，弱起，气声，都能处理得恰到好处，且能做到像费翔一样，边唱边跳，一手举麦克一手指前方："你就是那一把火——"那麦克通常是一本卷起来的书。冉有艺术天分，这似乎是家族遗传。

彭澄给我们寄来了一千元钱，汇单附言上写的是：祝哥哥和姐姐白头到老。她仍依从在云南时的称呼叫我，传递着一种对于至亲至爱骨肉之情的渴望。她没有父母没有姐妹，从此后我们可以名正言顺地相依为命。当时屋外阴雨不断，屋内凄凉混乱，这笔巨款——一千元在当时相当于彭澄一年的工资，彭湛两年的工资——和那句祝言所引起的对于彭澄以及与她有关的一切明亮记忆恍若隔世。那时彭澄她们已由云南撤回了四川驻地，在云南时我们说好她一撤回后方就休假，先回兰州，再去北京；后来又说十月份再休，看看十月的北京。但目前看来这个计划怕要落空，她们有可能得去西藏，历时一年。信中她说："听说最近中印边界发生了冲突，有了一些小的战斗，今天我上中午班，一进科室就听说要组织赴藏医疗所。刚开始我还觉得去不去无所谓，经大家一说，是去不得呀！一是西藏真不是人待的地方，天寒地冻空气稀薄没有青菜。二是地形险恶，翻车事故不断发生，你说云南路险，她们说比起西藏，云南乃一小巫，人不怕一万，就怕万一，是不是？首先这两点就不像去云南那次，还有一定的保险系数。三是参战一年就是二十三岁，再等到那高原太阳晒出来的黑皮肤红脸蛋儿恢复过来，又得一年，二十四，终身大事为此就要推后两年考虑，黄金时光已过。据说我们医院要组成一个一百床位的医疗所去西藏察隅县的一个什么地方,那里没电,用不上电灯,看不成电视,如果大雪封山,几个月看不到信和报纸是常事,生活条件非常艰苦。我们科将去两个医生,三个护士,估计我又跑不了。不过他们又说这只是小道消息,但当大家问院长政委时,他们都笑呵呵地说:'当兵是要打仗的嘛。'唉,回想我的当兵生活就像游民。从成都到重庆,重庆到成都,成都到雅安,雅安到夹江,夹江到云南,云南到夹江,这回又要从夹江到西藏……"

彭澄所在医院隶属成都部队,与成都部队辖区接壤的国家较多,俗称"邻国"。"邻国"和老百姓过日子所说的"邻居"是一回事,挨得近了、久了,难免会有摩擦,有时相互走动走动,串串门儿,说说笑笑地就能把事情解决了;但也有一些事很难解决,这时两方中间只要有一个不讲理的,或性子急的,就得动武,到那时,谁的拳头硬谁就是老大了,所谓胜雄败寇。通常,一个家的"拳头"是身强力壮的男丁或这家所拥有的权势,而一个国家的"拳头"就是军队了。国家指哪儿,"拳头"就得打哪儿。因而当兵若当在了需要跟诸多邻国打交道的部队,"生活就像游民"不足为奇。关于赴藏一事,彭澄信中最后的结论是:听天由命。如果真去了,十月份就休不成假了,就去不成北京了。她说她特别想看看北京的国庆节,她还从来没有去过北京,我是她唯一的北京亲戚。

我给彭澄回信,开了无数个头,终是没能写下去。不想跟她说我这边的不愉快,不愿她不愉快,深知我和她哥哥的婚姻对她来说有多么重要;可是不说不愉快,就只有说套话,费劲而且无味。于是就想,过些日子再写吧,等情况、心情有所好转,等现在成为过去时再写。我对我的婚姻仍抱有很大希望,决心以我的积极努力去经营好它。

"我要回家!"

身边的冉又嚷。我耐心告诉他，爸爸在睡觉，爸爸昨天晚上工作睡得很晚，我们再在外面玩一会儿，等爸爸起来。他不肯。我完全没有对付孩子的经验，我在自己还是个孩子的时候就当兵离开了父母。我又看了看表，一点二十，才刚刚过了五分钟。"冉你看，花开得多漂亮啊！"我指着花坛里的花大声说。冉不感兴趣。其实我也觉着自己甚是无趣；突然想起小时喜欢看蚂蚁，尤其春天蚂蚁刚出现的时候，心里一阵兴奋，开始带冉找蚂蚁窝，终于找到了一处，他果然被吸引住了，蹲在那里，瞪着双黑黑的大眼睛——这孩子长得像妈妈——看，我则站在他的身后，等。太阳很暖，花儿很美，散步的人们很是悠闲自在，我的心中却是一片茫然空虚，不知将来会怎样，明天会怎样，甚至不知道待会儿会怎样。

"我要回家！"

冉终于对蚂蚁也失去了兴趣，站起身来，嚷。觉着过了那么长时间了，抬手看表，才刚过了七分。我沉重地叹息了。我带冉回家。我不知他为什么非要回家，那个空旷、清冷、毫无生气的地方怎么就那么吸引他？问他。他的回答是："我要回家！"但有一点可以肯定，他同我待在一起觉着没有意思。我也是。但我是大人，可以克制，可以掩饰，也需要克制，需要掩饰，孩子则不。路过大院门口，我突然又有了新的主意：仍是不甘心，仍是想让彭湛再睡一会儿，我们这个家将来就靠他了。

"冉，我们上街去玩儿好不好？"

"我要买彩笔！"

"好！"

"买方便面！"

"好！"

彭澄寄来了一千元钱。钱是人的胆。刚一出大院门，融入人车滚滚的街道，冉就把他的一只小手塞进了我的手里，小手很软，很暖，我握住它，那温软的感觉由手掌直抵心里，我不由扭脸低头看冉，小小的身子，小小的影子。

这天是星期日，街上到处是出来采购或闲逛的人，明亮的阳光下一片熙熙攘攘。路过一条小河，河边上醒目地坐着个单身长发女子，背对我们，薄薄的肩胛，细瘦的腰身。冉挣脱我的手跑了过去，片刻后跑回来，告诉我："她哭了。"停一会儿又说，"我知道她为什么哭，她和她妻子吵架了。"这里的"妻子"应为丈夫，到底还小；这么小竟就想到了这样的问题，足可见生活的烙印。冉从不跟我提他的妈妈。他叫我阿姨，对我不多么亲近但也看不出明显敌意。不知他知不知道我的出现跟他妈妈的消失之间的关系。他不说，我也不问。不想利用年龄、经验的优势去套小孩子的话，那未免卑鄙，就我和冉这对人物关系而言，还要加上残忍。再者，我也怕，怕正视，面对这样多变无绪的纷乱，闭着眼过最明智。

先去商场买了彩笔，买了方便面，又说服冉跟我一块儿去了菜市场，手中有方便面啃食，冉随和多了，这孩子不喜欢甜食。菜市场很大，几乎占满了整个一条街，绿油油的、红艳艳的、白生生的，各种菜蔬比比皆是。我买了小白菜，买了葱姜香菜，又去卖猪肉的地方称了猪肉。晚饭包包子，冉和彭湛都爱吃带馅儿食品。都说主妇在制定食谱时很少或者几乎不大考虑自己，我业已无师自通地进入了角色。不知不觉，两点半了，我和冉往回走。路边有一个卖活鸡的摊位，鸡们挤在逼仄的两层铁丝笼里，由于不舒服，叽叽喳喳叫个不停，上层笼子里的鸡屙屎直接就屙在下层鸡的身上，其状惨不忍睹；当然鸡也许不在乎这个，但它们不得不在乎空间的拥挤，有几只鸡被挤得趴在笼底，两脚爪支棱在铁丝笼外，任别的鸡在背上踩踏，动弹

第十四章 **179**

不得,这种境况的鸡通常是连叫都不叫了,紧闭着嘴,半睁着眼,一副只求速死的样子。冉在这个摊位前停住,专注地看了一会儿,方便面都忘了吃。等他看够了,我们继续走,鸡们在身后叽叽喳喳不绝于耳地叫,远远听来像是一连串的"哎呀"声。

"阿姨,它们在说什么?"

"谁?……噢。不知道,鸡说话,人听不懂。"

"我听得懂。"

"是吗,它们说什么?"

"它们说,'哎呀哎呀我要出去!'"

我注意地看了这个四岁男孩儿一眼,为他的敏感、细腻、多情和丰富准确的想象力、表达力惊叹,同时也不安。这样的人极易受伤,不管是这样的大人还是孩子。他仿佛感觉到了什么,立刻就把拿方便面面饼的小手撤下了一只来,像刚出干休所大门时那样,悄然塞进了我的手掌里,那小手的温软直抵心里。他还小,他还不会有不可更改的成见和敌意,你对他好,他就会对你好——生活开始在我眼前明朗,开朗,线索开始清晰。

到家的时候,彭湛正好睡醒,冉拿着他的彩笔直接上楼画画去了,我则拎着菜蔬,踏着几乎是轻快的步子去了厨房。听说晚饭吃包子,彭湛高兴得像个小孩儿,积极地跑去食堂买发面,回来的路上,还拐到小卖部买了醋。我把他买回来的发面用湿屉布盖好,心情也越发地好了起来,同时还有了要诉说这心情的愿望,于是边择菜、洗菜,边开始说了,从头说。

"看完蚂蚁才一点半多点儿,我就跟冉说,冉,我们上街去玩儿好不好?……"

"其实冉在家对我睡觉毫无影响!"

他突兀地插道,说完之后就转身走了,使我连他说这话时的表情都没能看着。我愣住了,不知道他是为了什么。是不耐烦我过细的叙述方式,还是嫌我慢待了——倘若不是虐待的话——他的儿子?

我端着刚出锅的发面包子来到饭厅,桌上已摆好了碗筷,碗里已倒上了醋,蒜瓣儿已剥好放在了小碟里,这些都是彭湛准备的,他本人也已做好了准备,洗净了两手端坐桌旁,摩拳擦掌。包子个个一般大小,蓬松而白,热气腾腾,香味四溢,我曾在医院的病员灶上帮过八个月的厨。彭湛搓着两只手,等不及我把盘子放到桌上,就伸出手来抓。"等冉一块儿!"我躲过他的手,说。小时候,我们家,总是要等全家围桌坐定后才吃饭的,全家围着桌子一块儿吃饭,是我童年印象最温暖最深刻的记忆之一。"冉!下来吃饭!"彭湛直着脖子冲楼上喊。楼上悄无声息。回家后我曾上楼看过冉几次,他一直在用新买来的彩笔画画,专心专注。以前我只知道嫌他吵闹,却不去想他为什么吵闹,一个空空荡荡的没有玩具的家,如何能让孩子安安静静排遣他旺盛的精力?

"韩琳,我们是不是考虑再开一个包子铺?"在等冉的时候,彭湛嬉笑着说。

"行啊。到时候你干什么,吃?"

"我是认真的。把你那些事放放,咱们先得挣足了钱。有了雄厚的物质基础,再去追求精神。"

我看他一眼,确认他是认真的,便觉着他有些异想天开。倒不是包子铺有多么高不可攀,而是他这样子是不是太有点儿像没头苍蝇了,撞哪儿是哪儿?不过按照牛顿"没有大胆的猜测,就做不出伟大的发现"的逻辑,他的这种思维方式似乎也有道理,也许这就是男人比女人要成功的原因?

冉在楼上毫无动静。

"冉!"我叫。

"哎！"他立刻答应。

"下来吃饭啦！"

"噢！"

只听一阵稀里哗啦之后，头顶上就响起了冉的小脚踏在楼板上的嘡嘡声，彭湛略带惊讶地看我：

"咦，他还挺听你的！这孩子平时别扭得很，性格古怪，像他妈。"

包子馅儿咸了。什么都好，可是咸了。

"不该放最后那一勺盐，真是的，唉！"我一再地说，彭湛不接茬儿。我知道他对这顿饭抱了很大希望，也一直知道男人们对于"饭"的重视，不像女的，随便吃点零食就可以打发。可是事情已然这样了，你说两句什么，就算给我一个作自我批评的机会也好。他不说，只是皱紧眉头嚼着，两腮的咬肌一鼓一鼓；嘴里由于塞满了食物而咕嘟着，像个正在赌气的小孩儿。他的样子使我觉着十分抱歉，也有点儿好笑，就笑了起来。他看我一眼，把手中一个吃了一半的包子往盘子里一摔，说：

"弄这么咸，叫人怎么吃嘛！"

咣，推开椅子拂袖而去，冉被吓得哆嗦了一下。那种有点儿好笑的感觉刹那间由愕然取代。

冉的毛衣小了。四五岁的孩子，正是长的时候。趁着周六天气好，我把他的毛衣拆了，洗了，晒上，又去买了二两新线，给他重织一件大的，这样就不必买新的了，我们的一切开支都得由彭澄和母亲的钱里出，只出无进，不精打细算不行。这两天冉就先穿他爸爸的大毛衣在家凑合着，反正不去幼儿园。原来的毛线是草绿色的，新买的线一两黄色，一两褐色。黄色的织成月亮织成星，褐色的织成房子织成树。图案都在胸前，样式是那种叉肩的，由领口织起，套头衫。我昼夜兼程地织，我得赶在周一前让冉穿上,边织边想象着冉穿上这件毛衣时的样子,倒也不觉辛苦。周日晚上胜利完工,漂亮的冉穿上这件毛衣后如同童话里的孩子。早晨,我去食堂买早点回来,看看差不多到时间了,便去楼上叫冉起床,他该上幼儿园了。冉已经醒了,正一声不响坐在大床上自己给自己穿衣服;彭湛仍睡着,昨晚同人谈事又是差不多快一点。此刻我们的卧室是这样的格局:大床旁边摆着一张行军床,他们父子俩睡大床,我睡行军床,这是我们这个特殊家庭目前唯一可以选择的就寝组合方式。冉自己怎么也套不上我给他织的那件毛衣,便伸手去推他爸爸。"爸爸!爸爸!给我穿衣服!"我就是在这一刻走进的卧室。彭湛怒冲冲坐起,三把两把给冉把毛衣套上,一抬眼看到了我,说:"毛衣织成套头的,你叫孩子怎么穿?!"

我非常非常生气,一天都没怎么理他。他感觉到了。晚上,冉睡着了,我们躺在两张床上,各看各的书。屋外,风儿阵阵地掠过窗户。"韩琳。"他先开了口。我拿开书,看他。他从大床上欠过身来,一脸的严肃,"你是不是觉着有了这个孩子,就得不到全部的我了?"

我瞠目结舌。

晚上,彭湛约了一帮人来家里谈事,客厅里烟雾缭绕热气腾腾,谈话声笑声如火如潮直冲房顶,谈到钱时都是以百万千万论计,光听听就令人心跳。几个人都是彭湛的朋友,也是合作伙伴,这时彭湛已正式向单位递交了停薪留职的报告。

"这样算来,投资的三十万一年就能赚回来,以后所挣就是纯利润,净赚,且以每年百分之三十的利率递增,三十万的百分之三十是……""九!三十加二十——一年五十万,十年五百万……""不止——别忘了每年还有百分之三十的递增!""这个项目就这么定了!海口那边买地的事也有了消息。赵哥来电话说养蜗牛前景可观!""制片公司的事怎么样了?""我那边没问题了,作协同意出面,但多少得给他们点儿钱,如今的文人大伙儿也知道,都穷疯了。""告诉他们,他们今年的奖金我们全包!""银行也初步同意贷款——""好!下一步,找'西影'厂买厂标!""这个交我了!""咱们要弄一个全中国最棒的娱乐片,请张艺谋做导演,开机那天搞一个大型新闻发布会,把各界的社会名流都请来。吴副市长——王冬,可是交给你了,他分管意识形态!"……

我没参加他们的谈话,沏了壶茶,给每个人的杯子里倒上,就离开了。一听经济问题,我的脑子容易短路,无论怎么集中精力,把每个字都听清了,仍是搞不明白意思,索性不听不问。上面的话,是我来回路过时听到的,因为谈到了电影,我熟悉的行当,才算记得比较详细。

家里没有电视,也没什么可看的书,我和冉在楼上相互为伴。他画画,我看他画,他很高兴我看着他画。画一个人,说"这是爸爸",再画一个矮一些的,说"这是阿姨",再画一个更矮的,说"这是我"。他画的是我们目前的一家三口。

冉开始认可现实。曾几次想就现实的问题同彭湛好好谈谈,来兰州后我又跟单位续了十天假,但不能总是续假,假期到了怎么办?但他不愿谈,谈不了几句就搁浅。"你来嘛。"每次,他总是这么回答我。

"问题是,我来干什么。"

"来了再说。"

"来了再说不行。"

"好了好了,关于这个家,关于将来,你尽管放权给我,由我安排,好不好?有一点你可以放心,咱们家将来绝不会比任何家庭差!"又是这句话,但这时我已没有了初听到时的兴奋。

他很乐于谈将来、谈以后，对今天怎么办、明天干什么，从来不说，不知是不屑还是不耐，还是心里压根儿没有。也许这也是男女的差别？男人嘛，是应当宏观一些，目标远大一些，那么好，具体的、近期的、日常的琐事，就由我来安排。

"韩琳！"彭湛在楼下叫，我答应着下了楼，来到客厅。"倒水！"他左腿压着右腿，整个身子深陷在沙发里，冲茶壶扬了扬下颌。我盯着他的眼睛看了几秒。暖瓶就在楼下的厨房，他离着比我近得多，我非常清楚他这样做是为了什么，我非常不喜欢，有意思吗？有意义吗？令他如此反复再三乐此不疲？每一次我都忍了，不想让大家难堪，他却不懂得这是教养，是尊重，反成了瘾似的变本加厉。数年后同申申闲聊时聊起过这些琐事儿，申申说，这是你的老问题了，看着挺聪明，处理起具体事儿来还不如普通的家常妇女。要叫我，第一次就坚决地毫不含糊地给他一个迎头痛击，保证他不敢再来第二次。我说申申你说得对，但是我不喜欢。夫妻间那种愚蠢浅薄的勾心斗角，我真是不喜欢。她说可是人家喜欢，早说过你俩压根儿就不是一个筐儿里的人不能往一块儿装，你不听，怎么样？从前，还是单身的时候，我就很怕看到夫妻在我面前表演亲热、展览不和，或像彭湛似的非要在外人面前争个我高你低，那每每使我如坐针毡。前车之鉴将心比心，我想我不能这样做，可惜彭湛不配合。……客人们都静了下来，看我，令我感到了一种被迫降低水准的耻辱。我一声不响去厨房拿暖瓶给他们续水，我如果不这样做只会使所有人包括我更加难堪。客人走后我说彭湛："你怎么跟农民似的！""我们那不正谈事呢嘛。"他冲我嬉皮笑脸，一句话就堵住了我的嘴。语言在夫妻间就是这样没用，夫妻间那许多的微妙事情，用行动说话往往比语言简洁明了，也有效，比如像申申说的"迎头痛击"。但我做不到，我喜欢朴素自然平和，喜欢跟我的丈夫相互尊重。硬碰硬，硬欺软，还是夫妻吗？那样的日子过起来，累也累死了。

我把这种种种种的不一致用了一个很大的词儿做了概括：价值观。当然并不是说我对他错，不一致罢了。夫妻之间无是非，只有合适不合适。

续的十天假期又到了，我必须返回北京，偏偏彭湛他们的事正忙到裉节上，于是我们面临着一个问题：冉怎么办。他让我把冉带去北京。我飞快将北京我的宿舍、工作、周边环境等诸方面情况在脑子里过了一遍，然后说我不能。他再没有说话，伸手关了灯。这时是晚上，我们都上了床，冉已睡着了。黑暗中，他在大床上翻来覆去地折腾，弄得我久久无法入睡。早晨一大早他就出去了，招呼都没打，饭也没吃。我一个人在家里收拾着要走的东西，忐忑不安，怒气冲冲。他直到下午才回来。

"你去哪儿了？"

"找他妈去了。"

我反应了一会儿才想起"他妈"是谁，"找她干吗？"

"带冉。"

"她怎么说？"

"跟你一样。"

我怒不可遏，"你说这话有意思吗？！"他不吭气了。我想不行今天我得把我该说的话说出来。"你以为冉是什么，小狗，小猫，说提溜到哪儿就能提溜到哪儿？他是个人，一个小孩子，要吃要穿要住要玩要上幼儿园！我那儿有什么？一个小屋，一张小床，孩子需要的一切一概没有，在这他至少还有幼儿园上。而且我刚回去，得上班，得收拾屋子，得采购，肯定还得处理一些别的什么杂事，若联系幼儿园，还得去开这信那信，去幼儿园看——这么多的事儿，冉在，怎么办？锁屋里，还是带着一块儿东跑西颠?"

"冉很乖的……"

"再乖他也只有四岁。"心想,既然很乖你为什么不能把他带在身边?没说,现在不是吵嘴的时候。

"我这边事情多,马上还要去海口,看地。那地买下了,就是不养蜗牛,转手卖了也能挣几十万。几十万啊!"

记得上次他说是十几万,才过几天,上下嘴皮子一碰,就成了几十万。但我现在没心情去跟他纠缠这些无聊的细节。

"看地让别人去,你的情况他们又不是不清楚。"

他沉默了会儿,突然问:"你是不是不喜欢冉?"

我反问:"你呢?"

"喊!"

我说:"论喜欢,也许我不如你,但我会为他负责,至少不会闭着眼睛把他推出去了事;同样,也不会在自己心里没底儿的时候就让他跟着乱七八糟地过。"

他不响了,很久,他说:"韩琳,结婚前我觉着你比我小,现在我怎么觉着你比我大呢?"

心中一惊,他怎么也有着跟我相同的感受?——结婚前我看他清清亮亮,如看玻璃缸中的鱼;结婚后却越看越觉着面目不清,如云里雾里。

按照婚姻专家的理论,婚前婚后双方对对方的不同认识,是由于婚前双方比较注意对缺点的掩饰,进了婚姻的保险箱后,就放松了对自己的要求,或者说,露出了庐山真面目,所致。一位女作家据此理论还敷衍成了一篇小说,说的是一个女人为使婚姻之树常青所做努力的故事。那女人的常青秘诀就是,永远保持恋爱时在丈夫眼中心中的美好形象。具体措施很多,有两点印象比较深刻:其一,不管多忙多累,出现在丈夫面前时都要光鲜红艳，决不能放任自己做蓬头垢面的黄脸婆，当时我还没有结婚，但想，做到这点应该不难；其二，不管什么情况下，都不跟丈夫同房，做完爱后即各回各的房间睡觉，以免他看到你不化妆的脸，或可能存在的不雅睡态。这点当时比较地令我担心，那要是住房条件不允许不同房怎么办，听任婚姻之树枯萎？心下不免将信将疑。现在想想，真是扯淡。是婚后生活内容的变化导致了人状态的变化。婚前的恋爱是什么？是一位与你有着能产生美的距离的美人儿，婚姻则是这美人儿的专职杀手，它去除了距离让人吃喝拉撒睡厮守一起原形毕露。露出原形后彼此仍不厌弃那就叫合适，反之就是无缘。恋爱不是婚姻的基础，婚姻也不是恋爱的延续，谈恋爱和过日子是两码事，桥是桥，路是路。"试婚"一说是有道理的，其核心实质不容忽视。比如，我和彭湛若不是相识在云南边防，没有那些深山、大雾、苍茫壮丽的渲染，能够一见如故一拍即合吗？并不是说当时的我们不真实，而是说在那种情境中我们所展现出的只能是与此相关的局部，婚姻要求双方接受的，却是彼此的全部。对于从小寄宿、而后当兵、二十八岁才离开四面水一面天的小岛的我来说，这不啻于一门全新的功课。人说婚前要睁大眼，婚后要半闭眼，我却把前后的顺序给倒了一个个儿。

我为冉联系了一所部队幼儿园，全托，周六下午接，周一早晨送。

这是我第一次去幼儿园接他，教室门口聚拢的家长绝大部分是妈妈。教室门开，孩子们涌出，带出了一团热烘烘的气息。所有的孩子和妈妈都一个表情，伸长脖子瞪大眼睛在对面阵营里寻觅，一旦发现了彼此便会发出欢快的叫。妈妈们的叫声高低粗细不一，内容也不一，孩子们却是一律的奶声奶气，内容也一律：妈妈！冉也向这边看，他的神情在孩子们中间显得非常特别:死死站在原地小嘴紧闭,任小朋友们从他的身体两侧拥向前去,仿佛小河流中一块孤独的礁石。有一次他的目光明明对准了我,但没等我招呼那目光却一掠而过,那一掠中的紧张、惊恐、悲伤使我不顾一切扒开了挡在前面的一个胖大家长挺身而出,高叫:"冉!"像电影中的特技镜头,又像魔术师表演的魔术,花儿就在我眼前开放了,我的喊声我的出现使冉紧绷的小脸刹那间绽出了阳光般灿烂的笑。"妈妈!"像所有的孩子那样,他边向我跑来边叫,奶声奶气。这是冉第一次叫我妈妈,没有人要求他这样做。我的心里脸上同时一热,下意识向周围看看,拉着冉的小手赶紧走开。

冉是我联系好幼儿园后由彭湛送来的——这是我们在兰州商量后所能定下的最好方法了——来后我们就马不停蹄地拽着冉去查体,去幼儿园面试,按照幼儿园的要求购置各种生活用品,在一连串旋风般奔波之后,于周一把冉送入了幼儿园。入园那天冉死死抱住彭湛的腿不肯撒手,大哭着要求我们带他回去;彭湛的眼圈都红了,边为他擦泪哄他边解着他纠缠腿上的小手,我则知趣地站到了一边,自知在这种时刻没有资格说任何话。冉徒劳的挣扎使我再次感到了命运的不可抗拒,当然也有内疚,我们原本应当给这孩子一个适应缓和的时间,须知这是他出生四年来第一次出远门,但是没有办法,兰州那边彭湛百事缠身;而我,怀孕了。

彭湛不想再要孩子,我想要。我们彼此理解对方,却无法在理解的基础上就这件事达成一致,最后的决定只能是顺其自然,也就是说,顺遂了我的心愿。接下去他说希望是女儿,我也是。婚后这么多事情,似乎一致的只有这件。

把冉送去幼儿园的那天晚上是我和彭湛从母亲家回来后的第一次单独相聚,这时我已经有了房子,一套两居室里的一大间，小间给了一个家在北京的单身汉，门常年锁着基本不来住，厨房卫生间都归我使用，实际上的独门独居。没有孩子的家真安静啊。窗帘拉上了，房顶灯关上了，只有一盏二十五瓦的床头灯在淡蓝的灯罩下发散出朦胧绰约的光。彭湛的四方脸盘在灯下变得线条柔和了，几天没顾上刮的胡子像是收割后的麦茬儿地，摸上去，都扎手了。躺在自己家里自己的大床上自己丈夫的旁边，全身心软软的，脑子里是一片舒适的空白。……他把胳膊环上来了，接着用腿打开了我的被子。我说："不行！孩子——"他说："没关系，我们小心一点儿！"咻咻的鼻息近在耳畔，传递着需要和急切，心顿时软了下来，谁知道自此一别我们多长时间能再相聚？怀着孕的妇女是没有欲望的，但是，总得替对方想。不料就在这时，妊娠反应大发作了，我猛地推开了他，探身扑向床外，吐，就着地，哗哗地，吐得翻江倒海气喘吁吁一塌糊涂。

　　他起身，下床，收拾。我闭眼躺在床上喘息，听着他来来回回的脚步声，卫生间涮拖把的水流声，弄这儿弄那儿的各种什么声，心中一片安宁。他又进来了，我睁开了眼睛，见他手里拿着一个脸盆走来，我疲倦地对他微微一笑，以此表示对他的感激，但未等微笑完成，呕吐的第二个波次再次袭来，我再次探身向外，腹肌收紧，喉咙里发出已然干燥了的"呕"，几乎就在同时，咣当！脸盆被扔在了我的脸下，在地上晃荡了好几圈才稳住，幸亏是塑料盆，否则，这一下肯定瘪了。我下意识抬头看他一眼，扔下盆后的他已经跳了开去，这时正站在安全线内。我"呕呕"地吐，已然是没有胃内容物了，五脏六腑却仍不肯停歇，一阵紧似一阵地剧烈挛缩，直到逼出了苦黄的胆汁，逼出了血。饶是这般折腾，大脑却仍能脱离躯壳独自漫游：也是一个夜晚，但是是他吐，因喝酒而吐，情急之下我用服装袋为他去接的,视之嗅之从容不迫,隔着服装袋,腿上清晰地感受到了那呕吐物的质感和温度。……申申喝醉了,吐了,陆成功毫不犹豫伸出双手大捧大捧地接着由她嘴里喷涌而出的呕吐物。……这些思想活动我没有说,当时没有,以后也没有。他做不到,是因为感情不到。什么都能要,感情不能要,要不来。第二天,彭湛离开了北京,走得一身轻松。

我带冉上楼,用钥匙打开我们涂着淡绿油漆的门,门刚推开,冉就从我的肘下钻了进去,接着就听到他叹息般欢呼了一声:"新家真漂亮啊!"其实漂亮是谈不上的,只不过是比较干净,搬进来前门窗和墙都刚刚刷过;比起他们兰州那所空荡荡的大房子来,也温馨得多,再加上我几乎每次上街都要买一两个没什么实际用处、只为了好看好玩的小零碎回来摆在家里,比如穿条绒背带裤的长腿猴子,月牙儿环抱着星星的棉布小挂件,青蛙钟表异型水杯什么的,都使这个家增色不少。冉能准确发现每一件新添置的东西,对每一件都要充满喜爱地摩挲、摆弄、评价一番。他的欣赏使我喜悦。

我在厨房里烙韭菜合子,这种带馅儿食品也是为冉喜欢的。将鸡蛋炒过用铲子铲碎,海米泡好后切成末,一起拌在切得细细的韭菜里,最后加上香油、味精等调料;面要烫面,烫的面软,然后擀成一个个面皮,将馅儿包进去,放锅里烙。韭菜合子好吃与否的关键功夫在于最后的"烙"。火不能太大,大了易烙煳;也不能太小,太小了势必延长烙的时间,使面皮过硬,影响口感;与此相对应的,是时间要掌握好,短了,不熟;长了,会降低韭菜的鲜香与色泽。我这份手艺是跟母亲学的,多年未曾操作,一出手,竟就会恰到好处,我有做主妇的天赋。还熬了玉米面粥。粥也不是一般的粥,而是将新鲜的老玉米用礤子擦碎后熬成的,带着刚从地里收获下来的粮食汁液的鲜香和糯嫩，能让你直到喝撑了肚皮也喝不够。冉吃得满嘴流油，两只小手尽是黄绿色的汤汁，吃饱喝足之后，又对我说了他的一个新的体会："我不喜欢大房子。"我拍拍他的小脸蛋儿，满心喜爱。

我喜欢冉。他给了我情感寄托，却没给我让人揪心牵挂的沉重；也安静了，静静地看书看电视玩玩具画画聊天，或许，这才是他本来的性格；也听话，只要你说得对。是一个懂得配合、愿意配合的孩子。我对他唯一的不满是，他的叫我妈妈。我觉着难为情，除了不习惯，更多的，是虚荣。尤其是在院儿里，在熟人面前。谁都会虚荣，只要可能，谁也不会愿意当众展览自己的缺陷，不管是哪方面的缺陷。像是有意跟我作对，冉偏偏爱在人多众广的场合叫我妈妈，人越多越叫，响亮地、一迭声地、有事没事地，叫；我们俩单独相处时，他倒不是这样。如此几次这番，我突然明白，他需要的就是面对众人的这种证明：他也有妈妈，他也有人爱。我们俩有着各自的需要，这一对需要相互矛盾相互冲突。多少次了，我想对冉说，不要再这样叫了，这么大声，当着这么多人的面。多少次了，话都到了唇边，又生生地咽了回去，我当然知道这样做的结果，良知到底还是略胜了虚荣一筹。我硬起头皮带冉在院子里走出走进，对熟人们意欲打探的目光装看不见，不让他们发问，任他们在肚子里嘀咕。但到后来发现其实熟人还好对付，只要你脸皮足够地厚，谁也拿你没有办法，谁也不愿为满足自己一点儿不足道的好奇心去惹人讨厌，真正需认真对付的，是陌生人，他们不认识你因而不知深浅不知轻重。

那时我已显形了，挺着个大肚子每周去幼儿园接送冉。在路上，在等公共汽车时，在车上，冉总不忘上演他所热衷的老节目：响亮地、一迭声地对着我叫妈妈。每到这时，人们，尤其是妇女，总会先看看我的肚子，再看冉。我的肚子里，明摆着装着一个孩子;冉呢,四肢健全五官健全头脑也健全,明摆着是一个正常孩子;而且,不论是我还是冉,都不像政府管理相对放松的农村人。综其几点,再对照一家只准要一个孩子的生育政策,我们这种情况就不正常了。那阵子,差不多每回都会遇上一至两个——倒也不会更多——好事者这样问我:"你这不是有孩子了吗?"指冉。"少数民族。"我说。"噢。"对方意外而恍然大悟。意外是因为我和冉都不像少数民族,北京人的眼睛,只能看出街上黄头发深眼窝的维吾尔族人是少数民族。于是接下去无一例外的问题就是:"哪族?"我答:"回族。"面不改色心不跳镇定沉着。

第十五章

兰州方面捷报频传,彭湛发来的信全是电文式的,却比长篇大论更能让人感受到他前所未有的精神状态甚至都能看得到他的神采,信首称呼之后直接就是内容,一个字是一个字,字迹大而潦草,透着匆忙和兴奋。

韩琳:

冉现在是我挂念之焦点,你和你腹中的那家伙是焦点之焦点。总之这一大摊事全靠你了,多保重,多吃水果,你现在可以胡乱花钱了!我发了!!!

你的彭湛

这就是一封信的全部,却顶天立地占满了整整一大张十六开的横格信纸,字字舒展飞扬,跨格越线,全无约束。再如又一封。

韩琳:

速给彭澄寄去一千元,她们当兵的不容易,我太忙。不日内我将托十分可靠的人给你带钱去。你先把你银行的存款取出来花着,全部取出!放手花!!

彭湛

那些日子不论我在做什么,采购,做饭,打扫房间,接送冉,嘴里都要哼着歌,同一支歌:"十五的月亮,照在家乡照在边关,宁静的夜晚你也思念我也思念……军功章啊有我的一半也有你的一半……"尽管天各一方,每天仍我一个人进进出出,但心情较婚前完全不一样。有一种踏实感和可以正视一切的坦然。丈夫的能干又给这踏实坦然平添了一份快乐,一份终有所靠的安宁。工作上的事儿看得淡多了,让写剧本就写,写完了交,交上去完,爱用不用。从没想到婚姻会对我产生这么大影响,会改变我从小就十分明确的、视事业成功为人生第一成功的价值取向。小时我坚信自己的将来一片辉煌,干什么不知道,但辉煌。记得当兵不久,一天,一个叫于小苹的女兵完全没有任何铺垫没有前因后果地突然大声对全宿舍的人宣布说:"告诉你们,其实咱们将来都是普通人。"令我恼怒,暗说:等着瞧!现在想,这位于姓女兵真是一个大大的智者,那么小就能洞悉众人内心不说,更难得的是,才十六七岁的年纪竟就能够"不惑"能"知天命"能看到人生的真谛。换我,如果没有一个"辉煌"在远方勾着,怕是不会有走下去的兴趣、勇气。那"辉煌"如同一则寓言故事里说的,是吊在毛驴鼻子前面的一根胡萝卜,毛驴以为只要往前走一步能吃到萝卜,于是一步复一步地走了下来,走完了全程。后来,我在报上读到了一个意思差不多的现代寓言:某男子在二十岁生日时宣布说,他一定会成为世界上最富有的富翁;三十岁生日时宣布说,他将在炒股中挣到一百万;四十岁生日时宣布说,他下岗了,要争取找到一份每月能挣千数元以养家糊口的工作。我的情况如那毛驴,如那男子,在"辉煌"的引诱下,一步步走到了今天,走进了平淡。只不过这平淡已不是那平淡,年轻时眼中的平淡是可怕的,中年人眼中的平淡就非常客观。轰轰烈烈花团锦簇是人生,生儿育女柴米油盐也是人生,各有各的价值,各有各的味道。

这天,上邮局给彭澄寄钱回来,正遇上单位发节日东西,快国庆节了。每人五斤瘦肉,二斤带鱼,一纸盒雪花梨,五瓶啤酒,还有七十元的过节费。一个单身小演员帮我把东西送上了五楼,我把啤酒送给了他。回到五楼家中一鼓作气将肉放进冰箱,把鱼洗好煎好,留待我女儿慢慢享用。鱼肉是所有蛋白质里品质最优秀的蛋白质,利于大脑细胞的发育。我去做了B超,确认是女儿。女儿很好,脑袋直径三点二公分,B超显示有胎动,胎心,只是不知为什么她在肚子里没有一点儿动静。煎好鱼刷了锅又把梨收拾到北凉台,我才得以坐下喘息,去邮局来回都是步行,不敢骑车,怕万一有什么闪失,这方面的事情我听得多了。突然,肚子里明显地一下骨碌,紧接着,一块硬硬的东西将肚皮顶起;伸手摸去,摸到了一块有五分硬币那么大小的圆东西。轻轻向里按它,竟是按不回去。这过程持续了约半分钟左右,那小小的圆东西又像来时那样,骨碌一下子缩了回去。突然地意识到这就是胎动了,这就是她的动静她给我打的招呼了!那小小硬硬的圆东西是她的哪里,小胳膊肘还是小脚后跟儿?……胎动自此开始,日见频繁,日见活泼,也日见放肆。有时半夜我正睡着呢她会将我踢醒,不知为什么这个所有孩子都在睡觉的时刻她竟能不睡,是因为不舒服还是太舒服?我给彭湛写信,报告给他了这个女儿成长的最新消息,让他赶紧给她起个名字;我经常给他写这样的信。女儿多大了,心跳如何,发育如何,表现如何。

妊娠后期,我严格按照医嘱每周去医院做围产检查。医院妇产科在二楼,走廊的玻璃大门上,一列"男宾止步"的红字如同一道银河,将牛郎织女们有效地分隔了开来,里面是孕妇,外面是陪她们前来的丈夫。我为这种分隔高兴,这使我可以滥竽充数。因这时大家已成熟人,常在一起交流怀孕心得,一直的形单影只会令任何一个旁人心生疑问和怜悯;这疑问和怜悯会令任何一个孕妇自卑。

彭湛仿佛失踪了,那封让给彭澄寄钱、让我放手花钱的信是最后一封,至今已过去快两个月了,再无任何形式的任何消息;信中所说那个"十分可靠的人"也一直没见踪影。这天下午,在信件到来的时间发现仍没有他的信时,我再也沉不住气了,直接从院门口的收发室去了邮局,打长途电话。没有人接。我在邮局里等。一会儿拨一次,一会儿拨一次,每次都等到电话在那头自动挂断,一直待到邮局下班,待到一个穿邮局绿制服的小伙子请我离开。

走出邮局,正是下班时间,人们在夕阳下穿梭熙攘。一家音像店门口的一对大喇叭仿佛两张黑色方形大嘴,发出的摇滚乐声哄哄地叫人心慌。我在邮局门口站了一会儿,决定去找申申。申申这一段时间一直住在陆成功家里,陆成功家里有可以直播长途的电话。

申申不在。我很高兴。否则她不可能不问,她若问,我怎么说?跟陆成功就简单得多。"我想打个电话。给彭湛。"停停,又解释一句,"有点儿急事,邮局下班了。""来来来!打打打!"陆成功走在我身边一手前伸引我进屋,热情殷勤里带着点求之不得的意思,这自然是申申心中我的分量和他心中申申的分量所致。我拨电话时陆成功一直在走进走出地忙着。他个头儿不矮,对一个快五十岁的人来说,也不算胖,只可惜肩是溜肩,溜得如同画上的古代仕女;腰腹部却是中年男子的,上半身因此成了一个正三角,整个人便就向下坠着难以挺拔起来,穿名牌西服都无济于事。嘟——嘟——铃声在电话那头的房子里空寂地响,直响到自动挂断。我放了电话。陆成功关切地看我:"没人接?……等会儿再打。喝茶!"

他伸过来一只手,用中间的三个指头将已摆在我面前的茶杯象征性地推推。这时我才发现进门时还无甚什物的茶几上这时不仅摆了茶,还摆了水果、小吃,其中有杏仁、腰果、香榧子。那时,杏仁、腰果、香榧子是十分贵族的东西。我没有喝茶,茶属孕妇不宜,只拈起一颗杏仁在嘴里慢慢地嚼。研碎了的杏仁在齿间散发出异香,我尽量延长着它在嘴里的时间不咽,咽下了这颗就会忍不住再吃下一颗,一颗复一颗,回去后就没有地方装鱼了。我不得不这样小心,反复剧烈呕吐我的胃孱弱不堪到了极点——我的呕吐持续了怀孕的整个过程直到上了产床——却还是要工作为我女儿的成长输送营养,我得保证吃下去的东西营养明确,避免任何无效劳动。旁边,陆成功跟我说着一些闲话。无外乎申申去哪里了,什么时候回来,他们最近又去哪里玩了之类,我跟他、他跟我除了聊申申,别无话。他跟人聊天不大愿意谈别人,包括谈话的对方,他愿意说自己,此时他的这个特点正中我意。申申去外语学院听课去了,还是要出国。去哪国没定,反正是不在中国待了。每次听课都是他开车接送,学费也都由他抢着付了,他还给她买各种有关的音带像带。这一段时间,申申对他也格外地好,他生日那天,还给他买了一条金扣的皮腰带,买了蛋糕,点了蜡烛。用的钱固然都是他的,但这一点儿不影响他受到感动,金钱有价情无价。"她没钱。"他说。说着,还轻轻一笑,好像她的没有钱是一件好玩儿的事情。他完全沉醉在了这种过程的甜蜜之中,却忽略了结果:她若真的走了,他不就是竹篮打水一场空?当然也许不是忽略，是韬略，焉知到时候申申被他温暖得想走都走不动了也未可知。说起申申来他就有些刹不住车，说到兴起要去找他们去郊区玩时拍的照片给我看，被我坚决制止。"对不起。"我说，同时拿起电话对他笑笑，是示意，也是请示。"你打你打！"他说，说完起身出去不知忙什么去了。仍是没有人接。我慢慢地放了电话。

面前茶几的杯盘之间有一本倒扣着的书，随手拿了过来，《雪莱抒情诗选》。一下子想起申申说过的话：一个拜伦，一个雪莱，轮流在他家客厅的茶几上，值班。当时我哈哈大笑，此刻却没有一点儿想笑的意思。不知是被陆成功的真诚感动，还是因为了我自己的心情。顺手翻开书，几行诗句跳在眼前：太阳失去了温暖，风凄苦地哀号／枯树在叹息，苍白的花儿死了。即使以我此刻的处境心境，都觉着这诗过了，想不出他又能从中找到什么共鸣。即使不为共鸣为风雅，这"风雅"也选得有些过时。真想对他说，如果想得到她，就不要迎合，迎合没有出路，女人的天性是渴望被征服。拿出你的强项来，你在你的领域里的成功，面对她，必要的时候，对她所追求的事物小小地表示一下不屑。不是吗？他扎扎实实努力而来的财富未见得就比她那些虚飘的所谓艺术低下。可他却要拿着自己的弱项对她的强项，这不啻是一种战略战术上的全面失败。当然最终我没说什么，有些事就是这样无法言传，言传了就会变味儿，变成了计谋，变成了欺骗。

陆成功回来了，得知仍未打通时，看了看表。我下意识随之看了看，七点多了，赶紧站起来。他摆摆手，问我有没有彭湛朋友家的电话。我想了想，想出了一个理由，就点点头。他拿起话筒递给了我。

我把电话打到了我们曾在其家中聚过餐的那个人家里，边打边突然想起了当时的一个片断:已吃完饭好久了,男人们仍聚在客厅高谈阔论没一点儿要散的意思,这时电话铃响了,男人们立刻静下来齐齐向电话看去,脸上露出了内容一致的笑。电话果是那个女人打来的,问她的丈夫还在不在还打不打算回家。这是那个女人这晚上的第三个电话了。接电话的人于是说你爱人已经走了估计再等会儿就到家了让她不要着急。电话刚刚放下全屋的男人一齐放声大笑,一齐催着那位丈夫赶紧回家免得回晚了挨骂受罚。那位丈夫则更稳地往沙发里坐了坐,坐得比泰山还要稳些。跟着大家一块儿笑,边笑边说:"是我的教育有问题。回去后一定好好批评她,怎么能这么不懂事呢?"说归说笑归笑,脸上眼里的火气却是压也压不住藏也藏不了了。当时我也想这女人是有点儿不太懂事,不仅在丢她丈夫的脸,同时也丢了她自己的脸,想不到今天我也会变成这个样子。

我拨了电话,同时把话筒紧紧贴住了耳郭。没有细想本能地就这样做了,怕声音泄漏出去——陆成功一直在旁边关切地注视着——也怕那边有什么专为瞒我的动静我没有听到。

嘟——嘟——话筒里的电话呼叫声不紧不慢,我屏息静气,心怦怦跳着。话筒被拿了起来,"嘟"声戛然而止,接电话的是一个男子。

"你好我是韩琳,彭湛的——"

"知道知道!你好你好!"

"请问你知道彭湛在哪里吗?我有点儿急事找他。"为不给人猜度、嘲笑的时间,我一口气说了下去,"我们单位给我们办生育指标,需要他的离婚文件,刚才往他那里打电话,没人。"

这就是我在决定往别人家打电话找他时想好的那个理由,事实上所有文件都在我家中写字台中间那个带锁的抽屉里。

"不知道啊。没关系等见了他我一定转告。"说到这他咳嗽了一声,问我最近忙吗,说如果不太忙的话就过去一趟。我问有什么事吗,他说:"来看看呀,新婚夫妻嘛,分开这久了。哈哈哈哈!"

"哈哈"之后他接着就说了"再见"放了电话。这其间陆成功一直在旁边关切地看我,他怎么就不懂得这时他应当回避呢?当我察觉到他还准备进一步询问立刻抢在他前面说我要走了,谢谢他了。

申申回来了。老师家里有事没去上课,临时找了个代课老师无责任心,下课时间还不到就把学生们给打发了。申申是挤公共汽车回来的,白皮鞋给踩成了黑的,陆成功心疼得一个劲儿埋怨。埋怨她不该不打个电话来让他去接她;作为回答,申申跷脚在他脸上亲了一口,他整个人立刻像通了电似的大放光明,同时没忘向我这边瞟上一眼,带着几分得意几分羞涩。在我看来羞涩这种表情实在不适于一个近五十岁的男子。"晚上吃什么?"申申问陆成功,得知晚饭还没影儿的时候便叫起来,"是吗我都快饿死了!"陆成功又向我这边看了一眼,冲我笑着摇头,像是无奈实是得意,边就快步去了厨房。

把陆成功支走后申申三下两下脱了外套,跑过来在我身边坐下。客厅里只开了一盏沙发角落上的台灯,橘黄色光线柔和如纱,我注意到申申已恢复了从前的光彩,面孔白里透亮,取下了发卡后的一头黑发如瀑布般流泻至胸前。有一阵这头发曾大把大把地脱落,发梢都枯黄了。不禁想起从前申申到处打电话找胖子时的情景,同时又想起那时我对她是多么不够体谅。申申让我不要着急待会儿再打,边拿过一只沙发垫来让我在长沙发上躺下,说:"你瞧你的脚都控肿了。"我的脚早就肿了,怀孕六个月时开始的,现在穿部队以前发的男式老头儿鞋都觉着勒脚面;腿也肿了,一按一个坑,跑了这一下午后,肿得越发厉害。我躺下把两条腿抬上沙发，全身立刻一阵松快，麻酥酥的。"韩琳你怎么都有白头发了？"我躲开申申扒拉我鬓角的手，闭着眼没吭。她又说："好好歇着，晚了就住这儿。对了你还没吃饭吧，想吃什么？"我问她有鱼没有。她说她去看看，跳起来就去了厨房，好长时间没有回来。

我无所事事地拿起了电话，一下一下地拨，并不指望打通，只为有点儿事做，因而当电话中传过来彭湛的声音时我脑子里一片空白，想了多少遍的盘查诘问全忘了，那一刻那声音的出现使我感激涕零。电话中的声音欢快、充满生气。

"韩琳！你最近怎么样？"

"还行。刚给你写了封信……"

"你肚子里的那个家伙怎么样？"

他不等我说完，就又问。我不喜欢他谈论我们孩子时的这种口气，但没说，各人有各人的表达习惯。只是顺着他的这个话题说了。

"很好。一切正常。名字你起得怎么样了？"

他明显愣了愣，然后很快道："起名字急什么，还不知是男是女呢！"

"怎么不知道是男是女，我信里跟你说过！"

"没有！你的信我都看了，绝对没有！是不是你忘了？"

心中突然起了一个可怕的怀疑。"也许吧。"我慢慢地道，"冉给你写的信收到了没有？"

"收到了！看了！小家伙会写字儿了，真不错！告诉他，等爸爸忙过这一阵就给他回信你替我问问他还想要什么玩具我在这里给他买最近正好有人去北京给他带去！……"他滔滔不绝不喘气儿地说，想是怕我插嘴。多余担心了，我不会插嘴我得听听他究竟还会编出些什么，因为，冉根本就没有给他写过信。

我曾让冉给他写,但冉不肯。"韩琳?"他有些不安。

"嗯?"

"你现在在干什么?"

"听你说话。"

他干笑一声:"我是说你最近在忙什么?"

我在忙什么?忙着怀孕,忙着孩子出生前的准备,忙着跑幼儿园,忙着一个家所能有的所有家务;晚上如身体能坚持,就是给他写信了,没有一天一封,两天三天一封是有的。现在想,对于夫妻来说,这信的密度是过大了,婆婆妈妈的絮叨乏味。不要说他那样忙,就是不忙,怕是也提不起情绪来天天读,什么血压多少腹围多少中午吃的什么一天大便几次。那么,他是怎样处理它们的?一目十行地浏览一下,抑或,拆都不拆?我没有指望他每次都能回信给我,但我确实指望或认为他对我的信我的讲述急不可待津津有味会心会意来着,那是我得以能够一直"独白"下来的唯一支撑,我是多么可笑可叹啊,居然还在信中用了那么多甜腻肉麻的词儿,诸如"你的琳""我心爱的彭彭""亲亲你的脑门儿你的眼睛你的鼻子你的嘴",哪里像是一个三十来岁的女人所为,想想都让人脸红简直就是小丑,恶心!

都说糊涂点好,可这是一门功夫,需要相当的修行,以我的能力智慧,做不到。心已经非常非常难受了,女儿在腹中拼命挣扎大概是有点儿缺氧,她自己的心还没有长成现在跟我共用着一颗心脏,可我仍是不管不顾一意孤行。我说了。

"你一个朋友让我去兰州一趟。"

"谁?!"

"谁你就别管了。"

"让你来干什么?"

"看看你。我说,你是不是干什么坏事了?"

"没有!"

一口否认。太沉不住气。哪怕稍微动动脑子,就会想到这时还不到回答"没有"的时候。接下去他的表现越发地不堪批评:破口大骂,一连串小人浑蛋老子他妈的。原话记不得了,他说得太多太快声音太大了,但大致意思是清楚的:他们嫉妒他的成功造他的谣。

"他们都造了你一些什么谣?"我问。他一下子收了口,想是这才明白了自己的失误。

最后怎么放下的电话记不清了。

当然我不会去兰州,身体好也不会去,去了无非两件事:兴师问罪和乞讨,我都没有兴趣。只是我寄去的那些信它们现在在哪里?此刻它们就像是一具我的丑陋的裸体,我眼睁睁看它暴露在光天化日之下不知道该怎样为它遮蔽;还有,我的女儿。……申申还没回来,去哪儿了?我想回家了。这里再温暖舒服但不是你的家你迟早得走,我需要彻底安下心来好好想想,那么多事呢。陆成功说申申给你买鱼去了怕你不让就没说。我的眼泪哗一下子就流下来了掩饰都来不及。陆成功吓了一跳,片刻后小心翼翼问我怎么啦。我哗哗地流着泪笑说"感动呗",边说边向外走,让他转告申申我还有事不能等她回来了。陆成功留我不住于是关火摘围裙拿钥匙要开车送我回去,亦被我坚决谢绝了。我需要独处,哪怕早一分钟早一秒,否则我怕是会坚持不住会原形毕露,我不愿意。

我慢慢地走着回家,懒得挤车;走累了,就在路边马路牙子上坐下歇会儿,一辆辆自行车嗖嗖地在眼前闪过,身后,脚步声远远近近、近近远远络绎不绝。

"我们班王小龙特不爱说话,在同学面前总抬不起头来。"

这声音穿透了城市夜晚的嘈杂钻入我的耳朵，因为了它的清脆响亮，是儿童的声音，尚听不出性别的那种。

"'抬不起头来'是什么意思，总低着头？"一个同样清亮的女声，声音中带着点笑意。

"妈妈你可真损，你明明知道我是说他自卑。"

"怎么知道人家自卑？没准儿就这种人，内向，不爱说话。"

"不是！他爱说话！他就是因为学习不好！不信你要主动跟他说话，他就大口大口地跟你说！"

我禁不住回过头看，那母子俩已经走过去了，母亲穿着长大衣，身材娇小，孩子比她略矮一点儿，戴一顶小黄帽。母亲的手里拎着小提琴盒子，显然是带孩子上课的，这样的母亲和孩子是周末的城中一景——心突然"怦"地一跳，想起今天是周末，是幼儿园接孩子的日子！

……

我喘着粗气赶到了一片漆黑一片静谧的幼儿园。冉已经睡了，偌大宿舍几十张小床上的被子都是叠着的，只有他自己蜷缩在铺开的被子下面。屋角值班老师还没有睡正就着床头灯织毛衣，见到我后脸上是一副说都懒得说了的神情。我不停地道歉不停地解释。她只默默织她的，金属毛衣针摩擦着发出细小刺耳的"嗞嗞"声。我把所有的话都说了实在无话可说了，她才抬起头来，手依然没停，说："我辛苦点倒无所谓，本来跟我女儿说好今天带她去姥姥家的，也没什么，大不了不去就是了。其实谁不忙？都忙，也没见有谁忘了接孩子的。接晚了的，有；实在有事不能接的，也有，都是早早地就打了招呼，事先也做好了孩子的工作。我来这个幼儿园六年整七年头了，还没遇上一个你们这样的——找都找不着人！咱们大人会想到可能是忙，是忘了，孩子呢，会怎么想？""对不起我这就带孩子回去您也好赶快回家!"她看看表,说:"明天早晨你们早点来。"又朝我的肚子上瞟了一眼,"叫他爸来。今晚上算了,孩子好不容易才睡着一直哭,嗓子都哭得没亮音儿了。"

……彭湛是在我预产期到来的一周前赶回来的,背着一个大大的帆布背囊。知道他要回来我提前把冉从幼儿园接了出来。他没有想到,高兴坏了,抱着冉使劲亲,亲得冉用两个小手掌使劲撑开他的脸,嫌胡子扎,他这才放下他,在他面前蹲下,两手把着他的两条小胳膊,两眼看着他的小脸——那眼睛里盛满了浓得化不开的喜爱——问:

"冉,想爸爸了没有?"

"想了。"停停,又说,"爸爸你下次来给我把我的那盒彩笔带来。"

"什么彩笔?"他不明白,见冉脸上露出不快,马上道,"管他什么彩笔,咱不要了,爸爸给你买新的,买最高级的!"

我不解地看冉,这里他明明有彩笔,不止一盒!

"给我带来!"冉生气地嚷,"我跟它有感情了!"

"好好好!"彭湛连连应着,又问,"冉,你就不想跟爸爸回家看看?"

"想!"冉回答得毫不迟疑,完后不足以表达心情似的又追了一句,"特想!"

"特"是北京口音的特点之一,冉来时说一口很侉的西北方言,说快了幼儿园老师听着都困难,这才不过几个月工夫,已然是一口标准的京腔,孩子的语言能力适应能力就是这样强。他的回答使我的心往下沉了沉,同时对彭湛有些恼火,刚刚进门就问孩子这个,什么意思?也是心中有鬼:我无法断定那次周末忘接事件在冉的心里究竟产生了什么样的影响。表面看看不出什么,但孩子的天真外表往往具有着很大的欺骗性。这时,听冉又说了。

"我特想去兰州的幼儿园,让老师小朋友看看,他们还不知道,我会说北京话了,他们谁都不会!……"

心里不禁一热,想这么小的孩子也知道衣锦还乡呢。这时彭湛抬头向我瞟了一眼,是表示首肯,还是想看看我的反应?我不反应。我把所有的心理活动都隐藏了起来不想再助长他的自以为是。这人自以为是得都有点儿可笑了:他凭什么认为他还有资格有能力来检查我的工作?

彭湛终于开始动手解他带来的大背囊了,这半天那背囊蹲在地上如同一个充满了诱惑的巨大悬念。冉两只黑黑的大眼睛一下子瞪得滴溜溜的圆,两只小脚不停地原地踏着步,急不可耐;我也暗怀期待。

背囊里一大半空间装的是各式玩具,其中有三百多元的大型变形金刚,四百五十多元的遥控坦克,当时一般人月工资在一百元至二百元之间,这种价格的玩具得算是超超豪华了。冉连声惊叫欣喜若狂,把玩具一样样拿给我看让我分享。我一样样看着笑着应着,注意力却始终留在了彭湛那边。他最后从背囊里拿出的是一个塑料袋,隔着塑料袋便可以看出里边是他的几件换洗衣服,什么什么都没给我腹中的女儿带——对自己我原就没敢抱希望——没有一片布,一根线。我没有吭气,不是涵养,不是肚量,只是一种习惯,不习惯去要。其实我已将女儿所需要的一切尽可能地做了准备,尿布,包被,衬衫棉袄,奶瓶奶嘴,小枕头小褥子,不同用场的大小盆子,加上母亲、姐妹们捎来的东西,足够足够了。我的女儿需要的不是东西,是那份来自父亲的关心和在意,属情感范畴。还是那句话,什么都能要,情感不能要,强去要,先就已经变了味儿了。

面上,我沉静如前;内里,心已沉降到了最底线。

那晚从陆成功家出来在路上我想的是，最终是：难得糊涂。反复反省了自己，发现我的问题就在于不肯糊涂，清醒又清醒得不够，真清醒就该知道，许多夫妻的危机正是由于一方的无知无觉或假装无知无觉才化险为夷，刨根问底穷追猛打无异于为丛驱雀为渊驱鱼。也问自己，怎么就对这份已然不洁了的情感这样割舍不下？要搁从前，别说到这程度，端倪稍露我能马上掉头就走，你条件再好我不高攀总可以吧——非常潇洒，自尊与生命等同。现在却是一点儿都潇洒不起来了，自尊心也像是萎缩了。一个人坐在夜幕中的马路牙子上，为了男人的背叛恓恓惶惶失魂落魄伤心流泪。从前的我仿佛一个遥远的过去，自由自在独往独来是一只没有牵绊的鸟儿，现在这只鸟儿有了幼雏，那男人是这幼雏的父亲，因此我跟他的关系就不再仅是一个男人和一个女人的关系。那天晚上，在从幼儿园回家的路上我下定了决心，关于那事儿，再也不问，不提，就当它没有一样。从那天起，再往兰州打电话或者写信，我只说日常琐事，唧唧呱呱絮絮叨叨兴高采烈，如同任何一个没有城府没有头脑的天真女人。他果然地信以为真了，行动上也比以前好些了，时而主动来电话来信，问问我的情况和女儿的情况。

曾一度以为计谋得逞，为我的女儿挽留住了父爱。

被掏空了的大背囊瘪瘪地趴在地上，灰头土脸；彭湛甩着两只空空的手，也感到有点儿讪讪地。

"不知道家里缺什么，带了点钱来，需要什么，你随便买！"

说着从怀中掏出一沓子钱，啪，往写字台上一甩。我目测了一下在桌上滑成扇形的钱，问："多少？"

"两千多三千来块，我没细数。"

不禁想起他那些感叹号连篇的信，这就是他所谓的"发了"吗？也许这的确只是他全部财富的一小部分，是九牛一毛沧海一粟,可是他刚才甩钱时的动作,那竭力以漫不经心的方式表现男人豪气的动作,分明在说他很以这一笔钱为意。我得说我对此曾抱有很大期望,哪怕他不再在意我,不在意我的女儿,但若能给我们提供充分的物质保障——比如他往桌上甩下的钱不是两三千是二三十万——我也会安之若素,不,满怀感恩。什么都可以互换,只要价格合适。

我看着桌上的钱,许久,没动。

他不解:"收起来嘛。"

我慢慢伸出手来,去收那钱,拢起来后,那微薄那轻飘直刺心上——我目前的存款几近于零!尽管没有照他说的"胡乱"花钱,但的确花掉了许多不花也可以的钱,比如奶瓶,国产玻璃的不到一元一个,进口硬酯的得十几元,都可以煮沸消毒,但后者分量轻得多,也不怕摔,我便买了这种,有钱当然要买好的。一买就是十个,喝奶的,喝水的,喝果汁的——我怎么就会那样轻信,真以为身后戳着一个可靠的私家银行?

再有七天,我的女儿出生……

第十六章

　　孩子要出生的信号比预产期提前了四天,是一个周六的晚上,近十一点的时候。冉已经在大床上睡着了,我躺在他身边迷迷糊糊正要睡;屋外门厅搭了张行军床,目前彭湛睡在那里,等保姆来后那就是保姆的地方。到那时我们再把别人送的一张折叠婴儿床支起来让冉睡,彭湛睡在冉腾出的床位上,现在婴儿床暂放在大床的下面。我把每一个细节都考虑到了并做了安排再不敢有一点儿马虎,彭湛是这个家里的一个客人。来京后的当天晚上他在楼道公用电话处打电话打了近一个小时,把他到来的消息给他北京的熟人朋友通知了一个遍,他似乎比一般男人更需要那种成群结伙高谈阔论推杯换盏的生活方式,缺一日都会觉空虚失落,仿佛遭到了社会的遗弃。接下来只要接到邀请便会潇洒而去,有时一去一天,两顿饭都在外面吃。有人请吃饭于他不仅是口腹的满足,也是一种精神享受。那几日白天我仍像他没回来时一样,一个人待在家里。晚上他倒是都回来,但我相信那只是因为尚无人留宿。后来我对彭澄说起过这事,口气里也许是带出了一些不满、不屑,彭澄挥挥手说我哥就这种人,没治;又说,其实男人都一样,他们是一种比较社会化的动物,离不开存在在群体中间的那种活力和生气——委婉地反驳了我，到底是亲兄妹。抛开情感偏见，彭澄说得其实很对，替彭湛想想，一个蜗牛壳也似的家，一个臃肿沉郁的老婆，如何让一位"社会化的动物"获取他生命孜孜以求的"活力和生气"？

感到腹痛时彭湛正看电视，一个外国片子。我没马上告诉他，还得进一步确认一下，腹痛过后我按照书上学得的知识做自我检查，发现"见红"，于是告诉他我可能要生了。他问这就去医院吗。我说恐怕是。边说边穿衣服，穿好衣服就去拿为入院而提前收拾好的包，里面有洗漱用具，内衣裤，托人在卫生科里高压消毒过的卫生纸，挂号证，还有钱。这其间彭湛一直跟在我身后，用这种方式表示着重视和关心，只是抽空瞟一眼电视屏幕，也许是正看到关键处。待我收拾好了东西，他就不知该干什么了，又不好再继续专门看电视，于是问："现在怎么办？"全是疑问句，也是客居他乡，无用武之地。我让他给申申打电话。他拿着号码下了楼。

我坐在床沿上等，腿上放着我的那个包，心中忐忑：申申他们能按时赶到吗？如果有什么问题，我该怎么办？要不要现在就给单位打个招呼防患于未然？单位会马上来人来车，可这些对此刻的我远远不够，此刻我想做一个纯粹的产妇，什么都不再过问什么都不用张罗。彭湛回来了说是电话打通了，然后坐下来同我一起等，背朝电视机。为什么不关上呢？我想，但没说，那念头仅一闪而过。……宫缩一阵紧似一阵。看表十一点半多了，仍不见申申他们影儿。我想我不能再等下去了，就对彭湛道：

"通知我们单位吧。"

"怎么通知？"停停，补充道，"你们单位我谁也不认识。"

他若是仅问"怎么通知"，我就会告诉他怎么通知。但他已

第十六章

有"补充"在后,我就不便再说什么。何必要勉强他难为他呢?没他已经够我累的了。我站起身,准备出门下楼打电话,就在这个时候,门铃响了。我原地站住,屏息静气。彭湛去开了门。当申申和陆成功真真切切站在了我的面前时,我一下子软弱得泪水盈盈,一手抓住包,一手使劲抓住申申的胳膊,急急地道:

"我要生了!申申,陪我去医院!"

陆成功先下楼发动车去了,申申挽着我同我一块儿向外走,彭湛跟在我们的后面走,到得门口后我换拖鞋,感觉他在迟疑,于是抬头,他这才从拖鞋里抽出了一只脚去找皮鞋,我拦住了他。

"不用我了吗?"

"不用了。"

"还是去吧。"

"冉要万一醒了呢?"

"也是啊。申申,那就麻烦你们了。"

申申嘴唇紧闭,摆摆手。我们下楼,拐下一层后,听到楼上房间门"咣"一声,关上。申申立刻开口了,很激动:

"你什么意思嘛!"

"他儿子在家,家里没个大人不成。"

申申站住:"那我去替他看儿子!"

"行了,走吧。都什么时候了!"

下楼时申申一路数落,无外乎是说我惯他,话里话外透着这样的一层意思:我宁肯用朋友也舍不得用丈夫。她因此而不平衡。

我没解释。申申没生过孩子,体会不到一个产妇这时候的心情。这个时候的她哪里还顾得上那些常理常规该与不该舍得与舍不得的琐屑了?她太需要依靠太需要温暖了,那种能够让她闭眼大撒把的依靠,可心可意的温暖。对我而言申申是而彭湛不是,不仅不是反需我额外地为他分出一部分精力,他是我家的一个客人,叫主人累心:怎么安排他,他需要什么,他满不满意。这个时刻,我不希望这样的人在我眼前晃来晃去。

腹痛越来越紧。痛时我就抓过申申的手紧紧攥住借以止痛。她回握着我的手不住声地安慰我不住声地催促陆成功"快快快";肚子不痛时我就松松地靠在她的身上,闭着眼睛感觉着车窗外飞速向后闪去的橘红色路灯……

挂号交费办住院手续,申申他们跑前跑后一路地给我办将下来。我只须跟着他们就是了。在产区走廊门口,他们被拦在了门外。我当然希望申申能一直陪伴身边,实在不成也无所谓了。说到底,产房才是产妇最可靠的归宿。

我被安排在一间八人病房里,我就是这病房里的第八个。进去的时候那七位同仁都睡了,已经半夜一点钟了,我在困倦和腹痛交替中度过了半睡半醒的后半夜,上午查完房后被送进了待产室。待产室里只有我和一位护士,进门后她命我把下衣脱掉上床躺下。我躺下后她就背朝我伏在桌子上继续写她的什么。此时腹痛已剧烈得超出了我的思想准备。腹痛是因为宫缩,书上说女人分娩时宫缩所产生的能量相当于一部拖拉机的马力,雁南说她的一个产妇因为这痛两手将病床床头的两根铁床掌都拉弯了。由于见过了太多的疼痛,作为产科医生的雁南自己生孩子时就实施了剖腹产术。为此我还谴责过她,认为仅因为怕痛就剖腹产未免太自私了,造物主的每一种安排必定有它的道理,我们要做的就是顺其自然让胎儿走他应走的产道。当时雁南任我慷慨陈词决不反驳,只微笑着说到时候我看你的。

腹痛如海水涨潮阵阵袭来,我痛得茫然无措:怎么会这么痛啊?怎么会这么痛啊?我不住地小声对自己说。说是对自己说其实更是对那位护士说。进门后她就没有理我我希望她能理一理我。她不理我。

我开始喊叫,除了那些单纯表示疼痛的音节如"啊""噢""哎呀"以外,我还喊出了以下的一些话:"我受不了了!给我做剖腹产!求求你们了!帮帮我!"

我动用了最戏剧化的舞台语言,平时写剧本都不肯用的,怕不真实。这会儿才知道它不仅真实而且无可替代。那个背我而坐的小护士无动于衷耳朵似乎是聋的。

我开始流血,不是最初的"见红",而是能感觉得到的那种一股一股涌出的流血,热乎乎的。我仍毫无约束甚至是越发恣意地在床上翻滚扭动,怀着一种恶意的快感,任那血在雪白的床单被褥和病号服上蹭抹,到处都是。小护士一直没有回头,当然也就没有看到。看到了她会理我吗?会觉着我有一点儿与众不同吗?痛死了痛死了痛死了——我不知如何是好,神差鬼使般从皱缩血污的床上出溜了下来,赤裸着下身跪在了冰凉的水磨石地面上,两手紧紧抓住铁床的床腿,脸贴紧手背苍白的骨节……

"嗨!谁让你下来的?!现在你骨缝全开了这么凉的地会落病的快上床!"

是那个小护士在说话,她终于理我了。我抬起头来看她,她就站在我的面前,却是面目不清云里雾里一般,剧痛令我的视线都模糊了。她开始动手拉我,嘴里边嘟嘟囔囔:

"真要命!一个个的怎么都这样!"

就是说饶是如此折腾,在她眼里我还是一个平常;换句话说,这惨痛是产妇必需的过程你所经历的并不比任何人特殊因此说它是命运它无可抗拒不可逆转——意识到这点,我清醒了,遂带着知命认命后的沉默蜷缩一团面壁侧卧,再也不出一声。

剧痛如排山倒海;灵魂甩开了它附着着的肉体独自出游……

……那个星期天一大早我再次赶去幼儿园接冉,道歉的话想了一晚又一路整整攒了一肚子。见到冉还没开口他先扑过来小嘴不停地说开了,合着他的话比我攒的还多还久攒了一周了:他被选入了幼儿园的歌舞表演队不是班里的是全幼儿园的;他吃饭不掉米粒得了小红花妈妈你替我保存好;刘小冬总爱打人抓人老师说他有多动症什么是多动症呀妈妈?好不容易插了个空我说,冉,对不起,昨天我——他打断我说老师都告诉我了我都知道了,不过下次你工作忙没时间想着打个电话来好不好?气还没喘足一口接着又说,不过你不打电话我也不会害怕了。站在一边的老师忍不住连连说你这个孩子真是不错,懂道理!开朗!聪明!活泼!……

……起床号已响过许久了,父亲都出去遛了一趟回来了,母亲仍在床上躺着;母亲心脏不好,有时夜里心慌气短,早晨就想多躺一会儿。父亲在职的时候,除非是病得起不来了,母亲从来都按父亲的作息时间作息,但这时父亲已经退下来了。父亲一进门,一看家里仍然是他走前的样子,就有些烦躁,道:"都什么时间了!你看我们家——"这已经不是第一次了,头几回,母亲还能够叹口气,坐起来;久了,就有些不耐烦了,"'都什么时间了'!什么时间有什么关系?我们并没有妨碍别人嘛!"当时我在家,目睹了这一幕,但不知该说什么,替哪一方想想,都有理。替母亲想,的确是"什么时间了又有什么关系"?没有人再需要他们遵守这些时间,父亲坚持维系的这些东西,不会使他的离休生活有任何实质上的改变,退下来了,是可以放松一下了;替父亲想,那是他遵守了一辈子的秩序,可以说,已经与他的生理节奏融为了一体,改变了,他就会不愉快,从生理到心理——他们不一致了!归队后我一直惦记担心着这事儿:他们会怎么样呢?再次探亲回家,就发现是母亲服从了父亲,直到父亲离去,母亲一人在家,仍然严格遵守着军营、遵守着父亲遵守了一生的作息时间。每到别人上班,我们家里也是早饭已毕,到处收拾得整整齐齐干干净净。

……那天预报是十级大风,大海在远处咆哮得像头野兽。风刮得宿舍门都关不上了,只得在门板上斜着顶上了一把椅子。那天该我值夜班,零点到三点,叫值班的电话铃响了后我起身穿衣服穿鞋,扎子弹带背枪。心里头一直惴惴的,因坑道床铺调整的缘故,这天夜里又是必须我一个人去,事先通知了姜士安,但是,他会不会忘了,或是,假装忘了——这么大的风!……我拿开椅子,拉开门,立刻被扑面而来的风灌得咳了起来,还咳着呢就向左边扭头看去,男兵宿舍在左边,左边空无一人。我沉重地叹息了,由于大风,这天还没有月亮,月牙儿都没有,想起伸手不见五指的山路,我恐惧得心都抽紧了。还得走,再黑再害怕也得走。刚走到宿舍房头,全副武装的姜士安闪了出来。那一瞬,我的嗓子都哽住了。我们打着手电向山上走,我在前,他殿后,走了大约一半时开始落雨点,他递给我了一件雨衣,还居然带了雨衣,心够细的。我说你怎么办?他说没关系雨不大。话刚说完雨便大起来了,嗒嗒嗒嗒如万马齐奔。我张开雨衣想把他也裹进来,他一闪身躲开我吼道:快走!我想他吼是因为风声雨声太大了。走了一段实在于心不忍,又一次回过身去请他和我共用这件雨衣。这一次我听出他吼不是因为风声雨声,他的确生气了,使劲把我推开动作粗暴口气也粗暴:走你的!少啰嗦!那个时候我太年轻太单纯太不把姜士安放在心上,所以不明白他气从何来。等我后来悟出个中缘由时,他已经结了婚并有了孩子。那天他一直送我到坑道口,然后冒雨返回。我把雨衣脱给了他,但想他穿不穿意义都不大了,身上已经湿透了。那天中午,我心里深藏着对他的感激冒险去伙房给他调制了一大碗猪油拌饭——当时还有炊事员没下班呢——临出门又发现了一碗白白亮亮的晶体,味精,灵机一动用小勺挖了满满一勺拌了进去,然后在食堂一直磨蹭到值上午班的姜士安下班回来,看着他大口大口把这碗拌饭吃了下去……

……空中突然响起的一个声音将我的美丽幻想打断——

"好长时间没动静了,我担心是不是她宫缩没有了!"

是那个小护士,叫来了医生。医生立刻做检查,一切正常。小护士看着我,满眼迷惑。我终于引起了她的注意,以我的沉默。

孩子于下午两点五十八分娩出。是儿子,而不是我一直以为的女儿。

最后那一瞬不知有多少只手合力在我的肚子上由上而下挤压,像擀面杖擀面,同时不知有几条喉咙在我耳边齐声呐喊,喊号子一般:使——劲——呀!那气氛让我感觉到了不同寻常,深深吸口气重振旗鼓,将残存的力气收拾了一下全部集中到腹肌,然后随着外来的挤压动作猛然收缩,同时像举重运动员将杠铃举过头时那样一声大叫:啊——于是,哧溜一下子,紧张膨胀的肚子轰然塌陷……

"儿子!看清楚了啊,儿子!"

我循声侧过脸去,看到了我的儿子,一个紫红色的小肉团儿,那标志性别的器官颜色要更深一些,说话人把它直对着我的眼睛报功一般。喜欢接生男孩儿似是产房工作人员的职业病,谁都愿做幸运天使。听说是儿子我只略微怔了怔马上就问他有没有问题,听到说"非常健康没任何缺陷"时立时就欢喜起来,没有片刻的、一丝丝的懊恼,好像我从一开始盼望着的,就是这个长着花生米般小小阴茎的小家伙。

一回病房就注意到了堆在床头柜上的东西，大都是成品食品。所有送来的东西都留了字条。我们主任也代表单位来过了。我最后拿起床头柜上唯一的一个保温桶，怀着很大的希望和好奇打了开来。这种时候，再昂贵的成品食品也难有盛在这种家居器皿中的温暖：热乎乎的，家常的，专为了你的。保温桶里是饺子。原以为是鸡汤，应该是鸡汤。谁送来的，费了这么大劲却没有把劲使在点子上。桶里桶外地找，没找到字条。问同病房人知不知道谁送来的，回说所有人的所有东西都是护士送来的。正说着护士便进来了，手里很奇怪地拿着一个铝制锅盖儿，进来后交给了我临床的一个肥硕女子告诉她"你爱人送来的"。那女子接过锅盖儿后一脸茫然，问护士她爱人说什么了没有，护士摇了摇头要走，我忙举起保温桶问她还记不记得这是什么人送来的，她说只要你们不在我都让他们留了条儿——条儿呢？

条儿飘到床底下了，护士把它够出来交给了我。

彭湛的字。他说他一大早就到医院里来了，等了一上午没有动静中午就去外面买了点饺子；昨天晚上几乎一夜没睡知道母子平安他就放心了，还说他现在感到责任重大他是两个儿子的父亲了。

他来过了，也知道了他又有了一个儿子——我长长地嘘了口气。下午的阳光从朝西的窗子铺洒进来，照在我的床上，身上，暖洋洋的。

邻床的女子打电话回来了，举着个锅盖对全病室的人说："谁能猜得出他为什么捎来这么个锅盖儿？"谁也猜不出。那女子又气又笑道，"刚才打电话，我问，你拿锅盖儿来干吗？他说，上次不是你说让带个盖儿来吗？上次我跟他说我吃饭的茶缸子上没盖儿，不卫生，下次你想着给我带个盖儿来，他居然带来个锅盖儿！我跟他说：你光拿锅盖来不白搭吗？赶明儿来记着带上锅带上炉子带上油盐酱醋咱在这起火做饭！……"满屋子欢乐的笑声。女子一手向下压压，"这其实不算什么。上次，他送了些煮鸡蛋来，扒一个，硬得橡皮似的，再扒一个，还是。我问他怎么回事。他说他也正纳闷儿呢。反正他是严格按我说的做的，'凉水放进去，开锅后煮四十五分钟'——我说我说的是四五分钟你煮四十五分钟怎么不煮他四五个钟头？"屋里妇女们个个笑得前仰后合，有一人没笑，脸上是一副众人独醉我独醒的神情，哲人一般俯视着一屋子的芸芸众生。肥硕女子挥着手里的锅盖儿继续说："平常家里的事儿什么什么不干，什么什么不管，喏，我来住院前还得挺着个大肚子，专门带他挨屋走一遍，告诉他粮食在哪儿油在哪儿冰箱里还有些什么可吃的。别我生完孩子回家一看，他饿死了！"

众大笑，我也笑。那位哲人般的妇女耐心等大伙儿笑毕，开口道：

"这有啥稀罕的？这不就是男人吗？我们怎么可能要求男人把心思放在锅碗瓢勺这些事上？男人是男人，女人是女人，要不，世界上就用不着分男人女人了。让男人干家务事儿，我认为，是咱们女人的失职！"一片哗然。那妇女摆摆手，"我们家，我主内，他主外；外面你的事，我不问；家里我的事，你别管。真就是油瓶子倒了，你也别动，我来！你出差，告诉我几天，八天？好，我给你预备上十双袜子——打出点富余，防止万一——用一个塑料袋装好，另外再预备上一个塑料袋，装每天换下来的脏袜子，最后一总带回来，给我。这次来生孩子，我给他预备了四套干净内衣，一星期一套，四套穿完，正好我也就出'月子'了。"

那妇女态度严肃认真诚恳，她是她生活哲学的虔诚信徒，虔诚便会满足，便会幸福，便会神圣。这就是信仰的力量。客观无法左右，信仰却可以调整。

我几乎是怀着羡慕的心情看她，心情渐渐开朗。彭湛并不比别人家的男人更差。别人能过我就也应该能过。我吃了饺子，还是热的，羊肉胡萝卜香菜馅儿，非常香。胃口随着孩子的出生奇迹般恢复了，那么大一堆饺子吃了下去并未感到丝毫的不适。也并没有人问我为什么吃饺子而没有喝鸡汤，就是有人问也没有什么，我会像那个肥硕女子一样，把自己的丈夫连笑带骂、半真半假地数落一通。

……

他长得远远不是我所期望的大眼睛、长睫毛、高鼻梁。也不白，红，那种毛还没有长出的小兔子样的红，人说这样的孩子长大了是黑皮肤。引人注目的是嘴很大，还在产房里时，他刚出来时，就有个助产士当场脱口而出道这个孩子的嘴怎么这么大啊！接着马上又对我说男孩子嘴大一点儿没有关系，语气里带着明显的安慰，可见至少在她那里，嘴大不是长处。

随着走廊里一声"发孩子啦"的吆喝，我轻盈地飘出了病房。的确是"轻盈地"，的确是"飘"，那种几秒钟内减去三十三斤体重的感觉，非此而无法形容。

这是次日的上午。在院期间孩子一直由院方集中管理，一天两次"发孩子"，上午九点下午四点，交由母亲喂奶。现在有人说这种管理方式缺少人文情怀主张孩子一出生就同母亲一起，我却认为它很具人文情怀，它使我在生产的极度疲惫中得以休息，也给了毫无经验的我一个逐渐熟悉适应孩子的过程。

走廊里停着一架巨大的婴儿车，车上躺着一大排乍看上去形状颜色包装完全一样的婴儿，区别只是有的在"啊啊"地哭，有的在浑然不觉地睡。我有点儿担心我会不会认不出他，我们只见过一面,匆匆忙忙。……我看到他了!正在哭,哭得很使劲,嘴上方的肉都挣得发白了。飞快地走过去拿起拴在小手腕上的布条看:韩琳之子!弓下身子小心翼翼把我的"子"从婴儿车的深处捞上来双手捧在胸前快步回到房间在床上坐下,他仿佛接到了信号毛茸茸的小脑袋立刻准确地向我怀里拱来,他的头发很黑很亮还有点儿鬈曲,我们长得也不是一无是处,即使就是一无是处全世界的人都嫌你妈妈还是爱你只会更加爱你我可怜的小丑娃娃!

刚被抱在胸前他就停止了啼哭,脑袋转来转去寻找,小嘴大张并且发出"吭哧吭哧"的声音,这就是他最初给我的"要吃"的表示;再大大,能发出一个单音节的时候,则是用小手拍打着脖子明确告诉你:"奶……奶……奶……"我想他拍打脖子是因为他感觉到喝下去的东西都是从脖子那里流下去的,据此便认为他饿了,就是他的脖子饿了;更大些,能跟成人一块儿就餐、桌上饭菜花样多点时,他会发出满意的叹息:"今天吃高级饭。"上小学,放学开门进家后展现给我的一个永远的画面就是:下边两脚交替着往下蹬鞋,上边两只胳膊往后下方伸着以让双肩书包滑落,再上边,一颗头发乱蓬蓬的脑袋已尽其所能地探向了餐桌。如果餐桌上摆着的是他喜欢的饭菜,就会高兴地冲我大叫一声:"好乖麋!""好乖麋"是我夸奖他时的一句口头禅。因之我想,供给食物与需要食物大概就是母与子最基本的关系了吧。表面看供给者是在付出,在奉献,事实上我的感觉完全不是这样——儿子使我成为了一个不可取代的重要人物,他全身心地信任我依赖我,从小到大,我何曾这样重要过?生命就此有了新的意义新的动力。

三天后出院,来接我们的是彭湛、申申和陆成功。陆成功开着车。收拾停当后护士将我的儿子送了来,就在我抱着他准备向外走时,听到了闷闷的一声"扑叽"。在场几个人都听到了却都不是太明白,护士说孩子屙了给他换了再走吧,说完后就去取尿布。取尿布回来后,打开襁褓,擦,换,重新包好,同时叮嘱:"回去马上给他洗洗屁股,别淹了。"我机械地答应着,目不转睛盯着护士每一个动作,盯着襁褓里那细细软软的小小肢体,从儿子出生后一直平和松弛的心,陡然间沉重紧张。

我和彭湛带着儿子回到了只有我们两个人的家里。

从前,我眼里心里的母婴全都罩着一圈圣母圣子般的光环,圣洁、纯净、美丽得如诗如歌如画如梦,直到身临其境方知全然不是:洗不完的尿布屎布,彻夜的啼哭,溢奶吐奶,清洗消毒,母亲乳头裂了,婴儿肛门淹了……彭湛也不能再出去,洗涮、取奶、采购、做饭,一件事连着一件事,做也做不完。

他变得沉默了,一天到晚难得说几句话。早晨,推开房间门进来,一声不响径直走到床脚处,端起那盆堆得小山也似的尿布盆子,一声不响出去。他几乎不大看儿子,我是说凑到跟前,像许多父亲对自己新生孩子的那种看,带着喜爱、关切,带着点儿研究、好奇。没有。我想,这是因为他已有了一个孩子,而且也是儿子,而且——承认这点我很难过——为儿子难过——那个儿子比这个儿子要漂亮得多。在医院里第一次看到儿子,他的反应是皱眉一摇头,笑道:"这个娃儿好丑啊!"那神情语气在外人眼里是玩笑,只有我清楚,这是真情。父爱是有条件的,不像母爱,能够博大到没有边际没有原则。

兰州方面不断有电话来催,催他回去,我不吐口他就不能回去。我一向不愿为了自己勉强别人,心里也清楚这样硬留下他实际上等于把他推得更远。但此时我顾不得了,顾不得别人——他,顾不得以后。眼下我离不开他,离不开人,我还在月子里,就是不在月子里,我一个人也承担不了一个婴儿所需要的全部。

从他回来后我们就一直在找保姆,但那时还是有一搭无一搭不觉着多么紧迫。有时暗想我没做过母亲没有经验他为什么也会这样没有考虑没有安排呢?兰州方面见电话催他不回便改拍电报。他把电报拿给我看:"有要事速回",一连拿回了三封。他给我看电报的时候不说什么。我看完电报也就不说什么。

这其间他曾带回过两个保姆,一个是从黑市上找来的,身上无任何证件介绍信。问他为什么不去劳动服务公司找,说是得先登记,得等。我说再急也不能不管不顾啊,他就又去劳动服务公司登了记,表现出了相当的耐心和忍让。但是劳动服务公司介绍来的那个姑娘最终我也没有接受。姑娘来后我让彭湛带她去附近的一家部队医院找我一个朋友帮忙给她做体检,不是我过于挑剔讲究,家中我的儿子刚出生十来天,幼小脆弱得不堪一击。彭湛耐心对我说这是正当途径介绍来的各种证明一应俱全不应该有问题,并拿出了其中的"健康证明"。那张健康证明是姑娘家乡出的,且不说她家乡在开具这类证明时负不负责任,单看开证明的日期,一年半之前,就很有重新做检查的必要。我说完我的理由彭湛沉默了,低头斜看地面,两手交叉紧握,手背上青色的血管鼓突,不知在想什么会怎么做。我却想不管他怎么想怎么做,我不让步。他沉默,如爆发前的火山,我都能感觉到沸腾在他胸中的岩浆。突然我想,他会不会就此提出离婚?接着我冷冷地想,别想。法律不允许。孩子还在哺乳期。这一刻我明白了为什么那么多死亡了的婚姻仍在维持,为什么有的双方已如仇敌一般势不两立却仍不得不在一个房檐下苦苦纠缠折磨对方的同时也折磨着自己,他们必定有着想分也分不开的理由,这理由压倒一切。儿子睡了,房间里静得令人窒息。……彭湛站起来,我眼睛一眨不眨地看他,他目不斜视,拉开房间门,出去了,我直起了脊背。"走,我带你去医院,查一下体。"门厅里,他对等在那里的姑娘这样说。我长长嘘了口气,身体一软,再也撑不住了似的靠上了床头,同时心中对彭湛的歉意油然生起。暗暗乞望这姑娘的体检一切顺利。应该是顺利的,看她红扑扑的脸蛋儿壮硕的身材,能有什么问题?保姆一安顿下来立刻就让他走,让他这样一个人充任保姆,实在是一种浪费一种难为。体检结果,乙肝六项指标五项阳性,她不仅是乙肝病毒携带者而且正处于活动期;此外,患有滴虫性阴道炎。

第三个保姆总算一切顺利,彭湛在把她带来的同时拿回了第四封电报,这次电报上只两个字:速回。

他走的时间是晚上,晚上我在房间里给儿子喂奶保姆在叠尿布,彭湛在门厅里等待出发。这天是儿子出生后的第十四天,除了在医院里的三天,十来天了,我几乎没怎么睡过觉。新生儿的睡眠没日没夜毫无规律,我做不到。不该睡时我睡不着,该睡时他若醒着我就也不能睡,睡眠的极度缺乏使本来旺盛的奶水迅速枯竭,不得已只有添加牛奶,添加牛奶等于成倍地添加了工作量奶水也就益发地少,以致形成了一个恶性循环,这令我身心疲惫走路都有些打晃。房间外静静的听不到一点儿声响,看表还有十几分钟他就该走了他在外面干什么呢?儿子好不容易吃够了但还没有睡着。我却等不得了,干脆抱着他,鞔上鞋,开门走了出去。

他斜靠在行军床上看一本杂志,地上,放着他回家时背着的那个大背囊。我出来他似乎没有想到,急忙坐起身给我让出了一个空让我坐,我没有坐,我把儿子放在了上面,心里说,看看他彭湛看看他,看看你的亲生儿子。他低头看儿子,我看他,他的脸上什么都看不出。

我说:"咱们给他起个名儿吧?"

"你起吧。"

"海辰,怎么样?"又试着念了念,"彭——海——辰?"

"让他跟你姓吧。"接着他马上又说,"我妈也姓韩,他姓韩算是跟了他奶奶。我妈要知道肯定高兴。"

我难过得话都说不出来了。能说出来我也不说。他不捅破我不捅破。他维持到哪步我就跟到哪步。他伸出一只手撩上我垂落的头发,是因为感到内疚了吗?

"韩琳,你也要注意休息。"他说。

我一把抱住了那只手,哭了:"我困死了,十多天没怎么睡觉了,我困死了……"

手里的那只手被抽了出去,果决,猛烈,不容置疑。我抬起头,看到了浮在他眼中的冰冷,满腔热泪霎时间被这冰冷凝固。我抱起儿子站起来,赶在他开口之前,说:

"你该走了。"

"是啊,我得走了。"

他穿衣服,背背囊,开门,关门,嗵嗵嗵嗵,下楼的脚步,脚步消失声……

第十七章

我连夜写信,给梅玉香,小梅,请她在她家乡帮我物色保姆。不是发现了现任保姆有什么不好,但心中总不能完全踏实。现在这个家只有我和我的婴儿了,保姆就不能仅是一个劳力,她还得是我的伙伴,我的依靠,我的另一个家庭成员,能够跟我一起将这个家支撑起来。小梅会为我负责。

写了没几行字手就麻得攥不住笔,掐住手心使劲揉,好一会儿才能再写。原以为是长时间不写字的缘故,后来才知是落了病了,"月子"没有坐好,精神焦虑,劳累,过早接触凉水,可能都是原因。直到现在,十几年了,右手仍不能长时间写字,不仅写字,类似的劳动都不能久做,比如拖地,比如骑自行车,硬撑着做下去,就会发麻,一直麻到小臂。如果不是电脑及时出现使我得以"换笔",就我所从事的行当来说,我得算是残了。

还给母亲写了信。

孩子出生不久母亲就派了妹妹前来探望,妹妹来时正赶上我们家的最鼎盛时期,彭湛在,保姆也在。她进门时彭湛在厨房里刚把炖鸡汤的高压锅盖揭开,两人隔着一层热腾腾的汽雾打的招呼,那一幕给了妹妹很深的印象:妻子坐月子,丈夫炖鸡汤。事实是,当时彭湛正准备给自己开午饭,每次鸡炖好,我喝汤，他吃肉。把肉从汤里捞出来，趁热浇上酱油，拍上点蒜末，开一瓶二锅头。他的酒不仅没戒，程度似乎更深，但这时我已根本不再管他，他已不在我的心上，正如我已不在他的心上。站在厨房的桌前喝酒吃肉，就是一顿饭了，一只鸡够了，主食都不必吃。我是后来才在书上发现，只喝汤不吃肉是一种认识上的误区，营养其实还是肉里面多，只不知彭湛当时是否知道这点。妹妹来了他当然要放下自己的午饭来招呼妹妹，路过卫生间时，妹妹又看到了正在里面吭哧吭哧洗尿布的小保姆，一切都合乎常规有条不紊；来到卧室，我正给婴儿喂奶，卧室关着半边窗帘，房间里幽静清净。于是妹妹站在床头看着我微笑，"很幸福吧，当了母亲？"我点头，其实当时我皲裂了的乳头正疼得钻心。奶水太少，海辰不得不使劲吸吮，导致了乳头的皲裂，但是越不吸奶会越少，只得忍着疼让他吸。这些我都没跟妹妹说，说了于事无补，徒然地让母亲担心——她是母亲派来的钦差大臣——何苦来呢？我们姊妹间有一个没约定过的默契，谁也不准回娘家坐月子，谁也不许把孩子送到家里让父母带，再大困难，自己解决。父母一生不易，应该有一个属于自己的晚年。妹妹放下两大纸盒子的东西当晚就乘车返回了，带着一个"幸福"的印象回家向母亲汇报去了。她原本打算住几天的，请了一周的假，没住一是实在住不下，二是发现自己在这里也没什么用处，反要我们张罗她的吃住。走前她跟我说，能写信的时候给母亲写封信，母亲很惦记的。

我给母亲的信中说，婴儿好，我好，彭湛也好。次日，把两封信同时发了出去。

彭澄来了，从西藏来，去301医院送病号，领导给了她十天的假，都知道她在北京有亲戚。

彭澄来送的病号是一个团长，因感冒引起了脑水肿，肺水肿。那位团长驻守在海拔四千八百米的高山上,在那种严重缺氧的地方,一个普通感冒就可能致命。那是位英雄团长,才三十五岁,军区派直升机把他从山里接了出来,先是送到了四军医大,又从四军医大转到了北京。彭澄说粗通医学的都会知道这团长根本就是活不成了,之所以还要这样转来转去,除了尚存的一丝丝侥幸外,更多的,是一种姿态,一种精神,一种思想政治工作,是为了他的士兵战友亲人,以及所有那些依然驻守在高山上的活着的人。一说到这位团长彭澄的眼圈就红,她说韩琳姐你没有见过他你不知道他有多优秀,他不仅精通军事熟悉部队而且居然还会写诗,《人民日报》上都发表过,《人民日报》啊!又说如果她早认识了他肯定会爱上他,可惜他结婚了孩子都有了,女孩儿,六岁,漂亮得没法儿说,集中了父母身上的精华。女孩儿的妈妈也漂亮,大眼睛双眼皮,是重庆一家大公司的会计师。

现在的彭澄一点儿都不后悔去了西藏,说起西藏来就滔滔不绝刹不住车两眼放光。她说她的收获大极了,去了才几个月已经记了三大本子的日记,初步打算写三本书,一本有关西藏的书,一本有关西藏军人的书,一本有关西藏军人妻子的书,并且还当场拿出了她写的一首诗,诗的题目叫《墓地里只有一个她》。诗的真实背景是这样的,她们乘车进藏时车差点儿翻了,惊吓过后,车上的女孩子们就七嘴八舌地说开了,主题就是:假如真的"光荣"了。一个女孩儿说要是她"光荣"了,就请大家跟组织上说,把她埋到某某烈士陵园去,于是马上就有人说:"你好傻哟,那里就你一个女的,好孤独的嘛!"……这使彭澄大为感慨,据此敷衍成诗:

墓地里只有一个她,

你跟谁说话？
墓地里只有一个她，
你不寂寞吗？
墓地里因为有了她，
冰峰都变得温柔；
墓地里因为有了她，
白雪也悄悄融化。
你给单调涂上了一抹粉红，
你给秋冬带来了活泼的春夏，
你是群雄中的一匹牝鹿，
你是丛绿里的一簇鲜花，
你是我心中永远的偶像啊，
永远明亮的眼睛永远飞扬的短发。
假如祖国需要我也会来到这里，
春夏秋冬日日夜夜同你做伴，
一起说着我们年轻女兵的悄悄话……

看着这诗听着彭澄说的那些事儿，感觉上遥远得像是上辈子的事儿了，心情怅惘、忧伤，难过得要命——青春已逝。那充满着理想、梦幻，我的健康的、美丽的、纯净如月亮的青春啊。而今那月亮高悬在辽远的夜空，已然是可望而不可即，永不可及。

"韩琳姐，你怎么了？"

"……喜极而泣。"

"为什么事儿？"

"你来了呗。"

她根本不信，审视地看我，然后说："别不好意思承认，是不是，被我的诗，感动了？"

我愣了一下随即连道："是是是。"

这她倒信，她是真觉自己这诗写得好，信心十足地投了十几家报社杂志，居然就没有遇上一个知音，至今连封铅印的退稿笺都没能收到。彭澄为此愤愤不平，认为这些报社杂志水平、思想都有问题。

"他们发的那些诗我也不是没看，什么呀那叫？'噢，我的心，碎成了肉末……'"她以手摁胸半闭着眼，用气声朗读了不知打哪儿看来的这句诗后道："'碎成了肉末'，他怎么不说碎成了饺子馅儿，不更独到独特？就烦这些表面文章，文字游戏，无病呻吟，纯粹有病！"

"刚才还说人家无'病'呻吟！"

"无病呻吟就是'病'，精神病！"

我笑了起来，于是她也笑了，白白的两排小牙一闪一闪。她黑了一些，但绝没有黑到她恐惧的那个程度，而且，比一年前更好看了，细看才发现她割了双眼皮。手术做得非常成功，不认识她的人根本看不出来。

"你割双眼皮了？"

她脸红了，也有些不安："是不是不好？"

"怎么想起割双眼皮来了？"

"最近我看了很多的画报封面文章插图，仔细做了研究，发现，凡是公认的漂亮女人，都是双眼皮。"

我摆手打断她，问："你是不是有什么情况了？"

她马上就反应了过来，马上大摇其头："那事儿现在根本不在我的计划之内！我的计划，先立业！韩琳姐，说真的，你觉着我这诗，怎么样？"

我觉着，一般。其间的激情、思想，包括承载情感思想的那件事儿，都过于表层，需要沉淀。但是我没说，做了母亲之后，我有了一些变化，变得温和温厚了。

"我再看看。"我说。

"你觉着能发吗？"她问。

我还是说我再看看，她情绪便有些低落。于是我说："诗我不是太懂，感觉上确实比有些发了的诗要好，至少这里面有真情实感。等坐完了月子我帮你找人。你那里还有底稿吧？"

这时候海辰醒了，刚才他一直在睡。我半卧在床上他的身边，彭澄坐在我对面地上的一只小凳子上，边跟我说话边搓着泡在一只大澡盆里的尿布，保姆去买菜了，尿布要及时洗出来晒出来否则就会没有换的。看到海辰醒了彭澄立刻起身去厨房拿来早已温好了的牛奶，那时候我的奶已很少，积蓄一天一夜后，只够海辰一顿的量。海辰全名韩海辰，但是我没有对彭澄说，只告诉她说叫海辰。她很喜欢，说是这名字又大气又响亮。

彭澄的到来给我和海辰提供了质的帮助。她到来之前，出医院回到家里以后，海辰就没有洗过澡，没人敢给这样小的婴儿洗澡，我不敢，彭湛不敢，小保姆也不敢。由于不洗澡海辰的肛门淹得通红，后来就有组织渗出液了，疼得哭。我能做的就是用湿纱布给他蘸，往上抹香油，新生儿那么小那么软那么滑，以致我连屁股都不敢给他洗。彭澄到的当天就给他洗了澡：先把我平时用来洗脚的盆子刷了做海辰的澡盆，"怕淹着可以先用这种小点儿的盆子嘛！"她说，边就兑好了大半盆温水，然后几下子把海辰脱光，蹲下，左手托着他的后颈背部，小身体放自己腿上，脑袋冲盆后仰，洗头；洗完头后把身体放入水中，左手始终托住其后颈背部，右手撩着水洗，边洗边给我讲解，诸如颈部、腋下、大腿根、肛门这些皮肤皱褶多的地方要重点洗之类。初浴的海辰大哭，哭得像是要没气了。我想说又不敢说，不敢说还是说了："他没事吧，哭那么凶？""没事儿，习惯了就好了，等于是生下来就没洗过澡。这么大的婴儿应该每天洗一次，也是一种皮肤护理。"我很惭愧，老老实实看着再不吭声。看过几次，便在彭澄的监督指导下动手练习。没有多久，海辰洗澡再也不哭，改为洗完后哭，不愿出来，边哭边挣扎着往水里出溜。洗过澡的婴儿鲜亮滋润，母子皆欢喜。

护校学员毕业实习时必须挨科转一遍，彭澄曾在妇产科待过两个月，业务一流。

一直不知如何准确把握婴儿的冷暖，彭澄说，摸摸他的小脚丫，温温的就好；只要有太阳没有风，彭澄就会敞门敞窗，说是新鲜空气和日光非常重要，堵门关窗地"坐月子"并不科学；她指挥小保姆把我和婴儿的被褥里里外外地晒过、拍过，说日光消毒最好。晒过的被褥松松软软，散发着好闻的太阳香味；她一天两次给我熬鲫鱼汤、香菜羊肉汤下奶，说至少要保证孩子吃上三个月的母奶，三个月之内是婴儿大脑发育的关键；她给海辰挤橙汁儿喝，一次就是五十毫升，海辰喝了居然没事儿；晚上她带海辰睡觉，睡大床；把冉睡的儿童床两头放下就是一张成人行军床，我睡那里。一天夜里睡足了一大觉醒来，看到大床上彭澄的一只手上下拍打着身边的床铺，起身细看，她和海辰都睡着了，她拍打床的动作正是她拍哄海辰睡觉的动作，人都睡着了动作不停。

还在云南的时候，彭澄就常常问我有关天安门长城，香山圆明园颐和园，还有王府井，因为要赴西藏不能来京她曾那样愤怒过遗憾过，而今在北京的十天假期快完了，她除了去附近商店为我们买些必需的生活日用品，哪里都没有去过。我让她去，她说以后再说，说以后我年年都得来，休探亲假，北京我有亲人有家的嘛。她在这里不到十天，身心放松、营养睡眠充足的我几近枯竭的奶水便重新旺盛，每每看到海辰咕咚咕咚大口吞咽、吃饱喝足之后满足地睡去，我便会默默对他说：儿子，如果你将来真的很聪明，真的有出息，可得记住谢谢你的这位姑姑。

怎么也想不明白，一母同胞的兄妹，为什么会这样不同。

我跟彭澄无话不谈，除了她的哥哥。到底他们是一母同胞血脉相连，这点自知之明人情世故，我有，我懂。不谈不谈还是谈了，不得不谈。早就该给海辰上户口了，彭湛没去，保姆办不了，我在月子里，彭澄说她走前一定要把这事办了。她是在走的头一天去的，我把海辰的有关情况写给了她，她拿着那张纸边走边看，走到房门口又折了回来。

"'韩'海辰！……为什么？"

"你哥哥的意思。"

"不可能！"

"你去问。"

"你们俩怎么了？"

"不知道。也许你哥哥知道。"

"韩琳姐！"

于是我说了，说了一部分；彭澄就是我说完之后说的她的那番话："嗨，韩琳姐，他们男的你还不清楚，都这德性，属于——"她顿了顿，"社会化动物。不像咱们女的，有个好丈夫，有个圆圆满满的家，就很知足。"

"属家居动物。"我道。

她大笑，其实没那么可笑，她是为了迎合。笑毕，挥挥手又道："甭管什么动物吧，反正男人女人不同。男人追求那种更广阔的世界更社会化的成功，朋友啊同事啊工作啊社交活动啊，对他们来说格外重要，像水和空气。"

"那么,家庭呢?"

"家庭就需要女人多辛苦一些了。其实这也是造物主的本意,否则,他为什么不给男人卵巢子宫不安排他们生育?"

我很失望,想不到她竟会如此大而化之,本以为至少会从她那里得到一点儿是非评判,一点儿安慰。于是我不再说什么,血浓于水。再者她明天就要走,何苦招惹她不愉快呢?可是,事情已不可能按照我的意愿发展——

"我走了,再晚了派出所该下班了。"她边说边向外走,边好像顺便似的说道,"就彭海辰了啊。"

"彭——澄!"她哆嗦了一下,站住,没有回头。我一字字说,"彭澄我跟你说过那是你哥哥的意思你我都没有权利也没有必要强人所难!"

她回过头来:"他肯定是赌气,你肯定是多心了,我的哥哥我了解!"

"你以为你了解!"

气氛有些僵了。我把脸扭向了另一边,不是为了强调某种情绪,是为了掩饰,不想让一个比我小那么多的女孩儿看到我的眼泪。片刻后,彭澄回来了,在我身边坐下,半边身子靠着我,轻轻晃着。

"别生气了,韩琳姐,啊?我哥哥就这人,大大咧咧,什么都不在他的心上,从小就这样,我妈都让他气病过好几回,没治,讨厌得很……"

我僵硬地挺直身子目视前方,生生把已涌上眼眶的泪水给逼了回去,决心什么都不再说了。她明天就要走,去那么远那么高的地方,不应该让她再承担什么。

"给海辰办完户口,我去301一趟,看看陈团长,"那个英雄团长姓陈,"时间不会很长。"

"你尽管去。"

"陈团长现在靠呼吸机活着,等于是已经死了。我总想,其实死亡对死者真的算不了什么,死亡只能让活着的人痛苦,特别是他的亲人。我跟陈团长的妻子聊过,他们俩高中时是同班同学,要好得很。可是结婚十年,在一起待的时间加起来还不到一年……"

突然明白了彭澄为什么要在这个当口跟我说这些,说吧,我听着!

"其实陈团长完全可以要求转业,他没要求,他妻子也没有要求他要求。我问他妻子为什么,他妻子说,他喜欢部队,喜欢带兵,硬把他叫回来,放弃他喜欢的事,他能愉快吗?不能。他不愉快,我们这个家还有什么愉快可言?再说了,把一个能做大事的男人圈在家里,对社会是浪费不说,最终对家庭,也是损失。这真是一种大智慧啊,这跟好多没文化的农村妇女那种嫁鸡随鸡嫁狗随狗、被动地任劳任怨,又不一样。"

年轻的真诚有时候真是愚蠢,真是不知深浅没有分寸,我忍无可忍。

"彭澄,你的意思我懂,事实上我也一直是这样做的:怀着一个孩子,带着一个孩子,还搬了家,一个人。为什么?为自己。所谓女人们的无私奉献大都是虚妄,她们不过是沿袭了'女主内男主外'的传统,是为了让她们的男人腾出工夫去做、做成那些能获取大利益的事情,而后,封妻荫子,夫贵妻荣,皆大欢喜。……"

"对,很对!"彭澄声音也高了起来,"正所谓顾家的男人没本事,有本事的男人不顾家!"

我不该,可我还是说了她的哥哥"发了"之后带回来的那两千多不到三千块钱的事,然后,说:"'顾家的男人没本事,有本事的男人不顾家'，是不是也可以这样理解：两头你总得占着一头？"

"不要以成败论英雄！"

"不以成败论以什么论？"

我们已经不是在争论，是吵架了，但即使在最冲动最生气时我都没有说出最后的话：她的哥哥已另有新人已经不打算要这个家了——这个彭澄视为自己的家的家，不说不仅是由于自尊，更由于彭澄，我们彼此喜爱，不愿意分开。但由于不能说出这个最终的原因，我因此就显得十分无理，我看出彭澄对我失望了。最后，她先闭了嘴，接着，穿衣穿鞋，不声不响地向外走。

"彭澄！"

"我去给海辰上户口。"

傍晚，她回来，带着屋外寒冬的一团凉气，把一个深棕红的户口簿交给了我，打开看，上面的名字是：韩海辰。

次日，彭澄走了。她那蔫蔫的，没精打采的，仿佛无故受了主人重大伤害的小动物般的神情，就成了她给我的最后的、永远的记忆。

彭澄走的第二天，保姆不辞而别。是中午，我刚给海辰喂完奶，听到屋外传来"嘭"的关门声，当下心里就有一种不祥预感，抱着海辰赶出屋去，屋外门厅的床上床下，已没有任何保姆的东西。她什么都没拿我的，她只是不愿在这儿待了，这么小的地儿，电视都不能看。彭澄在时她没有机会收拾东西没机会走，彭澄一走，她立刻就走，连工资都不要，一天都不想多待。

这时我还在月子里，还有两天满月。我想还有两天应该是没有关系的吧，人家外国妇女就从来没有坐月子一说。那天下午，等海辰睡着，我在他身体周围堵满了枕头被子确信他不会滚下床后，穿上大衣，戴上帽子围巾口罩，全副武装顶着三九天的寒风，乘公共汽车去了劳动服务公司。劳动服务公司没有现成可以带回来的人，只能先做登记，完后我就拼命往家里赶一秒钟都不敢耽搁。刚进楼道就隐约听到了婴儿的哭声，我希望这是我的幻觉，可惜不是，越往上走哭声越真，打开门后冲进屋里，见海辰躺在床上仰面朝天声嘶力竭，一张小脸青紫青紫。当时是下午五点左右，打那以后，一连三天，一到下午快五点的时候，海辰便会没有任何铺垫、没有任何过程、没有任何来由地突然就放声大哭，不管他当时正在干什么，在吃奶在睡觉，还是在娱乐在沉思。每到这时我就会把他抱起紧紧搂在怀里，不停地亲他不停地跟他说妈妈在，妈妈在，妈妈爱。他不会说话但一点儿不影响我们之间的交流：那一刻，当他哭时——哭是他唯一的呼唤方式——哭了那么久那么久仍没有任何回应时，他以为他的妈妈没有了，他的妈妈不要他了，他被这个世界抛弃了。那之后，我再没让他一个人在家里待过。如果要出去买菜、取奶，我会把他包得严严实实地抱上。

……

把洗好的尿布晾上，凉凉的牛奶放进冰箱，奶瓶也都煮沸消过毒后，想想确实没有什么事了，我简单洗了洗，进屋准备睡觉。这时是晚上九点，海辰正一个人躺在大床上，脑袋使劲后仰，看着夹在床撑上的床头灯喃喃自语。婴儿刚出生时都是小瞎子，这时眼睛刚有光感，所以对灯光有着格外的兴趣。我上床在他的身边躺下，静静地看他看灯。就在这时，门外响起了敲门声。我下床，出屋，来到门口。

"谁？"

"我。"一个熟悉的陌生声音。

"谁？"我急切地又问，我需要确认。

"我，我呀，韩琳护士！"

我简直不敢相信自己的耳朵，慌慌张张地打开门，正是小梅，梅玉香本人，站在我的面前，笑眯眯地。

我愣住，然后，抱住小梅，哭了。

第十八章

小梅一看到海辰就喜欢上了,捏捏他的小手,按按他的脸蛋儿,捻一捻他的头发:"啧啧啧,这个大胖小子,真喜死人!"她是真心喜爱不是敷衍,这一点,做母亲的清楚,可我仍不放心。

"是不是……丑了点?"

"丑?你可真会看!他现在小,十年后你看,准保是一个飒飒利利的小伙子!"

"怎么知道?"

"我弟就是我抱大的。"

那天晚上,小梅自己给自己铺的床,自己给自己下的面,吃了,碗洗了锅刷了一切都归置好了,又去洗了澡,把换下来的衣服也就手洗了出来,除了需要我告诉一下什么东西放在哪里,她简直就像到了自己家里,无师自通,熟门熟路,当过兵到底是不一样。但我心里还是踏实不下来,或者说,越发不踏实了。自己人当然好,像彭澄呀,我妹妹呀,可临时帮手终究不是办法,我和海辰需要的是一个能够长久待下来的保姆,自己人怎么可能来给你当保姆?各人都有各人的一大堆事。

"小梅,你在我这儿能住几天?"

"看你需要了。"

"我记得信上跟你说过——"

"三年,到海辰能上幼儿园——差不多。"

"什么差不多?"

"我差不多能待到那时候。"

这时候小梅已经脱了衣服上床躺下了,她说她累了,汽车火车地赶了一天一夜。我坐在床脚处她的对面,心里头大感不解,按说我应该高兴,高兴不起来,不敢。我想起了她的那个家,宽敞的院子,时髦整洁的房间,院子里的猪、鸡、菜园子,地里的庄稼,还有她的婆婆,她在县城里搞运输的丈夫……作为实际上的一家之主,她怎么能够撇下那个需她一手安排料理的家一走三年?又不是缺钱,她家是村里的富户;也决不会仅因为是战友,就是父母姐妹亲兄弟,你有困难也只能是尽量兼顾,不可能做得这么极端。极端了就不合常规常理,就不能不让人嘀咕。

细谈下来,果然是有问题;问题出在了小梅和"同志程百祥"之间。

百祥要儿心切——不孝有三,无后为大——求医无果后,便把心中的隐痛对自己早已相中的那个"人很可靠"的战友兼老乡说了。那人是部队的副连长,已婚,当时正回乡探亲。最初,百祥的建议令他大惊失色,同时耳热心跳——这是他事后对小梅说的——他见过小梅,且不说小梅是如此可爱,就算一般人才,一个姑娘,处女,而且是由她的丈夫出面请求代为服务,不论对哪个功能健全的男人,都应算是一桩顺遂人意、千载难逢的美差,真正意义上的助人为乐。副连长和他的妻子关系很好,但这并不能影响他受到这个建议的诱惑,就好比一个人喜爱苹果也可以同时喜爱鸭梨。男人的爱心之博大之宽广由此可见一斑,不像女人,胸襟狭窄还沾沾自喜,自诩为"爱得专一"。可惜，这位副连长虽是男人，又是军人，严格的军旅生活使他首先想到了纪律，他拒绝了，他的拒绝反使百祥越发坚定了自己的选择。于是有一天，百祥请他吃饭，在饭桌上，苦口婆心：

"这算啥违反纪律？哪条纪律上说，不许你帮助别人？"

"婚外恋……"

"你哪里婚外'恋'了？"

"婚姻之外的男女关系也是一样的……"

"咱这个可不一样！"

副连长便不吭声了，原本不抽烟的人，一支接一支地抽，抽得嘴唇都爆起了皮，思想斗争相当激烈。他不吭声百祥就也不吭，令副连长暗暗失望：这人怎么这么笨？怎么就看不出他现在需要的不是理由，是方案，一个可以让人无忧无虑心安理得的严谨方案。没有。这人显然没有这样的洞察力，没有这样的智慧。和这样的人共谋，能安全？思来想去，左右权衡，副连长还是不想因这样一点儿甜头就毁了自己的前程，纪律就是纪律。作为副连长他处理过这类事情处理过别人，那一刻他的心坚硬、冰冷，像冬天里的一块石头——将心比心。

"百祥，你这个忙，不是我不想帮，是帮不了。……谢谢你的信任。"

"到底为了啥？……横不是你也不行吧！"

百祥真的是急了。副连长听他这种话都说出来了顿时也急了，"我不行？……我不行！你去问——问我老婆！"

当然他知道百祥不能去问他老婆，所以他提出的这个证人在法律的角度上说就是不予认可，所以百祥也就不说什么，只是嘿嘿冷笑。副连长被逼到了墙犄角，只好直说：

"……我怕让人知道。"

"谁能知道？"

"万一呢？"

"它就没这个'万一'！我和小梅不会说，都不彪不傻。再就是你了，你能说？"

"纸里包不住火，没有不透风的墙……"

这时的百祥心中已有了底，拍着他的肩膀说："放心，老弟。这事儿，天知地知你知我知！"当下指着天地发下了毒誓。

小梅不同意。

"你拿我当什么了，母猪，母驴，拉个公的来就能配种、下崽儿？"

"你们老娘儿们考虑问题就是死性！……我都不在乎了，你还在乎什么？"

"你不在乎你去和他配，别扯上我！"

这句话像刀，直戳百祥心尖，夜暗中，他悲凉地笑了。当时他们在床上，熄了灯。这时间也是经过考虑选择的，谈论这样的话题，有夜的掩护遮蔽，会容易一些。透过窗纸，屋外的秋月已升上了中天，窗下猪圈里一直呜呜噜噜的猪们，也早都安静下来，睡了。片刻，百祥低低道：

"我要是行，你们我谁都不求，统统地给我滚蛋！"停了停，扯着嗓子猛然大叫，"滚——蛋！"

嗓子都扯劈了，把小梅吓了一跳，还没等回过神儿来，大腿上又挨了百祥狠狠的一脚，差点儿没被他踹下床去。小梅没有吱声，也没还手，知道自己刚才的话说得不太中听，知道自己刚才光想着自己了。这时，房间门外响起了他们的娘的声音：

"百祥，三更半夜的，你发什么神经！"

只要他们俩有什么争执，他们的娘从来不问为什么，不问谁对谁错，谁对谁错都是百祥的错。凭着母亲的直觉，老太太感觉到儿子媳妇之间有点儿不太对头,而且感觉得到,是儿子委屈了媳妇。她喜欢这个媳妇,能干,讲理,孝,心还细,一日三餐四季衣裳,都为她考虑打点得周周到到。为此她常一个人叹息,为什么这闺女不是自己的亲生闺女?媳妇是娶回来的,能来就能去——老太太似乎早早地就预感到了日后的危机。

"没事儿,娘,我和百祥说事儿呢。你睡去吧!"

屋里,小梅搭了腔,百祥没吭气。他们的娘在门外又站了一会儿,然后,窸窸窣窣地走,然后,吱扭,关上了对面她的房门。

房间里陷入了死一样的静寂,好久好久,久得小梅疑心百祥睡了,于是,轻轻嘘口气,翻了个身,准备睡了,不料,百祥从后面一把抱住了她,脸贴在她的后脊梁上,呜呜地哭了。小梅拍着他的手。

"看来你实在是想要个孩子,这么着,赶明儿我上县里医院问问,给你抱一个来。"

百祥急得一下子止住哭泣,低低怒道:"上县里?!你咋不说上电视上报纸登广告满世界扬扬,让所有的人都知道?"

小梅这才突然想到,孩子对于百祥,还有着一个类似他按期去合作医疗要的那些避孕药的作用,因此,必须是由他妻子也就是小梅的肚子里出来的,才能有效,他们绕不出那个死结。小梅便不说话了,倦了,也烦了,她想睡了。她把百祥的手从身上拿开,身体向床边挪挪,道:

"睡吧,明天你还得出车,啊?"像哄孩子。

百祥固执道:"那事你不答应?"

"再说。"

如同漫天乌云终于裂开了缝儿,百祥看到了阳光。他紧紧抱住小梅仿佛是抱住那缕阳光,一只手情不自禁地开始在那温软丰满的躯体上抚摸,温柔地,充满深情地。曾几何时,这抚摸令小梅面如火烧头皮发麻皮肤潮湿身心腾云驾雾般飘飘欲去,是在新婚的时候,头几夜,也是小梅生平头一次与异性的肉体接触。但当几夜下来,如是反复、重复,再无深入一步的内容,小梅开始不耐烦了,还不仅仅是不耐烦。好比一个人吃惯了粗茶淡饭,别的没吃过没见过倒也罢了,倒也能心平气和,突然间眼前出现了一桌佳肴盛馔,看到了,闻到了,心理生理都有了反应却就是吃不到嘴里,那是什么滋味?失望,焦躁,还得加上类似受了戏弄后的愤怒。以后小梅就拒绝百祥的亲热,百祥也就顺水推舟不再辛苦。几年下来,两口子同床共枕的唯一内容就剩了睡眠,谁也不碰谁,无意中碰上,如是热天,闪开;如是冷天,将势就势,相互倚靠着保一下暖,仿佛对方是棉被毛毯一类的东西。就是此刻,百祥抚摸小梅的时候,也没有该有的那种感觉,而如农民抚摸属于他的土地,司机抚摸他的爱车,一颗心里盛着的是单纯的感激和喜爱。但在小梅那里,却就有感觉了,这久违了的抚摸如同烈火干柴,一下子激活了已沉睡在她心底的全部反感、厌恶,还有,说不出的委屈。开始,她忍着,任她性无能的丈夫动作,不说不理,她不想伤他,可他好像受到了鼓励似的越发汪洋恣肆,令她的忍耐到了极限。

"别烦啦!睡吧!"

一巴掌打开了那只在她皮肤上擦来蹭去的手。百祥像条无故受了主人斥责的狗,先是吃了一惊,然后马上缩开,紧紧缩在他那一侧床的床沿,再也没动。小梅很快睡去,掰了一天的玉米,她实在是累了。夜里,不知几点,她醒了一次,看到百祥大睁着两眼看天,心当时就软了。想,就这样吧,他不是不把她当人,是没有办法,这事不论叫谁说,他比她委屈。

等这事完全敲定下来,副连长只剩下了三天的假期,百祥把他娘带去了济南,也算巧,正好有出车去济南的事儿。至于副连长如何对付的他的妻子,就不得而知了,反正只要丈夫成心想欺骗妻子,没有不成功的,尤其当妻子完全信任着他的时候。即使如此,夜不归宿还是过分了些,因此这件分外的事情,最终被安排在了白天。

小梅说:"……那天刚吃过早饭,他就来了。不高不矮,不胖不瘦,结结实实,干干净净,一句话,不招人讨厌。穿着军装。跟你说韩琳护士,复员这几年了,到现在了,一看到穿军装的人,我的心还跳,甭管男女。"

那天副连长进门后,回身就把门插了,院门,屋门,依次插过;然后径直进了他们睡觉的屋,关了窗,还拉上了窗帘,一句话没有。那目中无人、从容镇定的神情姿态,使小梅最开始的一点儿好感荡然无存,她感到耻辱。是百祥求他,她并没有求他,他不要错以为她也像百祥那样,盼望着他的赐予,他以为她是什么人?是在事后,在小梅说了最初对他的感觉后,副连长连连喊冤。

"你就没看出来,进院后,我慌得走路都顺了拐了吗?还'目中无人'!是目中无人,不敢有人,不敢朝你看,只好找事儿做,占着手。"

"咋不找别的事儿做?又插门又关窗的!"

"别的事儿,啥事儿?扫院子喂猪?"

"还是的呀!"

两人就都笑了,笑毕,副连长承认,他做的那些个事都是事先想了多少遍的,他是男人,又结过婚,确切说,有过性史,应该主动一点儿,周到一点儿,多一点儿主人翁的精神,他没有想到这竟会激怒了小梅,使他在最后的环节上遇到了激烈抵抗。

拉上窗帘后,他就向她走去。看着渐渐逼近的这个陌生男子,小梅越发地感到荒唐荒谬,这整个就是畜牲交配嘛——没有一句话一个眼神一点儿交流——还不及畜牲,畜牲还知道摇摇尾巴叫唤两声。她一个向后转,背朝他,无声地表示了自己的态度。

……他搂住了她,从后面,一双手准确有力箍住了她的胸。她惊骇欲跳,完全没有思想准备他会这样直截了当地采取行动——没能跳得起来,他力气很大。小梅力气也大,能像男人一样,一口气将两捆小山般的玉米秸从地里担回家,但是由于惊骇,一时间木住了,竟无任何作为,任由他将二人运动进了睡觉的屋并在床上各就各位,这时小梅看到了近得几乎贴在了她脸上的那张男人的脸,毛孔全部张开,通红地喷着热气,眼球也红,灼亮。小梅从没有见过情欲勃发时的男人,不由暗想,这人是不是疯了?她不知这个疯人究竟会怎样,恐惧使之愤然出手,毫无体恤,毫无顾忌,用出了拼死的力气。有一拳结结实实打在了对方的左腮帮子上,隔着双方的皮肉,都能感到那种骨骼与骨骼之间创伤性的撞击,全身随之本能地缩紧,等待着对方以牙还牙的痛击。没有。他只防守,以静制动,且默默地不出一声,如一头忍辱负重的好牛。小梅也不出声。反常规的沉默使二人的厮打看上去如同关了声音的武打电视剧画面。同是不出声原因不同,一个是不想,一个是不能。小梅不能。如果他不是他,是一个一般的入侵者,她绝对会做出一系列程序正常的反应。可惜,这个力大如牛的男人不是入侵者,是她丈夫请客吃饭好言好语请了来的,真要惊动了外人,最终丢脸的是她和百祥。但是,只要没有外力的帮助,这个时候,这个女人倘不是经过特殊专业的训练——比如特警、保镖、少林武术——在体力上,断无与成年男子抗衡的可能,尤其是一个正处于盛年的健康青年男子。尽管他只守不攻,也已渐处优势,很快地,将小梅的四肢、身体置于了他的控制之下。他开始行动了。他亲她,干热的嘴唇在她额上、脸上摩挲、下移,移向她的嘴唇。她拼命摆头躲闪,除了通常原因,还有一个特殊原因。

"韩琳护士,还记得有一天,在宿舍里,你给我们念过的一首诗吗?"小梅问我,我摇了摇头。她说,"怎么不记得了?一个叫什么斯基的人写的。"

"什么斯基?"

"一个苏联人,很长的诗呢,你站在宿舍地中间,念,我们都笑得要命,你一点儿不笑。"

我仍茫然,毫无印象。

小梅道:"就是关于接吻不接吻的那首诗!"

我顿时想起来了,马雅可夫斯基的诗,那诗从头到尾说的是接吻不好,是一个很坏的习俗,主要是,脏。讲了一个农夫,去亲耶稣的像,他不知道那像已经被病人亲过,把病菌留在了上面,他去亲,就被传染上了病,他又去亲他的情人,他的情人又去亲自己的情人,那人又去亲另一个人,一个传一个,到最后,这个农夫和这一大串的人都得了病,先是烂嘴,然后往四周烂,最后给活活烂死了。

——也是先入为主,小梅坚决不让对方的嘴碰她的嘴。在这之前,男人的每一步似乎都达到了预期目的,孰料在这一步上,遇到了殊死抵抗。这倒提醒了他,他越发步步紧逼,佯作热烈急迫,给她一个假象,令她把全部气力精神都集中在了嘴的躲避上,使他得以几乎没有障碍地进入了她的身体。他声东击西——不是提前的设计,是即兴发挥——她顾此失彼。在他到达目的地的那一瞬间,感到了下面的身体猛地一颤,同时,伴有局部的强烈挛缩,而后,就是无所作为,任由他去……事完后,他喃喃道:"我这是强奸罪了……"她不说话。他起身,发现了自己身上和她身上的血，这越发令他感到罪孽深重，那罪恶感完全压倒了他作为一个占领者所应有的喜悦和适才肉体上获取的巨大快感。看她仍是一言不发，他开始想法为自己开脱："我不知道，我没想到，没想到你真的会从来没有过……"

除了"不知道""没想到"令小梅反感外，事实上，在这件事进入到实质阶段之后，小梅就开始受控于一种不能自已的强烈感受之中。这感受凌驾于理智之上，凌驾于精神思想信念一切之上，她无法具体概括，但有一点很明确，它令她快乐，尽管也流了血，却几乎没大感觉到别人所说的那种疼痛，仿佛是熟透了的瓜果，瓜熟蒂落，没有一丝勉强，只有顺遂了自然的踏实和畅快。所以，当他说他这是强奸罪了的时候，她没有说话。开始时是，后来就不是。后来，她响应了，她加入了，她开始与对方同步前行，并且，达到了相同的目的。不同只在于，这目的之于他是预期，之于她是意外。

那一天，副连长没有走。正是精力和经验同处高峰期的年龄，尤其当发现自己是对方的启蒙者而她又心有灵犀时，越发振奋。他几乎是连续作战，整整一天。最后一次，如愿吻到了她，怀着一种全面占领的决心。

那吻是那样深，直抵小梅的五脏六腑，到最后一刻，是甜的。

"……韩琳护士，别以为我说的这个'甜'是打比方，不是打比方，我又不是作家犯不上打比方。就是甜，咱们常说的那个甜，甜丝丝的甜——我这么说你明白不？"

"明白明白。"为了表示的确明白，我用辞典的表述方式进一步道，"你说的甜，不是它的喻义，是它的本义：像糖或蜜的滋味。"

"什么话到你嘴里，就清清楚楚，唉，跟你比起来，我就像个二傻子。……韩琳护士，你说，这是咋回事？"

"什么？"我不知她的问话是针对"甜"，还是针对"二傻子"。她却以为我有意装傻，不满地嗔道：

"韩琳护士！"

于是我明白了。我告诉她，那"甜"是人的一种生理反应，当到了极致高潮的时刻，口腔津液的化学成分会发生某种变化，变甜。她专注地看我，听，突然问：

"你也有过？"

"有过——什么？"

"就是那种……'变化'？"

我摇头。看她的表情似是不信，就告诉她，那不是每个人都能有的幸运。很多人夫妻了一辈子，儿女生出了一大堆，也未见得能体验到她所经历过的那种感受。她若有所思，面带笑意，那笑在她明亮的眸子里一闪一闪，仿佛月光下微风掠过的海面。

"又想起啥事儿来啦？"

"他也跟我说过这话，说我们俩很难得，说跟我在一起后，才知道他和他老婆根本不是那么回事儿。我还不信，总觉着他是为了讨好我才这么说。"

那三天里，副连长晚出早归，白天二人纠缠一天须臾不离，晚上他前脚刚走，她后头就开始了对他的想念。夜里待在一个人的家里，要很晚很晚才能睡着，早晨一大早就醒，醒了就起，起来后，扫院子，浇园子，收拾屋子，烧火做饭，步子轻快全身轻快，不吃不饿不睡不困，每当想到即将、马上要来到的，整个人可以立刻开始燃烧蒸腾一般地兴奋起来，那奇特的、巨大的、前所未有的快乐令她咀嚼不及回味不及就又开始了新一次的期盼。那真是一种仿佛灭顶之灾的快乐啊，让人无法抗拒无从考虑毫无选择只能闭目塞听随它而去。

那三天里，他们很少交谈。他们只用身体交谈。

百祥和他母亲于第三天的傍晚到家，副连长次日上午归队。百祥什么都没问她，不知是什么心理。但到当月她的例假如期而至的时候，他发话了。

"怎么回事？"他问。

"什么怎么回事？"她反问。

他只好道："你们没……"说到这里他想了想，大概是为想合适的词儿，后道，"你们没干？"

"干了。"小梅口气干脆，理直气壮，但心里还是咯噔了一下。

"那怎么没起作用？"

"你当是种庄稼啊，播上种子就能发芽？"

"也差不多。"

"差多了！"

接着运用在医院妇产科学得的知识，给百祥上了一堂人体生理课。百祥其实也知道所谓的排卵期一说，毕竟是农家子弟，就算不清楚人体的来龙去脉，猪马牛羊的交配之事是打小耳濡目染过来的，想来人也不会差得太多，他只是疏忽了，他过于急切了，他因之非常地沮丧。小梅却因之暗生喜悦。她因此就有了和他再继续的可能。她想继续。他呢？在一起的时候，她曾多次想跟他谈谈关于以后，没谈。那三天里，他们顾不上交谈，他们只用身体交谈。

他来信了。当意识到是他的信时，她拆信的手都哆嗦了。有那种被激起的生理反应的因素，也有恐惧，她不知道他会对她、对他们的这件事说些什么。信的前面有称呼，后面没署名，没署真名，用了个假名，玉青，一个看不出性别的名字。信写得也很聪明，用的全是只有当事人才能懂得其真正含意的隐语，诸如，"头一次交锋，她居然敢反抗，也不想想，她哪里是我的对手!""永远忘不了取得决定性胜利的那一瞬,我愿为了那一瞬去死!""从小到大,没吃过这样甜这样香的糖,你愿意再分我一点儿尝尝吗?"……这些话反比直白露骨的描述更能动人心弦,令人遐思,令人心旌摇荡。过分露骨直白的性爱描述,弄得不好就会像性的教科书,不仅没有味道,其特有的透彻清楚,还会降低人的欲望,甚至引起反感。其实所有的透彻清楚,都会降低相应的欲望,如同大彻大悟之后的人就会想到出家一样。有了距离才会有美,含蓄才是艺术,每一个恋爱中的人都是出色的艺术家。

——他们恋爱了。由肉体开始,向情感升华。

她给他回信。前面有称呼,后面有署名,署的他老婆的名,桂玲。这样即使信被别人看到,也不怕。怎么过分,都不怕,顶多被人嘲笑一通,明里嘲笑,暗里他们还得羡慕,在那个一律是男性的世界里,能有着这样一个多情缠绵的老婆,是幸福,还是荣誉。小梅在信中倾其肚子里所有的词儿——还不够,还得查词典——表达着自己对他的思念、情感。

"……韩琳护士,我真是想他啊,想得吃不下,睡不着,心里慌慌的,什么都干不下去。"

"百祥知道吗?"

"不知道他现在知不知道。我走的时候他还不知道。"

"什么意思?"

"唉,小心着小心着到了还是让人知道了,那些信。……其实每次我们的信末尾都要写上'看完烧掉',他写,我也写,可结果呢,谁都没烧,舍不得。想他的那些日子,我是靠那些信才熬过来的,每封信看了都有几十遍,信纸都看毛了,看薄了,看软了。事儿最后出在了他那一边。我这边没啥,甭管怎么样,百祥是个男人,粗,再说,我的那些信就是拿给他看,他也看不出什么,这些玉青写信时就都防着了。"即使跟我这样八竿子够不着的人,小梅说起她的恋人来也绝不说真名,仿佛是只要说了,就算埋下了一分对他的威胁,现在她视他如命。

是桂玲去部队探亲时出的事儿。她去部队,副连长的同僚们当然要去看她,去看她,就有人拿出小梅大作中的一些句子、段落跟她打趣。他们都认为那些信是她写的,副连长是这样说的。副连长一向并不隐瞒这信,有时还公开地念,给他们看,在部队这很普遍,有战友之间相互信任、有福同享的意思,也有炫耀的意思。他们看着她,笑,意味深长地道:"嫂子,他真是想你啊,想得吃不下,睡不着,心里慌慌的,什么都干不下去。""想你的那些日子,他是靠了你的那些信才熬过来的,你的每封信他看了都有几十遍。"以及什么"那三天的分分秒秒都铭刻在心永生不忘""愿我们的爱情像山一样高水一样长""不管你在哪里我都追随你哪怕天涯海角"……把个桂玲听得一头雾水,但她不动声色,而是巧妙地应对、周旋,有这么几次下来——她在暗处他们在明处——她就完全掌握了事情的真相:有一个女人顶着她的名义在同她的丈夫通那种信。她问他,他承认了。开始桂玲是打定了主意要原谅他的,男人有几个不花的,尤其是有魅力的男人?别人只是知道和不知道的区别罢了。最终使桂玲决绝的,是他的态度。她问那女人是谁,他抵死不说,于是她的心凉了,知道他们是真的了。凉透了的心里,能剩下的只有仇恨,她当即提出了离婚,而后,直接找到团政委做了汇报。军队,特别是中国军队,在男女之事的要求、防范上相当严格,不严格也不行,你想啊,把成千成万体魄强健的青年男子圈在一起,一圈至少三年,这方面再不把得严点儿,有点儿苗头就能燃成熊熊大火,有点儿漏洞就能酿成洪水决堤般的灭顶之灾,所以,除了不间断的思想教育和严密的组织纪律之外,在处理上,也有着相应的严厉措施。事实上,具体实施起来,绝大部分的各级军官是相当实事求是的,有时甚至是心慈手软的,都是人,都知晓个中滋味,但,即使是那些属于可以理解可以原谅的过失,也得有前提,两条:一、没有给部队造成影响;二、没有人告你。只要具备了其中一条,部队就不能不做处理。政委找副连长谈话,不谈他也清楚,处分,或者转业,否则,桂玲那里肯定通不过。他拒绝了处分。是处分就要公布,同时必须公布的,是处分的理由,他不想让他的战友他的部下知道这理由,不想让他们失望:噢,你整天教育连队怎样怎样,自己原来却是这样,当面人背后鬼啊——只有他知道他不是,教育连队时,他是真诚的,即使到此刻,他都真诚,可他怎么能跟他们解释清楚?只好走,离开,远远地。政委不想让他走,这是一个有前途的军事干部,其时,任命他为连长的命令都报上来了。当然,出了这事,任命就得缓两年了,但是,要是走了,那可就真的什么都没有了。政委没能说服他,年轻军官的自尊心太强,强到了脆弱。他说,丢不起这个人啊,走吧。只是,可不可以让我自己打转业报告,再由领导批准?政委同意了。他哭了,又说,我辜负了部队的培养领导的信任,给领导添了麻烦给部队抹了黑,按说,没有资格提什么要求,可是,政委,如果可能,这事儿,请替我保密。政委没有说话。他也就知趣地闭了嘴。事后,几年之后,他才知道政委果然为他保了密,对谁都没有说,对其搭档、团长都没有说,让这事烂在了自己的肚子里。那位政委当到师政委后退休了,退休之后合家搬进了一座滨海小城的干休所里。相互联系上了后,副连长年年都要专程去探望他,依然称呼他,政委。

桂玲是在离婚后知道了小梅的,知道是小梅后她大为震惊,深受刺激。原以为那人至少应该是城里人。桂玲的户口在农村,是当地联中的语文老师,虽是同在农村,论起地位、身份来,却是几倍于小梅之上的。所以以她有限的人生经验,无论如何也想象不出,她的丈夫怎么能弃高求低,与一个地地道道的农村妇女私通,乃至葬送了自己的事业。因找不到一个合理的解,最终桂玲把心中的千般揣测万般疑惑化成了一个字:贱。

小梅慢慢地跟我说了她与副连长分别再见时的情景。

"……那天我去县里给百祥的娘抓药,老太太有个心口疼的老毛病,搭的是人家的一辆拖拉机。不过三十多里的路,早晨出发,头半晌才到,路不好,车也破,那一路上把我颠的,全身骨头都散了架子,身上撞得哪哪儿是青,腮帮子都没脱得了,拐弯时一个没抓稳,撞在了车头的后玻璃窗上。赶到下车,整个就是像给人打了一顿。立夏了,穿的衣裳单,上身还是短袖。我不在乎,县城里,没人认识我,我也不认识谁。……从药铺抓药出来,遇上一个人向里面走,我没朝他看,低着头快走,说是不在乎,能真不在乎?一个女人,鼻青脸肿胳膊上也是,让人怎么想?不知是哪根神经作怪,我觉着那人在看我,就抬起了头来,天,是他!又不是他。模样没变,可眼前的这个人分明不是当初来我家时的那个人了。还是穿着军装,可肩上、领子的肩章领花没了,只剩下几块颜色深一点儿的印子,光秃秃的。……韩琳护士,到现在我都觉着,世界上没有什么衣裳比军装更精神、更好看的了,可是,也没有什么衣裳比拿掉了肩章领花的军装更灰头土脸的了。想是没想到会在这里遇上我,他愣住了;我也愣住了,我比他还没有想到会在这里遇上他。头一个念头是,他回来怎么不告诉我?不知愣了多一会儿,他先开了口,问:百祥打你了?这时我还没有回过神来,愣愣地反问了一句:你怎么在这儿?他看着我的脸:都青了。我下意识顺着摸了一把,不由疼得吸了口气。他又说了,有点儿着急的样子:

我去找百祥谈，咱们俩这事，不怪你。——这时我才突然反应过来的，出事了！

"那天中午，我们俩在街边一家卖面的馆子里，一人要了碗面，凑合了一顿。一碗面我都没有吃完，光顾哭了，为他。我想没有谁能比我更能知道，他失去的是什么了，我也当过兵啊！……你是没见他从前的样子，笔直的身板，笔挺的军装，一杠三星的肩牌金光闪闪，上我们村时，男女老少都算上，没个不回头看的——是我毁了他！他直个劲地安慰我，叫我不要想太多；又说百祥不知道他就放心了，但愿我这边不要再出事了。别看我当时脑子里乱哄哄的，可是一点儿都不糊涂，我说，你什么意思？他看着我，说：跟百祥好好过。我说：要是我说我想跟你过呢？他摇头：不行，那样太对不起百祥。我说：你就不怕对不起我？！他这才不作声了，半天，说：小梅，你看我现在这副样子，连个工作都还没有。当时他正在等待安置办的消息，一直住在县城他一个战友家里，不愿回家住。就有这样一种男人，要么衣锦还乡，要么宁肯死在外面，也不愿让家里人知道。我说，我又不是冲着你的工作。他一口咬定不行，最后了，被逼不过了，才说了实话，他说，我现在没有心思。说完还怕我不明白似的，说，提不起情绪，对不起。"

说到这时小梅痛哭，我懂得她的心理：她在他那里，不过尔耳。女人对男人的这类失望很大一部分原因在于自身：摆不清或死不肯正视自己在对方那里应有的位置。在男人那里，如果说事业是他的"锦"，女人只是这锦上的花，事业是"皮"，女人便是皮上的毛，皮之不存，毛将焉附？当然我不能这样说，不能火上浇油，现在小梅需要的是安慰。我安慰小梅：

"有的男人事业失败时才会想到女人的慰藉，有的正好相反，事业失败时不谈爱情，比如他。两者相比，后者好，起码是有责任心的吧——自己还没有着落呢,就不能再拖上一个垫背的。"

这一类的话我能做到张口就来,都不用过脑子。如果事情完全相反,我就能找出完全相反的说辞。不是没有是非,而是一种更高境界的是非观:万事万物人为本,是非标准也得依据人的需要变化,比如此刻,我在安慰人,那么把人安慰了就是最大的"是",否则,便为"非"。小梅静听我的安慰,神情专注,就像从前听我给她讲数学,给她念马雅可夫斯基的诗。令我始料不及的是,我这番似是而非的话会对她产生那样大的影响,以致直接影响了她对日后生活的选择。

小面馆一别之后,副连长再没有跟小梅有过任何方式的联系,充分显示了一个军人的果断性格。小梅还得从百祥的口中,捕捉着有关他的零星信息:分配工作了……辞了工作了……去了省城了……收到我的信时小梅正在极度痛苦之中。痛苦而不能展示,每天面对着百祥和他的娘,痛苦着还得快乐着,这就生成了新一种的更深层次的痛苦。以前的痛苦仅仅是与相爱的人不能聚首,那痛苦单纯且伴有欢乐,思念的欢乐,遐想的欢乐,回味咀嚼的欢乐,同悲共喜的欢乐;现在呢,除了痛苦还是痛苦,好比感冒引起了肺炎或肾炎,继发病通常要比原发病严重得多。百祥那边也不让小梅安生。不知是有了感觉还是怕节外生枝或日久生情,尽管小梅怀孕未果,百祥也绝口不再提让小梅和副连长配对儿的事。只是加紧了自身的治疗——也是手中有了些钱了——而这些治疗都是要求配偶给予配合的。百祥便要小梅配合。这种无以拒绝的合理骚扰真让小梅腻歪透了,可她无法也无处逃脱。就是在这个时候,我的信从天而降,她拿着这信仿佛快要溺毙的人抓住了一根救命的绳子。她把信给百祥看同时说要亲自到我家帮忙——没说三年,一步步来——

百祥也是当过兵的人懂得战友情,对小梅所言也就深信不疑,心里当然不能说没有想法,但是他不敢过分违背小梅的心愿,就这样,小梅来到了我这里。

那天晚上睡前,我同小梅谈起了薪酬。

"不要!就是帮忙!"她说。

"那我心里不踏实。"

她想了想:"好吧。你们这儿都怎么给?"

"高的有一月八十的,少的四十五。"

"就四十五。"

我同意了,那时我的经济窘迫已初露端倪。

第十九章

冉建议说:"妈妈,咱们把他送回去吧。"

"谁?"

"弟弟。"

"送回哪里?"

"医院啊。"

当时是晚饭后,我带冉去取奶,海辰在家里睡觉。这么大的婴儿,一天有一大半时间要用来睡觉。只要他睡觉,窗帘就得被拉上一半,那窗帘是墨绿色的,因而房间里有一大半时间光线昏暗,而且,桌上、床上、椅背上,到处是婴儿用品:高高矮矮的瓶子,尿布小衣服小毯子……冉不仅没有地方玩,还要不断地被大人告诫说:"小点儿声,弟弟正睡觉!""不要动那些奶瓶,刚消过毒的!"从海辰进家,冉的周末就没有了意思。也是从海辰进家,冉的每一次归来对我也不再是乐趣。总共那么大点儿的地方,大床小床桌子柜子摆上就再没有多少空间,两个大人在其间活动时不时还要摩肩接踵,何况再添一个五岁的孩子?何况"一个孩子顶得上十个大人"?冉算是听话的了,在男孩子里,算是乖巧的了,让他干什么他就干什么,不让他干什么他就不干什么,就这样,不到半天工夫还是碰砸了一个奶瓶一把汤匙。桌上东西摆得如同多米诺骨牌，且大都是易碎物品。奶瓶里装的有奶，让小梅好一顿扫、擦。我没说冉，但是也没刻意掩饰内心的烦躁。奶摔了，又要重煮，而且，每天的奶有每天的定量。没有这些意外，一个婴儿的正常所需就够人烦的了。我皱着眉头，重重叹气，不看冉，只叮嘱小梅扫干净一点儿，别谁不小心踩上，扎了脚。婴儿说不上什么时候就会出点紧急情况，逼得你时而要赤足在房里奔波。小梅去卫生间涮拖把，我抱起被奶瓶落地的猝响惊醒的海辰，哄他继续睡觉，书上说婴儿的睡眠非常重要，直接关系到他的大脑发育和身高，同时这时的婴儿听觉灵敏性已逐渐增强，但神经系统尚未发育完全，极易受惊，我一直抱着他哄了近二十分钟，他才又渐渐睡去。待我将睡着了的海辰放在床上，才突然发现，这么长时间，屋里静得没有一点儿声响——冉呢？

冉半趴半跪在屋角组合柜的台面上，画画，每换一支颜色笔，都小小心心，轻轻放，轻轻拿，稍微弄出了一点儿动静，就赶紧扭过头来向我们这边看。他画画的那个地方是这个半拉着窗帘的房间里最暗的地方，但也是屋间里唯一可以容他摆下纸和画笔的地方。至今，每想起半趴半跪在昏暗屋角里的小小的冉，我都要问自己，如果，冉也是我的亲生孩子，我会不会这样？

那天，晚饭后，我让小梅在家，我去取奶，带着冉。

外面已是春天了，遍地杨花，满天柳絮，院子里的白玉兰树也开花了，那花开得洁白高贵饱满，使原本干巴巴的枯树立时变成了美丽的年轻公主，引来不少人依偎着它摆姿势照相。我一手拿着奶筐，一手拉冉。一俟走出那间拥塞的小屋，离开了那个须臾离不开人的婴儿，顿觉天地宽阔空气新鲜，身心轻松得如同柳絮般能漫天飞舞。可能是感受到了我的这种情绪——我说过,冉是个敏感的孩子——冉对我说了上述的那番话,那番让我把海辰送回医院里的话。即使冉不是我的亲生孩子,我也没有办法面对着这样的信任、天真无动于衷。可是,我又能说什么?说什么都无法改变事情的本质,无法改变他和我的命运。我们的命运,包括海辰,包括彭澄,都将因了彭湛的变化而发生改变。但我不能不回答问题,只好利用大人的经验和狡猾,装傻,拖延不答,再伺机把问题引开。

"为什么要把他送回去呢?"

"他太麻烦了。而且,整天睡觉、哭,一点儿意思都没有。"

冉的转折词"而且"用得很准,很是地方,一个才五岁的孩子,他有语言天赋。他还乐感好,他还长得好,他还开朗活泼聪明……可是,不论他怎么好,已经和我没有关系了。见我不说话,冉追问:

"妈妈,你觉不觉着他麻烦?"

"觉着!"我由衷附和,并为我能够对冉由衷而略感宽慰,稍停,又补充说,"真是太麻烦了,我一点儿都没有想到会这么麻烦,一点儿都没有想到。"

冉于是很高兴:"我说得对吧?"

"冉,你想不想照相?"我示意他注意不远处白玉兰树下的热闹。

冉不上当:"咱们把他送回去吧?"

用的是祈使句式,口气却类似斩钉截铁,带着急切和敦促还有希望,令我无法再兜圈子,无法回避。于是,我握着他温软的小手,慢慢地,清楚地,对他说了我不可能将海辰送回去的道理,冉听完后便不再说话了,无论我说什么。路过小卖部,我带冉进去,给他买了包小米锅巴,八毛钱。

八毛钱在当时不是小数,一瓶牛奶四毛五分钱我都舍不得喝,我一向酷爱牛奶及一切牛奶制品,酸奶、冰淇淋、奶油糕点,莫斯科餐厅的那种奶油浓汤,吃起来没有够的。有了海辰,便戒断了这嗜好,不仅奶、蛋、肉、水果也不再吃,日日带领小梅吃青菜豆腐。也再没有添过衣服,擦脸用的是一毛钱一管的马牌油,影剧院也不再去,路过了都想不起来看它一眼,仿佛那已是隔世的事情。常常,为省几毛钱,甚至几分钱,不惜多蹬好长一段路的自行车,去另一个商店买那里头相对便宜的某种物品。穷人有的是力气,没有的是钱,有了海辰我成了穷人。没精力没空间写作,当然也就不会有稿酬收入。每月二百多点的工资四个人分:海辰一大块,小梅一大块,冉一大块,我的那一块再压缩,也不能不吃不喝,如此一分,二百块钱一点儿剩不下,还不够,还要从以往的积蓄里贴补,月月得去银行里取钱。每次趴在银行的柜台上填写取款单时,脚都有些发软:当有一天无钱可取的时候,我怎么办?彭湛走后再无钱来,不知是疏忽,还是觉着已经一次性拿来过两千多块的钱,从道理上讲,已不欠什么。从他撇下我和出生才十四天的海辰义无反顾潇洒离去的时候,我就明白,我们之间已无情可言,只剩下了理。按理,常理,从钱的数目上说,他是不欠什么。但几乎没怎么犹豫,我就拿出八毛钱给冉买了锅巴。事后曾反复想这样做的动机是什么。仅仅是出于对冉的怜惜,一时冲动感情用事,还是带着某种预谋是一种事先的补偿?冉接过了锅巴,拆开了,吃着,但还是没有说话,又默默走了一段路后,我问:

"冉,想什么呢?"

"没想什么。"

"妈妈家房子太小,有了弟弟,冉就没法痛痛快快地玩了,是不是?"

"嗯。"

其实我完全知道令冉不满、不安的真正原因,那原因就是,有了海辰之后,我对他的忽略忽视。但他再聪明,也只有五岁,根本无法将这样复杂的感受表述清楚,很有可能,心里都没能理得清楚,于是我再次利用了成年人的经验和狡猾,用暗示、引导的方法,将事情引离开本质,以推卸责任,然后,好比较轻松比较自然地使他接近我设定的目标。我说:

"冉,要不,你先去爸爸那里住一段?"

这是我由来已久的想法,在海辰还没出生的时候,在彭湛情感发生变化的时候,尤其在海辰出生之后。随着婴儿降临而降临的繁杂沉重令我始料不及,此前我曾多次设想,孩子一出生,就恢复单身时的生活习惯,天天早晨跑步,尽快恢复体形恢复健康的生活,多么天真。殊不知真正无以逃遁的、无时无刻的、周而复始的、可以令人呼吸困难神经崩溃的艰难在婴儿出生之后。常常,你要在万籁俱寂的夜里清清醒醒,因为你的婴儿这时候正玩得高兴;常常,饿得头都发晕了时你才会模模糊糊地想到,午饭是不是没有吃?常常,日上中天了你还没有刷牙洗脸,尿布、奶瓶、奶锅等琐碎一件连着一件,连成了串,牵着你的鼻子,要你跟着它走。偶尔,在镜子里你看到了自己的脸,会情不自禁地蓦然一怔:这是谁?面色土黄头发干涩眼角处还夹着一粒大大的眵目糊……日复一日,月复一月,让冉离开的想法愈深,愈甚,愈切。如同一头负重跋涉的疲惫的牛,我渴望将背上的重量减轻,哪怕只是一点点。冉若离开,那么,一个月光托儿费就可以省下七十八块,还不算冉的其他零碎开销和周末回家的吃用,这笔账不用算完就已令人心情激动,但我还是没说,没对冉说,也没对彭湛说。之所以不说、上次彭湛走时都没有说,仅仅是因为冉,因为他对我和这个家的依恋。我等待冉的回答,心情复杂。冉说:

"好吧。"

我的心重重地一沉。

当晚,我给彭湛写信,让他来把冉接走。

冉非我所生,冉的父亲另有所爱,而今,唯一令我裹足不前的冉的依恋也消逝了,那么,我就没有了任何的枷锁,情感上的,道义上的,责任上的。信写完后,在署了名字和日期之后,我加写了一段"又及":"来时请把冉穿小了的衣服鞋子袜子之类的尽量给海辰带来,这会节省很大一笔开销,你知道的,家里请了保姆,吃住用加上工资,需要不少的钱。还有海辰,还有冉,都需要钱。"委婉地说出了我的要求,这对我已经不易。迄今为止,除了这次,我未对任何人诉说过窘迫,再好的朋友,申申,雁南,不说。怕人回避,怕人关心。对母亲更是不说,父亲去世,家里的经济收入已减少了大半,我不能再让母亲操心。

四月,彭湛来京。

那个双肩大背囊由于没装什么东西,被他两条背带并成了一条,单肩斜挎,整个人看上去潇洒轻松,生气勃勃。来时,就托人订好了返程票,解释说他那里很忙,百事缠身,不得不惜时如金。他们是晚上的火车,早饭后,他从宾馆直接去幼儿园把冉接了出来。他没在家里住,关于这点,我们事先并无商量,却不谋而合。在我,是因为家里再也腾不出一块地方来给一个男性成人容身。在他,是因为什么?会不会因为走前对某个人有过某种承诺?现在,我越来越对那个人的存在深信不疑,那个女人。没有醋意,想想而已。偶有好奇,也会猜,她是谁?漂不漂亮?干什么的?多大了?

他什么东西都没给我们带,也没带钱。他不可能没看到我的那段"又及",那段文字就加在日期的下面而不是背面,但看他的表情言谈行为，仿佛无这事一般，或者说，他像是根本不知道我需要钱。我反省自己，是不是由于过于委婉？不知什么原因，尽管夫妻了一场，我始终没有养成向丈夫伸手索要的习惯，不管要什么。是因为我们的相处过于短促，未等亲昵到那个程度就又重成陌路人的缘故，还是因为我的思维方法有问题，不知如何正确对待自己的丈夫？我决定直说。当面。索要。儿子的出生不仅改变了我的生活方式生活内容生活追求，看来还将改变我的性格。

我让小梅抱海辰出去晒太阳，让冉也去，家里只一间屋子，不想当着第二个人的面跟人要钱。我必须抓紧时间，他们晚上就走。直觉地感到，冉这一走，彭湛跟这个家就算割断了最后的一点儿有效联系，从此后他极有可能黄鹤一去无消息。突然发现冉在我这儿对彭湛是一个牵制，冉之于我之于他居然还有着人质之于对立双方的作用，否则，仅凭我，怎么会叫风流倜傥日理万机的他千里迢迢赶来坐在这里？想到这儿我不由得要笑，尽管心中阵阵痛楚：我喜欢冉，心疼他。但是，这喜欢这疼，终究还是没有能够超出继母对继子的范围。

他好像预感到了什么，直挺挺坐在椅子上，眼睛里带着警觉、戒备，那神情很容易让人联想到与你陌生而相互面对着的一只猫，一只狗，或一只其他的什么兽。

我是这样开的头：

"我的信你收到了吗？"

"哪封信？"

"让你来接冉的信。"

"当然收到了。要不我怎么会来接他？"停停，又补充一句，"一收到我就来了！"

口气里带着点讨好，我想这是因为心虚的缘故，我不会因之所动的,我继续说:"我让你把冉小时候不穿的衣服给海辰带来……"

"那得找!不知道在哪个柜子里,都是他妈收拾的,我那么忙!"

我不由倒抽一口气。原本想含蓄一点儿,不愿开口就说"怎么没有拿钱来!"让对方和自己都尴尬。关系再不好,也不便无礼,所以尽管已下定了决心直言不讳,话到嘴边还是拐了一个小弯,不想这一拐就拐不回去了,对方不想回去,他一直利用的就是你的虚荣,你的迂腐,你的软弱,以及你身上一切与所谓的教养有关的恶劣习性。我被激怒了,被自己激怒。

"那你就该带钱来!!"

我一下子冲到了他的面前,大叫大嚷,同时听到自己的嗓门儿高得都有些破了。可惜没有镜子,看不到自己的尊容,想来龇牙咧嘴、张牙舞爪的样子形同任何一个泼妇。他显然没有料到,被吓了一跳,怔怔地看我,像看生人。他不认识我了,他从没有见识过我的这一面,我自己都没有见识过。它一直潜伏在我的身上藏而不露,如果不是因了他,也许会终生潜伏,仿佛医学上的健康带菌者。是他刺激出了我人性的弱点,我的人性恶。都说一个女人是一所学校,反之,不也同样?

他回过了神儿来。

"我上次不是带钱来了吗?"

"喊!"

"两千多呢!一个人一年的工资呢!就是拿到法院里判,也不能说少!"

"判!"他已经想到法院想到"判"了吗?这念头只在我脑中一掠,便被排除了出去。对想也没用的事情,我一向的原则就是,不想。我跟他算账,只算经济账:小梅的工资,冉的托儿费,四个人的吃喝洗涮住房水电。至于其他,那辛苦,那焦虑,那已然是如烟往事的文学和舞台,只字不提。提这些我会哭的,但我不能在此刻哭,更不能当着这个人的面哭,不想让他有任何的不良误解。最后我说:

"别说两千,就是两万,四个人花,一月月地只出不进,也撑不了多长时间!"

他两手一摊,道:"我这不是要把冉带走了吗?"

"海辰呢?这个孩子你就不打算管了吗?!"

这句话没有经过大脑的批准脱口而出;同样没经过批准便奔涌而出的,是泪。巨大的痛苦终于如火山爆发冲出了那一直包裹、封锁、压制着它的意志力的外壳。我为这痛苦所牢牢控制,全身微抖,不知所措,只是本能地回转了身去,以避开他的眼睛。身后是通往阳台的门,门外是一大团杨树树冠的茸茸绿色,那树冠镶嵌在明亮的春光里,娇艳得令人战栗。我笔直地向它走去,脚步匆匆,装着像是突然想起了什么事情。我来到了阳台上。我趴在阳台的围栏上举目四望。泪水妨碍着我的视线,我不断地用手去抹,同时利用视线得以清晰的每一短瞬,找,找我的儿子。

——他坐在小梅的怀里,小梅坐在花圃矮矮的铁艺围栏上,冉一个人在不远处找着什么,像是找到了,然后举着那什么跑到了他的对面,给他看。他伸出小手去抓,他笑了,迎着灿烂的太阳大大地咧开了他的小嘴,我好像都能看得到那里面没有牙齿的可爱的牙龈。那牙龈是粉红色的,亮晶晶的,摸一摸,软软的。他是个爱笑的小家伙,每笑,就是大笑,一张嘴巴张开到极限,把里面的两排小牙龈尽情露出。以至于我们院见过他的人都跟我说:"你儿子跟我有缘,见我就笑!"我连连点头随声附和,心里却道,他对所有人都笑,并不是单只对你,当然也就说不上缘与不缘。他笑是因为他快乐,他快乐是因为他舒适,他舒适是因为他不觉着自己缺少什么,他不觉是因为他还太小——海辰,海辰,海辰,妈妈能给你妈妈的全部却唯独没有办法给你你的生身父亲。

身后传来了脚步声,我迅速擦干眼泪,此刻我尤其地不需要怜悯。左右环顾间,看到了小梅晒在铁丝上的尿布,不假思索踮脚够下那个有着两圈塑料夹的环形晾衣架的挂钩,高高提着进了屋,然后,将上面的尿布一一取下,放床上,叠,好像我去阳台是为了这件事情。

"你不用跟我吼!跟你说,我不吃这个!"他说。

我镇定地叠我的尿布,不理睬他的虚张声势。

"喂,冉的衣服放哪里了?"他缓和了声音,又说。原来他去阳台找我是为了这个。真可悲啊,这样隔膜着的两个人,当初怎么就能够结为夫妻了?

他从柜子里扒拉出冉的衣服,然后直接往他那个大背囊里头塞,一手撑包一手抓着往里塞,叠好的衣服都被他揉成了团。我视而不见,硬着心肠不理。所谓硬着心肠,不是对他,是对冉。不是不想为冉最后做一点儿事情,是不想因之跟他的父亲发生关系。同时心里安慰自己:冉终归要随他父亲而去适应他父亲的生活方式,那么,就算冉从现在开始适应好了。

他们回来了,楼道里传来了他们喊喊喳喳的声音和轻重参差的脚步。我得抓紧时间了。

"怎么样,刚才我说的那事儿?"

"什么事儿?"

"钱!"

"我没钱!"

没想到我干脆他也会干脆。我不由悲从中来:"我一个人带着个孩子——"

他很快回道:"我也是一个人。"

"海辰也是你的孩子!"

这次他倒准确理解了我没有说出的意思,道:"冉也是你的,在法律上。所以,两个孩子,一人带一个,正好。"

天!我看着他,瞠目结舌,傻了。

他像是终于良心发现,终于有所不忍,低了头,片刻后,说了,说得很艰难。他说,他的确没有钱,很长时间了;有段日子,家里连买醋的钱都拿不出来。这次来京的路费,还是找朋友借的。

"韩琳,你应该了解我,我但凡有钱,不会说没有。"

这倒是真的。有这样一种男人,手里有一块钱他能说成两块,有十万块钱他就能摆出百万富翁的谱儿,钱是他们的脸,有时他们宁肯做恶人也不肯不要脸,比如彭湛。我一下子急了,气急败坏:

"你!……你一个人!无牵无挂!一年多了!到底怎么回事?"

"不说了。总之,失败了。"

他脑袋耷拉在胸前,胳膊耷拉在腿上,两手垂落,全身无处不透露着沮丧。我比他还要沮丧。在这之前,我一厢情愿地认为障碍只在于他的粗疏,他的不了解情况,他的自我中心大大咧咧,只要我克服自身弱点撕破脸皮不管不顾,就能达到目的。我什么都想到了独独没有想到他会没钱,谁能够指望让对方拿出他根本没有的东西来呢?

全身冰凉。

他是这个世界上唯一有义务帮助我的人。我需要帮助。

突然地想起了几个月前那个从高原赶来照看我和海辰的可爱女孩儿,女孩儿曾满脸通红地冲着我嚷:有本事的男人不顾家、顾家的男人没本事。她大概没想到,还会有这样一种既不顾家也没本事的男人吧,因而更不会想到,遭遇这种男人,对女人是一种怎样的灾难。有本事又顾家的男人,有,在绝大多数女人的梦里。

　　彭澄返部后就来了信,待我收到时已是一月之后,她们那里的邮路常常为大雪中断。信中问了我和海辰的情况,列了应注意的事项,不长,但也不短,该问的问了该说的说了周到周详,但就是没有了以往信中的那种表情,仿佛是,失了神的美人。这是个给点阳光就灿烂的女孩儿,不是真伤了心不会这样。我给她回信,竭尽道歉竭尽安慰。一想到她生活工作在那么高、那么冷、空气那么稀薄、连水果都没有的高原上,我的心就会变软,就会想,只要能让她安心,我说什么都成。她很快就回了信,信中马上恢复了以往的快乐、生动、灿烂。那信厚得像一本小书,写了好几天,事无巨细无所不有。比如:"哎呀,开饭号响了,我得先吃饭去了,再见。"吃饭回来,"我吃完饭了,你猜我吃的什么饭?"还有,"现在已是夜里十二点了,她们都睡了,我趴在被窝儿的手电筒底下给你写信。我们宿舍的小曾睡觉爱打呼噜,吵人得很。她们都跟她说结婚之前千万不能跟男朋友同居,否则会结不成婚的。我说还是得先同居,结不成婚也比离婚强,小曾就说我比她们都坏,嘻嘻嘻!哎呀,我困了,明天再写吧。"到了明天,"我还是没有放弃写作,不知我那诗有希望发没有。若能发就好了,我就有资本改行了。"这算是她信中比较有实际意义的内容了。这封信我还没有回。不仅因为她的诗尚没着落,还因为我和她哥哥的事使我无颜面对。

　　门开了,冉先冲了过来,把攥着的小拳头伸给我,摊开,里面是一只黑色的蚂蚁。"妈妈!看!蚂蚁!"

　　整整一个冬天没见到蚂蚁了,在感觉上,五六岁孩子的一个冬天得相当于成人的数年,因而真正是久违了。我细细地看过蚂蚁,并按他的要求找了一个小玻璃瓶"给蚂蚁当家",然后让他赶快把手洗了,收拾一下自己想带走的东西。彭湛警告他说不许多带。他答应了一声就开始收拾。画笔,左轮手枪,高宝拼装插件,赛车,飞镖,塑料匕首,手铐,对讲机……一会儿就堆起了一座小山。最后,他从他睡觉的小钢丝床上,抱来了他的"大狗"。

"大狗"是绒毛玩具狗,大小像一个婴儿,天蓝色,很干净很纯洁的颜色。是我在北展的一次展销会上花十八元钱买回来的,那时海辰还在我的肚子里。冉一看到它就喜欢上了,当天吃饭时也要抱在怀里不肯撒手,睡觉时就把它放在他的被窝儿里,同他枕一个枕头。那天晚上冉躺下后我去卫生间洗衣服,洗完衣服还听到冉在熄了灯的屋子里嘟嘟囔囔,细听,他正在给大狗讲故事:从前啊……后来啊……从此后……"大狗"是他给取的名字,问他为什么不叫"小狗",他说,都叫小狗,都听腻了。很有创新意识。冉非常在意"大狗"的感受,反复问我:妈妈,你说大狗愿意在咱们家里吗?我说:愿意。他说:为什么?我说:因为你对它好。他说:它原来的家不好吗?我说:不好。当时我正在做事,不想多说,冉却不肯罢休,非追问怎么不好。我只好放下手中的事,仔仔细细、毫不夸张地跟他说了"大狗"来之前所处的环境:乱哄哄的展销会,几十上百只绒毛动物被挤压在一只只大纸盒子里,展销会上连暖气都没有,人穿着棉衣都觉冷,它们连一件单衣都没有……冉瞪着双乌黑的大眼睛听,半天,一眨不眨。我说完后他说:妈妈明天你带我去看看!我实在不想去。那时我的脚已开始浮肿,到北展车也不顺,自行车又骑不动,可最终还是去了,带着冉。冉的神情告诉我,这件事对他很重要。去后上了二层,找到了那个摊位,其时展销会已到尾声,情景比我形容的还好——还糟!到处一片狼藉,一个小棕熊被弄到了地上,满头灰土可怜巴巴,工作人员清扫时发现了它,拎起一只耳朵一扔,砰,摔进了墙角的大纸盒里,连土都懒得给它拍拍……冉拉着我的手静静看了许久,回来的路上,长叹:大狗真可怜啊!声音中透着说不出的欣慰,满足。

彭湛不同意冉带大狗,嫌它占地儿,仅冉的衣服就够拿的了,一个大包塞得满满当当,还得另打包。生活必需品比玩具重要,重要得多,成人都这样认为。彭湛哄冉:

"冉,这个不带了,回兰州,回兰州爸爸给你买新的。"

"我不要新的!"

彭湛便有些烦:"老子的包包就这么大,你让我把它往哪里搁?"

"我自己拿!"

"你还要背着你的书包,拿着你路上吃的东西!"

"我不吃东西!"

"说不许带就不许带!不吃东西也不许带!"

"爸爸,求求你……"

"少废话!"

……

我理解彭湛,也理解冉,却无法使他们相互理解;潜意识里,这时我已把自己看作了外人——我没有介入这场父子纷争。

当明白真的不能把"大狗"带走,真的要跟它就此分开,冉哭了。他还太小,不可能违抗父亲的意志,这个世界是成人的。冉的哭泣是纯粹的——丝毫没有拿它做武器的意思——因此不想让别人看到。他一声不响地原地站了一会儿,然后转身出屋,带着他的"大狗",还带着点刻意的若无其事。我们家只有一间屋,小梅在厨房里,冉大约是无处可去,去了厕所,并且把门关上了。当时我正给海辰喂橙汁,彭湛忙着收拾行李,没有人能够专门地注意到冉,因此当我想起冉去了哪里时,已过了好久。

——冉坐在厕所的马桶上,怀里紧紧搂着大狗,大狗身上滑顺的天蓝色绒毛,被他的泪水弄成了一撮一簇。

冉跟我分别的时候没有哭。

我送他们父子去火车站,送上了车。由于到得早,硬卧车厢里人还不多,我帮冉把书包取下,帮他脱了外套,然后挨着他坐下。一路的奔波他出汗了,脱下外套后,捂在里面的热气立刻蒸腾四起,带着一股只有小小孩儿才有的干干净净的气息。我的心里突然涌上了对这个小男孩儿的强烈依恋,潜意识里,希望他也如此。但他始终没什么表示,东看看,西摸摸,不知是由于新鲜好奇还是由于心不在焉,于是,我想到了"大狗"。

"冉,等着我把大狗给你寄去。"

他把目光从窗外收回,转脸看我——那双眼睛又大又黑——片刻后,点了点头。

我有点儿失望,也有所不甘,继续煽情。

"回去后我就给它洗个澡,洗得干干净净,给你寄去。让它到兰州的家里陪你,陪你睡觉,陪你吃饭,陪你玩儿。好不好?"

"好。"

就只这一个字,令我甚觉无趣。

车内广播开始让"送旅客的亲友"下车了,我没有理由再延宕下去,彭湛和冉送我到车厢门口,冉礼貌周到:"妈妈再见。"

火车启动,加速,远去,我的眼睛里冒出了泪花,心无端地感到委屈。回家的路上,到家后,整个人一直沉浸在这种情绪里。带着这情绪,我给大狗洗了澡,洗得干干净净,晾上,并且连夜找出了寄包裹所需的布,只待大狗干了后,就寄往兰州。

大狗至今在我的家里,被搁置在轻易不动的贴着天花板的吊柜里。

冉走后,两天后,洗了的大狗才彻底干透;两天时间,足以使我的情绪发生无数次的变化。当然不是说忘记了这事,但绝不是那么急于寄它了。看到了它时,就想,有空再说吧;有了空时,又想,这个月算了,下个月吧,这个月钱太紧张,偌大的一个包裹,邮费又得几块;到了下个月时,由于嫌碍事,它早已被小梅收拾到了不知哪里,一旦视线里没有了它,这事也就真的渐渐忘了。

当有一天我在吊柜里发现大狗时,已是几年之后,那时我的经济状况已发生了质的飞跃。大狗使我想起了自己当年的承诺,也曾有过这样的闪念:现在给冉寄去?当然最终我没有寄,时过境迁,彼时的真诚,此时就是矫情、做作。

冉早就看透了我,在我自己还没有看透自己的时候。

轻视儿童是成年人最易犯的错误之一。儿童那种与生俱来、尚未遭到岁月磨蚀扭曲钝化的直觉,尖锐犀利准确,远远超出了成人的想象。

再见到冉已是七年之后,他的父亲来北京办事,顺便带他来玩,当时是暑假,冉刚结束了小学升初中的考试,考得不错,差两分即可入当地一所最好的重点中学。差两分也不是说不可以上,但须交四千块钱。彭湛便跟冉的妈妈交涉,一人出两千,冉的妈妈不干,说是考上什么就上什么;而彭湛也拿不出更多的钱来,他即将结婚,正是用钱的时候,这样,冉只能上普通中学。彭湛到北京后打来了电话,听说冉也来了我很高兴,说太好了,海辰等于还没有见过他的哥哥。彭湛说,冉不爱说话。当时我没太在意,直到我跟海辰说冉要来、看到海辰为此兴高采烈时才突然明白了彭湛的意思，于是把彭湛的话转述给海辰：冉不爱说话。海辰毫不在意，说，没关系，他不爱说话我跟他说。信心十足。这个刚刚加入少先队的一年级小学生本就是个乐天派，第一批入队的光荣更使他觉着自己如同神话里的英雄，可以攻无不克所向披靡。

他们来后，我让冉去海辰的房间里玩儿，我和彭湛在客厅里谈事。不多一会儿，冉就过来了，不声不响坐在一边的椅子上听我们说话。冉在，彭湛不便再说离婚再婚这类父亲的一级隐私，只好转移话题，说到了冉的考学，说到最后，愤怒地谴责了冉的妈妈："她说她拿不出两千块钱来。光她脖子上挂的，手上耳朵上戴的，也不止两千！我说你还像个母亲吗，抚养费一分不付，不付不付吧，孩子的关键时刻都不肯出点血，人怎么可以这样自私？！……"我打断他，对冉说冉你去海辰的房间里玩好吗？冉停了两秒，起身，一声不响出去。冉走后我对彭湛说，你不该当着孩子的面这样说他的妈妈。彭湛说这种人还用得着给她留什么面子。我说不是为了给她留面子，是为冉，你不觉着这样对冉太残酷了吗？他说生活本来就是这样残酷，我对冉的教育方法就是，告诉他生活的本来面目，绝不要天真，不要幻想。……就这个题目他滔滔不绝地说了开去，我边听他说边注意着海辰房间里的动静。没有动静。借上厕所去看了一下，房间里，海辰坐在地板上玩拼装玩具，冉坐在桌前看书。事后，我问海辰："为什么不跟冉说话？""他不说。我怎么跟他说话他都不说。""红领巾"一脸的无奈，一脸的"服了"，颇有些受挫。

后来，初中升高中，冉凭借自己的努力一举考上了当年以两分之差没能考上的那所重点中学，只是益发地话少，整日闷头关在自己房里学习，用彭湛的话说："赶都赶不出去！"口气里不无担心,但更多的,是对自己"教育方法"的满意,话里话外,带着点无心插柳柳成荫的喜悦。

也许冉将来能考上名牌大学,能成名成家,但难道这就是人生的全部?没有过天真幻想的童年不是童年,只要可能,成年人就不该让儿童去面对什么"生活的本来面目",该由成年人去为他面对,为他遮风挡雨,等他长大,长大到羽翼丰满身心强健。

原谅我,冉。

……

第二十章

自寄来了那封厚得像一本小书的信后,彭澄再无信来,这么久了,久得都不正常了。固然我没回信,但是以前,从来是,我不回信她也要来信的。首先,斤斤计较小肚鸡肠不是她的风格,再者,比起倾听,她更喜欢诉说,同我相反,同我正好是一个互补。随着无信的日子渐多,我开始不安:生气了?对我失望了?彻底死了心了?

为我和彭湛之间的事儿,彭澄专门给彭湛去了一封信,口气之激烈态度之强硬远胜于对我——到底是亲哥哥。彭湛为此大光其火,专门打来长途电话兴师问罪:"你跟彭澄说什么了?"我说:"你干什么了?""为什么要跟她说?!""不跟她说我跟谁说?"我说完这话后彭湛沉默了,再开口时语气就低调了许多,透着一种在他身上罕见的伤感。他说:"你我之间的事,不管什么事,只要不是好事,以后就别跟彭澄说了。何必让她难过?她十五岁就没了父母,就我这么一个哥哥。你没去过西藏,我去过。没去过的人很难知道生活在那里是怎么回事。不要再给她增加烦恼了,好吗?"我颇为感动,为了彭湛这份难得的细腻,难得的对他身外的另外一个人的体贴,足可见他爱他的妹妹。接到这个电话后的当晚我就给彭澄回了信,带着感动带着惭愧带着想让对方高兴的激情，竭尽道歉竭尽安慰竭尽谎言，没给自己没给日后留下一点儿余地；再收到彭澄的信时，那封厚得像一本小书的信，信中那毫无保留的信任、快乐叫我害怕，我没有回信——总这样撒谎没有意思，不撒谎就没有话说——然后，她也就一直无信。

肯定是彭湛跟她说什么了，用他惯用的"片断组合法"在彭澄面前对我进行了诋毁。他都说了我些什么？但有一点可以肯定：不论他说什么，哪怕是无中生有是造谣，彭澄都有可能相信，他们是亲兄妹。一想到很可能会永远失去彭澄的友谊、尊重，我的心就沉重，才发现我非常地在意这个女孩儿。

四月里那次同彭湛的分手是不愉快的，客客气气彬彬有礼的，这客气和有礼正是由于心和心之间已经有了距离。没说离婚的话，都清楚这是早晚的事儿。那时在彭湛面前我已不愿提到彭澄了，彭湛似乎也一样，那心情有点儿像这种情况下人们的不愿提及孩子。孩子是父母的纽带，是孩子使两个原本毫不相干的人的血脉交融在了一起；使两个可聚可散的人牢牢拴在了一起，道是"牢牢"，却也脆弱，有点儿像皮与肉与骨的关系，分开它们是不需多大力气的，但是会流血，会痛，甚至会残，会死。我和彭湛之间也有着这样的一根纽带，却不是海辰，至少在彭湛那里不是，我们的纽带是彭澄。

我们都爱彭澄，一如她爱我们。这爱曾使我欣喜，后来让我沉重，自然而然地便要思考，爱是什么。恰逢又有关于"爱"的新歌推出，并很快风靡，那歌跟大伙儿说道：爱是Love。歌词是中英文合璧，且不说我对这类合璧一向持保留态度——因搞不清作者是觉得中文词汇贫乏得不足以表达他丰厚深刻的情感思想，还是由于他英文好得按不住捂不住地要在创作中流淌、流溢——单就那句全歌中的核心唱词"爱是Love"，就让我迷惑。

爱不是 Love 是什么，难道是白菜萝卜？从语言学上说，它是同义反复；从逻辑学上说，违背了"A 不能说明 A"的定理。当然，歌词可以不讲语言不讲逻辑，但总不能苍白、无理到什么都不讲的程度。倒是那歌手令人刮目，居然就能把一句"爱是爱"的废话反复重复得千曲百回风情万种意味深长令人肃穆。也是在那个时候我方悟出，内心空空却能够做到状态饱满，才是一流的演技。

——由于心情不好，所以挑剔，所以刻薄，所以偏激。那个时候我已知道，爱还是一种拘牵，是羁绊，是沉重的负担。

我决定给彭澄写信，不再徒劳地等。提起笔来心下茫然：写什么？不能再说彭湛，真的假的都不想、不能再说。关于她的那首诗我也无话可说：我已付印了十几份寄往了十几处，有熟人的地方，还写了信，信中恳请他们帮我把这诗发了，并且厚着脸皮，在信尾处做出暧昧的暗示："友情后补。"但他们无一不是铁面无私，铁面无情，好歹回了信——没有熟人的编辑部绝无信来，发去的诗如同泥牛入海——那信还不如不回，"思想肤浅，情感做作，语言缺乏意境"。我很清楚那诗的稚嫩，不管从哪个方面看，但总想还不至于一无是处吧，首先，它不乏真诚。只可惜这真诚又很难为外人——我是说没有身临其境的人——理解。不得不承认，还是功夫不到家，还是不能够将一些看似纯个人的感受有效传递，直至能引起受众的共鸣。人人的感受，本应相通，做不到这点，是写作者的失败。可是，话说回来，他们发过的那些诗，就一定都比彭澄的高明吗？比起其中某些矫情的、故作晦涩深沉的莫名其妙的文字垃圾，彭澄的《墓地里只有一个她》至少明快、健康、好懂。怎么就不能腾出一点儿地儿来给她发了，给她一个鼓励，给她一点儿希望？人需要被鼓励被肯定，彭澄就此长足进步也未可知，文坛的一颗新星就此冉冉升起也未可知。而且,在信中我也不是没跟那些熟人编辑们介绍彭澄的情况,二十三岁,女兵,在青藏高原上。现在想,我的这些介绍同彭澄的诗一样,是失败的,我没有能够将我感受到的彭澄的处境心境传递给那些不熟悉她的人们,也许,还给了他们一种相反的错觉:浪漫、神秘、奇异、得天独厚?要这样,更是害了彭澄,使她的那诗不仅是肤浅、做作、缺乏意境了,而且是无病呻吟,是小女子的顾影自怜,自恋,是吃饱了没事干之后的一种消遣。

我能跟彭澄说的,似乎只有海辰了。

窗前的杨树树冠如盖,叶片墨绿、硕大,阵风吹过,沙沙沙沙,蝉儿在其间声嘶力竭此起彼伏;身后的大床上,小梅正在和海辰说话。海辰还没有学会成人的语言,只好由小梅倒退回去,说婴儿话。两个人正聊得起劲,咿咿呀呀,有问有答,嘻嘻哈哈。

这时候的海辰很有一些人的样子了,所谓人的样子,是指他不再是整天吃了睡、睡了吃了,他已开始有着人的追求人的特点了。比如,在刚开始给他添加辅食时,我是将分别有着蛋白质、维生素、碳水化合物的数种食品一块儿捣碎、搅拌、烧煮,煮出一团说不清颜色的糊糊,喂他,小梅对此颇不以为然,却也不便多说什么,毕竟孩子不是她的。但当有一次看到我居然能将蛋黄、馒头、葡萄、青椒这几种风马牛不相及的东西弄碎了,再和上牛奶一起煮时,还是忍不住了,替海辰打抱不平道:"啧啧啧!这还叫饭吗?纯粹是饲料。""配方饲料。"我为她做着补充,得意洋洋,自认为这种做法非常实际、科学,值得大加推广。小梅道:"你以为是喂牲口喂动物哪!"我道:"你以为是喂什么?"小梅说不过我,便不跟我说,跟海辰说,举着碗高声地道:"海辰,来,咱们吃猪食了!"惜乎海辰真的就吃,像一头真正的小猪,只要饿了,给甚吃甚,全不管小梅作何想法。只是好光景维持了不过月余,他便开始转变立场,拒食"猪食",到后来,怎么哄怎么喂都不行,小嘴紧闭,左右摆头躲着已碰到了嘴唇的勺子——我敢肯定这就是人类将"摇头"定为"拒绝"之意的起源——如果遇上我和小梅也在吃饭,他就会伸出小手去抓我们的饭菜。每到这时,小梅会意味深长地瞥我一眼,什么都不说,起身去厨房,为海辰做"饭",花出数倍于我做"猪食"的时间力气,把同样一堆东西做得黄是黄、白是白、红是红、绿是绿,花里胡哨令海辰大悦,也令我讪讪,也感慨:这就开始懂得追求饮食的色香味了吗?说长,就长得这样大了吗?

也开始有了精神追求的倾向。

睡足了一大觉醒来,哼哼唧唧地要求人陪,我顺手将一只橡皮鸭塞给他,他不要,小胳膊一挥打到了地上。小梅拾起鸭子,放在了大床的另一头,他两眼便突然放光,骨碌一下,仰卧改为俯卧,直向鸭子而去。其时他刚刚会爬,严格说,是半会:两腿一动不动拖在后面,只凭小胳膊撑着身体一下一下往前面蹭,那姿势有点儿像士兵的匍匐前进,却因了腿的不会动,要更艰苦些。他却不以为苦兴致勃勃,头使劲高抬,眼紧盯目标,一步一步,相当执着。经过了千辛万苦的努力——确是千辛万苦,小胳膊肘都因此被凉席磨得通红——终于,他拿到了早先给都不要的那只鸭子,并因此而眉开眼笑。追求过程胜似追求结果,典型的人的精神特征。

还有了审美意识。

小梅出去买菜,心血来潮烫了一个当时流行的"爆炸头"回来,难看至极。我说她,她不服,把正在床上玩的海辰抱了过来,让其裁判:"海辰,看,梅姨的头是不是好看?"乍开始,海辰被眼前这颗陌生而难看的头吓得愣住,待认出了是小梅,神情立刻严肃,定定地看了一会儿,就伸出两只小手掌推她,这意思已非常明确,小梅却不甘心,死抱着人家不肯撒手,直惹得海辰要哭。一俟摆脱了纠缠回到床上,小家伙立刻背转身去,决不肯再看那头一眼;小梅却不知趣,一绕,又绕到了海辰脸前,逼得孩子不得不采取紧急措施:一头扎在了被窝垛上,把自己的小脸严严实实藏将起来,以让那客观世界在主观视野里消失。当时我在,目睹了整个过程。就是从那以后,在海辰面前我开始注意检点自己的服饰。以前从来不。就像人们从来不会在乎在一个小动物眼里自己是什么样子。

我就跟彭澄说海辰,说他的上述表现,详详细细不厌其烦,写了满满的七大张纸,直到自觉也算交代得过去了,至少在长度上,才住了笔。这封信为保险我贴了三张八分邮票。

……

彭澄的诗终于得以发表,数家报刊同时刊出,全文,一字没动,包括题目:《墓地里只有一个她》。他们——那些苛刻的资深的编辑们——为什么不给动一动,是想彻彻底底保持住它的原汁原味吗?

我看着报纸上印成了铅字的那诗,不知为什么,印成了铅字后就觉着好了许多似的。同时,数家报刊不约而同将作者彭澄的名字用一个黑框框起,不约而同在诗前、在框了黑框的作者名字后,加了一段编者按语。编者按语这样写道:

该诗作者是驻守西藏高原的一名女兵,一个月前,在执行任务中车祸牺牲以身殉职,时年二十三岁。现将这首作者生前寄给我编辑部的诗作全文刊出,以飨读者。

编者按语的内容是我提供的。

彭澄乘车下部队巡诊,一车六人,翻了车。彭澄曾多次跟我描述过汽车在冰雪盘山路上行驶的惊险,描述过彼时她心中的恐惧,她将那恐惧化作了一首美丽的诗,这诗却因过于美丽了而不被认可。六个人除彭澄外包括司机都还活着,伤势最重的,是手腕腕骨骨折。彭澄也是骨折,却折在了颈椎,当场就停止了心跳呼吸,没有给她同车的战友们留下一丝丝抢救的余地。但战友们还是按照所有抢救程序对已经没有了生命体征的她实施了全力抢救,气管插管,胸外按摩,口对口呼吸……

我知道这些情况时,彭澄早已化作一缕轻云融入了西藏高原那无尽的苍穹。是彭湛告诉我的,在电话里。我给他打的电话。那是一个下午,当发现仍无彭澄的信时,我再也沉不住气了,向小梅交代了一下海辰的事,骑上车便去了邮局,打长途电话。

彭湛在家,声音很远,我大声地道:"彭湛吗?我韩琳!"那边一下子便没有了动静,我更紧地握住话筒,更大声地:"喂!彭湛!"

"干吗?"

态度非常生硬,生硬到令人不解,令人不能不问:"你怎么了?"

"你有什么事?"

"最近彭澄……"我想说的是,"最近彭澄给你写信了没有",彭湛没容我说完。我刚说出了彭澄的名字,他便开始说了,就是那些有关彭澄出事的话,说得很快,一口气,语调平板。他去过西藏一趟,部队给他发了电报,他是彭澄当然的唯一的亲人——意识到这点,处在极度震惊痛楚中的我仍是感到了一种新的创痛。

"……什么时候的事?"他说完后,我轻声问。

"四月二十九号。"

"为什么早不告诉我?!"我大叫。

嘟、嘟、嘟,电话断了。开始我还以为这是个意外,马上重拨,通了,有人接了,我刚"喂"了一声,即刻又被挂断。再拨,就再没有人接了。我不甘心,一遍又一遍、不厌其烦、重重地拨着那组电话号码,疯子一般,直到引起了邮局工作人员的注意,走过来干涉制止了我。

后来,见面时,我就此事质问彭湛,他一下子转过了身去,背对了我,一言不发。片刻后,肩背部开始剧烈颤动。我意识到,他哭了——这之前他还从来没有这样在我面前哭过,之后也没有——同时意识到,这会儿假如不是面对面,是通电话,他一定又会把电话挂了。于是,我走过去,在他身后站住,伸出两手轻轻抱住了他的肩,非此我无法传递我的歉意,我的理解,我的与他相同的情感。感到他没有想到,屏息静气了几秒,猛地回转身来紧紧抱住了我——仿佛无助中的儿子抱住他的母亲,仿佛一个落难者抱住另一个落难者——他抱住了我,而后,说了,泪水阻塞着他的鼻腔、喉管,使他的诉说时断时续。

"……她躺在那里,像是睡了,还是梳的短头发,可能是才剪了不久,也就刚、刚……刚齐耳垂儿……"

你是我心中永远的偶像啊,

永远明亮的眼睛永远飞扬的短发。

盯着终于印成了铅字的彭澄的诗,一个字一个字、一行一行地读下去,读完了这份报纸上的,再换另一份报上的读,仍然是一个字一个字,一行一行。阳光从窗外进来,倾泻在印有彭澄的诗的报纸上,把报纸晒得烫手。已是夏季了,冬季却好像就在昨天,她给海辰上户口回来,带着一团寒气,一脸伤心……

那天在邮局与彭湛通完话,我没有马上回家,就在邮局里

第二十章 **283**

给各编辑部写信通报彭澄的情况,以便写完后能马上发走。我不知道除此之外还能为那个女孩儿做一点儿什么;也不知道我正干着的这件事,对她还有什么意义。但是假如让我什么都不干,就这样无所作为两手空空地离开,回家,我怕我会憋死。彭湛的电话打不通,除了彭湛,我还有什么渠道能把淤积堵塞在胸口的那团沉闷疏散出去?在遭到邮局工作人员的严厉制止后,有好一会儿,我怔怔地站在邮局的地当中,无依无靠没着没落呆若木鸡。是在突然之间想起了那些也算与彭澄有过某种关系的编辑部的,在想起他们的那一瞬间,心里头竟涌上了一丝恶狠狠的快意:你们不是说她的诗思想肤浅情感做作吗?好,现在她用生命为它做注释了,你们还有什么可说的?你们还想要什么?!……一度凝滞的血液重新开始流动,心激跳,脸发烫,情绪激昂大脑清楚,就地买了纸,借了笔,写信。一笔一画,一封一封,我站在邮局的柜台前头都不抬,一口气写了十几封内容相同的信,分别折好,放进信封,贴上邮票,再看着它们由邮筒扁扁宽宽的嘴里滑落进去,郁闷的呼吸才好像通畅了一点儿,独自承受着的沉重才好像被转嫁了一些出去。……我离开邮局,推着自行车,慢慢地往家里走,慢慢地想到,我所做的这件事对彭澄毫无意义,她不需要,她已经超脱了人世间的这一切,高高在上,自由,空灵,飘逸。我做的这事只对我自己有意义,活着的人为死去的人所做的一切,其实都是为了活着的人自己……

"哎,我说,别看了,该给海辰洗洗睡了。"

是小梅,抱着海辰站在我的身后。也许是她感到了某种异样,一手抱海辰一手在我看的东西里扒拉了扒拉,却没发现什么。我没有告诉她彭澄的事,她不熟悉彭澄,要说就得从头说起,那过程我无法忍受。我起身,对小梅笑笑,接过海辰去了卫生间。小梅去厨房收拾我们俩的午饭。我们通常在海辰睡了后吃午饭,以能吃得安静、踏实一点。

我给海辰洗澡。海辰坐在澡盆里——真正的澡盆,一个比他身体长许多的红色椭圆形澡盆,再不是彭澄给他用的我那个脚盆了——小脖子小脊背硬朗朗地挺着,在这样大的澡盆里都不必再担心他会被淹死。他极喜欢洗澡,喜欢用两只小手用力拍打水面制造出高高的水花,倘有水花溅到我的脸上身上、我因此做出反应时,他更要乐得出声地笑……忽然,正玩得高兴的他不动了,面部表情凝重,我马上意识到出了什么事,马上卡着他的两腋把他从水里提溜了出来,果然,他在尿尿,可惜,饶是我如此迅速的反应,还是没能把他提溜到该去的地方——马桶那边——他已尿毕。我一下子把他重新放入水里。

"尿、尿、尿!让你洗一个小尿澡!"

跟海辰说话我爱带"小"。彭澄也是:"来,姑姑给换小尿布啦!""咱们的小肚子饿了,该吃小牛奶啦!""哎,我说,洗个小澡吧?"从前,海岛医院我们科有个高雅庄重的女医生,后来女医生生了个女儿,打从女儿出世女医生就变了个人,哄女儿吃饭:"咪咪,吃馍馍了!""馍馍"即馒头;给女儿穿上件新裙子,"看,咱们漂漂不漂漂啊?""漂漂"即漂亮。把我们都快笑死了,背着她嘲笑个不停,彼此间发誓,将来我们决不会俗气到这等地步。现在才懂得当时的我们是怎样幼稚、自大的一群傻瓜:女医生的变化是由于了一种同化——童化,是爱到极处的情不自禁,是母爱的一种宣泄方式。刚学说话时的孩子只会发单音节,为了强调他要重复,因为重复而使相同的单音节连贯,连贯起来的单音节就形成了诸如"饭饭""臭臭""虫虫"甚而"馍馍""漂漂"——这个年龄的孩子特有语言风格。母亲与幼子的血肉相连相亲相爱远非局外人所能理解,由此而产生出的那一切就如同冬去春来日出日落一样是自然规律,一样的不可违拗一样的不可轻言批评。当时我尚没有"饭饭""臭臭""虫虫"的习惯,也许因为当时的海辰还不会说话还没有将我同化,我宣泄母爱的方式是——只能这样解释——不论说什么,都要加"小"字。有外人听着能接受的,如:小手小脸小屁股;有外人听着觉着别扭觉着酸的,如:小汗小尿小牛奶。我和彭澄都选择了"小",不知是她影响的我还是我影响的她,但有一点可以肯定,那就是,她也爱海辰,那种从心底里流出的爱,装不出来。

海辰为了能够重新入水而欢欣鼓舞,至于什么"尿澡"不"尿澡",你不在乎他才不会在乎。只见他两只小手更有力地拍打着水面,制造出一连串的水花和欢乐,全然不知道他失去了什么……

有人敲门。连海辰都听到了,停止了娱乐,屏息静气,与我一道等待。小梅去开了门。

是彭湛。胡子拉碴头发蓬乱。

这就是彭澄出事后我与彭湛的第一次见面。认出是他时小梅马上以农村妇女特有的方式表示了对他到来的欢迎:把他让进屋去,同时把我也让进去,走时细心地给我们带上门,自己则去了卫生间,照看海辰,并且把卫生间的门也关上。

她只知道彭湛的长期在外是由于工作忙,别无所知。

一俟小梅关上门离开我劈头就问:"那次正说着彭澄的事,你为什么要挂电话?"后来发生的事就是我前面说的:他哭了。我们拥抱在了一起。仿佛两个冷到极点又无处逃遁的人,我们以这种方式温暖着彼此。

小梅肯定是在这其间来过看到了这一幕,并按照自己的思路做了理解——我听到了门被轻轻推开的吱呀声,紧接着,又被"哐"地关上——后来小梅的神态、行为都证实了我的判断:满脸暧昧的喜色却又故作镇静,抑制不住地话多,主人似的张张罗罗。那时候单位已把另一间小屋也分给了我,平时小梅住那屋,我仍带海辰睡大屋。那天,也没跟我商量,小梅就把海辰的东西搬到了她那屋的单人床上,并为彭湛找出了睡觉的枕头。在她做这些事的时候我和彭湛都没有注意,都沉浸在对彭澄思念的伤痛里,直到晚上很晚的时候,在小梅已带着海辰在她小屋的小床上睡了的时候,在该说的话都已说完了的时候,我和彭湛才不约而同注意到了大床上并排放着的那两个枕头。至今我不知道当时他心里的想法,只知道我为此非常难堪,非常为难,非常生气,生小梅的气:这人怎么这么多事!

我不愿意跟他同床——这"同床"指的是本义,不是喻义。那喻义当时在我的脑子里闪都不曾闪过——不习惯,别扭。想想看,大夏天儿的,跟一个异性同睡一床,该有多累?这个时候他在我心理、生理的感觉中,已如同任何一个异性。这种感觉的造成与空间与时间都有关,但那有关又都不是关键的"关",关键的那一"关"是,我已不觉着他是我的丈夫。

不同床也简单,让小梅和海辰过来,他去小屋。可是,小梅会怎么想?更重要的,他会怎么想?

不知这样犹豫沉默了多久,只是凭直觉觉着再这样沉默下去就不自然了,遂下定决心:就这样睡。再别扭,再不习惯,也只是一夜,也死不了人。

"洗洗睡吧。"我站起身,"我去把水打开。"

我去厨房打开了煤气热水器,把水温调好,找出条干净毛巾挂在卫生间的铁丝上,让他先去洗。他去了,我回了大屋。片刻后,听到卫生间那边传来了男人向马桶里小便时的很响的哗哗声,房间的门板是空心的,隔音很差,那声音叫我别扭,索性起身，去了凉台。我伏在凉台的栏杆上，夜风阵阵，吹着黏腻的脸和四肢，十分舒服。要是可以，我能在这里待上一夜就好了，无论如何，都会比闷在蒸笼般的屋里、床上，小心翼翼地收拢着自己的躯体四肢、清醒地干熬着强。

虽已不再把他看作丈夫了，却想留下他来做海辰的父亲，所有的矛盾犹豫暧昧，概出于此。

可是，从他进家到现在，六七个小时了，他没有问过海辰——问过，等于没问——刚进家，路过卫生间看到了正洗澡的海辰时，问了一句："这是海辰吗？"我说："是。"他说："长大了啊。"我说："嗯。"然后就进屋了，就开始说彭澄，一直说到刚才。我心里是失望的，但还是站在他的角度做了理解：刚刚失去唯一的妹妹，心里难过；海辰还太小，尽管在我眼里他已很有些人的模样了，但在与他没有过亲密接触的任何一个外人眼里，他都依然是一个浑浑噩噩、不省人事的小动物。通常情况下，有很大一部分男人——父亲，对这么大的孩子，不感兴趣。这些都没关系，都可以忽略不计，只要他肯继续做海辰的父亲，直到海辰有了自己的选择能力。我已是一个失败的妻子了，不能再殃及孩子，成为一个失败的母亲。

"我完了，你去吧。"

他出来了，隔着身后的纱门，对我说。我答应着进了屋，一抬眼，看到他浑身上下光溜溜的、只着一条近乎三角裤的小短裤站在屋子中间，心里又是一阵别扭，别扭得有些厌恶，有些恼怒：固然天是热，但也不可以这样不顾他人！却又不能责令他把衣服穿上，只好采取海辰的办法，弱者的办法，主观回避的办法，低下眼睛不看，从他身边匆匆走过，去了卫生间，插上了门。

洗完澡，我站在满地是水、热气笼罩的卫生间里将身体擦干（擦不干），穿上睡衣，然后颠倒着两只脚，穿睡裤。以往我可用不着这样，以往洗完了澡我根本不擦，不穿，就这么光着出去，在我的家里走来走去，让身体上的水分自然蒸发掉，凉快得很，身体晾干后，再套上个小背心小裤衩就得。现在不行了，家里来了个外人，男人，内外有别，男女更是有别。睡裤还没有完全穿好，刚洗过的身上已然又冒出了好几层的新汗，令我慨然怅然：没有爱情、没有感情的婚姻真的是不道德、不人道的婚姻啊，要是我能够离婚就好了，潇潇洒洒地离婚，潇潇洒洒地开始新的生活。……

穿好衣服，打开卫生间的门，出去。在由卫生间去卧室的短短数秒钟里，一件没有想过的事情突然在脑子里闪出：他会不会对我误解？那并排摆放的枕头，主动安排的洗浴——多么暧昧而又明确！如果他本来也有此想法，那还算半斤八两一半一半打个平手不失面子；最糟糕的一种可能是，人家本来无甚想法，见我这样才出于同情出于善良出于男人家的慷慨（这方面男人一向比女人慷慨许多）而以身相许无私奉献——哎呀呀呀，那样的话我可真的是羞煞冤煞无地自容撞死算了！……身上又一层的新汗涌出，刚穿上的睡衣睡裤干脆糊到了身上。也许，这不合时宜的长睡衣长睡裤能替我说明点什么？说出那点我不好明说的什么。可是，再一想，怎就知道这在旁人眼里不是一种犹抱琵琶半遮面的欲说还"羞"？……嘀嘀咕咕间已到了房间门口，已无他路可走，只能向前，好比象棋盘上过河之前的卒子。

眼前突然一亮：

——他已在床上躺下了，头却是抵在了床的另外一端，两人两端。这个姿态，这个聪明的安排，委实可以消弭所有的尴尬和可能的尴尬，可以使我们不必当场就做出非此即彼的选择。

我重重地吐了口气。听到我的声音,他欠起头来解释:

"天太热,两头睡会好一些。"

"是是是!太热!"我热烈附议,同时附以揪扯粘在身上的睡衣的动作,以示言之真诚。

本以为那会是一个不眠的夜,没想到竟然睡了过去,而且,做了梦,梦到了彭澄。

……彭澄在跳舞,霹雳舞。身穿绿色作战服,眼睛眯起,喇叭花似的双唇微微张开,目光透过迷蒙的睫毛向一个看不见的远方望去;手臂如鸟儿飞翔的两翼般舒展、轻摇;两条长长的腿大幅度抬起后再无声地踏下,如同踏在棉花上,又如同飘浮在云朵里,那云化作了一缕轻烟扶摇直上,融入高远的苍穹……

　　假如祖国需要我也会来到这里,
　　春夏秋冬日日夜夜同你做伴,
　　一起说着我们年轻女兵的悄悄话。

——一语成谶!彭澄没有了。连接着我和彭湛的那根纽带,没有了。

第二十一章

曾非常担心海辰会缺少男子气,我能给他我的全部却给不了我压根不具备的东西。

星期天,我和海辰各行其是,我干着永远干不完的家务活,海辰跪在大床的中间专心致志用一瓶普通胶水粘断了翅膀的塑料小飞机。等我发现已为时过晚,满瓶胶水已被全部挤出,床上、他身上、手上,无一幸免。头天换下的床单衣物都堆在卫生间里还没洗呢,这叫我怎能不发火怎能有足够的涵养继续保持我理想中的好母亲形象?

"我的天!"我倒抽一口气扑过去把他从床上拎下来,接着,扒衣服,床单,"你看看你看看你看看——烦死人啦!!有你这么不听话的孩子吗,啊?!不让动的东西偏要动跟你说多少遍了?"这工夫海辰挣扎着说了一句什么,听不清,意思是清楚的,无外乎他的飞机坏了他想用胶水粘上云云。我不由分说打断了他,"这胶水能粘飞机吗?不懂你倒是问问呀!问都不问,就弄,弄得个乱七八糟,还得妈妈收拾!妈妈整天甭干别的了,光伺候你了!不管了坚决不管了打死也不管了,这孩子谁爱要谁要吧,反正妈妈是不要了!"

我冲着他一通大叫大嚷,他没回嘴,回不了,他刚两岁多,话还说不利索。但对于这种无理无礼显然是生气了，脸慢慢涨到通红，紧紧盯住我，低低地、一字一字地道：

"我——是——警——察！"

警察是他心中力量、权力与公正的象征。

母亲曾一再告诫我，在孩子面前一定要有权威，切不可胡逗胡闹。我牢牢记住了这训诫，总算绷住没笑，但到底绷不住不说。我说：

"我是警察的妈妈！"

海辰显然觉着我可笑极了，咯咯笑得几乎喘不上气。笑着，他说：

"警察哪有妈妈呀，你可真傻！"

我再无力保持权威，同我两岁的聪明儿子面对面大笑起来。海辰的笑声低沉沙哑，并因之很是得到过一些美称，什么"大贝斯""小山东"；他崇尚力量崇尚权力，对公主王子一类的童话毫无兴趣。真是一个十足的小男孩儿呢，看着他逐日健康成长，我满心喜悦。

海辰属于语言能力发育迟晚的孩子，正式开口说话已经一岁六个月零三天了，我们楼上一个和他同岁的女孩儿，九个月时就会叫爸爸妈妈。我倒从没有担心过他是哑巴：听力没有问题，发音系统也没有问题，比如婴儿话他就说得很好，这就不该有什么问题。只是觉得这孩子将来怕是做不了学问了。因相对于语言能力发育的迟晚，他运动能力的发育比一般孩子要早，书上说婴儿通常八个月的时候会爬，他六个月时就会，并且酷爱，显见得是个小脑比大脑发达的运动型的小家伙。孰料上得小学后，来了个一百八十度的大变化，学习不费力气即可达中上水平，体育却成了班里的老末几个，那么长的腿，就是跑不快，每每非体育老师高抬贵手，否则便及不了格。一年级时学跳绳，全班同学都会了包括女孩子，最后只剩下了他一个人，仍然是手摇绳时腿就不跳，腿起跳时手就忘了摇绳，四肢总也协调不好，像头小笨熊，自尊心因此很受伤害，终于有一天强忍着泪水对我说道："妈妈你帮帮我！"我只能帮他，跟他出去跳绳，在院子里的路灯下连着跳了好几个晚上，跳得我和他都是一身大汗满肚子火。那几晚每有散步的人路过，便会用欣赏的口气赞道："嘿，瞧人家这母子俩！"还当我这是在与民同乐。

那是在一个春末夏初的下午，我在厨房里给海辰弄下午的加餐，草莓。这个时候的海辰酷爱能够咀嚼的食物，因为他已很有了一些牙齿，并过分着迷地喜欢使用它们，不仅用它们研磨食物，还要啃玩具，咬被子，咬人，咬他人也咬自己，把我和小梅的胳膊咬得淤血，咬自己的手指头玩儿把自己咬得哇哇大哭……我端着码在玻璃碗里晶莹的红草莓进屋——现在我对海辰在饮食方面的情调已有了相当的认识和尊重——可这次他对我手中的草莓似乎并没兴趣，而是紧紧盯住了我，待我走近后，清清楚楚地叫了声："妈妈。"所指也非常明确。我却不敢相信。盼望这一天盼得太久了，久得都麻木了，都不再盼了，所以当它突然到来时就不能不让人怀疑。我首先怀疑这不过是婴儿的无意识发音。比如有家长坚持自己的孩子三四个月时就会叫爸爸妈妈，通常就是对这种无意识发音的一种自作多情的误认。我看海辰，他也看我，目光平静小嘴紧闭，几乎让我以为他刚才的那声"妈妈"是我的幻听。"再叫一声？"我轻声地、不抱什么希望地道。"妈妈。"他很快回道。"再叫！""妈妈。""再叫！！""妈妈。"……我一把抱过他来狂亲，一边不断地让他再叫，他就一声声地再叫：妈妈。妈妈。妈妈。只是声音始终平静，神情始终平静，与我的狂喜狂热狂乱恰成对比。也许他已在心中叫了多少次了，也许他认为自己早就叫过多少次了，也许他的平静正是对我的大惊小怪的不以为意,却同时又表示出了充分的理解:一遍遍地、清楚地、不厌其烦地回答着我"再叫"的请求。像一个真正的男子汉:见多识广,宽宏大度,镇定从容。

那一天母与子的关系进入了新的里程,我和他都明确感受到了。因此那天晚上他便不肯睡觉,哄了很长时间都不行,看得出已经很困了,眼皮都黏糊了,就是撑着不睡,仿佛是,不愿意跟我道别。刚刚合上了眼睛,马上又睁开,看我,并要叫:"妈妈。"我就答:"哎。"就这样一叫一答,一叫一答,不知道反复了多少次,过了多长时间。最后一次,他大概实在撑不下去了,使了很大劲,才勉强将合上的眼睛睁开了一半,半睐着看我梦呓般道:"妈妈。"我答:"唉。"他微微一笑,满意地叹息一声,随即闭上眼睛,安然睡去,玉瓷般精致的小鼻翼轻轻翕动,呼出阵阵温暖的、肉感的、纯净的婴儿气息。

从那天起,海辰的语言能力仿佛打开了闸门的水一泻千里日日见长。由"妈妈"开始,到"瓶瓶""尿尿""鸡鸡"……直到有一天,无师自通地叫出了"爸爸"。

在这里我不想渲染血缘关系的玄虚,血缘关系无疑是重要的,但它只能在人的主观认定之下发挥作用。比如说,非亲生但被告知是亲生,他们就会像真正的一家人那样相处;反之也是一样,否则便无须什么"亲子鉴定"。我说这话的意思是,海辰的叫"爸爸"不是由于血缘上的原因,而是由于他之外的那个客观世界的影响。无论我再怎么小心避免在他面前谈论提及关于爸爸,却没有办法也不能阻止他与外界的联系,阻止他对于那个"外界"的观察,比较,思考,判断,直至做出他的结论。

他的每一声有意识或无意识的"爸爸",都仿佛重物落下,又狠又准,直砸我的心上,痛,沉重,还有歉疚,还有无奈和难以言状的惭愧。

他的爸爸自那天次日晨走后，再也没有来过，也没有信，偶有电话——那时我们院儿统一给各户装上了分机电话——也是三言两语，我们的情况，他没有兴趣；他的情况，他无意通报。没有了彭澄我们就没有了那根纽带，在这桩已然形同虚设、苟延残喘的婚姻中，他也就没有了任何的约束和顾忌。我只是从别人那里，认识他也认识我的"别人"，听到了一些有关他的星星点点：发了！家里头高朋满座，在外面前呼后拥……说起你来（这个"你"指的是我）就好像说一个陌生的远房亲戚……最近一段有一个姓刘的女的和他一起，三十来岁，晚上住他家里，不知道现在两人结没结婚……

关于最后这一点我可以肯定，没结。他能不能再结一次婚他说了不算，刘姓女人或别的女人说了也不算，得我说了算，不，得我的海辰说了，才能算。彭湛大概做梦都不会想到，由于他对自己的轻率、不负责任，他的终身大事有一天会被攥在一个幼儿小小的手里。

那些日子，我整天盘算着是否跟彭湛要钱，要的话，怎么要，要多少。自从那次他说了他的经济也困难之后，我就再没有向他开过口。恰好这天申申来了，她次日的飞机去澳洲，来同我告别，我便跟她说起了这事儿，一说，前因后果就得都说上一遍，尽管说得非常简洁，但当听说我一直是一个人负担海辰的时候，她还是吃惊了。

"怪不得你会这么瘦！别人生完了孩子都是胖，你可好，瘦成了一把骨头。我还直纳闷儿呢，还想问问你怎么回事呢，刚才还在想呢，这家伙是不是有意减肥减过了头？"我苦笑笑刚要开口，她摆手打断了我，继续着她的感慨："真没想到！你可真行！真不明白——你是怎么想的？"

"刚才不是说了吗，他一直也困难，也是一个人带着个孩子。"

第二十一章 295

"他那孩子的妈呢？"

"那女人不管。"

"那女人不管，是他们的事，凭什么要转嫁到你的身上？彭湛可是海辰的亲生父亲，他就得尽父亲的义务！"

"总觉着，还是实事求是吧。不想仅凭着一个'义务'，就去逼他。"

"逼，什么叫逼？明明是法律规定孩子也有这个权利真不明白你到底是怎么回事！清高是不是？觉着自己有教养有文化是不是？你要这样的话那就真的是没药可救了。"

"不是……"

她挥挥手，像赶苍蝇蚊子："男人，就是让你们这些女人给带坏了，社会风气，也是这样给败坏了。韩琳，咱是个女人，对吧？那就拿出点儿女人的样子来啊。该哭的时候，哭；该要的时候，要；该撒娇撒娇该撒泼撒泼该吃醋吃醋！……"语速越来越快，快到后来连标点符号都省了去，但那一连串的"S、chi、c"却是字字分明毫不含糊，到底是经过了相关的专业训练。"我就不明白有些女人干吗非得把自己弄出个男人样儿来：打碎了牙，往肚子里咽；不管什么事儿，能不能行，都要伸着个脖子，硬挺，宁折勿弯？女人得学会示弱。不会示弱的女人不是女人，女人要不是女人了，男人就不会是男人。阴盛阳衰阴盛阳衰，盛衰也是比较而言，你那'阴'要是不盛，他那'阳'怎么会衰？阴阳互补互克，这个道理你应该懂你可是号称学过医的！算了，不绕弯了，直说——你呀，韩琳，太缺少女人味儿！"

如果不是她明天就走，我肯定会发作。即使是朋友，即使出发点好，也不可以这样信口开河无所顾忌出口伤人——我没有吭声。

她审视我的脸。

"不高兴了！烦我了！觉着我讨厌，是不是？没关系，反正我明天就走，再讨厌也就这么一回，下回还不知道什么时候回来。"说到这儿，她张开两臂向后伸了个大大的懒腰，边打着哈欠道："永远回不来了，也说不定。"

这回轮到我审视她了：在说最后那句话时，她的形体、语气无一不急于要显示出随意，轻松，满不在乎，结果却因这种过分的"急于"暴露出了要掩盖什么的用意，让我注意到了她内心的紧张，还有一种忧伤。

"除非是你不想回来。"我故作轻松地说。

"那可不一定。比如说——比如啊——我要是身无分文了呢？"

这个时候申申已与陆成功正式分手，经济上便没有了后援，去澳洲的机票钱，还是由她父母赞助了一部分才勉强凑够。

"为什么非得出去呢？"我是真的不能理解。

"不出去，待在这儿，我又能干什么呢？事业事业没有，爱情爱情没有，出去了，好歹还有一个新鲜。混得好了，好；混得不好，大不了还是一个一无所有。"

"申申，听我说，你条件这么好……"

"——'不愁没有人爱'！"她接道，神情颇不耐。

"试一试嘛。"

"试过了！陆成功，好人，有钱，对我好，要叫谁说都会觉着，这就够了。可惜啊，我是经历过的；要是从来没有经历过，倒也罢了，就会知足了，就会觉着那就是了……"

"你经历过什么了，胖子吗？我就看不出来，他有什么地方值得你这样满怀深情念念不忘！不就是一唱歌的吗，想找唱歌的还不容易。低的咱不考虑，中央音乐学院，中国音乐学院，档次可以了吧？每年毕业好几个班呢，分配都分配不出去！他还有什么长处？噢，形象好，其实说形象好也就是个子高点儿。

多高？一米八几？一米八几算什么呀，咱们黄种人里也不缺树桩子。国家队，八一队，去看看，有的是，一米八几到了那里都得算残疾！"也是借题发挥，算是对她刚才对我的伤害的回击，说完又觉过分，缓和一下口气，"听我说申申，咱有点儿志气，好不好？"

"爱，是没有志气的。"

"那是你。"

"不是你？"

"当然。"

"要不怎么说你缺少女人味儿呢！……韩琳，我觉着，早就觉着了，海辰他爹走到今天这个地步：不负责任，随心所欲——随肉所欲，不能说跟你没有关系。他不负责任，你要求他负责任了吗？他在外面有女人，你跟他谈过、表示过、暗示过你哪怕是一丝丝的不满了吗？没有。你清高，你骄傲，你有志气你不要'要'来的东西，听之任之放任自流。你以为，只要结了婚，他就应该是一个好丈夫，要是他不是，他就不可能再是。这我倒要问了，你眼里的结婚是什么？我说，结婚就是上街道办事处盖上一个戳！戳就是戳，不是神话里那根能点石成金的指头，只要那么一盖，从此后，两个单身男女就成为了融洽的一对儿，成为了合格的妻子合格的丈夫——可能吗？做妻子做丈夫也得有一个熟悉、适应的过程，你的问题就在于，根本就没有给对方那个成熟的机会……"说到这里她停了停，目光里充满担忧，"韩琳，你是看书看太多了，都看成书呆子了，现实和理想都分不清了。不能再这样了，啊？听我的话，跟他要钱，要不我不放心。"

"只要他有钱——"

"没钱也得要！这是他的责任他的义务你和海辰的权利！"

"那样的话肯定得把关系搞僵……"

"'搞僵'？再怎么'搞僵'？可笑不可笑啊你韩琳？你们的关系已僵无可僵！还说我没有志气，你的志气呢，在哪里？"

"申申，我和你的情况不一样——"说这话时我的声音已开始发颤，我极力控制着，不让那颤音泄露出去。

"怎么就不一样了？……对对对，是不太一样。虽说都是一样的无情无义，但至少胖子的理由比彭湛正派，胖子是为了事业，彭湛呢，为了什么？为了他自己能随心所欲地寻欢作乐花天酒地！就这么一个东西，你还舍不得，为了怕把跟他的关系搞僵，宁肯自己受罪让孩子受罪——"

我再也听不下去我不得不说，说出我一直不愿对任何人说的话同时泪水也夺眶而出。

"我是怕逼他太紧他就会觉着海辰是个累赘会讨厌海辰！海辰跟我说，说，"我大口地吸着气，以能吐出那最为艰难的几个字，"说……要爸爸……"

……

那时候海辰已会同时说出两个不同的音节了，尽管困难，尽管颇似结巴说话，但到底是又进了一步，而且应当说进步神速，"我们一起步就迅跑"——当他头一次同时说出两个不同音节的时候，我曾就这样满世界发布消息。第一次被他说出的那两个不同音节是：锅巴。小梅给买了袋锅巴回来，又不给人家，非要求人家先说话，"海辰，这是什么？"小梅用拇指食指捏着那袋锅巴的一角，高高地提着，说，"不说梅姨不给！"我不止一次批评过小梅叫她不要用驯兽的方法对待孩子。她不理。海辰也没出息，仰脸眼巴巴地看，小嘴"蛄蛹"了半天，不仅"说"了，而且居然说出了"锅……巴……"此前他只会说"巴"，小梅意外收获，大喜，从此后越发以育儿专家自居。

海辰表示要爸爸的那天是小梅走后的第二天，突然地，事先毫无征兆毫无起因。事后我曾苦苦地想是因为什么，唯一似乎能说得通的原因是，小梅走后，家里一下子冷清了许多，可能，正是这冷清促使海辰说出了不知在他小小的心里已装了多久的那个愿望。

也是下午，海辰午睡，我坐在窗前的写字台前写东西，一些创作前的随笔记录，打算是等海辰上了幼儿园之后，就开始耽搁了已久的创作。正写着，听到海辰在身后叫："妈妈。"我答应着放下笔走过去抱起他把他尿尿。人大了，尿泡也大了，嘘啷啷啷，整整尿满了一个尿盆的底。尿完尿，在我怀里一使劲，立起来，小手一指："那儿！"意思就是，他要去那儿。这次他指的"那儿"是写字台，我就抱着他去了"那儿"，并把他放在"那儿"上面坐下。他显然很满意这个位置，踏踏实实地坐在桌面上，逐一翻阅着屁股周围的本子和书，阳光由窗口进来照在他的脸上，那张脸光滑细腻得纤毫不见。身上也是。他是在四岁之后，身上才慢慢生出了汗毛。头发却是一直出奇地好，黑、浓、亮、稍带鬈曲。……他翻遍了桌上的书和本子，翻了好几遍，之后，抬起头来，看我。我也看他，带着微笑。就是在这个时候，他对我说的。"叫……爸爸……"他说。说得明确，清楚。我当时的反应就像听到他第一次开口说话，无法相信自己的耳朵，只下意识问："什么，海辰？"声音很轻，轻得都没有压过胸膛里怦怦的心跳。他却听清了，回答我道："叫……爸爸……"停一会儿又说出了第四个字，"……来。"我不敢再问他什么了，这是我一直不敢正视、他还在我肚子里的时候我就恐惧着的一件事情。知道他总有一天会开口向我"要"，却又总是自我安慰："他还小。"因此我没有思想准备有些措手不及。他看着我，目光宁静清澈却又深不可测令我不敢再与之对视。我一把揽过他来,让他背朝我坐怀里然后一起在写字台前的椅子上坐下。他挣扎着还要再说什么。我紧紧搂住他不让他说。"知道啦海辰的意思妈妈知道啦。等着妈妈给爸爸写信,叫爸爸来,啊?"闻此他更使劲地挣扎,终于从我胳膊的束缚里抽出了一只手,然后用小食指点着写字台上的电话,道:"叫……爸爸!"自此便不断重复这句话和这个动作,声音一次比一次高,语调一次比一次焦急,并试图回头看我——像是有所感觉。我无声地流着眼泪拼命躲在他的背后不让他看到我,不让他看到我的眼睛我的泪水我无法知道这个小小的孩子究竟还会懂得一些什么……

……

屋子里静静的,静得都听得到不知谁家的电话铃声。那铃声响了许久,没有人接。铃声消失了,屋子里越发陷入了无人的静寂。窗外已是深秋的景色,杨树的叶子都快掉光了,没有掉的,在瑟瑟秋风中哆哆嗦嗦地勉力支撑,也已是朝不保夕。申申扭过对着窗外的脸。

"韩琳,到了澳洲后我就去打工,边打工边学习,争取给海辰挣一些钱来。"

"谢谢。"我笑。

"我是认真的。"

知道她是认真的。但这只能说是一种孩子气的认真,完全的不可靠,不可以依靠。她对那边的情况还不了解,对自己的命运都还没有把握,怎么就能够越过这一步去,帮助别人了?当然这些话我没有说,她只身一人赴澳,又没有钱,心情已相当紧张。可惜,凭着申申的敏感,仅仅是态度上的那点儿保留,就足以让她清楚。

"觉着远水解不了近渴,是吧。"她似笑非笑,又道,"不不,连'远水'都谈不上，只不过是……是一个画在纸上的饼。"

"我看你大概都忘了，我们是怎么说起这事来的——"

她愣了愣，眼睛一亮，道："——彭湛发了！给他写信，赶紧地，要钱！"

"要多少呢？"

"多多益善！"

"这只是个原则。"

"他这人到底怎么样？"

"不是坏人。"

"那就有希望！这样吧，不具体说要多少，就说你这边的困难，给多给少就看他的觉悟了。"

我写了信，如实说了我们这边的困难，只字未提海辰的要爸爸一事。要钱的时候就不谈情感，否则，再真诚也是虚伪；还是亵渎，对一个单纯婴儿的单纯愿望的亵渎。

几个月过去了，兰州那边没有钱来，倒是来了个人，受彭湛之托，给海辰带来了一包旧衣服和许多小汽车，有二十多辆。没有信，也没有说我的信他收没收到。那些小汽车使海辰高兴得发疯，不知是由于汽车本身还是由于是"爸爸给的"——我曾一再地、反复地跟他强调了这一点。这时的海辰已是幼儿园婴二班的一名小朋友了，已与社会有了更广泛的接触，"爸爸、妈妈、孩子"的家庭模式已在他面前呈现得更直接、更具体、更频繁了，不断强化着他头脑里的关于这三位一体不可分割的意识。看电视，看到电视说母狮子如何为小狮子觅食，他都会提出这样的问题："妈妈，那个父狮子呢？""父狮子"一词是他的创造，这么大年龄的孩子颇有这方面的创造能力和勇气。当时我这样回答他："父狮子去做别的更重要的事情了，养小孩儿一般都是妈妈的事。"事实上这个时候雄狮已不再管小狮子和它们的妈妈,可是我不能照实回答,怕海辰会联想。总之,为抵消来自社会的影响和刺激,我小心翼翼,事事处处,甚至连选择他睡觉前的"摇篮曲"都经过了精心考虑,我选择的是,《十五的月亮》。不仅唱,还给他讲,讲解歌词中"一半一半"的革命道理,由此讲到全国有好多的小朋友,都是因为了这道理不能和爸爸在一起。也知道这不是长久之计,也不要求长久,只要求在他小的时候,在他身心都还非常娇嫩的时候,不要受伤;他长大后自然可以抵御伤害,长大到那伤害已不成其为伤害的时候。我敢说我的方法是奏效的,证明之一是,海辰的开朗、自信、坦然。不断会有大人问他关于他的爸爸:"海辰,你爸呢?""在兰州。""在兰州干吗?""工作。""怎么不来看你?""忙。"往往是每当孩子回答到这里时,就没有人好意思再追问下去,无论这人的心理是多么阴暗。海辰已被我成功地注射了预防疫苗了,具有相当抵挡外来的无意或不怀好意的伤害的能力。这成功要归于我的努力,还要归于孩子对妈妈的信任。但我仍忧心忡忡,我不知道这信任的力量究竟有多大,不知道它还能维持多久,如同担心着八面来风中的一棵小树一间小屋总有一天会被连根拔起、轰然倒塌。唯一的办法是彭湛来,作为爸爸在海辰的面前"现身",彭湛是我精心营造的这一切的基石。多少次了,深夜里,听着身边海辰匀净的呼吸声我痛下决心:叫彭湛来!明天就给他写信!但是到了明天,到真提起笔来的时候,就又不知道该怎么写了。夫妻关系到了这个程度,再说这些事,怎么说,都像是一个借口,一种纠缠,一个计谋,徒然地让对方反感生厌,很可能还会殃及海辰。每到这时我便会感到一种黔驴技穷的恼怒和绝望,在心底对彭湛发出最恶毒的诅咒:"去死吧你!"他若真的从这个世界上消失,对于海辰只是不幸,现在他加在海辰头上的,是不幸和屈辱双重的灾难。

来人是一个二十多岁的小伙子,春寒料峭的,只穿一身牛仔,上衣还敞着口,露出里面的衬衫,毛衣都没穿;头发大概经摩丝处理过,全部冲天竖着,给人的感觉是他不仅不冷,还很热,总之是一副身体好没头脑的傻小子模样。几句话交谈下来,便发现他对彭湛和我是何关系浑然不知。比如,当我把那包旧衣服打开来的时候,感到他愣了愣,咕噜一句:"怎么是一些旧衣服!"带着点不满,大老远的让人背着一包颇有些分量的旧衣服跑来跑去,也太有点儿拿着劳动力不当劳动力了。他使我觉着有点儿好笑,也好奇,不知彭湛跟他介绍我时是怎么说的,"陌生的远房亲戚"?非常理解彭湛的掩饰和伪装:一个富有的、正值成熟年龄的单身男子,一个人带着一个幼小的孩子,独来独往风雨沧桑,这是怎样浪漫、神秘、感人至深、魅力无限的形象,哪里还容得了我和海辰这样的婆婆妈妈这样的累赘啰嗦这样的污点和障碍了?他同时还拿定了我不会跟人拆穿他:你不认我我不认你,苦死不做弃妇,虚荣心高于一切——知妻莫过夫。可惜彭湛百密一疏,这傻小子既能为他利用,就也可以为我利用。与彭湛相反,我非常非常想知道他那边的情况,经济状况,还有——姑且可以说是感情状况吧,我是这样问的:

"彭湛什么时候结婚?"

这是从心理学上学得的一招,提问不问第一句,如,"他有女朋友了吧?"或"他和他女朋友关系怎么样了?"一概不问,而是直接从第二句问起,让对方在不摸深浅措手不及中将实话说出。

傻小子道:"没听说他要结婚啊,还早了点吧,才认识不多久。"

我愣了愣:"怎么叫'不多久'?都认识一年多了!"又摆摆手,"噢,你可能不知道。"

傻小子果然中计,叫了起来:"我不知道?我不知道谁知道？那女的是我中学同学！"

他的中学同学！我盯着他问："你多大了？"

"二十一。那女的跟我同岁，姓吕，双口吕。"

就是说又换了。三十多的换成了二十多的，刘换成了吕。但是仅凭年龄不一定就说明吕比刘强，我便又问了一个问题：

"你这位同学肯定长得不错了？要不然像彭湛这样的抢手货……"

没等我说完，傻小子便悻悻地道："'抢手货'？够当她爹的了！现在的女孩儿一个字，贱！"

这就等于承认了那女孩儿长得也不错。霎时间，一个年轻漂亮的女孩儿在我脑海里诞生：面孔如玉，长发飘飘，细嫩的小手插在彭湛有力的臂弯里，形同小鸟依偎着它的那棵大树……我不由怒从中来：男人的艳遇永远和他的事业成正比，这是一条铁的规律，毫无疑问，彭湛现在蒸蒸日上如日中天，却好意思只给海辰一些旧衣服和廉价的汽车玩具，是可忍孰不可忍！

我决定起诉他，通过法律手段来取得海辰和我的合法权益。他若有一百万，别客气，拿一半出来；他若有一千万，我们就得要到五百万。当然，从此后，他和我们的关系也就算完了，换句话说，海辰就别再想有爸爸了，可是，要真的能要来五百万哪怕五十万，也值。还是那句话，什么都可以交换，只要价格合适。我不会为了每月几百块的抚养费去逼他，但是当面对几十万几百万的时候，就得另当别论。那一阵我刚刚接了一部电视剧，海辰的终于走出家门使我终于有了写作的环境和心境。这部电视剧倘能如期完成投入拍摄，我便可以得到相当于我几年工资总和的一笔稿酬。那小伙子走后，我冷静下来将这所有的事通盘考虑了一下，决定还是先把电视剧写完再说，比较起打官司来，毕竟这是一件可以为我掌握的事情。

电视剧写完预期需要四个月，在接近尾声的时候，彭湛不期而至。

是上午，我把海辰送去幼儿园，回来简单收拾了一下房间，泡上一杯"立顿"红茶，端着来到光线明亮的写字台前。这是一天里我最喜爱的时刻，楼里上班的上学的都走了，到处静悄悄的，空间是我的，时间是我的，心情也是我的。我埋头书写，笔尖在纸上疾走，沙沙沙沙……

叮咚！

我吓了一跳，抬起头来坐着没动；叮咚，又是一下。谁？这个时候我家里从不来人，要来人也会有事先的约定。可能是走错了门的，我仍是不动静等门外那人的觉悟。叮咚！当第三声响起来时我站起身匆匆向外走。

"找谁？"

"是我。"

我大吃一惊，开了门。

是彭湛。胡子拉碴头发蓬乱，依然是双肩大背囊，当然不是从前那个，要时髦得多，外面有着无数大大小小的口袋。大背囊半鼓半瘪，根据目测，里面除了他随身需要的生活日用品，不会再有什么别的。他先开的口。

"海辰呢？"

"上幼儿园了。"

"都上幼儿园了……"他喃喃。

我看着他，拼命猜想是不是他听说了我要跟他打官司的事，又想不可能啊，这事除了我自己我还没有跟任何别的人说过。他显然看出了我的猜疑，虽然不知猜的是什么，却还是解释了。

"我来北京办事，来看看。"

我把他让进屋来，猜疑过后，掠过心头的便是狂喜，那狂喜一浪高过一浪在心头涌动:海辰终于可以看到一个真实的而不是虚拟的爸爸了!

……小鸟在前面带路,风啊吹着我们,我们像小鸟一样,来到花园里来到草地上。风儿吹,鸟儿唱,我心中鸣响着如歌的行板,脚下踏着风般云般轻盈的步子,来到了幼儿园婴二班。婴二班的孩子们正在吃午饭,大米饭、紫菜汤、肉丸子和小白菜。老师走来问我有什么事,我说我来接海辰回家,他爸爸从兰州来看他了。我想过要把音量、语调控制得谦虚、得当,却不料话一出口还是惊动了一屋子的小食客,齐刷刷扭过小脸来,看这边是谁在大声嚷嚷。老师好心建议说吃了饭再让孩子走吧省得你们还得给他另弄。我连道不用了不用了他爸爸已经在家里给他做着了。

……

曾经想象过多少次父子相见的情景:扑过去,拥抱,深情地呼唤……一概没有。上楼后,我把海辰放到地上,推开门,让他自己先进去。彭湛听到动静已在门厅里等候。海辰进门后便站住了,仰脸看着对面这个大大的男人,片刻后,把握十足地、心平气和地叫了一声:"爸爸。"

彭湛走过去,蹲下来,端详着眼前这个陌生、可爱的小人儿。海辰是可爱的,小梅三年前的预测一点儿不错。眼睛乌亮(只是再大一点儿就更好了),鼻梁笔直,刚出生时屡遭非议的嘴现在出落得无可挑剔,不论是形状、大小、厚度还是颜色,那颜色只有一个词可以恰当形容:鲜红欲滴。一年三百六十五天,一天二十四小时,鲜红欲滴。单位上一个女演员为了嘴唇的永远鲜红曾忍痛文唇,回来后整整一周,一张嘴肿得像个鸡肛门,自我安慰道好了就好了,以后上饭店吃饭,啃骨头都不怕了。却不料过了才一个月,上上去的颜色就褪了至少一半,鲜红变成了粉红,且滞涩无光,出门还是得涂口红,涂了口红吃饭喝水就还是得小小心心,啃骨头的事自然是想都不要再想。她羡慕死海辰了,人前人后地为我们做广告,说是:"海辰牌"口红,永不脱色,世界唯一!

……饭已在圆桌上摆好,现成的煎带鱼和卤蛋在微波炉里热过了,彭湛另下的面条,炒了个莴苣。小梅一走等于减少了一大块开支,加上我开始写东西有了一点儿额外收入,家里的生活水平已达到了大众水平。卤蛋是同肉一块儿煮的,煮得便有些老,彭湛不当心被蛋黄噎住,呛得咳了两声,海辰看着我说:"爸爸感冒了。"

"是蛋黄呛的。……鸡蛋煮得有点儿老了。"我说。

"妈妈以后你煮年轻一点儿,好吗?"

彭湛愣了愣,明白过来后,一把把海辰抱过去搂在怀里使劲亲。海辰挣扎着躲开了那张满是胡茬儿的脸,然后就保持着一定距离细细研究。长这么大他接触过的只是女性的脸,男性的脸使他感到新鲜。他看了一会儿,伸出一只小手去摸,摸那上面的胡子,经过一番研究显然是有了某种把握,转脸看我,笑嘻嘻道:"胡子。"

"胡子扎疼不疼?"彭湛问他。

"疼。"他老老实实答道,遂又反问,"你疼不疼?"

彭湛这回是真不明白了,愣愣看海辰,不知该如何作答。海辰很耐心地向他指出:"胡子从你的肉里扎出来,你疼不疼?"

彭湛放声大笑,海辰也不搞搞清楚他爹是为了什么笑,就跟着咯咯咯地也笑了起来——真是个爱笑的小傻瓜啊——那咯咯咯的笑声低沉沙哑奶声奶气,与成年男子的粗犷洪亮交汇融合穿过我的耳膜直抵心里。我低头静静地为海辰择着鱼刺,心在那笑声里静静地融化,想:唉,此生我别无所求,此刻足矣。

第二十二章

海辰睡了。我在厨房里洗碗,不知道他在房间里干什么。洗完碗扫地,扫完地擦桌子。看看再也没什么事可干的时候,就把排风扇卸下来,烧了开水,戴上橡皮手套,准备来一番大大的清洗。我不得不找些事做,没有了孩子,我和彭湛似乎就无话可说。一个人的时候心中积攒了无数的质问、谴责,一旦面对面了却又不知从何问起说起,或者说,不想再问再说,甚至,不想再想,以后的事以后再说吧,只要现在好,就好;只要海辰觉着好,就好。

"海辰这孩子真是不错!"

彭湛出现在厨房门口,当时我正用刷丝蘸去污粉擦排风扇扇叶上的腻油,专心致志毫无防备,因此,一直堵在心头的话想也没想地脱口而出:

"下次来的时候想着给孩子带点儿礼物,随便什么。"

他停了会儿:"我最近情况不好……"

我停止了刷洗,瞪眼看他,不像假的:"怎么回事?"

"具体就不说了吧。"我没吭声,他只好说,神情语调都像是梦呓,"一觉醒来,几万块就没了,再一觉醒来,又是几万,挡都挡不住,也不知道怎么挡。刚开始,还觉着心疼,到后来,就没感觉了，倦了，木了……"

"那就早撤呀，还非要等到全部赔光？"

"我也想早撤，撤不了。银行里你贷的款，别人还欠着你的钱，怎么撤？做生意像在高速公路上开车，不是想下就能下得来的，得有出口。"

这么说是真的了。看他背倚厨房门框而立、头发蓬乱胡子拉碴、神情消沉疲乏的样子，突然发现，他出现在我这里的时候，总是他不得志的时候。意识到这点心里很是悲哀，为自己悲哀：看来我只能是为人分担痛苦而没有资格分享幸福了。忘了在哪本书上看到哪个专家说过，男人得意时需要宠着女人，这时的女人犹如他"锦上的花"；男人失意时需要靠着女人，这时的女人便是他"雪中的炭"。但这女人通常不会是一个人，一个人很难同时兼备"花"和"炭"的功能，"花"像女儿"炭"像母亲。我想只要可能，没有哪个女人不愿做"花"而去做"炭"，可惜想归想，真正做什么却由不得自己，那几乎是一种天赋，与生俱来。

"你这次来北京是为了这事？"

"死马当活马医吧。可能需要在这里住一段，住饭店，一天就是几百。"声音很低，犯了错误似的，让人不忍心再看他、再问他什么。

我开始重新刷洗排风扇，嚓嚓嚓，边找一些别的话说：

"你来北京，冉怎么办？"

"家里有个人。"他含含糊糊道。若不是提前知道他家里确实"有个人"，听口气谁都会认为他说的这个人是保姆。

"小吕吗？"不是有意让谁尴尬，只是想确认一下。

"嗯。"

就这么一声，没有意外、慌乱，连想问问我是怎么知道的好奇都没有。却感到并不是由于厚颜无耻、耍赖、浑不吝,而是一种……什么呢?一种心不在焉,一种这件事全不在心上了的淡漠,一种无所谓。就好比,天都要塌了时,谁也不会再在乎脸上脏不脏头发乱不乱;又好比,人都要死了时,谁也不会再顾及手指头上的一个小伤口一根小毛刺儿。什么情人妻子这种种婆婆妈妈的枝枝恩怨在面临崩溃的事业面前统统不值一提。女人永远是男人主流生活的点缀。男人的主流生活是事业。没有事业的男人,女人不愿意要;有事业的男人,从根本上又不在乎女人。这就形成了一个怪圈,也是无数男女情感悲喜剧的一个重要生活源泉。想到这点,我不由从心底里为小吕姑娘叹息。说她遇人不淑不够准确,但是没有遇到这个人好的时候,后果是一样的。

"你生意上的事她知道吗?"我问。

"这些事她不懂!"他断然道。

他瞒着她。可以理解。很难想象一个成熟的男人会跟如女儿般的娇嫩女孩儿诉说自己事业上的失败、苦痛,徒然地让她对自己失望。女孩儿把自己的青春美貌作为投资投到你的身上是为了换取保护换取温暖,不是为了扮演相反的角色比如圣母。因此他必要瞒着她,首先要瞒的就是她,再困难,也得为她撑起头上的那片天,哪怕那天上的绚丽多姿如彩虹一般只可以用来看看。虚假繁荣也比不繁荣好,这个时候的他尤其不能再失去她,她是他事业成功的结果之一、标志之一,仿佛名牌服装上的那一枚绣标,又仿佛证明他曾经鼎盛过的一件历史文物,可怜的小吕姑娘,本以为自己傍上了一个可靠的人,却不料到头来反倒被人给傍上了。

电话铃突响,我小跑着去接电话,水淋淋油乎乎的手套都没顾得摘下就抓起了话筒,生怕吵醒海辰。彭湛知趣地站着没动,这个家里的电话与他无关。

电话里传来一个女声:"请问是韩琳家吗?"

"是。"我答。边迅速地想她是谁。那是一个陌生的声音,很年轻。有资料说女人的声音随着年龄的增长分贝会成比例地降低,电话里的那声音又细又脆,风铃似的。

"请找彭湛。"她说。

按照惯常的礼貌我应当问都不问就去叫对方要找的人,可是,这是在我的家里,不是公共场所,打电话打到我的家里来找一个不是我们家的人,却连一个起码的通报都没有,一个解释都没有,是不是就有点儿无礼了?既然你无礼在先,我当然就有理由也无礼一下。

"请问你是哪位?"

听得出她明显犹豫了一下,然后说:"我是……兰州。"

我问的是"哪位"而不是"哪里",但也足以说明问题。我说:"是小吕吧?"

"你是韩琳大姐!……韩琳大姐,我跟你说,我认识彭湛的时候,我跟他好的时候,根本就不知道他在北京还有妻子有孩子,真的,一点儿不知道……"

到后来声音里带出了哭腔。她的话我信,但不喜欢她的腔调,不喜欢那腔调里透露出的东西。好像是我和她在争着一个什么宝贝,我败了,她胜了。似在诉说无辜,给我的感觉更像是胜者对败者的居高临下的炫耀和抚慰,还有一种不由自主的造作,自以为、也要让别人以为她又单纯又善良。毫无疑问,这里面肯定有着彭湛的误导,甚至可以说,这误导起了主要作用。这个比起他和我来的确要单纯要嫩的女孩儿一定以为,我也爱彭湛,离不开他,不肯放他——想不出彭湛不这样解释还会怎样解释。事后证明他果然是这样说的,不仅对小吕,对所有知道我和海辰的人都这样说：我对她一点儿感情没有，那孩子我根本就不想要。你想嘛，对母亲都没有兴趣了，怎么还可能想跟她要孩子？所以，对这个孩子我也——唉！现在就是不知道怎么跟她说，实在是不想伤她，喜欢我的都是二十来岁的姑娘，说了，太伤人自尊。……应当说他说的都是实话，但又是一种片断组合式的实话，彭式的实话：只把他那方面的感情单择出来，组合一起，不谈我这一方面，给人的感觉当然就是，他不爱我我爱他缠着他。炫耀自己的被异性追逐是人之常情，谁不希望自己是一盘抢着吃的菜？张爱玲都说了，一个女人再好些，得不到异性的爱，也就得不到同性的尊重，这话对男人同样适用。得到了，有了成就，却不说，不宣传，那意义先就少了一大半。从前，我曾主张，把别人对你的爱和好感藏在心里，是自重，是尊重；当资本一样地挂在嘴上，是浅薄，是亵渎。并且说到做到，自以为不俗。但当有一天别人拿这套对我的时候，却一个跟头就掉入了俗套：高兴，沉醉，虚荣心大大的满足——瞧，为了我，他宁肯不要妻子不要孩子，我是多么有魅力啊，这份爱是多么深刻多么厚重啊……才发现，真俗，真清醒，都好；最不好的就是我这种追求清高的俗人，两边不靠，两边碰壁，受到的打击，都是双份。好在还不失聪明，得以弥补先天的不足。此刻，不用谁说，我就能想象出彭湛对小吕的每一步，每一幕，以及小吕的每一个反应。当然当然，说到底，他怎样向她示爱是他的自由他的事，但是如果拿我做垫砖，做陪衬，做说明书，我不干，这等于侵犯了我的名誉权。一想到我的名誉我的形象我的自尊可能受到的歪曲和利用便热血沸腾万分激动，而我的一个生理特点就是，只要真正激动起来，脑子就格外清楚，该说的话能脱口而出，不该说的话则一个字儿没有。本来，照逻辑，照对方的逻辑和旁观者的逻辑，这个时候我都应该问上一句:那么你现在知道他有妻子有孩子了,打算怎么办?貌似抓住了要害穷追猛打,实际上等于给了对方一个现成的依据:瞧,果然是吃醋了,果然是舍不得他,他果然是一块人见人爱的宝贝疙瘩——这不是为虎作伥为人作嫁又是什么?我才不会这样傻,关键是,我压根儿就没有这样想;而且,问都不用问,我都能替那女孩儿回答了那个问题:要是早知道他有妻子有孩子我根本不会和他接触,可我现在已经爱上他了,他也爱我——等于又白给了人家一个抒情的机会炫耀胜利的机会。

——以上那所有的思想活动都是事后的分析和自省,当时,我一秒钟都没有耽搁,可以说想都没想,仅凭下意识就把要说的话说了出来,且态度极其亲切和蔼,像一位真正的大姐。

我说:"小吕,听我说,我们的事跟你无关,真的。我和彭湛的关系早就不好,刚结婚不久,有一个月没有?就分居了,直到现在。我们俩的结合纯粹是一个误会,一个错误,根本上就是两条路上的人两股道上的车……"不动声色地,合乎逻辑地,实事求是地,表达了对她的爱人的不屑——那是一盘我看都不想再看了的剩菜,你尽管吃,都吃了最好,免得浪费。

电话那边一片寂静。至今我不知道小吕听到我这样说时是什么心情。失望?失落?还是觉着受到了彭湛的欺骗?她只是再也不肯说话,不论我说什么她都不吭,以致我以为她挂电话了,细听,又没有,只好叫她:"小吕!"

"嗯?"

"怎么不说话了?"

"嗯……"

于是我明白了,她是对我没兴趣了;于是便对她说"我给你叫彭湛去"。彭湛在厨房里,正在接着刷我刷了一半的排风扇。我告诉他,小吕找你。他立刻垂下眼皮,在抹布上揩了揩手,一声不响地走了出去。

他很快回来了,满脸乌云。

"你跟她说什么了?"

"怎么了?"

"她情绪很不好!"

"她怎么说?"

"什么都不说。……你说什么了?"

"没说什么呀,"我皱起眉头努力回忆,满脸的天真和诚实,"就说咱俩的事跟她没有关系,说我和你早就关系不好,早就分居了——小姑娘说她跟你好的时候根本不知道北京还有我和海辰这么两个人,说着都快哭了!"

彭湛怀疑地看我,我忽然明白了他怀疑的是什么,他怀疑我对小吕说了他生意上的失败,那是他目前心中的焦点。这就有点儿不够了解我了,有点儿太小瞧我了。我是那种小人吗?是小人,但不是那种。且不说对这类损人不利己的事情我概无兴趣,就算有兴趣,它也成不了。在这种特定的人物关系下,我说一百句实话,也抵不过他的一句假话,甚至抵不过他的不说话。这个道理我懂,这个经验,我有。当初,在兰州干休所那栋小楼二层的卧室里,当他的前妻滔滔不绝对我历数他的不是时,我自己的心理活动我最清楚:充满了对对方的怜悯,充满了对彭湛的爱情,那爱随着那女人的恨而节节上升,仿佛沐浴着春雨的庄稼。情不自禁的时候还反问人家:既然他如此不堪,你为何不早早地放弃了他?她说是为了孩子。不用说,这在我当时的眼里心里是一个十足的借口——这就是爱情的魔力,它可以使一个人的智力瘫痪,使一个人成为五官健全的瞎子聋子,一个人一旦被爱情武装,那就算穿上了铜盔铁甲,刀枪不入。毛主席说,吃一堑,长一智。而今,当我也成为前妻——准前妻的时候，怎么可能让历史的悲剧在自己身上重演？

这些都是我心里的想法，没有说出来，不是所有的想法都可以说出来的。彭湛仍在怀疑地看我，只好让他怀疑，等到有一天他和小昌见面，自然可见分晓。我不再理他，也不看他，兀自刷着我的排风扇，嚓嚓嚓嚓，心情不错。

晚上，彭湛在我的家里下榻。没有了小梅的多事，一切安排自然而然顺理成章。我仍然带海辰睡大屋的大床，他睡在小屋的单人床上。必须承认，当他跟我说需要在这里住一段时，我心里是高兴的，为海辰高兴，只见到爸爸还远远不够，还应该有一段家里有爸爸的生活——人的欲望就是这样，得到了，就想再深一步；深了一步，还想再深，没有止境。中午吃饭，看到他们父子嬉戏笑闹，看到海辰对他的父亲、对一个成年男性充满欣喜的观察和触摸，我甚至想，如果能就这样过下去，也不错。

早晨六点半，我准时醒来，海辰得在八点之前赶到幼儿园里吃早饭，今天早晨幼儿园的食谱是牛奶，煎软饼，大米粥，腐乳，没有鸡蛋，那么，我就得让海辰在家里吃了鸡蛋和水果再走。幼儿园的早餐总是这样，有鸡蛋就没牛奶，有牛奶就没鸡蛋，而且，沿袭中国的饮食传统，一律不设水果蔬菜。书上说，这么大的孩子每天早晨要保证一个鸡蛋一杯牛奶及一定含量的维生素，于是，我就在头一天去幼儿园接孩子时看好次日晨的食谱，再按照食谱，决定在家里该给他补充些什么。我对海辰的未来是怀有热切希望的，希望他才貌双全，高高大大像西方人那样，个头在一米八〇到一米八五之间（也不要再高），为此曾认真研究了中西方饮食习惯的差距，发现本质差距就在于早餐蛋白质和维生素含量的多寡，当下就做了决定，从早餐抓起，从娃娃抓起。

按照昨天晚上想好的,今天早晨蒸蛋羹。上一次给他吃的是煎蛋,幼儿园里永远是煮蛋,所以今天要蒸蛋羹。蒸蛋羹相对费事费时,起床后,我迅速穿好衣服,趿了拖鞋,就往厨房里去。走出屋门,发现门厅里光线比以前暗,再看,是由于小屋的房门被关上了,这才想到还要为彭湛准备早餐。我的早餐简单,一个鸡蛋或一杯牛奶,上午工作饿了,随时添加水果或别的零食。男人不行,男人是要吃饭的。我快步走进厨房,开冰箱,拿鸡蛋,打,放盐,放点切碎的葱花,搁锅里蒸,所有的动作一气呵成。趁蛋羹蒸着的工夫,拿上饭票饭锅,去食堂给彭湛买早点。

路上不断遇到端着饭锅饭盆往食堂里走或从食堂里出来的人,看到我时都有些奇怪,打的招呼都是:"你也来打早点?"我便回答:"啊。海辰的爸爸来了。"

其实只答声"啊"也成,谁也不会无聊无趣到非穷根问底,是我想说,也算是对长期以来有关我的窃窃私语的一个回答。在单位里,我对彭湛的事从来不说,任人猜想好奇。而只要我保持沉默,就没有人好意思直接关心到我的头上来。

我们食堂的菜炒得一般,早点却非常出色。除了油条油饼花卷豆包豆汁儿豆腐脑这些北方早点的大路货,还有各种他们自制的小点心:枣糕,滴着热油的炸糕,咸甜适中的牛舌饼,刚烘烤出来的新鲜桃酥,水果馅儿饼……琳琅满目,香气扑鼻,让人无从选择——我完全不知彭湛的口味。最后,还是依据我的口味,买了油条油饼豆腐脑。我爱吃那些小甜点,想男人大概应该与女人相反。

翻过来的锅盖里放油条油饼,锅里头盛豆腐脑,我一路端着上了楼,家里依然静静的,两个男人都还在各自的屋里睡着。我去厨房里放下早点,蛋羹刚好蒸好,取出蛋羹,滴上点香油,

第二十二章

放到凉水里冰上，就给海辰准备早上的水果，洗好了的甜橙，一切四瓣，剥下皮，放在盘子里，一切就绪后，正好到了叫海辰起床的时候。

海辰睁开眼睛就问爸爸呢。出门前又问爸爸怎么还不起床。我告诉他因为昨天晚上睡得晚。他又问为什么睡得晚，我说可能是有工作吧。其实彭湛是在看电视，他属于那种离不开电视的人。进门后的头一件事，先得把电视机打开，不看，也得让它响着；晚上，没特殊情况，就在电视机前一直待到不得不睡的时候。我和他正好相反，没有特殊情况，新闻联播都很少看，宁肯看报纸。相比起形象和声音的媒介，我更喜欢文字。为了大家都方便，昨天睡前，我让彭湛把电视从大屋搬去了小屋。海辰平时看电视也不多，一般是看完晚上六点一刻的动画片就关机，只有二十分钟。倒不是他不愿多看，是我不让他多看，不愿看他小小年纪就窝在电视机前死气沉沉的样子。理由俯拾即是：保护视力啊，小孩子得多活动啊，电视机有辐射啊……成年人总要根据自己的喜好培养孩子，不管有意还是无意。之所以不愿对海辰说彭湛昨晚一直在看电视，是因为海辰肯定会因此不解：妈妈不是说看多了电视不好吗？爸爸为什么要多看啊？一个傻瓜提出的问题十个聪明人也难以回答，海辰就是这样的一个小小傻瓜，一个由于头脑单纯、环境单纯而造就的傻瓜。此前这个家里他一直只有我，凡是我要求他做到的我都能够也做到，但是我不可能这样去要求彭湛，他是另一个成年人，有着自己的喜好和习惯，让一个三岁幼儿了解适应这点，是一件颇为复杂需要时间的事情，今天早晨无论如何来不及了，还有一刻钟八点，所以我只能敷衍。

送海辰回来，彭湛还没有起。昨晚我关灯睡的时候已经十一点多了，小屋里的电视还响着，想来他睡时怎么也得午夜以后。他是那种想睡就可以睡得着的人，随时随地。具备了这种天赋就可以无视通常的作息时间随心所欲了。

吃完简单的早餐，端一杯清澈透明琥珀般的红茶，我在写字台前坐下。上班的上学的都走了，楼道里静静的，家里也静静的，但是这静已不是那静了，虽都是无声，却有着本质的不同。我对自己说这只是个心态的调整问题。……窗前大杨树的树冠已然又见墨绿，密密匝匝镶嵌在我的窗框里，背衬着乳白色的天空，纹丝不动，如一幅静止的油画。我凝视着它，一点点啜着滚烫香郁的红茶，心总算慢慢安静了下来，我拿起笔来，沙沙沙沙，渐渐也就忘记了家里还有着一个人的事。

这天彭湛直睡到中午，早点就没有吃，同我一块儿吃的从食堂打来的午饭，吃了饭就赶着出去办事了。我收拾了桌子，洗了碗，完后，去了他睡觉的小屋。刚进门就闻到一股浓重的隔夜气息，烟味、男人的体味、呼吸味混杂一起，使空气都有了一种触摸得到的质感。再一看皱巴巴的床铺，凌乱散放的碎物，又想到晚上还得给他做饭，心里不由就有点儿烦。多个人多双筷子，是大户人家才配说的说法，房间多，用人多，搭着家底厚，可不是"多个人多双筷子"？像我们这种小家小口，多一个人就是多了一个大大的麻烦，尤其当这人又是个成年男人的时候：块头大，晃来晃去的家都小了；饭量大，做饭的时候锅都小了。

彭湛在北京的日子，就这样天天一睁开眼睛就出去办事，晚上方回。晚饭大都在家里吃，生意不好，饭局就少，也算是一个规律。那些日子我觉着家里的东西怎么也买不齐，刚买了酱油醋没了，醋买回来糖又没了，赶等买回了糖来，又没了手纸。还得买各种副食还得买菜。尤其是菜，采购量明显增大，以前一顿饭一斤半斤菜足够，现在得三斤四斤。天天天天，晚上接海辰从幼儿园回来的时候,我都要拎着大袋小捆地爬五楼。总想他住不长,忍一忍也就过去了。也想他正困难,寄人篱下是万不得已,我若再表示不耐,别人心里岂不是更要过意不去?但他似乎并不"过意不去",天天睁开眼睛就走,回到家里就吃,心安理得自自然然,如同海辰。也不买东西,除了酒没了时给自己带回来一瓶二锅头。这天晚上,他回来得比平时早些,我们开饭的时间也就比平时早,六点的时候,饭已吃完。饭后他又是碗筷一推,起身离席去了小屋。片刻后,电视机便响了起来。我收拾着桌子,心中的奇怪倒比愤愤更多一些。这人是怎么回事,是不是脑子有问题,如果不是,怎么正常人该有的行为逻辑他一概没有呢?

我在厨房里洗碗。海辰跑了过来。

"妈妈我要看《葫芦小金刚》!"

看表,快六点一刻了。我说:"去看呀!"

"爸爸不让!"

"为什么?"

"他说他要看。"

我边在围裙上擦着手边去了小屋,电视机屏幕上,一个看不出年龄的外国女人正躺在一个巨大无比的浴缸里喝葡萄酒,同时慢慢将一只瘦骨嶙峋的脚举出水面。导演大概比较偏爱这个情调,正拍,反拍,横拍,竖拍,无限延长着这个场景。按说这时妈妈不该出面让爸爸让着孩子,首先是对孩子不好,为什么你要什么别人就一定得让给你?可是,且慢,具体情况还得具体分析。先得分析的就是彭湛,他凭着什么胆敢在别人的家里公然侵占一个孩子法定的——这个法是"妈妈法"——看电视时间?而且他还知道海辰一天只有这二十分钟的电视节目,而且他还知道家里没有钱买录像机因而没有办法把孩子喜欢的节目录下来。

开始时我态度还好。

"看什么呢?"我说,这时屏幕上那女人已把脚举得带出了小腿——腿却光润浑圆——看样子还有要继续上举的意思。

"不知道。"他摇摇头,又说,"连续剧吧,我也刚看,没看到头儿。"

"不知头不知尾的,有什么意思?先让海辰看,他的动画片开始了。"

这时那女人圆圆的膝盖也浮出了水面。彭湛眼盯屏幕看着微微皱起了眉头,没说什么,但也不动。这时已到了六点一刻,我也就不再啰嗦——尽管十二分理解一个中国男人想看一看外国女人大腿或者更多一点儿什么的心情,但是那女人的动作实在太慢这可怪不得我——我径自过去调了台。"葫芦娃,葫芦娃……"随着《葫芦小金刚》主题歌的响起,海辰忙不迭地跑到电视机对面坐了下来。说是对面,其实是斜对面,正面被彭湛霸着。动画片一开始,他就沉着脸拉过一张报纸看了起来,没有一点儿要挪窝的意思。我也没再进一步提出要求,什么事,差不多就可以了。

我回到厨房继续洗碗,边洗边想,无论如何也要问一问彭湛打算什么时候走,不管时间长短,给我个心理准备,我不是一头可以蒙上眼睛就拉磨的驴子。

"妈妈!尿尿!"

海辰叫,理直气壮。这也是我们母子之间一个没有约定的约定:在他法定看电视的时间里,他尿尿通常由我来接。开始我也曾让他自己去厕所,他舍不得去,就憋着。直到有一次我由开裆处看到他的小鸡鸡充盈着,前面一滴一滴地向外滴着水,鸡鸡下面的沙发滴出了一个圆圆的水渍,而他仍目不转睛盯着电视浑然不觉的样子时，才决定，以后，属于他的这二十分钟就要分分秒秒完完整整地属于他，雷打不动。却并不打算延长看电视的时间，正因为有限制，才会珍贵，无休止地满足孩子的欲望，会使他没有了欲望。

"妈妈！"

海辰又叫。我之所以没有马上过去是因为拿不定主意：我在厨房里，忙着；你彭湛就在那个屋里，闲着，为什么、怎么就不能伸一把手了？心突突地跳，手脚开始发凉。海辰的第二声叫终于激起了我强压多日的怒火，我大声地命令道：

"彭湛！给海辰接尿！！"

喊完我就停止了动作，一手拿洗碗布，一手拿一个涂满了洗洁精的碗，定格，谛听，有了动静。男人的沉缓的脚步，从小屋去了卫生间。接尿的尿杯子在卫生间。又从卫生间去了小屋。我吐了口气重新开始洗碗，片刻后彭湛出现在厨房门口，一手拿尿杯子，另一手扎煞着，满脸的嫌恶和愤怒。

"你看看你看看！尿得我满手都是！床上也是！"

他的样子使我觉着有点儿好笑。我在龙头下冲着碗："你怎么连给小孩儿接个尿都不会。"

"他都这么大了，有尿为什么不能去厕所！"

"他在看电视。"

"看电视就该着叫别人接尿？"

"他每天就这么二十分钟的时间……"我为海辰解释，自己都感觉苍白无力，可是不这样说又说什么？我们之间——我、海辰和他——本就没有一点点共同的岁月，没有沟通了解的基础，如今他突然又拿出了堂而皇之的大道理，真的是让我无言以对。"他再大，也只有三岁。"我勉强又说了一句。

"三岁已经懂事了！这个孩子我看都是叫你给惯坏了！"

我再也说不出话来。想是他又错误理解了我的心理活动，脸上现出了一丝胜利者的冷笑。

海辰不合时宜地跑来："妈妈，《葫芦小金刚》完了。"

彭湛霍地转向了海辰："海辰！你给我听着——"

我一下子插在了他和海辰的中间，抢先说道："海辰，去看看还有没有别的少儿节目。"海辰瞪大了眼睛，不相信。我用胳膊肘蹭蹭他毛烘烘的大脑袋，"快，去看看。"海辰脸上蓦然开花一片惊喜，转身跑开。

彭湛继续冷笑："整天吹自己会教育孩子，就这么教育啊，我算是见识了。"我不作声，只是看他。他越发受到了鼓励，声调渐高，"韩琳，我告诉你，这个孩子不能再这样下去了，你要是管不了，让老子来管。"接着就扭脸吼了一嗓子："海辰！"

"哎——"海辰奶声奶气地答应。

"没事儿海辰，看你的电视吧。"我也冲门外高声说了一句，然后走到彭湛面前，伸手把他身后的门关上，问，"你什么时候走？"

他愣住，竟完全听不明白。

"你——什么时候——走！"我重复着我的问题，一字一字，语速缓慢，如一个初学汉语的老外。

这回他总算听明白了。"现在还定不了，好几处都还没有头绪……"声调一下子降了下来，近乎嗫嚅，这越发令我反感，我转过头重回去洗碗，不再理他。

这天晚上，许是由于吃饭早了些，睡前他说是饿了，自己去热了点剩饭吃，顺便，就又喝了点酒。也许他压根儿就是想喝酒——心情压抑——找了个借口。他吃完喝完的时候我和海辰都已洗了上床了，我坐在被窝儿里，海辰坐在我的怀里，听我讲图画书，这时，彭湛满身酒气地进来了，身穿衬衣衬裤，

走到大床的我这一边,掀开了我的被子,把身体挤将进来,同时,笑着逗海辰道:

"海辰,今天你睡小屋,爸爸和妈妈睡,啊?"

刹那间,一直百思不得其解的那个"解"一下子出现在我的脑子里,令我脸红心跳:他准是把我的忍气吞声、忍辱负重、逆来顺受当成我对他的爱恋和挽留了!被爱者是主人,爱人者是奴隶,这法则颠扑不破。回想自彭湛进家以来我的所作所为所有表现,怎么可能不叫人做如此想法?尤其对于彭湛,以他的粗糙,他自我中心的思维方式,他的人生观价值观,根本就想不到一个小孩儿除了温饱还会有什么别的需求,当然就更不会想到母亲对孩子的那颗心了,那心的敏感、丰富、深幽、曲折、脆弱,非它的同类决不能体会。

这可真是一个天大的冤案。有嘴说不清,说不如不说,越描越黑。

他的大腿隔着薄薄的两层织物——他的和我的——贴着了我的腿,那陌生的肉的温度由腿部唰地传遍了全身,全身唰地涌起了鸡皮疙瘩。可悲的是我还不能采用一般女人这种情况下的通常做法,扇耳光,怒斥,没一样行得通,没有这样的环境气氛,也不是这样的人物关系。况且,更为特殊的是,身边还有着他和我的孩子。海辰先是震惊得呆住,接着就伸出两只小手拼尽全力去推他爸爸,推不动,一个三岁的孩子,"全力"又有多少?我搂着海辰往旁边挪开了一点儿——还不能挪多,免得又让人家产生错觉,以为我是在给他腾地儿——躲开了那腿,完全无法忍受那种陌生的肉的温度,多一秒都不行。

海辰推不动小山一样的爸爸,急得要哭。我紧紧搂住他安慰他:

"没事儿海辰没有事儿,爸爸喝酒喝多啦。"既然你借酒装疯，我也就借酒说事，大家谁也不尴尬，"妈妈当然要和海辰在一起，对吧？"又转对彭湛，正色道，"你快过去睡吧，开玩笑也得有个度，没看孩子真当真了？"

听我这样说他便下了床，走了。果然如我所料，他根本就没有喝多，至少没有喝多到失去理智的程度，他一直相当清醒，所以才会想到借酒装疯，以事先给自己预留出一条退路。

那天晚上我几乎没怎么睡着，躺在黑暗中前思后想，每想到自己竟使人产生了那样的误解，心里就恨，恨自己，恨得牙都酸了。

至于他究竟为什么要这么干，我拿不准，至今也没能搞清楚，分析的结果有三种可能：一、希望能够"一睡泯恩怨"；二、离开小吕长了，有了生理上的需要；三、两者兼有之。

关于他的"生理需要"我了解，和我正热恋，就可以因为这需要同另一个他已决定抛弃的女人发生肉体关系，正是这件事使我知道了，女人之于他不过是需要时的工具。工具就是工具，需要时拿过来用用，用完了就完了，仿佛一支笔、一个碗，你用它写过了几行字、吃过了几次饭，难道从此就要对它担负起道义上情感上的责任了吗？笑话。可惜我对他的价值观不能苟同，我不想做工具。

"一睡泯恩怨"的可能性较大，根据是他选择的时机，刚好在我对他明确表现出不满表现出"怨"的时候。果真如此，他就是把自己作为了工具，是想对我使用"美人计"——天哪天哪！

二者兼有的可能也有。可惜，无论是做工具、使用工具，还是互为工具，我都没有兴趣。情、欲总还是应当有一点一致吧，毕竟，都还算是人吧，或许，男人和女人又有不同？但是归根结底，这事我有责任，是我让人家误会了。可因为一开始没有说，现在就更没法说了，只好永远不说。

……

天快亮时我睡着了。睡前想到的最后一件事是,既然他连这种姿态都做出来了,可见他面临的艰难程度,我就不要在这个时候火上浇油落井下石了,我们没有感情,但也没有多少仇恨。早晨六点半的时候,我准时醒来,给海辰准备牛奶水果,给他去食堂里打了早点。

从这天起,他的态度发生了一百八十度的大变化。小心了,勤快了,也常常往家里买东西了,说话做事也知道看一看我和海辰的脸色了。总之,像一个寄人篱下的人了。海辰马上就感觉到了这个变化,并充分加以利用,对他的爸爸颐指气使,蛮横霸道。我不喜欢海辰的这副样子,不喜欢他狗仗人势恃强凌弱像一个品质败坏的小奸臣。说过他几次,一点儿用没有。才发现,对孩子光"说"不行,孩子的单纯敏感会使他不加选择不由分说吸纳着周围环境所有的信息和影响。换句话说,他童年时成长的环境,将铸成他一生的品格,正所谓三岁看大七岁知老。

我曾经那样为海辰渴望着父亲,身临其境时才发现,过去我在这个问题的认识上,有些偏颇。我是读了过多的有关书刊文章,被那些并非不科学的关于单亲家庭儿童的种种吓怕了。深知那些著书立说的社会工作者、专家学者的苦心,但还是要说,他们在强调完整婚姻对于孩子的重要时,却忽略了有关婚姻形式与婚姻内容的探讨。怎么见得有父亲就一定比没有父亲强呢?换个严谨的说法,怎么见得双亲家庭就一定会比单亲家庭强呢?倘若没有社会上的偏见、歧视,单亲家庭和双亲家庭就能够做到站在同一个起跑线上,各有优长。比如,单亲比之双亲,就可以更大限度地保持对孩子教育上的一致性。海辰便是一例。

为了海辰，我想让彭湛来；同样是为了海辰，我想让彭湛走。可是，怎么让？下过几次决心，话都到了嘴边，说不出来。好几次，看到海辰又和他爸爸一起窝在电视机前，晚会、广告、电视剧一路看下去的时候（道理怎能敌得过榜样？），看到他小油条似的在我和他爸爸的不协调中左右逢源、渔翁得利的时候，看到我们家以前的生活秩序、我自认为是健康规律的生活秩序已然遭到了致命摧毁的时候，便反复对自己说，不能再这样了不能再这样了，学好十年，学坏三天，海辰真的不能再这样下去了。

最后，我做出了决定，他留下，我们走。

那天晚上，海辰睡了后，我对彭湛说我得带海辰回家一趟，我母亲想海辰了；他走的时候把门锁好就可以了，钥匙给对门邻居；还告诉了他饭票在哪里饭盒在哪里食堂几点钟开饭等等。

半个月后我带海辰回京的时候彭湛已经走了，我用了整整一天时间才将屋子恢复到了他没来之前的水平。晚上，看着干干净净清清爽爽的家，心里头像水洗过般地清亮。上床后，照例要和海辰聊一会儿天，这种聊天通常是东一句西一句，琐碎拉杂想哪儿说哪儿，这一次我们聊的内容却比较重大，是关于他的父亲。

"海辰，想不想爸爸？"

他叹了口气，若有所思："他老是喝酒，睡觉，看电视，什么忙都帮不上。"

"那干脆和他离婚算了。"

"那他还是我的爸爸吗？"

"那当然啦！"

他没马上回答，我等待着。他终于开口了，说的是："算了吧。凑合着吧。"

我的心沉了沉,但是再也没说什么。我必须耐心等待,等到海辰能够接受的时候。他们也是同样,他和小吕。爱情决不比亲情更高尚更神圣,这二者起码应当是平等。加上我们都是成年人,成年人的承受力远远大于孩子,所以在这件事上,不管愿不愿意,我们,我、彭湛和小吕,都得以海辰的感受为主。

第二十三章

母亲病了。

那一段我正好在家。确切地说,是在军区通信总站代职,半年。总站离我们家乘车二十分钟的路,领导做这样的安排,也是为了让我能够兼顾孩子。我通常是早出晚归,当部队有什么重要事儿时,就不归,晚上海辰由小英带着。五月下旬,母亲感到右腿膝部疼痛,后来就开始肿。去医院挂专家门诊,说是类风湿,开了些有关类风湿的药回来;母亲和我们都想,要是类风湿就不算什么了,慢性病,六十多岁的老人了。只是腿疼得蹊跷,越来越疼,皮儿都疼,不能挨,手一挨就疼。六月下旬,母亲开始发烧,低烧,伴有咳嗽,但是没有任何人想到把它和腿疼联系到一起,都以为是感冒。正好之前海辰感冒过一次,就想当然认为是海辰传染了姥姥,就拿些感冒药来吃,却总也不好,烧依然是低烧,咳嗽重了,喘,呼吸困难。好不容易说服母亲去医院——母亲最不愿去医院——透视没发现问题,于是坚信就是感冒,可能由于是热伤风,不易好。当时我正在通信总站参加长话连的一次全军业务考核,那些天晚上就住在连里,我不在的日子,夜里小英由楼下搬到楼上陪着海辰,于是楼下就剩下了母亲。妹妹知道了这个情况,就回家去住了,有一天打电话给我，让我回家。

母亲盘腿端坐床上，两手支撑在身体两侧，几天不见，脸都有些肿了。问母亲怎么回事，说是喘不上气来，憋得，夜里睡不好。拉过母亲的手来，发现由于用力支撑身体，手背关节都被凉席磨出了一层黄色硬皮。后来，后来的后来了，在返回北京的火车上妹妹告诉我，那些天母亲夜里憋得躺不下，就一直那样坐着，妹妹几次说要把我叫回来，母亲不让，说我这次是带着任务回来的，压力大，"你姐姐一个人带着个孩子，不容易，我能帮帮她就尽量帮帮她。"

在我的动员下、也是母亲实在坚持不住了，才又去了医院。这一去就再也没能回来。检查结果是，中心型肺癌，三十四厘米大，并已向纵膈转移。

母亲在医院里住了四十天。

那四十天是那一年里最热的四十天，我们姊妹六个全部地、全力以赴地扑了上去。

听说北京海军有位抗癌明星也是肺癌，从发病到现在已活了二十年，我们千方百计将电话打了去。那人说，他刚诊断出肺癌时就已是晚期，决定手术，打开胸腔后发现，已多处转移，医生什么都没做，又把胸腔关上了。后来他靠化疗、靠积极的生活态度，坚持到了今天，现在，肿瘤的原发灶都已钙化。这消息给了我们巨大鼓舞；妹妹在一本杂志上看到有广告说有种膏药能治肺癌，五百元一贴，两贴见效，不假思索就将一千元钱寄了过去；妹妹家离医院较近就成了我们给母亲做饭的据点，妹妹家的煤气灶由于不停地炒啊、烧啊、炖啊、煮啊，加上天热，灶台的塑料开关都热熔掉了；病房里没有空调，我们轮班昼夜给母亲扇扇子，到扇扇子也无济于事时，就想法给母亲的病房里装上了空调。按说这是不允许的，但为了母亲事先我们已经打通了所有的关节,从院领导到科领导到医生护士长到护士,我们全都拜访过了关照到了。医生护士们劝我们说你们这样不行,一下子全"烀"上来不行,得做个长期安排,轮流来,否则这样下去,你们受不了。我们一一答应着,但是谁也不肯轮流来,每个人都是天天来,哪怕没什么事做,只要能跟母亲待在一起。母亲睡了,我们就静静地坐着,等她醒来,有时便会把手放在她的脚上,轻轻摩挲。从前至少我从来没有过这样的举动,从前我特别不愿意过分地跟母亲亲昵。

有一段时间母亲很好,呼吸顺畅了,腿也消了肿,不疼了。是在刚做了两次化疗的时候,正作用开始显现副作用还没出来的时候。那天中午我值班,海辰放在了妹妹家里,吃过饭后我有些困了,我说妈妈你困吗?母亲说我不困,你要困你就睡会儿。看得出母亲不想睡想说说话,我就说我也不困。那天我们聊了很多,中间有一人来看母亲,母亲不耐烦她的打断就半闭上眼睛做疲惫状令那人很快离开,然后又跟我聊,兴致勃勃。在窗式空调机习习的凉风中,母亲用一种在愉快中回忆不快时的口吻说:"本来以为这条腿好不了了,都僵了;又想,好不了,就锯掉,我有六个闺女呢,不怕!……以后,一年是得来医院几次,输输液。"母亲最终不知道自己患了癌,告诉她是肺炎,这是我们姊妹六个的决定,主要是考虑到母亲心脏不好。至今我为此后悔。母亲聪明坚强,她有权利有能力为自己的生命做出选择。我曾力主她去北京,她不去,可是,倘若她知道了真实病情,会不会去呢?做化疗也没有征得她的同意,一切都在欺骗中进行。最终正是化疗的副作用导致了她生命力衰竭。那次母亲同我还谈到了钱,显然她的头脑始终清醒,那些日子钱在我们手里都不是钱了,只要是母亲需要,花!流水一般。母亲心里都清楚,精力稍微好一些,她就要开始安排了。她说:

"把你的钱取出一半来,"我一向在母亲那里放有存折的,"把她们垫的钱都还给她们,报销之前,由咱们俩先垫支,解放一大片。"并显然地对空调也认可了,以前要给她安她一直不让,嫌用空调室内空气不好。"要安就安楼上吧,安楼下影响窗外的铁棂子。"我说要安就安分体式,分体式不会影响铁棂子,安那种一拖二的,客厅、母亲卧室各一。我说这些话时母亲眼里一直微微含笑,我说完后她没说话,默许。跟母亲说这些事时我是真诚的,投入的,同母亲一样兴致勃勃的。直到最后一刻,我们都在坚信奇迹,期待奇迹。

母亲很快就进入了衰竭阶段,衰竭到后来都感觉不到癌肿的疼痛了。

由于海辰还小,去医院照顾母亲的事情就多由姐妹们分担了,我每天除了去医院看母亲,大部分时间仍得同海辰一起。那一段恰逢八一建军节,干休所给老干部们分东西,有子女的由子女往家里运,没子女的由干休所的战士帮着运,到处是喜气洋洋的热闹忙碌。父亲母亲在这个干休所里口碑一向很好,与老干部、与左邻右舍关系也好。即使如此,降临在我们家的灭顶之灾于别人也不过是一番感慨嗟呀而已,什么样的个体灾难都影响不了整体生活的继续,人们该过节过节,该分东西分东西,旁人的苦难与己无干,无干到都影响不了一顿饭的食欲,我曾经也是那样的一个"己",作为"己"时我对人人之间的那种深厚隔膜全无体会,现在体会到了,体会得痛彻、惊骇。那些日子,我开始思索一个过去从未认真思索过的问题:生命的意义在哪里?几千年了,一代又一代的人,重复着生产、消费、活着、死去这样的一个过程。为了活着而生产、消费,为了死去——至少客观上如此——而不辞辛苦地活着。然后又是新一代人的诞生,开始新一个完全相同的轮回。跳出来看,远远地看，居高临下地看，不带偏见地看，人同动物、同植物、同一只蚂蚁一片树叶一粒微尘，有什么本质区别？人知道人的世界复杂精彩，焉知道蚂蚁的世界、树叶的世界甚至微尘的世界，就一定不如我们？常常，看到奔碌的蚂蚁飘零的树叶我们的怜悯之心菲薄之心会油然而起：有什么意思啊它们？焉知道是不是还有一双别样的眼睛在注视着我们发出如我们一样的慨叹：有什么意思啊他们？

我买了一本厚厚的《内科学》，书说："少数肺癌患者，有时可伴有一种或多种肺外症状，其中以骨、关节病变和内分泌紊乱引起的综合征较为常见"，具有"发生快、疼痛剧烈、关节肿胀疼痛等特点⋯⋯"这知识我肯定是学过的，但具体到临床上，就很难从腿关节的疼痛肿胀联想到肺，就是为母亲看病的那位专家不也就腿看腿看出了一个类风湿吗？当然我们挂号挂的就是风湿科，但是，我敢说，没有哪一个腿疼的病人会想到去看呼吸科。让病人根据自觉症状做出自我诊断后选科挂号的方法弊端太大，应由院方统一先做初诊；可是，哪里去找这种全科全通的医生胜任这样的初诊工作？医学在疾病面前，常常是无可奈何。

一天夜里，我见到了父亲。父亲穿着他那身浅驼色的中山装，站在院子中间，面向楼房，垂首而立，无语。我一连声地呼唤爸爸爸爸爸爸，父亲不应，不动，亦不抬头，令我始终没能看到他的脸。后来我醒了，醒来后心怦怦直跳，想，是爸爸来叫妈妈了吗？

母亲离去那天夜里，妹妹和小英在医院值班。那时家里住着我和海辰以及从外地回来的二姐一家三口。没有母亲的家是那样空旷，清冷，凄凉，没有意思，家里人再多也抵不过一个母亲所能产生的温暖。为了打发那些无聊多余的时间，我们只好做一些最简单的、能磨掉时间又不必动脑子的娱乐,比如打打扑克下下军棋。那天晚饭后,我们聚在餐桌上下军棋,两个孩子下,两个妈妈各给自己的孩子支招儿,差不多到时间了,就洗洗上床睡觉,准备第二天再去医院。夏天,不到五点天就亮了,天一亮我就醒了,海辰在我身边熟睡,这时,我听到房头方向传来了嗵嗵嗵的脚步声。像是有预感似的,心突地一跳,猛然从床上坐了起来,谛听。那其间由于修路,电话一直不通,家和医院无法联系。……脚步声进了院子,窗外出现了小英的脸,我和海辰睡的是楼下母亲的房间。小英说:"姥姥不行了!"几分钟内我们就都起来了,大人、孩子,向外走时我瞥见了散乱在餐桌上的军棋棋子,立刻把目光转了开来,但那一瞥已然刻在了心上,冰冷冷的……

　　病区走廊洁净如镜,还不到起床时间,病人们都还在熟睡,到处静悄悄的,只有我们几个人参差急促的脚步,快到了,就要到了,妈妈,我们来了!大概是听到了脚步声,妹妹从病房里探出来半个身子一张脸,那脸苍白如霜,唯眼睛通红。妹妹冲我们压低嗓门儿喊了一声,喊完就把身子缩了回去,声音喑哑。她喊的是:

　　"不许哭!哭人家就要把妈妈拉走!"

　　病房里聚齐了我们姊妹六个,那一刻唯一令我们安慰的是,母亲的脸。此前那脸由于病痛折磨眉头一直紧蹙,这时完全舒展了开来,嘴角挂着一丝明显的笑意。为什么,妈妈?肯定不是因为终于摆脱了病痛,至死,母亲是想活的;至死,母亲在疾病面前是顽强的。母亲于夜间三点多离去,一点多时,要求下床解手。那时她的腿已经肿得打不了弯了,全身衰竭得眼皮都抬不起来了,但是,坚持下床解手。解完手后,问妹妹:"海辰呢?"妹妹说:"怎么想起海辰来了妈妈?"已经夜里一点多了海辰不可能还在医院，妹妹担心的是母亲是否神志不清了。不料母亲不满地道："怎么想起海辰来了——海辰现在交给谁了？"那一段为了能多在医院同母亲待会儿我常把海辰东交西交逮谁交谁，令母亲不安、不满。海辰是第三代里最小的一个，也是母亲最为喜爱挂牵的一个，除了他的懂事聪明，我想，他的没有父亲定也是一个重要原因。妹妹这时方才肯定母亲神志是清醒的，不过是由于一段儿一段儿地衰竭、昏睡没有了时间概念而已，便道："海辰跟姐姐回家了。走时跟你告别来着，你睡了。"母亲道："噢。"自此无话，直到离去。这证明母亲心里分明是有我们的，是舍不得我们不放心我们的，那么，她脸上的那份舒心、那份惬意，是为了什么？

我们把脸贴在母亲的脸上，贴在母亲的手上、胳膊上、腿上，六个女儿的泪水把母亲的身体都打湿了，病房里却一直是静静的。静静地，姐姐说了：

"你们看妈妈的脸，多舒服啊。……妈妈肯定是见到爸爸了！"
……

妹妹送我和海辰回北京，就是在那次，妹妹告诉我："妈妈不让我叫你回来，说你姐姐一个人带着个孩子，不容易，我能帮帮她就尽量帮帮她。"

到现在我也不知道，母亲怎么会知道我是"一个人带着个孩子"，因为我不在她身边，我不说，就没人会知道。我从来不说，只有在春节这样不得已的日子里才解释一句："妈妈，彭湛回兰州了回不来，他那边生意出了点问题。""噢。"母亲每次只这样应一句，并不多问。小时候母亲给我的印象是很唠叨的，按常规人越老越爱唠叨，母亲不，尤其在父亲去世以后。父亲去世后母亲有了很大变化，比如从前对于新闻联播和报纸，母亲是想看就看不想看就不看的，感觉上好像父亲看了就等于她也看了；从前，我们工作上的事情都跟父亲说，跟母亲说的多是个人家庭的情感琐事。父亲走后母亲开始每天看新闻看报，一丝不苟。是在我也当了母亲——单身母亲之后，才体会到了母亲变化的心情，她是想尽量承当起我们对于父亲的那部分需要，在各方面都对我们能有一些帮助。

母亲确诊之后我给彭湛拍了电报，没说要他来或不来，只告诉了他这个事实。心里是希望他来的，深知母亲对我们的现状是有怀疑的，他若能来会使她放心，这是其一；其二，母亲是爱他的，至少从前，在所有的女婿里，最爱的是他。作为回报，老人临终前他应当来看一下。当然，我不会因此背着母亲向他乞讨，母亲的自尊就是我的自尊。他拍来了一封长长的电报：惊闻妈妈患病深感痛心老天爷如此对待好人太不公平企望妈妈早日康复儿日日祈祷夜夜祈祷。我把那封电报撕成碎渣儿扔进了垃圾桶里不想让任何人看到包括小英，心里头的全部感受只有三个字可以概括：伪君子。让我深感安慰的是，自始至终，母亲不提他，拿他当没有一样。感觉上并不是为了怕刺激我，是真觉不值一提。现在想，母亲知道一切。看到我没有哭哭啼啼，没有怨天尤人，工作、带孩子努力勤奋，母亲就知道了我需要的是什么，不需要的是什么。直到今天，我感谢母亲无言的信任、支持，无言的同仇敌忾。

彭湛来了信，第一次就离婚问题正式摊牌，全文如下：

韩琳：

你好。海辰好。现在是凌晨一时，提笔给你写这封信，很难，但得写。

最近我去省内各地跑了一圈，还是为债务的事，经历了不少小的成功和大的失败。

我发觉我的心是彻底死了,是在这次挫折之后不久的事,想一笑置之,却连"一笑"都不可能。在北京时你对我的分析和指责,极诚恳,极正确,我的确是个自私、轻率的人,为自己想得少,为别人想得更少。结婚几年了,现在很冷静地想,你在我心中究竟占了多大的位置?想起来很寒心,冉占的位置稍大些。但我现在对冉也是动辄训斥和打骂,有时打骂毫无道理,但就是忍不住。包括彭澄,你知道我是很爱她的,但在她走前的头几年里,我与她的信件往来就已是只言片语聊胜于无了。

我是自己把自己搞糟的,糟到极点,轻率到极点,包括我们的婚姻。韩琳,我在你身上找不出一点儿毛病,却极深地伤害了你。我也曾无数次下决心,抛弃这里的一切,甚至工作,去北京,哪怕当一个摆摊的个体户。但是想远一点儿,以我的德性、脾气,会更近、更直接地伤害你和海辰。我们婚姻的失败责任全在我身上,我现在一想起彭澄的热心和虔诚,就无地自容。我已下决心去海南,冉准备给他妈。实在不行,我就带上冉走。

我是个极不称职的丈夫、父亲和哥哥,有时半夜三更恨起自己来也是腮帮子发酸。我是很真诚地说以下这些话:我们分手吧!对于海辰,我会尽量尽义务,但也是经济上,我的心中,早就没有爱了,一点儿都没有了!

现在大约有五万多的债务,朋友们帮衬了一下,目前几个月还支应得过去,往后,就不敢想了。在海南再失败,我就用极端措施制裁自己,当然说不定到时候又会改变主意。我是个多变的乱七八糟的人，你对这一点早就看清了，我也看清了，只是比你稍晚些。

韩琳，我是极认真地希望你幸福的，你应该尝试寻找新人，也许现在是晚了点，但是你比我冷静、成熟得多，也透彻得多，我想你能从我这里汲取很多很多的教训。

我的思路很乱，再加上喝了点酒，酒后是真言和肺腑之言。

彭湛

这封信将一个男人想和一个女人分手时的理由、借口说得全面到位：不爱了；自己不好；自己的境遇不好。当然这一切有可能全是真的，我是说他的境遇，可惜对我毫无用处。我愿意尽力理解体谅对方，更何况他的愿望也正是我的愿望？但是，没有办法，在海辰还理解接受不了的时候，我们都必须等。这一等，就是两年。深知这两年里彭湛和小吕对我的怨恨。据说，他们认为我是在报复。又说，我是为了用这种方法要一笔巨款。不管他们怎么说，我不解释。我不能仅为了解释的需要就捧出海辰单方面的不舍——他的父亲说，对他"早就没有爱了，一点儿都没有了"。

两年里，彭湛多次同我就离婚问题交涉。由于海辰的不同意我就也不能同意。谁说婚姻只是夫妻双方的事？有了孩子，婚姻就属三方，尤其在这个孩子尚未成年的时候。而只要我不同意，彭湛和我离婚就断无可能。《婚姻法》规定：现役军人的配偶要求离婚，须得军人同意。在此我很抱歉，我不得不利用《婚姻法》对我的那些驻守海防边防、长年甚至一生都与配偶分居的战友们的特殊保护。

这两年里，我努力工作，成绩卓著，经济状况因之大为改观，母亲和海辰是我的重要动力。我爱以我幼年时的感受去体会海辰的心情，幼年时的我，希望从母亲那里得到的是关心和温暖，希望从父亲那里得到的是强大和骄傲。而今海辰只有我，我唯有像母亲那样兼具了母亲和父亲的职能，才会使他感到安全，没有更多缺憾，人格更趋健全。

这两年里，海辰也没闲着，他迅速长大。终于有一天，我想我们有条件再次讨论关于离婚的事儿了，那年海辰五岁。

"海辰，你看你爸爸总也调不来北京，还是离婚算了。"

"为什么呢？"

"如果不离婚，万一哪天妈妈出了什么事，不在了，你就得归你爸爸，得随他去兰州。兰州在大西北，周围到处都是沙漠什么的，远不如北京。"

"哪里都不如北京！"他插了一句，深为自己是一名北京儿童自豪。

在这里我不得不再次感到抱歉，为达目的，不惜扬北京而抑兰州，不惜利用、纵容孩子的虚荣，有的时候，母亲的心真的是又功利又狡猾。顺着他的话茬儿，我又说："至少在中国，是这样，首都嘛。……怎么样，跟他离婚吧？"

"那他还是我的爸爸吗？"在我做了肯定的回答后，他爽快答道："那好吧。"

我和彭湛协议离婚，我不仅没要他的一分钱，连例行的抚养费都主动提出来不要。看得出这使他迷惑，不明白我拖了这么长时间才离婚到底是为了什么——就算是为了报复，要钱不也是一种报复？我仍是没有解释，仍是无法解释，我们之间由于缺少沟通导致了最终无法沟通。下决心倘有一天再为人妻，一定要接受这次婚姻的教训，要像申申说的那样去做，"该哭的时候哭;该要的时候要;该撒娇撒娇该撒泼撒泼该吃醋吃醋",做一个真正的女人。当然,前提必须是,得遇到一个真正的男人。

　　我不要抚养费不是为了作态,是有条件的。那条件就是,如果我有什么意外,海辰不能归彭湛,得归我的妹妹。我的妹妹没有孩子,视海辰如同己出。之所以想到要立下这样的协议,是因为想到了冉。

第二十四章

领导命令我去抗洪一线生活。

此前,有段日子了,我和海辰天天看新闻联播,看哪哪又被淹了,哪哪的干部因不负责任或临阵脱逃被撤职了被处分了,哪哪还在下雨或将又要下雨,哪哪又上去了多少部队,看水位报告,看危机四伏的铁路干线,看坍塌的房屋,看失去了家园的农民……那段日子,由军人跑动的腿、洪水和摄像机组成的《焦点访谈》的片头,以及所配悲壮、激昂、震撼力极强的音乐每每使我的心怦怦直跳。海辰也不无担心:"妈妈,洪水不会淹到咱们北京来吧?"显然这事已引起了他异乎寻常的关注,他头脑里的国家领导人都因此由三个变成了四个,此前只有江泽民朱镕基李鹏,现在,加上了一个温家宝。

就是在这样的日子里,领导通知我去抗洪一线。我首先的反应是,我不能去。基于这样的考虑:那里多我一个少我一个实在无关大局,而我的儿子一旦没有了我,天就塌了。我去找领导交涉。"抗洪是一件大事。"领导说。我解释:"我的意思是,我去不去,对抗洪是一件小事。""上级就这么通知的,我们也没办法。"领导两手一摊,做无奈状。现在的领导很会做工作了,远不是我在连队时那样的简单直率。"上级通知说必须我去了吗?"我问。"那你说叫谁去呢?"他伸出右手,弯着指头一一点了另外几个合乎上级通知条件的人的名字,这个有这种情况,那个有那种情况,比较起来,我的情况最不算情况。"不要想太多,不会有什么事儿,上级领导为你们考虑得很周到,给你们选择了一个安全的地方,九江。"

我明白我必须去了,也是在这一刻明白了领导那句"抗洪是一件大事"的本质含义。并不是害怕批评处分,以我的工作性质,让我转业离开部队都不见得是一件坏事。只是在这样的局势、氛围下,即使我能坚持不去,恐怕也不会愉快,会否成为心中一个终生的阴影,都未可知。回到家里,我跟海辰说了这事,并说了我曾经为了他跟领导专门交涉过,我必须让他知道他在我心中是很重要的。他瞪大着眼睛听完后说:

"他们怎么这么坏!"

我忍不住笑了一下:"也不能这么说,这也是他们的工作。"

"不去不行吗?"

"不行。"

然后我就把出发时间、同行人员以及这几日的安排跟他细细说了一遍:出发日期是后天,与另外三个单位的三个人一起。我已跟妹妹通过电话,妹妹乘明天早晨的 K36 特快中午到京,接了海辰后一块儿乘原车返回。今天下午我要去商场里买一些必需的东西。我去买东西时海辰可以在家里玩电脑,也可以找同学。这时海辰已是一名五年级的小学生,十岁了。

海辰说:"我跟你一块儿买东西!"我警告他要买的东西很多。他一向最烦逛商场,除非是专门给他买玩具。"我跟你一块儿!"他固执地重复。

要买的东西的确多,主要是琐碎,得在商场里跑来跑去。防晒霜、避蚊油、纸短裤、纸扇子、胶卷、录音磁带、手电筒、电池,手电筒和电池这样联系紧密的两样东西都不在一块儿卖,甚至不在一个楼层,还要给海辰买乘火车路上要带的吃的。海辰始终跟着我跑来跑去,看我挑选,帮我拿挑好的东西,提示我该去的楼层,表现出前所未有的耐心和安静。买齐东西出来已是晚上,我们进了商店旁边的麦当劳,他要了巨无霸套餐,我又给他单要了一个中薯条两个苹果派,自己什么都不要,我不喜欢麦当劳,宁肯回家下面条,但喜欢看他吃。麦当劳店里到处可见这种看着孩子吃的妈妈或爸爸,有的是不愿意吃,有的是舍不得吃,神情是一样的,通常比孩子更津津有味。海辰显然是饿了,喝了两口可乐,就从盒子里取出厚厚的巨无霸狠狠咬了一大口,突然他好像想起了什么,嘴里还嚼着就急急地把已咬了一口的汉堡包又放回了盒子:"妈妈咱们拿回家吃,新闻联播快开始了!"

这天晚上的新闻里,一位陆军少将被洪水冲得不见了踪影,一位空军上尉牺牲了,均在湖北方向。海辰马上掉过头来问我:

"妈妈你们是去哪儿来着?"

"九江。江西那边。"

"噢。"他略略松了口气,重新回过头去看电视。才发现,从前,我们对这一切的关注全然是旁观者的,带着旁观者事不关己的超然。

次日上午,我和海辰在家里待了一上午。收拾好我和他的东西后,就开始打印计划中要打印的东西,先是我们家所有银行存款的存单,再是借有我们家钱的两个人的名字以及她们的住址、电话。打完后印了两份,一份藏在了餐桌的夹层,让海辰记住;另一份连同海辰的户口本、我和彭湛的离婚协议书一起装在一个纸袋里,准备交给来接海辰的我的妹妹。我必须做好最后的、最周密的准备,否则,无法心安。中午,吃了简单的午餐，我送海辰去北京站，他坚持要自己背他的小背包，自己拎路上吃的东西，只让我拿着我的遮阳伞。那是一个干热的天，到处是轰轰烈烈的阳光，出租车不让进站，下车后，还有一段不短的路需步行。我撑着遮阳伞，他裸露着走在我的身边，小眉头由于强烈阳光的照射而微微蹙起。我要给他遮阳来着，他不让，由于我们俩身高的不一，一把遮阳伞顾了此就会失彼。

我们来到了北京站广场，广场上永远拥塞的人群都被太阳晒疏落了。进站后，妹妹已等在了那里，我送他们上车，直到广播让下车时才下来，下来后就跑到了他们坐席所在的窗下，等待车开，才待了不过几秒，就见海辰在车窗里同我打手势让我到车厢门口去，我去了，我到的时候他也到了，我们俩一个站在车厢里，一个站在车厢下，列车员隔在我们中间做着车开前的准备工作。海辰说：

"妈妈，到了那儿就给我打电话。"

"知道了。不过万一打不通，你也别着急。"

"你尽量给我打一个！"

"能打我肯定会打。你不能要求一定怎么样，万一做不到我会有压力。"

"知道了。妈妈，到了那你千万记住不要住一层！"一路上，他一直很少说话，要说，就是这几句，翻来覆去。这时候，我看到他的眼圈红了，此前他一直表现得相当克制。他说："妈妈，注意安全⋯⋯"

我垂下眼睛，表示我不愿看到他的这个样子。这时我听到了列车员咣咣的关门声，同时听到海辰在关门前发出的一声急促的尖叫：

"妈妈再见！"

我抬起头，看到他隔着门玻璃同我招手，脸上没有泪，只有一脸如天上日头般灿烂的假笑。

……

那年他四岁。

那年他一直光洁如玉的皮肤上开始生出了茸茸的小汗毛。晚上，我坐在被窝儿里，他坐在我的怀里，听我讲图画书。正讲着，他突然说："妈妈，怎么我一看到光身子的小鸡鸡就直？"我问："哪里有光身子的？"他用小指头点着图画书上一群不穿衣服的土人，其实土人的私处画家全都很负责任地用植物叶子遮住了，前后都没有露着。他说："这不是吗？"说着还把身前的被子推开，让我看他的小鸡鸡，自己也低下头看，一脸的纳闷儿。那一次我没正面回答他的问题——我已被感动得一塌糊涂——我搂着他的小身体，下巴颏搁在他香喷喷的头发里，低吟浅唱般道："海辰，不要长大了，永远就这么大，跟着妈妈，好吗？"……

为赶一部重要的稿子，我必须跟他分开一段时间。妹妹利用休假来我这里照顾他。分离时是晚上，我把他安置上床后便去客厅等来接我走的汽车。门铃响了。"妈妈！"卧室里立刻传来了他的叫声。我走进卧室。"什么事，海辰？"我在声音里有意加了点责备。"是司机叔叔来了吗？……别忘了告诉他你要去哪儿。""不会的。我告诉他，你放心。"这时我应转身走开，但最终还是没有克制住自己，我走到床前，握了握他放在被子外面的小手，不料他一骨碌站起用两条结实的小手臂紧紧搂住了我的脖子，小脸在我的腮上下巴上蹭来蹭去，他已经满面泪水了，却就是不出声。他向我保证过不哭的，他大概认为只要不出声就不能算哭，我没说话，怕我会哭，我不能哭，我是他的榜样。用了点力气才将他的小手臂拉开，他没有坚持，躺下用被子蒙住头便像任何一个伤心难过的幼儿那样放声大哭了，他以为被子会帮他遮盖哭声的,毕竟,他才只有四岁。那一刻我心灰意冷万念俱无,想,不走了,哪儿也不去了,就在家里,守着我的小儿子。可是我不能,哪怕为了儿子,我也不能平庸……

那年他五岁。

他在卫生间玩水,待我进去时发现还剩小半卷的手纸已被全部扔进了马桶里。他已经这样大了,怎么可以一再出现这种毫无道理毫无逻辑的行为?我怒不可遏。他一言不发地听着我发泄,插空说了句:"我现在不跟你解释,待会儿再解释。"说完转身走了出去。我目瞪口呆了片刻后意识到,他长大了,不可阻挡。

家中有女客来,对他相当耐心相当友好。客人走后我问:"你喜欢这个阿姨吧?"他说:"就是有点儿胖。"简直岂有此理。我说:"那么那个阿姨呢?"他说:"也不大行。""那么你觉着谁行?"他想了想:"青青姐姐的妈妈还可以。"

"青青姐姐的妈妈"是我们剧团一号大青衣,三四十岁的人了看上去像是二十五六。我认真了,我把他拉过来,问他:"那么来咱们家的叔叔呢,你喜欢谁?"他毫不犹豫道:"小罗叔叔!"小罗从事电脑专业,奉我的朋友之命来帮我安装电脑兼做启蒙。海辰曾亲眼看到他把电脑玩得溜熟,自己的妈妈站在一旁满脸茫然。"连火箭都要靠电脑控制!"他告诉我。其实小罗对他是比较忽视的,至少不如那些阿姨肯敷衍他,但这并不能改变他对他们的看法。他已经从幼时的只需要温暖转到开始有自己的精神追求,亦已无师自通地学会了用"男才女貌"的标准衡量世人。于是我正告他,那个"有点儿胖"的阿姨是小罗叔叔的领导。他大为惊讶:"女人怎么还能管男人?"我向他指出:"咱们家不都是女人管男人吗?还有你们幼儿园里,也是。"他说:"那不能算!"我笑了起来,自感论据不足,甚至可以说有点儿赖皮。这场关于男人女人的话题到此结束。我一向极为痛恨男人自视甚高的愚顽,却无意纠正自己的儿子,母亲天性中的自私由此可见一斑。

很多过来人忠告我说:不要对孩子投入过多,投入越多,伤心越多。我想他们自有道理,只是对我不适合,因为在投入的同时我已经得到回报了。从没想到一个孩子的成长会这样迷人,给我的生活带来了无与伦比的充实和欢乐。

那天晚上上床后,我们开始了每天例行的聊天,我非常珍惜这每一次聊天,我知道总有一天他会长大到在精神上不屑于上一辈的年龄。我要求他"解释"。他解释了。他说是玩水弄湿了身上,用手纸来擦干的,毛巾挂得太高够不着。"身上有水我怕感冒。"最后他特地这样强调。我曾一再跟他说我最讨厌爱生病的孩子,这纯是鉴于我小时候喜爱生病而耍的一个花招儿。他却是当了真呢。我伸手摸摸他浓密的欧式鬈发,看着他乌亮的眼睛红润的嘴,情不自禁地丧失原则道:"海辰,你怎么会长得这么漂亮?"

他回答说:"因为我英俊。"

终究还是没有长大。

那年他六岁。

要上学了,头天晚上,我为他准备好了上学的小书包,心情沉重,上学就意味着童年结束的开始。早晨送他去学校,看着他小小心心、试试探探、孤孤单单消失在校园里的小小身影,忧伤油然而起竟如同生离死别。下午去学校接他,挤在堆满学校门口的家长堆里,心下茫然,说不出地难过。直到看见他毫发无损地出来,居然还有着同以往一样的笑脸,一颗皱巴巴的心才豁然舒展。那天回家的一路上,全是他说话啦,拉着我的手，跟我说学校的见闻，急急忙忙气都有点儿喘不匀的样子：喜欢邢老师，因为"邢老师对我们像对没上过学的小朋友一样"。上课纯粹是浪费小孩儿的时间，"讲什么是田字格本，谁不知道呀！"老师教了一首儿歌，四句，给一分钟的时间想，背过的可举手到前面背。"我就怕别的小朋友先举手，就抢着举了手，反正是刚上学，错了老师也不会批评。"真喜欢听他的讲述啊，有过程，有评价，有心理活动。结果他背得很好，老师说："声音洪亮有感情。"并让他带领全班小朋友背诵，颇令他自豪。也令我自豪。最后他问："妈妈我是天才吗？"我真的是过虑了，这个孩子身心健康完全有能力应付生命中每一个新阶段。

这年海辰要求过圣诞节。

他的所谓"过"，就是让我给他准备一只大袜子。从前在幼儿园每到圣诞节他也回来说说，但从没有像这年这样要求具体，并且相当固执。我一向对所有的洋节不屑一顾，在精神感情上保持着作为一个中国人的忠诚，可惜与社会接触越来越广越来越深的海辰已不可能再为我一个人所控制了。他对我说只要准备了大袜子，圣诞老人就会往里面放上他喜欢的礼物，而他是多么想要一个"上次五姨妈送给我的那种航模飞机"啊！我问他怎么知道圣诞老人肯定会送礼物，他说他们班好几个同学都收到过，"不过，"说到这里他停了停，"圣诞老人只送给好孩子礼物。"我当即决定给他准备大袜子，给他买航模飞机。也有过一闪念要用科学的态度讲一讲关于圣诞节圣诞老人圣诞礼物的来龙去脉真实面目，事后才想，幸亏我没有犯傻。那个圣诞节的晚上，他很早就上了床，大袜子就摆在他的枕旁。以往睡觉他总是要求我多陪他一会儿，那天刚躺下就要我走，说是我在，怕圣诞老人就不来了。待他睡熟后，我拿着藏在厨房吊柜里的航模飞机摸进房间，着手往那只大袜子里放，这才发现了一个严重的细节问题：比起飞机，那只大袜子小了。家里不是没有更大的袜子，但是海辰肯定会想，袜子怎么会换了呢？而以我当时的心情，多么希望这个动人的童话能够严丝合缝完美无缺啊！我最终想出的办法是，原来的大袜子依然放在枕边，航模飞机套上一只更大的袜子放在了窗帘后面的窗台上。第二天早晨，我正在厨房里忙，听到海辰叫我，带着哭腔。我一进房间，他的泪便扑簌簌地滚了下来，哽咽着，他说："圣诞老人没给我礼物……"我说不可能啊，他软弱地举起手里那只扁平的袜子，我说你先别急，我还准备了一只袜子，放在了窗台上，怕万一圣诞老人太忙，没时间进来，咱们看看，那里面会不会有。听我这样说他一下子屏住了呼吸。我走到窗户那儿，拉开窗帘，先装模作样朝另外的方向看了一下，再朝这边看，然后惊叫一声，拿起了那个被航模飞机撑成了长方形的大袜子，"哎呀！……快看看，圣诞老人送的什么！"他接了过去，急急忙忙往下剥袜子，徐徐地、徐徐地，装有航模飞机的纸盒子浮出水面！"哎呀妈妈这正是我昨天晚上心里想要的礼物！"他惊叫不已，欢叫不已，挂着泪珠的脸儿如同一朵雨后绽放的花儿。我同他一起惊叫，一起诧异，一起欣赏"圣诞老人送的礼物"，心都醉了。后来，他告诉我，他半夜里哭了好几次，做梦，梦到圣诞老人没有给他礼物。然后，又若有所思地道："这真是个谜！等我长大了，一定要把它研究出来。"童年就是童年，亦真亦假，亦梦亦幻，拥有着那么多神奇瑰丽的谜，留待着长大后一一去解。

我不得不暂时放下中国人的清高和感情，公正地说一句，洋人的圣诞节，比起咱的春节，要高明多了。主题都一样，强调的都是天伦之乐，人家的方式却是那样浪漫，富于诗意，富于戏剧性和想象力。想想我们的春节给孩子的礼物，压岁钱，赤裸裸的实在，哪里有一丁点儿情趣？

那年他七岁。

有段日子我便秘，每天，拿上一摞报纸或一本书到厕所里坐马桶就成了必修课目。傍晚，海辰做完作业，循声找到了厕所里来。

"妈妈，"他在我对面洗脚时用的小凳上坐下，说，"有件事儿我拿不定主意。"

我放下报纸："什么事儿？"

他沉思着："你说，要是我将来考上了清华，也考上了北大，上哪个学好？"

这还真的是让人难以取舍。我想了想，又想了想，想不出一个上好的万全之策，就说："要真是这样，咱们就先上一个学，完了再上另一个学。"

他摇摇头说不行，见我不明白，耐心解释："你想啊，要是万一将来我出名了，算是哪个学校培养出来的？"

我再也忍不住地哈哈大笑，天知道他的这份自信来自哪里，根据什么。但是，我喜欢。

那年他八岁。

七八九，厌似狗。他恰从八岁开始。不如狗。一度，我怀疑他是不是吃错了药，又怀疑他是不是神经出现了问题，他变得完全不像是他了。先是学习成绩明显下降，我没怎么往心里去，想，小男孩儿嘛。那时是春天，春暖花开万物蠢动，大人都会因此神思飘忽举止轻浮何况一个孩子？一天下午，我做好了晚饭等他回来。学校四点半放学，加上磨蹭的时间五点之前也足可以到家，但是那天直到五点半也没见他的影子，六点打来个电话，说是还要再玩一会儿，六点半回来。六点半多，回来了，一进门就大声地叹道："今天玩得真痛快啊！"那副心满意足的样子,好比饕餮者刚刚吃过了一顿大餐,又好比喜书的人刚刚读完了一篇美文,畅快、幸福从里向外渗透,红白的脸上满是汗污,后脑勺上吊着根草棍儿。我没说他,从心里说,看到他玩得那样满足我也满足。小孩儿嘛,就是得玩儿,玩儿就要玩儿好,当然也应该学习好,但这不是不让孩子玩儿的理由。对于"为了将来……现在必须……"的说法,我一向持反对态度。凭什么为了"将来"就必得牺牲"现在"?孩子的每一天都是他一生中的唯一。现在我也不认为我的这个观点有什么错误,但我却忽略了一个常识性的问题,学习一贯不错的孩子突然成绩下降,其实是一个信号,这方面出了问题,别的方面是不是也会有问题?从那天起,他天天晚上六点半以后回来,开始还打电话请示,后来先斩后奏,继而约定俗成。我也就随他去了,总想:小男孩儿嘛。事情逐渐暴露:先是老师打电话说他不完成作业,后是一位家长说他"带领一帮小孩儿在小花园里大吃大喝"。关于"作业",他向我保证"以后改";关于"大吃大喝",他的回答是"她骗人!我们是玩饿了,就一人买了一点儿吃的"。一想也是,大吃大喝也得有钱啊。他平时的零花钱也就保持在三两元的水平上。也曾想到过要找那位家长核实一下,但这个念头只是一闪而已。首先这是对海辰的背叛,不用说,我自己脸上也不好看。更更重要的是,我深信自己的孩子是一个天使。

  一天晚饭后,有找海辰的电话,他接了电话就出去了,说是什么东西落同学家了,要去拿。回来后手里拿着一个巨型拼装玩具船,说是同学借给他的。事情到这份儿上了我仍无察觉,只让他写完作业再玩儿。片刻后,门铃响了,开开门,门外站着的是同学和他的妈妈:原来,这船压根儿就是海辰买的,买后不敢拿回来搁在了同学家并订下了攻守同盟。同学的妈妈却不似我这样木,三言两语就套出了事实真相,先打电话把海辰叫了去核实,这才带着孩子又来找我。于是,两个孩子,当着两个大人的面把所有事情一件一件供了出来。人家那家长真有办法啊,先是各个击破,而后当面对质,即使公安局出身也不过如此。对质结果,海辰不仅买了船,还买了各种玩具枪总计七八支之多,枪全部被他们分藏在了院子里几个不为人知的地方,好几个孩子参与了这个行动。我没有当着别的家长和孩子的面质问海辰购买这些东西的钱是哪里来的,极度的愤怒和耻辱中,我还是想到了要给他和我留下最后一点儿面子。毫无疑问,那些钱是拿的,换一个严厉的词是,偷的。

他承认钱是从我钱包里拿的,分两次拿走了二百;也承认了那次"大吃大喝"是他请的客,用的正是这里面的钱,二百块钱全花光了……我听得呆住,这是他吗,那个我无限信任从没有过任何怀疑的我的小天使?由于过度震惊我没说他,到了睡觉时间就洗了进了我的房间。门开了,他进来了。"妈妈我洗完了。""洗完了睡去吧。"我头也不抬,仍看手里老舍的《微神集》。他站在我的床前不走,乌黑的发丝在灯下闪光,刚洗过的脸儿白里透红。他的皮肤很好,营养全面,前不久去儿童医院查过各种微量元素生化指标,无一项阙如或沉积。泪珠由他眼中滚滚流淌,在脸蛋儿上融汇成河,纤细柔软的小脖子由于哭泣而抽动,嘴里不停地说"妈妈,原谅我"。我不想他耽搁过久,淡淡说声"原谅",让他去睡。他又进一步道:"妈妈,亲我一下。"从前,一直,每晚睡前,总要我亲亲他、互道了晚安后,他才会安心睡去。可是,这晚不行。他哭着,不停乞求。我在内心里挣扎,不去看他,把全副注意力集中在手里的书上。他凑到了我的跟前,俯下头,在我拿书的手背上亲了一下,"晚安,好妈咪。"完成了从小养成的睡前仪式,哭着,走了。他刚一走,我就把眼睛从书上抬了起来，看着他消失的门口心痛不已，要知道我是多么想和他亲密无间！

第二天早晨，到时间了，我没起，没有睡好是真，做一种姿态给他看也是真，我躺在床上看书，耳朵挂在他睡的那屋……到点了，他醒了，一阵窸窸窣窣，啪嗒啪嗒的脚步声，像是去了厨房，冰箱里有牛奶，煮好的鸡蛋，有面包。从前都是由我一一热好，剥好，摆在餐桌上。好在天已暖了，就算他不热凉着吃也没有什么。他吃了，洗了脸，刷了牙，戴上红领巾，背上书包，到我房间里来同我告别。"妈妈我走了？"我"嗯"了一声，见我这副样子他满面忧伤，转身向外走，没走几步，又停住，回过头来向我报告："妈妈我还吃了一个芦柑！"是做了好事、期待表扬的口吻——今天的孩子啊。

那些日子，我到处打电话或找人咨询关于教育孩子问题，咨询的结果，仍然是一团乱麻一堆矛盾：过细过严了怕他形成依赖，一放松屡屡出现问题；经济状况好了他大手大脚，告知不好又怕他心里有压力；玩少了怕他不愉快，玩多了怕影响学习……也知道这里面的关键是要掌握一个"度"，可是，这个"度"的尺度究竟在哪里？我跟他长谈了一次，宏观，微观，大道理，小道理，谈了近两个小时，他频频点头一一答应。最后我说："我看你的行动。"他坚定地说："你放心。"我想他这次该痛改前非了，教训、惩罚都足够了，谁知才不过一周，就出了大事。

那天上午，他上学走后我开始工作。我每天能够工作的时间不多，等他走后我坐下来时就快八点了，下午要采购，要做晚饭，往宽里算，一天也就五六个小时。当时正在赶一部长篇电视剧，剧组已成立了，编剧压力很大。我打开电脑，打了没几行字，屏幕上跳出了一黑框，黑框里一行黄字，说是：磁盘已满，无法继续。我想也没想就认为这是电脑的失误，我的磁盘怎么会满?至少还有几百万字的空间嘛,够我写几年。我按了"Enter",果然,黑框消失,屏幕如常。我开始工作。那天思绪格外流畅,一上午四个多小时写了五千字,速度空前。十二点多时,我想我有理由休息一下了,午饭还没吃呢,按了"Esc",选了"存盘退出",不料,屏幕滚动之后,那不祥的黑框又出现了,黑框里面黄字依然:磁盘已满,无法继续。没写之前看到这警告还不觉什么,可是现在——全身的血液"突"的一下子涌上了头,想也没想就去按"Enter",希望着像刚才一样,不过是一场虚惊。开始的一切是像刚才一样,黑框黄字一下子就消失了,但是,那浅蓝色的屏幕上也像刚才一样:没有字!我坐了四个多小时写出的五千字居然没有留下一点儿痕迹,一上午的思绪奔涌殚精竭虑脑手不停仿佛只是一个梦,我傻了,愣了一会儿,想起了刚才电脑发出的警告,才想到要去查一下磁盘空间,查了,磁盘果然已经满满当当,调出一个庞大的陌生文件一看,竟然是一个三国游戏!家里头只有两个人,非我即他,就算是来过贼了,那贼也不可能不偷不抢单只往我的电脑里装进去一个游戏软件——铁证如山!气死我也!我饭都顾不得吃,哪里还能感觉到饿了?拉过一个本子拿起笔,企图把上午写过的东西记录下来,哪怕是个大致。却竟是一个字都想不起来了,越想想起来越想不起来,心中怒痛交加,已然把我搅得六神无主记忆力丧失。好不容易等到晚上,海辰放学回来。

"海辰!是不是动我电脑了?!"

"没有!"

我指着电脑:"那这个游戏是谁装进去的?"

"不知道。"

如果不是铁证如山我简直又要相信他了。一个孩子撒起谎来,能骗得过一百个大人。他有着明澈的眼睛纯净的脸蛋儿天真的神情,还有那个该死的、最容易让自以为是的、愚蠢的大人们上当的年龄!我看他,不说话,眼睛都要冒出火来。他开始还能镇定地与我对视,很快就害怕了,小心翼翼地向前走了一步,试图说点什么,我一掌推开了他,推得他一个趔趄,同时大吼:"给我滚!"他没动,片刻后又凑上前来,"妈妈……""滚!!"说完后我扭头就走,走了几步发现没处可走,就那么大点个家,只好开开门,走出了家,自己滚了。

……我在街上走,在车缝人流里走,无处可去,无家可归,像一个孤儿。眼泪止不住地淌,心里头茫然无绪,不明白怎么会是这样。从生下他来,不,从没生下他来,就一直一个人带着他,省吃俭用——不吃不用也不肯让他受一点儿委屈!听说新鲜氧气对婴儿大脑发育重要,就天天抱他去公园里吸氧,抱去、抱回,从七八斤抱到十几斤几十斤,抱得两条胳膊都粗了;从四岁起带他去少年宫学国际象棋学钢琴乒乓球,一周四次,打不起车,得先带他骑一段自行车再倒公共汽车,光自行车就丢了两辆;三伏酷暑,整半夜地给他扇扇子;数九寒天,一夜无数次起来给他掖被子;顶在头上怕摔了含到嘴里怕化了,辛辛苦苦掏心掏肝,当他妈当他爸当他的保姆他的银行我都不是我了,怎么到头来会是这样的一种结局?胡乱花钱毫不心疼,明明看到我写东西写得胃都痛了痛到极点时几天起不来床,钱虽然挣了一点儿但那每一分都是实实在在的血汗钱啊;还撒谎,欺骗起这样一位毫无保留信任他爱他的妈妈来居然毫不惭愧毫无怜惜;还带着别人的孩子一起撒谎做坏事,最后让人家的家长找上了门来;还不做作业还学习成绩下降……我在街上走,漫无目标——生命都失去目标了,心头的失败感受挫感如同四周的夜色,越来越浓,越来越重。

回到家已快九点了,海辰不在家,餐桌上有一张他留的条:

妈妈,我出去找你,你回来后千万不要再走,我每五分钟往家里打一个电话。他回来后就开始检讨,承认了所有劣迹。我始终一言不发,目光消沉,却再也不是出于策略,真的累了,身心均是。他去煮了方便面,这是他唯一会做的饭,做了紫菜鸡蛋汤,也是他唯一会做的菜,一一端到了桌子上,摆好了筷子,拿来了汤勺。从早饭后到现在我什么都没吃却仍然无一点儿食欲,但想到他这么小的孩子已经八九个小时没有进食,我长叹一口气,拿起了筷子。吃着饭,我开始说。从怀他时开始说起,说到他落草,上幼儿园,上学,说到动情处几次潸然泪下。"我要工作要带你里里外外,一把屎一把尿地把你喂起来……"他"噗"地笑出了声。这时我也意识到了刚才表述中一个词句衔接上的错误,可他怎么能为这点小事儿就笑得出来,在这种时刻?我"啪"地扔了筷子。他一惊,收起了笑正襟危坐。但他心里还是在笑,嘴闭上了眼里的笑意一点儿没减。我起身推开了碗,他这才慌了,赶紧站起来拦我,以为我又要离家出走。其实我并没这个意思,刚才那一通几个小时的街头流浪,滋味很不好受。可他一拦我我就来气,也来劲,就推他,推推搡搡中,开始打他。暴怒中不失理智,只拣肉厚的地方无关紧要的地方打,肩部屁股上臂,小心地避开心脑肺肾等一切禁区,直打得手都疼了才停下来,走到一边咻咻地喘气,他哭着凑过来,我推开他,他趔趄着后退了几步,待站稳后,又凑上前来,我又推开他;他又凑过来——海辰海辰,这个时候你不该再凑过来啊——几次三番,最后一次我便用上了更大的力气以示愤怒,推出去后就感到用力过大了,怕他万一摔倒摔着后脑,有意地,就手又向前拉了他一下。事后分析,如若平时,这一拉什么事没有,但当时他的肌体和精神做的都是防止后摔的准备,已用上了前倾的力量,再加上我前拉的力量,两力相加,就势顺势,极轻巧地,像是凌空一跃地,他向前一扑,两手都没有来得及伸出来做保护动作,便无声扑倒在地——想那"无声"是由于那一瞬强烈的不祥预感使我的耳朵失聪所致——他伏在地上起不来了,右手捂着右脸。我却暗暗希望是由于他"不肯起来"是作态,怀着这线希望我走过去,用脚踢踢他,命令他起来。他呜咽着努力爬起来,右手却始终没有离开右眼。我下意识向地上看去,看到了一汪亮晶晶的血!脑子轰然爆炸眼前一片白炽全身血液凝固我一把拉开那只始终捂着右眼的小手,只见那右眼眶的外上方,赫然敞开了一个口子⋯⋯

⋯⋯出租车在西长安街风驰电掣,向距我们家很远、服务态度很差、医疗技术条件很好的那所军队大医院驶去。我紧紧搂住海辰温暖的小身体坐在车后座上,嘴里一直不停地说话,所有的话都没有经过大脑直接从心里出来:海辰你还疼吗?千万别有什么事啊,你可是妈妈的宝贝妈妈的心肝妈妈的命根子啊⋯⋯妈妈不是故意的,原谅妈妈。⋯⋯不知道会不会落疤,真是个坏妈妈呀,太坏了!⋯⋯疼死妈妈了疼死妈妈了疼死妈妈了⋯⋯

这当口海辰给我讲开了故事。"有一次曹操要刺杀董卓,到他亲戚家时对他亲戚说了。他亲戚留他吃饭,说出去给他打壶酒。去了好久没回来,曹操就有些生疑,这时候听到厨房里有人说:'是捆起来杀吗?'以为是要杀他,冲进厨房把里面的七八口人都杀了,杀完后才发现地上躺着一头猪。陈宫说,孟德你太多疑了,人家是要杀猪给你吃的。这时曹操的亲戚提着酒回来了,曹操赶上一步把他也杀了,边说,世界上没有卖后悔药的⋯⋯"

大约是我这副样子使他想到了"后悔"一词进而想到了这个故事,想告诉我世界没卖后悔药的让我不要再这样自责。我只是拼命摇头,自顾歇斯底里嘟囔不已。海辰自言自语般大声又道:"今天总算见血了!"又说,"不会落疤的。落疤也没关系,我们男的,不靠长相,靠本事。"最后没有办法了,只好说,"妈妈你别哭了,你要再哭我也哭了。"

在我被那伤口惊得呆住时,海辰就再没哭过,一下子就不哭了,当我跳起来在家中跑来跑去找创可贴、拿钱、拿挂号证、拿包做去医院的准备的时候,他已经非常安静了,只是听说要马上带他去医院时说了一句他不想去,他困了,想睡觉了。"明天去好吗?"他说。我说不行好孩子不行,会感染会落疤的,妈妈知道你困了,妈妈对不起你宝贝!听我这样说他马上说:"好吧。"

……到了医院,挂号、划价、就诊,医生说需要缝针同时需要病人自己去叫眼科医生,我从一楼奔上四楼叫了眼科医生,然后带着海辰,穿过灯光惨白的过道向治疗室走。过道的一侧全是躺着、坐着的急诊病人,有的两手捂头手下鲜血淋淋,有的躺在长椅上呻吟不止奄奄一息,不到万不得已,没有人会在这个时间跑到这家大医院里来,已经快十一点了。与病人的紧急阴森形成对比的,是院方工作人员的从容镇定,从容镇定得仿佛钢铁,没有温度,没有表情,没有神经,有的只是坚不可摧的意志。海辰跟着我从其间走过,不惊讶,不害怕,不紧张,这个小男孩儿从小就是这样,似乎有妈妈在,就有安全就一切正常。他无限信任着我,他哪里知道这时他的妈妈神经紧张得已如一根绷到了极限的钢丝。

将要给海辰缝针的那个医生太年轻了,令我不满意;将要为海辰实施手术的治疗室太简陋了,也令我不满意,可我无权选择无可选择。我求医生:"医生请您好好缝我怕会落疤。"他看也不看我,淡淡道:"我肯定会好好缝。肯定会落疤。"我平静了一下,"请您尽量!孩子才八岁!"……消毒,戴手术手套,铺手术巾,打麻药。我眼睛一眨不眨盯着医生的每一个动作细节。打麻药时我更紧地攥住了海辰的小手,在眼部打针,先不说疼不疼,光是那部位吧,眼睛啊。海辰却只是在进针时轻轻哆嗦了一下,再就始终没动,一吭不吭,任医生将针在他眼部的皮下大幅度捅来捅去。……第一枚手术针是钝的,我在手术室里实习过我知道。那医生用持针器持针将海辰嫩嫩的皮肤都顶出一个白白的尖儿了,却就是穿不过去,他却坚持要穿过去,加了力,于是,我真真切切听到了钝针捅过皮肤时的那一声"噗"!"这样不可以!"我低低叫了起来,由于激动泪水也同时夺眶而出。一般情况下我不爱与人争执,尤其是处于被动方时,尽量委曲求全,但在委曲也求不了全的时候沉默就没意义了,这枚明显钝了的针会给海辰造成新裂伤的,那皮肤多么嫩多么薄!我等待医生发火,并决定决不让步。不料那医生只抬头淡淡看我一眼,淡淡地说:"你还是出去吧。"我不出去。我一定要盯着全部过程从始至终不管这对我是多么困难。我当然知道医疗事故毕竟少数,但即使是万分之一,落在我儿子身上就是百分之百。这是我用心血用生命养大的小儿子,全身光滑除肚脐眼儿外没有一个伤疤的小儿子,八年来我带着他跑来跑去,骑自行车,坐公共汽车,没摔过他一次,单身时我骑车撞人、挨撞、挨摔的事一年总得有那么几次,一句话,我视他的生命高于我的。每当爱他爱狠了时我就要说:海辰,要是咱们俩只能活一个,我死,你活。听着豪迈无私,实则是母亲又一种形式的自私:我根本就无法容忍没有了他的日子。并不是什么都可以交换的,拿全世界的钱来换海辰我都不换,没有了海辰,我要钱何用?

那医生开始换针,并且没再赶我。其实当他说出"你还是出去吧"这种话时，我就明白了他了解我，他的冷漠是学来的，模仿的，骨子里，善良而细腻。换了针后就好多了，由于那口子是摔裂不是划伤磕伤，伤口便参差不齐，年轻医生都细心地给一一对好，缝上，一公分来长的口子，足足地缝了五针。缝好包好后，让我们去打破伤风针。我由衷地道："谢谢您！"再一次问，"不会落疤吧？"他说"有百分之六十的希望"，口气仍淡淡的。回来的路上，海辰安慰我："他说有百分之六十的希望，其实是怕万一落了疤你会来找他。"海辰伤口愈合后，只留下了一道比周围皮肤稍浅一点儿的细细的线，不细看看不大出来，总之，完全可以忽略。

是我的教育没能及时跟上海辰的成长：他大了，开始越来越多地有自己的意志和能力，但同时又大得不够，缺乏足够的自我约束能力和是非观念。这个时候他不仅需要家长的引导，更需要必要具体的管理措施，我没有。比如，钱随便乱放。理由是，一个家的成员应彼此信任。这种做法孩子小时候可以，还不会花钱；真大了也可以，有了自我管制的能力——电脑事件也是同样——但对一个"七八九"的孩子，这类方法未免过于浪漫。以他的年龄，怎么可能要求他抵制那些眼前手边的诱惑？他必定会想到冒险违规，违规之后只得撒谎，于是，恶性循环。孩子的问题，在于教育家长。

去年他九岁。

带他上钢琴课回家，看到了挤在过街天桥下的一对痴情男女。若在从前他准会眉开眼笑，同时晃着他的大脑袋大声评论：色！而今却能做到不动声色视若无睹擦肩而去。是惯了，木了，还是大了？去公园玩儿，好容易看到一个闲着的长椅，正预备坐下歇歇，他拉我走开，说妈妈你不能在这儿坐，不道德。才发现长椅不远处亦有如过街天桥下那般的一对男女。他是大了。

我一直为孩子的性教育问题困惑。小学里现行的是"不教育"。我想这没错。我们小时候没受过性教育也长得很正，也到点儿结婚生孩子。性是本能，本能就是无师自通。至于新婚之夜不懂男女之事那是个案，不足为凭。有例为证：中国性教育最少可人口最多。可是话说回来，我们小时候以及我们前辈的小时候并没有现在这么多的电视、网络、纸媒以及开放的社会环境。教育好还是不教育好？左右为难之际只好求助于书。书说：没有经过性教育的儿童长大后容易走入把两性间的吸引当作爱情的误区。得教育。否则将来海辰进入了误区那还了得！要教育先得了解清楚受教育者的程度，经过一番设计我这样开的头：

"海辰，你知道小孩儿是谁生的吗？"他皱了皱眉头，出于礼貌还是回答了，说知道。我说："可你大概不知道，光有女人是生不出小孩儿来的，还得有——"

"我知道。"他打断我，"不过蟑螂就行。蟑螂不用谈恋爱自己就可以生孩子，单性繁殖。蜗牛也是。小海马是男的生的。"

程度居然这么深了？"那，你还有什么不知道的吗？就是谈恋爱生孩子方面的事。"

他看了看我，似乎确信我并无恶意，便问了。第一个问题是："为什么男的女的一好了就要上床？"

心里咯噔一下，边紧张思索答案边想一个九岁的孩子怎么会知道这个，我保证我是检点的（在他面前），转而又想他怎么能不知道？每天电视里有那么多的老师呢！仓促间，我答："……床上还是舒服些吧。"

"为什么要脱衣服？"

"上床能不脱衣服吗？"

"那，为什么要盖被子？"

"脱了衣服不盖被子不冷吗？"

第二十四章

"然后呢，干什么？"然后——然后我说不出话。不知哪个母亲能对儿子亲口解说那个技术细节，反正我不能。我怕他会联想会对号入座，那实在有损我作为母亲的尊严。他等了一会儿等不到答案就自问自答了，若有所思地："……然后就交尾。"感谢《动物世界》！——我如释重负同时又忍俊不禁。他糊涂了："不对吗？"

"哪里！太对了！海辰真聪明！"

他感觉到了我夸赞的真诚，于是也笑了，很幸福的样子，带着点儿茫然。

……

送走海辰的次日上午乘飞机去南昌，再乘汽车去九江，一路上高速公路两边的水高几乎与路面持平。放眼看去，大水无边无际，在飞机上看到的以为是船的东西，原来是一个个露在水面上的屋顶。到九江住下后第一件事就是给海辰打电话，告诉他我的电话，总机转402，同时告诉他我住四层。他说知道知道，房间号402就说明是四层。电话里他声音中的喜悦令我陶醉。

第二十五章

在九江我遇到了姜士安,长江九江大堤决口的那天下午,他和他所在部队奉命赶到。

那天上午九江还非常平和,人们照常上班,街边照样到处是水果摊和当地特有的瓷器铺面,琳琅满目,没有一点儿电视中感受到的紧张和惊心动魄,才想起电视里的那些镜头无一例外都在农村,洪水与城市无关。早饭后我们开始了例行的采访——既然已经来了——去当地军分区机关负责的长江防护段看了看,去那里是因为陪同我们的干事是军分区机关的。来九江后我们的一切待遇与平常下部队一样,有专人陪有专车,住的是宾馆,房间里空调电视浴室俱全,空调使我原先紧张的神经一下子镇定了下来。我极怕热,民间刚兴装空调时我家里就装了一个,分体的,花了将近万元,是当时我家全部积蓄的六分之五。好多人说不值,一年里大热的天不过半个多月熬熬也就过去了,万元的钱存银行该多少利息?他们不知道空调对我来说绝不是半个月一夏天的意义,没空调时,春天刚到我就开始紧张;有了空调,一年到头我都可以平心静气。我们去的地方水位已高出城区两米,大堤这边是宾馆商店,那边就是晃晃荡荡的长江水。军分区机关的干部战士都住在堤边一个车间似的大房子里，就地铺一张凉席，枕边放锹镐，枕上放着人们早已在电视里熟识的杏黄色救生衣，这情景倒使我心中一凛，想起了"枕戈待旦"。我们出现在房间门口时，原先席地而坐的一屋子军人立刻全部立起，其中两位中校向我们跑步过来，想来是这屋的最高首长。干事为我们双方作了介绍后一位中校开始"汇报"，讲了他们的任务，执行任务的情况，着重介绍了抗洪中的好人好事。听完汇报，上这段的长江防护堤上看了看，一上午时间差不多就过去了，回宾馆吃了午饭，约好中午休息一下，下午两点出发再去哪里采访。来前上级交代说这次下来没任何具体任务，就是生活、感受，因而我们的活动可相当自由随机。

差一刻两点我准时醒来，往脸上、臂上涂了些防晒霜，背上包出了房间，在楼梯口同另外三人会合，一起下楼。我们沿着铺红地毯、镶金色金属条的台阶下楼，四层，三层，二层……刚拐下二层，就见一个人脸色煞白挥着手向我们奔来，少顷认出是宾馆经理。这是一个四十来岁的男子，他在酷暑盛夏中仍是西装革履、很注意职业形象的样子曾给我留下了很好印象，此时却是变了个人似的，头发乱了神情乱了领带都飞到了肩膀上，边跑还边喊，由于他音调过高声音过紧，一时间竟听不清他喊的是什么，当终于听清了他喊的内容时，我的心一下子狂跳起来。他喊的是：

"决堤了长江大堤决堤了！九江城要淹了！你们快撤吧！要不走不了了！"

我飞快向几位同仁看去，正好与他们的目光相撞。大家简短交谈了几句，想先打电话向有关部门问一下情况，没打通，通信线路中断。于是决定按原计划出发，透过大堂的落地窗户，我们的专车已等在了外面。

汽车疾驶，越往前走，路两边逆车而行的百姓越多，大包小裹扶老携幼,一个瓜贩守着堆小山一样的西瓜如礁石在人流中坚挺,大叫:"一块钱五个一块钱五个!"人们水似的绕过了他和他的瓜堆,无人驻留……车在一个拥塞的路口被警察拦住,告知江水在前方入城,危险。我们说了我们的情况并拿出相关证件,警察看了后沉吟片刻,挥手放行。汽车继续走,越往前车外的人越少,车内原本就有一搭无一搭的谈话终归沉寂。沉寂中又走了一段路,一人问:"你们都会不会游泳?……我们把手机号相互留一下吧,万一走散了便于联系。"我没有手机,又不是生意人或小年轻;他们相互留了手机号,从那一刻直到水边,再无人说话。

……浑黄的江水沿着城市平坦干燥的柏油马路迎面而来,无声无息地游弋前行,将公路,公路两旁的土地、树和房屋,一截一截地尽数吞噬,远方的水中,隐约可见一轿车的车顶。人常把洪水比作猛兽,我却觉着它更像是蛇,蛇一般的从容曼妙,蛇一般的阴森可怖。平生包括在银幕屏幕上都没有见过洪水竟会以这种怪异的姿态出现,不由看得呆住。巨蛇游来,舒缓开阔……

"快跑啊!"

不知是谁一声断喝将我惊醒,茫然四顾,发现我们的专车早已没了踪影。事后方知我们刚一下车,那车就被一现场的大校给征用了,眼前江水浩浩荡荡迎面而来,我们掉头就跑。

……我们绕道前往大堤。没有了车,只好步行。一路上,不时有老百姓拦住我们询问"前边怎么样",不时有身穿迷彩服救生衣的士兵一队一队跑步前行,听不到通常的口令口号,只有脚步声,急促,沉重,沉闷。我们走了一个多小时,于四点一刻左右到达了九江长江大堤4、5号闸的决口处。这时决口处已被冲开了近六十米宽,江水以七米的落差奔腾咆哮而下,凶悍狂暴原形毕露,顷刻间堤边楼房三层以下被全部淹没。时而可见人与洪水拼死抗争过的痕迹:一辆卡车,两艘中型的船只,想是曾指望它们能够堵口子的,此时却全部歪斜着,毫无生命力地沉浮在江水里,仿佛战场上的尸首。官员和军人们正在发起新一轮的对抗:设法将江中一艘更大的载有一千五百多吨煤的驳船调到决口处,以缓解水的流量流速,再行封堵。堤上大部分的人无所事事无所作为,只能盯着大船一点点靠近,眼巴巴地,满怀期望又毫无希望,我也是这大部分人里面的一个。大伙儿或议论,或沉默,不管议论还是沉默,全然是、也只能是,听天由命。这个"天"一半是老天爷,一半是政府,老百姓的"天"无外乎这两部分组成。六点多,大船调度成功,准准地卡在了决口处,大堤上顿时响起一片欢呼,我也跟着欢呼,欢呼完了又开始茫然:那船再大也不是瓶塞子,只那么一堵,便点水不漏;江水经由船体的上下左右仍旧向九江城里漫延,源源不断……

　　回到宾馆已是晚上,电依旧停着,到处是蜡烛,宾馆工作人员在摇曳的烛光里蹿来蹿去混乱不堪。他们被命赶做一千五百份盒饭,某军区又一支在南昌陆院待命的部队已奉命开进了九江。我们很有自知之明地想到,今晚大约不会有我们的饭了,决定先回各自房间稍事休整再做商量。没电也就没有了空调,房间里闷热得一塌糊涂,还不能开窗,没纱窗,开了窗不一定凉快多少但肯定会被南方的蚊子咬死。倒是带了电蚊香器的,没电也是没用,现代人没了电就没了生活。进屋放下包先给海辰打电话,话筒里一片死寂,放下电话后久久呆坐:九江城就此完了吗?

　　干事来了,带来了四个盒饭,还带来了一些消息。盒饭就是宾馆奉命给抗洪部队做的饭,米饭,炒冬瓜,炒土豆,白不呲咧无甚味道。就这也不容易了，短短几个小时，一千五百份饭，还没有电，也不知道他们是怎么给鼓捣出来的。带来的消息是，防总已决定在九江龙开河地区修筑城区里的洪水防线，敌进我退，目前那里已集聚了上万军民。干事这样形容龙开河地区的情景：人山人海，灯火辉煌……

就是说那里有电，九江还没有完，什么都没有放弃，一切都还在进行。不放弃，也可能失败；放弃了，就只有失败，所以就不放弃，仿佛战争。只是这场战争双方力量太悬殊了，那咆哮奔腾破堤而出的长江水使我真真切切感受到了天的力量天的不可抗拒，人在天面前只能顺从适应，无法进攻也无从进攻。有一会儿工夫，屋子里没有人说话，大伙儿各自吃着各自盒里的饭，各自想着各自的心事。饭吃完了电还没来，几位同仁决定就这样睡了，开着门窗睡，蚊子要咬也只好随它。我的决定是不睡了，热和蚊子，哪一样我都受不了。我跟干事说，要不，我去龙开河看看？他面露难色，然后说出，我们的专车已经没了，不是暂时没了，是从此后就没了，从此后机关的全部车辆都要投入直接的抗洪需要。我说那你是怎么来的？他说他打车来的。我说那我也打车好了。见我主意不改，他方进一步指点说，九江打车很便宜的，五块钱可达城区的任何地方。

这是九江的一个不眠之夜，路边、街道、房头，到处是人；马路上车辆川流不息，满载士兵的军车时而一连数辆在其间呼啸驶过。出租车几乎全部是北京人说的"小面"，我们很容易就打到了一辆，"我们"是我和干事，他一定要陪我一块儿，是个负责任的人。当初他说没车我还想是不是他不想让我夜间出来，不陪不好，陪又不愿，我是有一点儿小人之心了。

车在城中沿江而行，忽瞥见路旁一家私人设的"公用电话"，急叫车停。那电话居然还通！我总算给海辰打了电话，我幸亏打了这个电话。快十二点了他还没睡,一直在等,电话刚响就被他抓了起来,一连声问妈妈你去哪儿了你没事吧?电话中妹妹严肃地说以后再不能"忘了打电话"了,都快把孩子急死了。其实我曾想过借房间隔壁同仁手机用一用的,去时恰逢他正用浴缸蓄水说是要"以备不时之需",遂打消了借手机的念头。手机电池有限,在没电、还不知何时来电、会不会再来电的情况下,借谁的手机都是一种难为。当即决定回去马上买手机。回北京我就和海辰去西直门买了,海辰挑的,依照他的要求买了"双频的"、"显示屏幕大的",花了近五千块钱。

龙开河是一片开阔地带,距长江大堤决口处十公里,按现在水的流速,长江水到此约需十小时。正在修筑的城内拦洪大坝东西相贯,要求长一千五百米,底宽八米,高四米;大坝的建筑材料是泥土,施工方法是将泥土装进编织袋再一层层码起,我们到时大坝已起了二尺来高。放眼看去,到处是灯,到处是人。我想找人问问情况,最好是能找到一定级别的干部,可现场所有军人都是迷彩圆领衫没有军衔根本分不出谁是谁。四处张望,发现不远处有四五个军人围站一圈说话,状似指挥小组,就走了过去,未等我到他们散了,紧走几步撑上其中的一个叫了声"同志",那人回头,我呆住:中等个儿,棕黑脸,脸上是我所深为熟悉的五官——

"姜士安!"我脱口大叫。

与此同时听到他也喊出了我的名字,接着我们又同时问道:"你怎么在这儿?"又都没有回答这个问题直接问出了下一个问题:"你什么时候来的?"

我告诉了他我什么时候来的,他比我来得晚。下午一点四十分长江九江大堤决口他们由南昌出动,于下午三点赶到,到后即被命在此修建这道大坝,到目前为止,约十个小时。

"请姜士安师长速去防总!"

工地上高音喇叭突然响了起来,我听清了它喊出的每一个字但完全没有注意它的内容,及至看到姜士安的反应才意识到这喊声与我们有关:听到喊声他马上用两只手浑身上下摸了摸,什么都没摸到,而后急急忙忙对我说:

"韩琳!纸笔!记一下电话!"

我慌慌张张开包找笔找纸,他说了他的手机电话和后方驻地的电话让我记下,我写下了我所住宾馆的电话和北京家中的电话给他,他拿着那张纸说声"再联系",转身匆匆离开。望着他消失在工地灯火阑珊处的背影我想,他是师长了。

回到宾馆已是后半夜,宾馆来电了,房间门上贴一纸条说是明天一早请我们从宾馆搬出,宾馆另有重要接待任务,什么任务没说。就我所知,一位董姓军区副司令员和温家宝副总理已于下午先后赶来了九江,想来还会有重要领导陆续赶到,本是洪水灾区相对稳定的地方因决口一下子为全国瞩目。进房间我先将刚刚铺开的零碎用物收起装包,做好了可随时出发的准备后才洗澡上床。

次日晨,我们搬去了军分区招待所。我住一层,窗外就是一堵院墙,白天也需开灯。房间里三张床,靠墙的两张都住了人,一个是上海《解放日报》的记者,一个是电视台军事部的编导,我只有睡了中间。放下东西就去前台给海辰打电话通知他我搬家了告诉他新电话号码,当他听到"转103房间"时立刻大叫,说是你住一层了妈妈?我想都没想就说:"哪里,是十层,十层三号房。"

也想要把新电话通知姜士安的,电话都拨一半了又被我挂了,想此刻他也许正在休息,看他们昨晚的架势一夜不睡都有可能。

给海辰打完电话我去吃饭，招待所餐厅宛如连队的食堂，满目皆是军人，却又各自为政互不认识；饭菜碗筷都搁在餐厅中间那排拼作一起的桌子上，谁用谁取，令我恍然想起十年前的云南边防。一位同仁来晚了，坐在餐桌旁等服务员上饭，两手平伸放桌上东张西望，神情笃定悠然；这位同仁半路从军，到目前为止，经验只限于常态下的部队。当我走过去以老兵身份指点迷津时中间那排拼成长桌上的饭菜已被全部吃光，同仁这才感到了危机有点儿慌神儿，恰好这时两个服务员抬着一大笸箩花卷从里面出来，他一点儿不敢怠慢赶紧迎了上去，却被告知是送给抗洪部队的；我走上去帮着好说歹说，才给他要出了三个花卷，不用说，咸菜、鸡蛋、粥是没有的了。这位同仁委委屈屈将三个花卷和着唾液干咽下去，自我解嘲说也算领教了战时的滋味。

我们在餐厅外的空地处集合，那里已经有着无数我们这样等待出发的各路人马，都是些记者、编辑、文艺工作者。干事终于来了，居然还弄来了一辆车。我们上了车，在同行们羡慕的目光中绝尘而去。

由于了我的游说，我们去了龙开河。

因为是开阔地带，这里的太阳似乎更近，更亮，更热，刚走出车门，眼前立刻一片耀眼的白炽。举目四望，太阳底下人头攒动，前方，一道白色拦洪大坝拔地而起，已有三米来高的样子。这么热的天，现场人里却看不到用遮阳工具的。军人们是因为没有，有也不能戴，干活不方便，于是现场的老百姓也都一律光着个头，包括来送水的妇女们，约好了似的，不戴帽子不打伞，齐刷刷裸露在辣热的阳光下暴晒。我也是什么都没戴，还在北京时就想到了可能会不便于戴，老百姓大概同我一样心理：也算同甘共苦。我和同仁们散开，融入工地。

我背着包在工地上走走停停,寻寻觅觅。

……送水的妇女都守在士兵们身后,站着,一手拎水一手拿水具,警觉地注视着士兵们的一举一动,既得小心躲闪着不要让自己妨碍到他们,又要抓住每一个可能的机会把自己的水送上去。往往一个士兵送编织袋从大坝上下来,会有几个妇女围上前去。有一个妇女岁数大了,腿脚慢,总也抢不上,最后只得抓住了一个刚刚喝过水的年轻战士。"喝我的,"她乞求,"我里面加了菊花加了冰糖加了……"说着哽住,眼圈红了。小战士只好喝,咕咚咕咚又是一茶缸子。这是新中国成立以来我军投入兵力最多的这次战役的最大特点:兵马未动,粮草早已候在了四面八方;兵马乍出,来自政府和民间的各类供给即铺天盖地源源不断。军队政治部门为此需设专人造册登记,把老百姓个人送来的物品记下,以便日后能够偿还。

……四位白皙清秀扛红色肩牌的三男一女在黑黝黝的野战军官兵里格外显眼,干活儿也不太利索,虽说已非常努力。不知是哪个军队院校的学员,大约是家在九江暑期回来探亲的。这是这次战役的又一特点,万众一心自觉自愿,从天而降的巨大灾难刹那间使人们懂得了个人和国家相互依存的弥足珍贵。

……大坝不远处是居民楼,居民楼下是一片阴凉,阴凉下睡着了一片士兵,铺着、枕着土坷垃,睡得像是孩子。一声哨响,士兵们呼啦啦跳起抓起手边的工具,列队、报数,清醒得仿佛从来就不曾睡着过。向右——转!齐步——走!军衣脏破风度不改,唰,唰,唰,毫不踌躇走进前方燃烧的炽热,那神情让人觉着前方纵是刀山火海枪林弹雨深谷断崖死路一条,只要一声令下,毫不踌躇——一流的素质,一流的水准,一流的状态……

直到中午，没看到姜士安，或说，没有找到。中午同仁们回去我留了下来，午饭就吃工地上的盒饭，同几个年轻得可以做海辰哥哥的士兵一起，战时实行共产主义。吃饭时士兵们问我从哪里来。我就说你们看呢？就在这时听到身后有人叫我，同时身边的士兵纷纷跳起。我回过头去，是姜士安。脸似乎更黑了，两眼赤红，看来是一夜没睡。他边做手势让士兵们继续吃饭边向他们介绍了我，单位职务甚至还举出了我部分作品的名字。

离开士兵的路上我好奇地问他："哎，我的情况你怎么知道？"自从海岛一别，我们再没有过联系。

他笑了笑，问："你还好吗？"

"挺好的。"同时不由想起我们的最后一次见面：在船上，他刚刚探家回来，他老婆给他生了一对双胞胎。"哎，你孩子怎么样，都大了吧？"

"都上大学了。"

"真好！你爱人呢？"

"也挺好。"

该问的都问过了，一时就找不到话说了，毕竟近二十年没有见了。太阳晃得人无法抬眼，我们低着头走，他裸露的左胳膊在我视野里一闪一闪，那条胳膊肌肉毕突油黑锃亮，下端腕上，套一只白金属链的手表，粗表链，大表盘。……身处人声鼎沸的工地头顶九江肆虐的太阳，我知道我们没有可能长谈，心里不由有点儿急，越急越不知从何谈起。这时，听到他问：

"你肯定也有孩子了吧？"

看来我的情况他也不是都知道。我说："有了。儿子。不过不如你，才是个小学生。"

他没理我后半截话的玩笑，紧接着问："他是做什么的？"

我一下子没反应过来："谁？"

"你爱人。"

这个问题不好回答。首先，我还真不知道彭湛算是做什么的，他似乎什么都做，又似乎什么都不做；其次，他不是我的"爱人"。否认吗？势必又要引起一系列相关的问号，那些问号后面是我想都不愿想了的过去。从前，一般情况下，不是迫不得已，这件事我从不主动示人；其中也有虚荣的成分，不管怎么说在世人眼中离婚不是好事，不料在脑子还没决定出最后怎样回答时我的回答已脱口而出了。

"我离婚了。"

也许是无意识是下意识他紧接着又问了一句："怎么回事？"

这个问题的答案倒是现成。以往，不管谁问，我都会连连摆手摇头笑言"性格不合，两路人"。潇洒超脱不在乎无所谓——为了得到点儿同情就把伤口展览给人看，我不干。但这次为什么会这样不同？他那边话音刚落我这边眼泪已奔腾而出，汹涌澎湃止都止不住宛如决了堤的长江水，那所有的潇洒超脱，所有的意志力、自控力突然从我身上消失了，消失得无影无踪。我唯有深深地低下头去，低到下巴都快贴上了前胸。周围人来人往，让人看到我这样失态，算怎么回事？

不得不承认，从夜间见到他的第一眼起，那些我本以为已封锁心底的青春往事便在瞬间由标本幻化成了活物：那海上的月亮，那蜿蜒的小路，那两个相互关心着的少年男女，不同的只是男孩儿比女孩儿多了一分实际一分成熟。初恋不可忘却的不是初恋的对象，是青春初始时的悸动是对纯洁青春的怀念。所以聪明的人们说永远不要跟你的初恋对象见面，否则，他（她）中年的苍老平庸会把曾经有过的美丽彻底葬送。就好比有一次我重回海岛，当看到曾是麦田玉米地的地方盖起了高楼，曾满是圆润灵动的鹅卵石的海岸为水泥覆盖、线条笔直生硬上面还竖着些粗糙雕塑时,我难过不已痛心不已,下决心不再来了以将看到的忘掉让从前的美好永存。但是,倘若海岛依旧呢?同样,倘若你的初恋对象魅力依旧,甚至是更有魅力了呢?岁月当然在他身上也留下了痕迹,但那痕迹不是苍老平庸而是成熟优秀:阳光下的他一身戎装,身材结实没有赘肉,神情从容坚毅,身后,是他带来的那支素质一流的队伍。

直觉告诉我,我在他的眼里,似乎也不是前者。

耳边人声鼎沸,头上如烤如蒸,我感觉到了他的手足无措,从前每当我哭泣时他就是这个样子。才发现不知为什么在他的面前我总是爱哭,从前如此现在也是;我一哭他就慌就手足无措,从前如此现在也是。意识到这点我感到了温暖甚而欢欣,想:都是中年人了,都做到师长了,他还没有变一变吗?

我看到了他军裤和解放鞋之间露出的一线袜子的浅灰,这大约是他身上唯一属于私人购买的织物了,谁给他买的,她吗?适才回答我有关询问时他说她"也挺好"。

……我以笔记本遮脸仿佛遮挡太阳般遮住了我不合时空源源不断的泪水,全身心感到了酣畅释放时的轻松。这时,听到有人在喊"报告",泪水一下子止住,耳朵竖了起来。

那人的报告内容是请师长速去某某地方。

"韩琳,我去了?"我听到了姜士安这样说。我用力点了下头。他接着又说,对前来报告的那个人说:"送韩编剧去军分区招待所,要有干部带车!"

然后,他走了;然后,我走了;然后,我们在九江再没见面。

我是在长江九江大堤决口封堵成功后的第三天离开的,走前打了他的手机,电话里他告诉我他们接到中央军委命令现已全天二十四小时驻上了长江大堤,严防死守。电话中传来一阵又一阵"呼呼"作响的背景声，不知是风声还是水声。想起大堤那裸露的炽热随时可能崩塌的脆弱我没有别的话可说。

"保重！"

"好的。"

第二十六章

我于离开九江的当晚抵达北京,单位派专人去机场迎接并设宴接风,由领导亲自陪吃陪喝,我成了抗洪英雄。

我把这次经历和感受写成了一部话剧,《父与子》,借用了屠格涅夫小说的名字,私心里也是想使话剧能有一点儿屠氏的优美。话剧里的父亲是退下来的军长,儿子是现任的师长。人常说父子是天生的仇敌,这一点在这一对父子身上表现得更为突出,他们几乎在任何事上意见相左,唯一一致的地方是,同时深爱着一个女人。这女人是父亲的妻子,儿子的母亲。这母亲就像是我的母亲,通达,睿智,坚强,是这个家庭实质上的核心。后来儿子奉命抗洪,当在电视中看到似是儿子的一个人跳入水中再也没能露面时,母亲心脏病突发致死。为不让在前方的儿子挂牵,老军人将这消息对儿子进行了封锁,儿子每次打电话来问候妈妈、让妈妈接电话,老军人都得使出全部气力说谎搪塞;后来儿子知道了母亲去世的消息,为不让父亲知道他已知道,每次通话也是用尽了全部力气。父子二人在共同的大目标大背景下同情共苦相互欺瞒相互体贴终使父子情感得到了升华。抗洪背景极端尖锐的环境为强烈的戏剧性和矛盾冲突提供了最大限度的可能性。戏因之非常好看非常煽情,惊心动魄感人至深。角色却只有十个,一改以往这类戏所依赖的戏路子:人海战术。戏剧的本质是戏,没有戏的创新,再另类,再先锋,再花哨,也如同一个人只在自己的衣服上下功夫,所有变化,皮毛而已。这十个角色,人人有戏,演员们因之也很满意。演父亲的老演员感慨之余跟年轻演员讲起了"那过去的事情",说是有一年有一部戏全剧团的人都上去跑龙套,还不够,"我一个人得演八个角儿!八个角儿,换八套衣服,一句词儿没有。我老婆去看戏,看了一晚上,满台找我,找不着……"之所以选择这个角度来完成一部"抗洪题材"的作品,是因为在这次抗洪中最让我怦然心动的,正是前方后方的情感交织和共同灾难中人们的不同命运。比如我和海辰,比如我和姜士安。我把那所有情感、思索、感受都融到了《父与子》里。演出时,观众们哭了,包括对什么事儿都要说三道四的青年人。于是上上下下都很满意,咣,当年就给我立了个三等功;次年,话剧得奖,"五个一工程"奖,文华大奖,曹禺剧本奖……所有的奖,于是,咣,又给我立了个二等功。

那天下午,参加完立功授奖大会回来,一颗心总也慌慌地落不到实处。也许是因为生在军营长在军营,我对"功"有着根深蒂固的偏爱和崇敬,这崇敬随着那"功"的与己素无瓜葛而加深。三等功严格说不算是功,它是按比例分配的,每年每个单位都有占比例百分之多少的名额,就是说,你也可能是真行,也可能只是从瘸子里面拔出来的一个瘸得比较轻的瘸子。总之,跟嘉奖表扬差不多性质,拿到外面,没多少权威性。二等以上的功就不一样了,没有名额,只看事儿。比如我们这个系统,原则上规定必得在国际比赛中获大奖方可。搞体育的,搞音乐舞蹈美术电影的,统统都有这种可能;我们就不行了,话剧,别说获奖,到目前为止还没听说过哪里有这样的国际奖项。

我们单位很多人为此不平,我无所谓,局外人,即使有一天上级对我们单位网开一面,那二等以上的功也是别人的事跟我无关,就像英雄、劳模、国家领导人是别人的事跟我无关一样。有一次去一个由转业军人开的餐厅吃饭,进门左墙赫然挂一条幅:军人二等功以上功臣八折优惠。看看,功臣!我哪里有一点点可成为功臣的素质、品性、个性了?却不料有一天这个大馅儿饼从天而降还就砸在了我的头上,一时间叫我晕头转向,很想找个人说说,痛苦需要释放,幸福也是同样。可是,跟谁说呢?谁能够让我毫无顾忌地释放并会理解并会发自内心地为我高兴?我拿起电话本来,依次往下往后翻,想找出一个合适人选。最合适的人选当是我军人出身的父母,父母不在了,连应该寄给他们的立功喜报,组织干事因无处可寄,都干脆给了我;也没有爱人;还不能逮着个人就说,弄得不好报喜不成反倒给人家添了堵。……这么想着,心里突然涌上一股对父母的怨艾,他们为什么要走得这么早为什么就不能多陪女儿一些日子?眼泪不知不觉就流了出来,擦着眼泪,暗忖,没人分享的幸福有时还真的会变质成痛苦啊。

我把二等功的绶带挂在对着大门的镜框上,等海辰放学回家。海辰回来了,朝那绶带瞥了一眼就要进他的房间。我拽住他。

"这回是二等功……"

"噢。你什么时候立一等功啊妈妈?"

"等我死了、残了的时候!"

"那就算啦。"

我看着他进了自己的房间,心里头空得难受。就是那天晚上,海辰睡着了后,我试着给姜士安打了个电话。这是自离开九江一年多来我们第一次通话,电话一拨就通,一通就是他,他在办公室。听到是我电话中他显得非常高兴令我信心大增。我开始跟他说我的事,说话剧的内容,说观众看话剧的情景,说得奖,说立功,絮絮叨叨。他在那边静静地听,有好长时间一点声音没有,连"嗯""啊"的声音都没有,但我感觉得到那是由于他过于集中精力听的缘故,听得津津有味的缘故。当听到二等功时他叹道:

"太好了!二等功!我到现在为止还只是几个三等功,几十年的兵了。"

深切的理解由衷的喜悦使我的泪水一下子又冒出来了,只得紧紧咬住下唇,以免情况由话筒里漏出。这次抗洪姜士安没有立功,抗洪结束后的北京庆功大会他们师都没有人来参加,那个方向来的基本上是在九江决口处封堵决口的部队,姜士安他们修筑的第二道防洪大坝因决口封堵成功而没有派上任何用场。

"韩琳,现在看,咱们连咱们这批兵里,数你最出息。"他在那边又说。

"不如你——师长!"

"师长算个啥,哪个部队里没师长?"

"还记得王志礼吗,荣城兵?……听说现在成大款了,到底多大款不知道,反正一次他来北京办事,请在北京的海岛战友吃饭,十二个人花了一万二!"

"嚄!一万二!吃钱哪!"

"可以理解,战友们多少年不见,证明一下自己。"

他在那头轻轻一笑,无端地觉着他同时还挥了下手,关于王志礼,就在这轻轻一笑中被打住。接着,他说:"韩琳,在连队时我就觉出你不一样,但也想不到你会成今天这样儿。一个海岛上出来的小姑娘,竟成了全国的知名人物!"

我承认我一再抬出别人潜意识里就是为了得到更有力度的

夸奖，但"全国的知名人物"还是过头了，过头了就没意思了，不仅是没意思，还令人颇受刺激。我赶紧道："哎呀呀呀，别寒碜我了！全国的知名人物？下辈子吧。"

他一字字道："我在电视里看到你了，两次，中央电视台。一次是《焦点访谈》采访，一次是关于你的专题片，七频道，里面有你儿子，卷花头，说起话来小大人似的，你儿子说你性格急躁。你是急躁，在连队里就是。"说到这他又那样轻轻一笑，"还有，你的话剧《父与子》演出的消息，新闻联播都播过。"

如果这就是"全国的知名人物"的标准，那我倒也是真的够了。不管什么事，大概都是各有各的标准。一个从士兵到师长的军人，认可的可不就是这些？至于文坛、文艺圈里面的长短是非，他们才不会关心。想到这儿，心里熨帖了些，就开起了玩笑："那你怎么不打个电话来，为'全国的知名人物'祝贺一下？"

说是玩笑，也是真话。我的情况，他显然清楚并十分关注，怎么就一直连个电话没有？九江一别一年多了，这才是第二次通话，还都是我打去的。

他很认真地回答："一直想打，有几次电话都拨一半了，又放了，总觉着不好，你老往人家女同志那儿打电话，算怎么回事？"

心异样地跳了一下，但马上想到这未必不是他的一种针对所有女性的一贯作风，是几十年严格严厉的野战军生活塑就的克己自律，或曰，刻板僵化。这使我觉着好笑，就想逗他："哎，我马上要下部队，去你那里怎么样？"

他立刻说："好啊！什么时候？"

这时我才蓦然一怔，才发现这不是一件不可能的事情，我们每年有下部队生活的任务，下部队兼看战友，于公于私，有利无弊，怎么早没想到？放下电话我着手写下某部队生活的申请报告，并很快得到了批复。

这天，我正在收拾行装，门铃响了，想是妹妹来了，她今天的火车到，用休假时间来帮我照看海辰。我放下东西去开门，门开后半天没喘上气来，门外笑吟吟地站着两个人，雁南和小梅！没等她们坐下妹妹到了，接着，海辰放学回来。于是我们决定出去，妹妹和海辰会影响我们说话，对于我们，他们是外人。

我们去了距我家很近的五星级酒店，香格里拉。是小梅的提议，她在这院里住了两年多将近三年，对周边环境非常熟悉。她说：就近找一个环境好的地方，接着就提到了香格里拉。雁南没说话，她不了解情况。香格里拉环境好不假，但是那里的饭菜之难吃之贵也是同样的不假，可作为东道主，我不好说什么。就这样，决定了去香格里拉，走前我抽空打开抽屉抓出里面所有的钱塞进了包里。

在一层中餐厅我们找了一个僻静的角落坐下，餐厅门口穿着民族服装的一男一女正用二胡和扬琴演奏《青藏高原》，旋律宽阔舒缓。菜价比预想的还贵，我边看菜单边想不知道钱包里的现金够不够，如果不够，他们这里刷不刷卡。我在这吃过几次饭但都是别人掏的钱都是公务。在北京住的人，自己掏钱吃饭，没有来这里的，除非傻瓜。现在我就是这样的一个傻瓜。也是情境所迫。倘在十年前，不，五年前，我都会坦然对朋友们说出不能来这种地方的理由，但此刻我说不出口，五六年没见了，彼此已有些陌生了，我不想让人误解。

从母亲去世，我再没回过家，也就再没见过雁南；和小梅也是分手后的第一次见面。她刚走我们时而还通个电话，随着时间推移，电话渐少渐无。心里彼此是惦记着的，只是没时间没精力罢了，不管什么情感，爱情友情亲情，维系都需投入，起码要投入时间,中年女人已无力再做到样样周全了。但彼此的大致情况还是知道的。雁南的儿子人称读书奇才,上小学时连跳两级,十二岁已是初中二年级的学生。学习上不用雁南操心,生活上有他爹照顾,雁南只需一心工作,现在已经是军区总院的妇产科主任。这次来北京是为乘机去美国,参加在美国举办的世界妇产科大会并作大会发言;小梅已经离婚又结婚了,和她的副连长。当初说是能在我这里待三年,没待到三年就走的原因是她的副连长召唤她了,当时我开玩笑不开玩笑地说她重色轻友,她还是执意走了,害得海辰两岁半就进了幼儿园。他们去过深圳,跑过广西,下过东北,吃过不少的苦,有一次坐闷罐火车坐了三天三夜。现在她和前夫百祥各自都有了各自的孩子,都是儿子。百祥的儿子是百祥的,根据是,长得跟百祥一模一样,越大越像,站在一块儿,就像同一款式大小不同的两只鞋。这使小梅欣慰,良心上少了许多自责,说到底,百祥是个厚道人。

我点了几个凉菜,又点了几个素菜,后把菜单翻到了"肉类"那页,这时雁南宣布:"我不吃肉。"小梅伸过头来看菜单:"有没有加吉鱼,廖军医最爱吃加吉鱼。"雁南摆手:"你们想吃你们吃!我现在,凡带眼睛的,一律不吃!"我道:"哟,我还要了个海米炒西芹!"雁南笑:"小眼睛的,凑合了。"小梅关心地问:"廖军医怎么不吃肉了?我记得你以前——"雁南说:"以前我多大?现在血脂都高了。就是不高也不能再吃肉了,瞧瞧我这一身的肉!"雁南是胖得多了,地道中年体态。我说:"雁南,该减减肥了。"雁南挥手:"哪有那时间!"我道:"手术啊!吸脂什么的,'想瘦哪儿瘦哪儿'!"雁南笑:"我可不想花钱买罪。主要的是,没有动力:你是单身贵族;小梅呢,新婚燕尔,我减肥干吗?""新婚燕尔"惹得小梅好一顿笑,笑够了,关切地问我:"韩琳护士不打算再找一个人吗?"我说:"不打算。"小梅摇头:"那可不行!"雁南道:"怎么不行?任何一种生活形式都可能完美,关键在于自己的努力和把握。"小梅便不再吭气,一如当年在雁南手底下做卫生员时。那时,小梅对她的廖军医从来是言听计从说一不二。在部队里形成的人物关系有时会贯串终生的,我就曾见过两个六十多岁的老头儿一个称另一个班长,另一个叫这一个小刘。雁南接着刚才被小梅转移开的话题说减肥。"其实我试着减过肥,不为别的,那么多衣服不能穿了,就很可惜;我还最不爱去商场买衣服,自卑;每年一到春天就开始发愁夏天怎么过。都说夏天是女人的季节——夏天是苗条女人的季节。胖女人最怕过夏天,一到夏天就原形毕露。不像冬天,你臃肿还可以解释为、理解为,穿得臃肿。"我和小梅笑了起来,雁南不笑。"想想还是得减肥。吃国氏营养素,不吃饭,一天吃两包那玩意儿,饿得头晕眼花。如果这时他爹鼓励鼓励我,我可能还能坚持下来,可他爹不但不给予鼓励,还泼冷水……"本来由于多年不见,乍见,气氛多少有些拘谨有些僵,这时,渐渐开始放松,渐渐又像回到了从前,亲密无间,无话不谈,身边也没有任何的累赘。小梅单手托腮兴致勃勃:"他爹说什么?"雁南道:"说,你减肥干吗,我不嫌你谁还能嫌你,都这把岁数了。"我和小梅哈哈大笑,雁南也笑了。"所以我现在干脆就死了这条心。但肉,的确是不能再吃了,你可以不要漂亮,但不能不要健康。"小梅点头,"我本来还以为你是心疼我给我省钱。"我看小梅:"给谁省钱?"小梅说:"我啊。"我说:"为什么?"小梅说:"谁提议的谁请客,这是规矩!"我说:"没听说过。"……这其间雁南两臂叠加放餐桌上左右转头笑眯眯看着我们做旁观者,没有一点儿要加入进来的意思,后来才明白这是因为她早已知情的缘故。服务小姐见此状不失时机向我们推销价格昂贵的菜肴，小梅看也不朝她看一摆手制止了她的聒噪，神情动作相当老到，我这才突然意识到，此时的小梅已不是彼时。

小梅是有钱人了。房子汽车自不在话下，更重要的是，她和她的副连长现在有着一个属于自己的公司，公司有着两千名职工，规模可谓不小。那是一家快递公司，办在省城。职工实行的是半军事化管理。十人一班，四个班一排，三个排一个连，并且分别设有班、排、连长。每年部队复退时节，副连长都要给省内各部队发信介绍自己公司的情况，欢迎退伍老战士加盟，不仅为复员老兵开了就业之路，同时，经过部队严格训练的复员老兵对他的公司也是一个加强壮大，双赢。刚开始省城的快递公司如雨后春笋，几年下来，大多数关张，剩下的也是苟延残喘勉力支撑，概由于小梅他们公司发展得势不可挡。半军事化的严格管理和素质良好的员工是他们成功的主要因素。小梅给我们讲了这样一件事：一次一名递送员走半道自行车带给扎了，东西要求十二点半前送到这时已是十二点，修车来不及该员工毫不犹豫打了出租。送一件东西路再远收费都是十元，打车最低也要十元，得员工自己掏。事后问这位员工当时怎么算的账，他说没算小账算的是大账，是公司的信誉。更具戏剧性的是，出租车在距目的地还有一公里时遭遇堵车，该员工毅然弃车以百米冲刺的速度跑完了剩下的一千米，当他大汗淋淋准时出现在客户面前时客户不能不感动感慨，以至于他们公司根本无须花钱另做广告，只靠客户的口口相传，工作量就可达到满足。小梅这次来京是来做实地考察，她的副连长想做分公司，首先就选中了北京。快递公司更适合大城市。她和雁南是在来京的火车上遇到的。早晨她去上厕所，有人，她在外面等。厕所门开，里面走出了雁南。原来二人就在同一节软卧车厢里，只由于上车时间是晚上,上车后都睡了,才没有见着,两人在厕所门口就决定了下车后来找我。

我由衷道:"很好,小梅,很好!"

小梅长叹:"唉,什么叫好?什么叫不好?从前,他是铁了心要在部队里干的,连长营长团长师长,一路干上去,就因为我,转业了,想起这事,就觉对不住他。"

我嚷:"你对不住他?你成全了他!别以为没得到的就一定比得到的好!他说什么了?"

小梅含意不明地摆手,点头,笑,眼圈却慢慢红了。我看雁南,雁南正低头用陶瓷小勺专心致志啜她那份六十八元一小盅的淀粉汤,菜上来之后,她就一直在喝这汤,大概是为了占住嘴巴不吃东西。

"有些事,说是说不清的。"小梅擦了擦泪,开始说,"等哪天,有机会,你们去他的办公室看看就知道了。他的办公室就是一个军事指挥部,比真正的军事指挥部还军事。笔筒是迫击炮弹壳做的,放文件的盒子是高射机枪的子弹匣做的,墙上挂的是军用挎包子弹带工兵锹,桌子上摆的是各种型号的弹头粘起来的坦克、潜水艇、火炮。一张书店里公开卖的城区交通图,他也得像军事地图那样给它弄上两幅金丝绒布帘子遮着,用的时候拉开,不用的时候拉上,跟真的似的。有一次我忍不住了,我说,满大街都有、谁都能看的破地图,你遮它干吗?他说这上面有公司所占领的服务区域,是我们的商业机密,商场如战场——听听,都魔怔了!都成病了!我看他这辈子,不管挣多少钱,不管老婆孩子怎么好,都不会满意了。"

雁南放下了汤匙。"小梅,随他去,过几年自然会好,他今年多大了?……就是嘛,才三十多岁,还太年轻。就说我,从前,年轻的时候,对他爹很不满意,嫌他窝囊没出息。他那样的男人要年轻姑娘们看，十个得有十二个瞧不上他。可我现在就觉着他很可贵：咱这方面不行，那方面就多出点力气，不像有些男人，在外面坚持男女都一样，老婆也得挣钱回来；到家里就坚持男女有别，老婆干家务天经地义。比较起来，他至少是朴实的，老实的。……我说这些话的意思是，像我这样天真浪漫的人都能变，变得务实了，豁达了，客观了，你那位副连长肯定也会变，随着年龄增长，慢慢变得成熟起来。"

小梅摇头："他不会！廖军医，他和你还不太一样。"

"能不一样到哪里去？都是人。"

"他这个人，特别执着。"

"什么叫执着？噢，得到了自己喜欢的女人，又开始怀念理想；有了钱了，又想拥有爱好拥有精神。你以为你是谁，凭什么让上帝特别偏爱你把什么都给你？现在你说他执着，行，还年轻嘛。但如果他老这么执着下去，到老这么执着，执着到影响你们的感情了，那就不是执着，是偏执。"

"好，就算他偏执，我怎么办？"

"对于偏执人的偏执，你不在意它，它就不存在。"

我点头微笑。小梅想了想，也笑了。笑着，她的泪下来了。就这样又哭又笑地，她说："廖军医，韩琳护士，跟你们在一起，真好。"

……

从香格里拉出来已是夜里十点，那天天气很好，夜空湛蓝清澈如蓝宝石，蓝宝石里镶嵌着一弯纯净灿然的月牙儿。经过治理，北京的空气质量提高明显，有一点点像是海岛的天。我们肩并肩走，西三环永不停息的车流在身边滚滚流淌。

"韩琳护士，你下部队什么时候走来着？"小梅问。

"明天。"我说，并进一步解释，"主要是我妹妹假期有限，所以得抓紧时间。"

"噢。本想咱们再聚一次,廖军医后天的飞机,这样的话就不行了。"

"你去哪个部队?"雁南问。

我一直没告诉雁南我去看姜士安。吃饭时一直是她俩在说她俩,我很少说我。从前我也是这样,愿意听别人说别人却不大愿意跟别人说自己。专业搞创作后这毛病越发突出,想是因为有了一个专业渠道可供宣泄的缘故。但是雁南既已问到,我也就不妨一说。

我说:"还记得姜士安吗?……我去他的部队,他现在是师长。"

雁南看着我的目光若有所思:"我记得在连里时你们俩关系就不错。"

我迎着她的目光:"对!"

雁南说:"代问他好。"

我说:"好。"

第二十七章

姜士安和他的妻子陈秀得结婚二十年来，彼此忠实。

那是一个晴朗的冬日，太阳明晃晃地挂在空中，看着很暖，实际很冷，飕飕的北风在操场中恣意穿行。操场上军旗猎猎坐满士兵，黑红脸膛，军大衣，小马扎，一个个腰背笔直。这是三团的老兵退伍大会，前方主席台上，在三团蹲点的师长姜士安正在讲话。

"你们是连队的骨干，是班长，是军中之母，有着丰富的管理经验，到了地方，没有问题！也许你们要说，俺不过才管着八九个人。你以为他一个厂长经理管多少人？他管的也就是直接在他手底下的那八九个人，那八九个人管好了，他那个企业就搞好了。说到底，我师长要管的也不过八九个、十来个人，就是咱中央政治局常委，不也就那么七八个人吗？"

如此的深入浅出举重若轻，引来台下一片掌声，一片笑声。姜士安讲完话后大会即进行最后一项，全体起立，齐唱《战友之歌》。"战友战友亲如兄弟……"歌声骤起，震耳欲聋，由于过于响亮而几乎跑调：每一个兵都是竭尽全力放开了喉咙，脖筋都因此挣得老高；不独唱歌，喊口令口号，回答问题，这个师的士兵皆是如此。姜士安曾向我指出：这就是士气，嗷嗷叫！

这是一个甲种师，建制规模相当于一个小一点儿的军，武器装备也是全军一流，属于"拳头部队"。我去时正赶上一年一度的士官套改和老兵退伍工作，这个师一下子要走五千多名老兵，同时有相应数量的新兵补充入伍，新老交替，细节繁多环环相扣不能出一点儿差错，这个过程约需十天，每年的这十天，师常委都要下去，每人负责一个团，吃住在这个团的某个营里。姜士安住在三团的二营。二营营长因此把自己的宿舍腾了出来给师长住，自己住进了某个连长的宿舍，那连长又住到他的下属谁的床上，总之，一级给一级腾地儿。

我说姜士安："你看你来一动一串儿，不如你直接住进班里，省多少事儿。"

"我住到班里是没问题啊，问题是你得替那个班的战士们想想。"见我不明白，他提醒我道，"想想咱当战士的时候。"

我笑了："——营长来了都紧张？"

"还用得着营长？那时排长在我眼里就是天了，农村孩子跟你们又不一样，你们从小见大官见多了。还记不记得咱排长那个红塑料皮儿的小本儿？……是啊是啊你不会注意到，我却至今印象深刻：每回连里开干部会，排长就夹着那个小本儿去了，开完会，夹着小本儿回来，一回来，就把本子放进他那个带锁的抽屉里，锁好，很神秘，很严肃，不知上面都记了些啥国家军队的机密大事。我真想看看，看不着，谁也看不着，它不是在排长的手里，就是在上着锁的抽屉里。后来，直到我也当了排长，才知道那一类的小本儿上都记了些什么。"

"什么？"

"今天出几个公差，明天整理内务，星期天杀不杀猪……"

我哈哈大笑。他也笑，露出了一口中年人里极少见到的洁白齐整的牙齿。他不抽烟，不喝茶，一般情况下，不喝酒。说这些话的时候是一个晚上,在他住的二营营长的宿舍里。我下部队一般习惯于白天到处走到处看,晚上时间跟个别人聊。开头我们一直是闲聊,没固定话题,无非海岛、连队、那时候你怎么着了,我怎么着了,现在谁在哪里,在干什么。能聊的都聊完了后,就没什么可说的了。谁都不提曾经有过的那一段微妙,连与此有关的事儿都提前绕开,小小心心地,非常默契地,仿佛那是个雷区。窗外,二营正在开欢送老兵的露天联欢会,快板、诗朗诵、独唱、合唱,通过音箱的放大很响地传进屋来。一个战士在独唱《驼铃》:"送战友,踏征程,默默无语两眼泪,耳边响起驼铃声……"感情充沛都听出了哽咽,嗓子也还好,但由于没乐器伴奏,听来总是有点儿"单"有点儿紧张。现在连队战士会乐器的很少了,不像我们当年,集中了那么一大批文艺骨干,比如我当年就是业余宣传队的手风琴手,带过徒弟的。

"还记不记得你教我拉手风琴的事儿?"姜士安说,"才教几次你就不耐烦了,嫌我手指头粗、硬,什么'一指头按俩键','下去了起不来'……"

当时他坐在桌边的床上,我坐着桌前的正座,桌上一盏杏黄灯罩的台灯,他的脸在台灯后面,那脸的线条因此而柔和朦胧,目光也是。

"喂,什么时候去你家看看?"我没理他的话茬儿,不想再耗时间跟他绕来绕去,我希望我们能够坦诚相见,凭着女人的直觉我知道障碍在哪里。

果然他愣住,停了两秒才说:"可以啊。"

我紧盯着道:"明天?"

"明天不行,我这正蹲点。"

"我自己去。"

他沉默了。片刻后道:"……她不会说话,你去白浪费时间。"

"她就是你信中跟我说的那个人吗?"

他点了下头。这时窗外的歌声已由独唱发展成了情不自禁的大合唱,声音高亢满含感情:"战友啊战友,亲爱的弟兄,当心夜半北风寒,一路多保重!……"他侧耳倾听直到最后一个音符消失,转过了脸来:"韩琳,咱们俩也是战友……"话是笑着说的,却无法掩饰浸透在声音中的伤感。我没说话。他静静地看我,突然地,说了,从头说起。

那个"头"远在我跟他认识之前。当时他还在县里上着中学,一天,从学校回家拿粮食,他爷爷对他说他大娘家的大哥给说了个对象,让他明天去看看。他愣住,闷了一会儿,说:"我现在不想说这事。"爷爷说:"也不说让你结婚,定下了,就能来家里帮着干点营生,家里没个女人不行,早年间我身体好,现在一年不如一年。那闺女比你大三岁。年龄上大一点儿好,懂事,知道疼人,会干活儿。"

见面地点在女方家里,媒人把双方安排到一起后就离开了,留他们两人在屋里。他坐在一只条凳上,她半跪半站在床前,两条粗辫子,一张白圆脸,看上去还行。媒人走后,她主动说的话。"头晌午来的啊?"他说:"啊。"她说:"你还上着学呗?"他说:"上着。"她问:"家里老人好呗?"他说:"还行。"她问:"你有意见吗?"他说:"没意见。……你同意啊?"她说:"同意。"媒人事先交代下了,如果同意,就得给女方见面礼。他从兜里掏出事先预备下的四块钱给她。她不要。他给放在了桌子上,走了。下午一进家爷爷就急切地迎了上来,当得知对方同意了时,重重地嘘了口气,说是像他们这样穷的人家还有姑娘肯跟,不容易。再见面就是当兵前的告别了,仍是在女方的家里,这次由于人多,没说什么话。到部队后,他给她写了信,一年里写了两封,那边都是由她嫂子代回,令他甚觉无趣无味，就不再写信。第三年，又写信，这次写信就是为解除关系了。哪里知道这三年陈秀得虽然没有能力跟他联系却跟他爷爷一直保持着联系，自他走后就开始去他家干活儿了，隔三差五去一趟，洗洗补补，挑水做饭。不久后他收到了爷爷的电报：爷病重速归。他知道是怎么回事，拿了电报后没跟连里头说。他爷爷就又来电报，还给连首长来电报，连首长找他了，批了他八天假。他想回去一趟也好，当面跟爷爷谈开。不料刚一进村就有人告诉他，爷爷已经五天没吃饭了。之后从村口到家门口的一路上，知道这事的没有不指责他的。"你爷都快叫你气死了！""你了不得了，才当两天兵，就变了！""不能再惹老人生气了，就这么一个老人了。"……进家后见到了爷爷，爷爷态度是："只要你不同意，我就不吃饭，你也别想回去。"次日，他去了陈村。这门亲事显见是必得同意了，最后的希望是，两年多了，陈秀得本人能有些变化。不能期望她变得像自己连队里的那些女性战友，但至少，得比从前好一点儿吧。到部队后的头一封信里，他就嘱咐她一定要趁着年轻好好学文化，她通过她嫂子代回的信里，表示了同意的。走前，他去供销社买了二斤饼干两瓶水果罐头。到底是有些心虚，进村后没敢直接去陈秀得家，去了一块儿当兵的战友陈根宝家，让那家人去把陈秀得叫来。怕陈秀得不来，跟人家商量说先不要说是他来了，就说是陈根宝回来了。

陈秀得来了。两年多了，时间在她身上仿佛没有痕迹，还是那个年轻的农村姑娘，五官端正，低眉顺眼，神情稍有些木。一进门看到了穿着军装的姜士安，招呼一声："回来了，根宝？"姜士安先是一愣，随即反应过来：她把他当成陈根宝了她根本就没认出他来！也是，总共只见过两面，两面加起来不到半个小时，再加上这时候的姜士安比当兵前已蹿出了十几公分去，也结实了,滋润了,认不出倒也不是特别奇怪。姜士安索性将错就错,问她:"士安来信了吗?""来了。"她说。"说什么了吗?"他问。"没说什么。"她说。"惹你生气了吗?"他又问。"没有。"她说。"我不信。"他说,"他来信了,说不同意了。"姑娘的脸"腾"地红了:"没有!"她一口咬定。就是这个使姜士安的心一下子软了。这才想到他还要替她想,她再没文化,再木,也还有一个面子,有自尊心。在这之前,他一直觉着这事的障碍只在爷爷那里,他的顾虑也只在爷爷那里。经过了这么一个回合,他对她倒有了一点儿以前没有过的了解,有了一点儿责任感了。就是在这时,他说了实话:"秀得,我就是士安。"边说边把带来的饼干、水果罐头推过去,"给你娘。"他说。姑娘慌得手足无措:"你看看你看看……你来也不家去!"姜士安真诚道:"我怕你家里人生气。"姑娘说:"不生气。"于是他对她又有了一点儿了解:挺通情达理。……二人一前一后走出了陈根宝的家,这时门外已经闻讯赶来了不少观众,你一言我一语地拿姜士安开起了玩笑。"你就是秀得家啊,来赔不是了?""还不赶紧找笤帚,送去让秀得娘打一顿!""秀得,后晌甭给他做饭吃!"……

那天晚上,他在她家里吃的晚饭,过水面。吃罢了饭,两人去她大嫂屋里说话,这次说的时间就长了,有两个来小时,有了这一番周折也就有了话题。一个人走在回家的路上,姜士安想,这事就这么定了吧。他对她的感觉比不见面时好多了。事后,姜士安分析,这里面确有对她有了一点儿了解的因素,也有既然成也得成、不成也得成,就努力往好里去看、去想的因素。

又是两年,两家老人决定让他们成亲。爷爷的信是村会计代写的,女方的信仍由秀得大嫂代笔。连里也同时接到了姜士安家乡的证明信。一天,指导员找姜士安谈话。"个人问题有什么打算?""没什么打算。""支部决定让你回去结婚。""我还年轻……""咱可不能当陈世美!"姜士安哑然。农村兵入伍后不要农村对象的问题一直是困扰部队领导的问题,也知道原因各有不同,但是如果一一调查清楚、区别对待,领导整天就甭干别的了,所以只能一刀切,只能按照现象划类处理,基本原则就是,不许当陈世美。从连部出来,姜士安给当时已去了护训队的我写信说了这事,不久后,便踏上了回家结婚的路。

后来,我问姜士安,如果我回了信,你会怎么样?他反问我,如果你回信,你会怎么说?

十天的结婚假里,他们领了结婚证,办了酒席,住到了一起,但是,没有同床。在外人眼里他们是同了床的——一同睡在了一个床上——可惜外人的干涉只能至此,最后一个环节的主动权造物主给了谁那就是谁的,姜士安因之死死守住了自己。陈秀得无所谓,对整个过程中姜士安表现出的所有消极、被动、没精打采都没有什么特别的表示,只是在结婚证到手的那一瞬间,表情寡淡的脸上现出了一丝喜色。一年后,姜士安提干。提干后,好多不明情况的人给他介绍对象,他一一婉拒不敢越雷池一步。已经提了干部,已经结了婚了,这时候要出点什么事,就真成陈世美了。也是这年,陈秀得来队探亲,这一次,面对形势已然死心踏地的姜士安与她同了床。事完之后,两人说了会儿话,肉体的亲近对感情还是会有影响的。那些话里最重要的话是姜士安说的,他说:"尽管咱俩感情基础不是很牢固,但我可以做到约法三章,一、不打你骂你;二、不背叛你;三、不抛弃你。"同时也对她提出了要求:趁着年轻,学一点儿文化。想法是,既然木已成舟,就在"舟"上下功夫吧。那个时候,他对婚姻仍没有放弃他理想中的渴望。

我问他:"现在呢?"

他没有正面回答,目光越过台灯望着对面的墙壁。"说实在的,我对她从来就不是很了解。人确实老实,可也不是事事顺从,有些事上,相当固执。就说让她学文化的事儿,每次她都答应好好好,你书都给她找了,她放在那里摸都不摸。"

"也许她是没这个能力不是固执。"

"到现在了,随军快二十年了,部队上一些起码的编制职务都搞不清楚。家里来了客人,你跟她说得明明白白,这是王副师长,客人走的时候,她就能把人家叫成王副科长。前几天还问我,咱们军区的区长是谁。"

"你怎么说?"

"不说。"

"应该跟她说。"

"年轻的时候都改不过来,这个岁数了。"

"你越不说她可不越闭塞。"

他耐着性子跟我解释:"你没接触过这种人你不会知道。你说东她说西,你扯葫芦她扯瓢,根本就没有来回话,说什么?早先我还指望着她能变变,现在彻底死了心了。现在我跟她三不说,工作的事,不说;外面的事,不说;心里的事,不说。"

"说什么?"

"吃饭了吗?浇花了吗?猫喂了吗?"……

我去看陈秀得。

第一次是宣传科干事带我去的,为我们双方做了介绍后,就应我的要求离开了。但是那一次我和陈秀得没能聊得起来。我这一方使尽浑身解数,她那一方以不变应万变,以"正确"回答回答我所有问题。比如我问她:"你每天一个人吃饭?"我去时她刚吃完饭,姜士安不在家吃饭,该师规定师领导一天三顿在师里就餐。她说:"可不是。自个儿做,自个儿吃。习惯了,也没啥。"我说:"一年到头一个人在家,也是闷!"她说:"有啥法哩?他师里头工作忙。我家里的事不用他管,不坠他的脚,让他安心工作。"我说:"平时休息的时候不出去走走?"她说:"出去也就是买个东西,有时候自己个儿去,有时候叫上政委家属。我和政委家属俺俩关系很好。他们两个主官团结得好,我们当家属的也得好。"一时间令我想不出再说点什么,假装环视四周,也是希望能寻找出新的话题。

他们家房子很大,院子也很大,房子没有装修,白灰墙,水泥地。野战军军官家庭普遍这样,因为流动性太大,不值得为装修投资。家具也都过时而且陈旧,沙发是深棕人造革的,一套拐角组合矮柜,也是十五年前流行的样式,密度板、白聚酯漆,柜子下面已有漆片脱落。我说:"柜子该换了。"她说:"换啥换!换了还挡不了搬家,都是搬家给磕的碰的,二十年我跟着他搬了九次家,有啥法哩?人家叫搬咱就得搬呀。部队就是一块砖,哪里需要哪里安。凑合着能用就行了呗。"我说:"听说姜师长马上要提副军长了?"这一次她笑了,咯咯地笑得很响,有些情不自禁,让我窥见了她的内心:她为她的丈夫骄傲,有一点儿荣辱与共的味道。乐呵呵地,她说:"都这么说呗,哪摸准去?……提不了!该回家种地去了。"

除此而外,我别无收获。自认为自己是诚恳的,是朴实的,也算是聪明的善解人意的,具备了上述优点,本该是战无不胜攻无不克的,不料在她这里全无一点儿用处,她只说"该"说的话,我想她大约是把我当记者了。

……

在士兵们震耳欲聋的歌声中我从操场后面悄悄离开,走向一直等在操场边上的汽车,按照原来的计划去姜士安家,再看陈秀得。

　　公务员小丁给我开的院门，这么冷的天，小伙子只穿绒衣、布军装，一张脸儿依然红喷喷的仿佛刚从澡堂出来，十八岁的热量从里向外面冒。

　　陈秀得正看电视，手里织着毛活儿，家里暖气不是很足，她穿了两件毛衣还穿了棉背心，上身便显得有些肥厚；白白的一张团团脸上，布满细碎的皱纹，头发也开始稀疏，头顶中心部位，已露出了一小块蜡黄的头皮。她比姜士安大三岁，看上去远远不止。四十四岁的男人正当年，四十七岁的女人就是老妇女，陈秀得比一般四十七岁的女人，又要老些。看到我来她很高兴，两个孩子都上大学走了，姜士安每天就只回家睡个觉，逢下部队，睡觉也不回来，她常年一人在家，也是寂寞。身为驻地最高长官的夫人，不便东家走西家串，更不能像地方上这类情况的妇女，靠打麻将消遣；几十年前上过两年小学，这时候也差不多忘干净了，所以书啊报啊的也基本不看；做家务吧，屋里院里的卫生，公务员就包了；平时家中只她一人吃饭，一个人的饭，怎么精心制作也用不完那么多的时间，况且，做是为了吃，自己做自己吃，再有味道的菜也没味道。有时就留公务员、司机一起吃。可士兵有士兵食堂，不吃白不吃，不会找钱给你，公务员、司机因此不愿吃首长家的饭，到底还是拘束。一次同小丁闲聊他说："……阿姨非让吃，有时候吃过了去的，还逼着你吃。"说完了觉出点儿不妥，马上又往回找补，"阿姨对我们真是太好了！"能给首长做公务员的战士，都很机灵。

　　小丁给我送上了茶水，又端来了水果，然后站在一边看陈秀得，请示还有没有事的意思。陈秀得抬起放在腹前那堆毛活儿上的右手，手心朝里向外挥挥，"你去吧。"声音拿得不高不低，颇有一些首长夫人该有的风度。

这是我第二次来了,坦率说,我对陈秀得有些好奇,内心深处,还有想印证点什么的意思。这次我接受了上次的教训,首先向她讲我的工作性质以解除她的戒心,她极认真地听,仍是茫然;我说完了,她不知该就此发表些什么样的意见,停停,说出一句用到哪里都合适的话:"你很辛苦啊!"我说:"其实工作倒没有什么特别的辛苦,主要是孩子比较麻烦,才十一岁,我生孩子晚。"一提到"孩子",她总是有些迷茫有些涣散的目光立刻变得专注同时有了灵气——谈话进入了她熟悉的领域。是我大意了。

她放下手里的毛活儿,身体向我这边探探,问:"你是儿子闺女?"当得知是儿子时由衷地道:"儿子好!"我说还是你好,儿女双全。她摆摆手:"好啥好?累死人!……你孩子他爸爸干啥工作?"我说:"在外地。"她说:"你一直一个人带着孩子?"我点头,她摇头感慨:"啧啧啧啧,这个滋味我知道!你比我还得难,你还得写材料写编剧!"接下去就再没问我什么,开始说她自己。从怀孕直说到生。"……怀着孩子下地干活儿,一直到生那天的晌午,还在地里刨地瓜!"孩子生下来后,没有人管她,爷爷得下地,正是三秋大忙的日子;就是不下地,也不能叫老爷爷伺候月子。"孩子生下来当天晚上,我就下地做饭了。"我说:"姜师长没有回去?"她说:"你能指他?孩子生下好几天了他才从部队上回来。他回来还不如不回来,帮不上什么忙不说,我还得给来看他的那些同学啊战友啊制饭。"她嘴里的"做饭"和"制饭"是有区别的,"制"的饭似乎要更复杂一点儿。到孩子五岁之前,五年里,她要下地干活儿,要照顾两个孩子带一个老人,"那些日子,不能想!"她对我摆着手,摇着头,连声地道。孩子五岁时他们娘儿仨随了军,本以为从此会好一点儿,不料几个月之后,姜士安所在部队奉命去了云南边防,一去一年，从前线回来没过一年，又去陆院学习，两年。他去陆院的第二年，爷爷病得起不来了。"你不能为这事就把他叫回来吧，他学习上挺紧，还得我照顾。整整九个月，每天我得上班，得给老的小的做饭洗衣服，还得给他爷爷洗脸洗脚，上茅房解手都是我给他束腰……"

她似乎有着一肚子的话，可拉拉杂杂说了才不过一会儿，就说不下去了，就没话了。她头偏向一侧，眉头皱着，想，想了好一会儿，也想不出什么新的。她不善叙述，不善渲染，更不善抽象概括，但就这些对我来说也足够了，那些没说出的艰辛，我完全能够凭我的经验我的体会我的想象来给她补足。男人们不会在意这些，在男人们眼里，那都是天经地义。天经地义的事还有什么可说的？有什么可值得特别嘉许的？只有男人们做的那些事情才值得注意才有价值，才可化为具体的可见的形态固定下来，金钱，地位，荣誉，直至载入史册流芳千古。女人们做的那些事，那些日复一日繁重琐碎的家务劳动就仿佛被投入一个无底的黑洞，无形，无声，无影，无踪……

我跟姜士安说："她为你付出了很多！"

他摆摆手："我知道。"

我知道这"知道"仅仅是理论上的知道。却也无法把我那些感性的感情的感受传递给他，有的时候，性别的差异简直就是一道逾越不了的鸿沟。我说："你说的那个约法三章，你做到了吗？"

他说："做到了。我从来没有打过她骂过她，没有背叛过她，"说到这里他停了停，"也没有想过要抛弃她。"说完他看我，我不置一词不动声色。他只好又说："她生活能力太差了，没文化，没一技之长，离开了我她没法儿活，她就像是一个，"他顿了顿，"我养的动物。"

现在她没有了他的确是没法儿活，快五十岁的一个女人，没有社会地位，没有经济来源，甚至没有一个独立的人格，没有他做她的说明书人家都不知道该说她是谁。但是，这不是他不能离开她的全部原因，我提示他："你的身份也不允许。"

他看我："你是不是以为我为了做官才——"

我说："我没有以为。"那一切绝非一个"官"字所能了得，那是他穷其毕生的结晶，是他另一个更重要的自我。他感受到了我的理解，不再说什么了，只是那样看着我，目光复杂。我慢慢地道："既然分不开，就对她好一点儿。"

他说："我对她还不好吗？"

我说："你在精神上虐待她，折磨她。"

他蓦然愣住，面部渐渐充血，鼻孔也张大了，呼吸粗重起来……他的神情是在突然之间黯淡下来的，片刻后他再开口时，口气消沉温和："韩琳，凭你这么聪明你不会不知道，那是一种，一种相互的虐待相互的折磨啊。"

我心硬如铁："不一样。你是自觉的，她不自觉。"

他低低吼道："所以我比她更痛苦！"

这时，门外传来一声："报告！"

姜士安用一只手迅速在脸上抹了一把，像是要抹去刚才谈话可能有的痕迹，同时说："进来。"

第二十八章

老兵退伍工作结束，离开三团前，姜士安同三团的领导再加上二营的营长、教导员一块儿吃了顿饭，我也参加了。三团长赵吉树三十六岁，第一学历大学本科，任现职已满三年，是该师晋升副师的第一人选。此前总部、军区来该师进行一级师的考核，军事训练基础课目抽查的三团，百考不倒，门门优秀，用姜士安的话说是：看了心里很舒服。酒至三巡，赵吉树想从师长嘴里掏点情况了。

"师长，你看我们团今年怎么样？"

"什么怎么样？"姜士安看他一眼。

"嘿嘿嘿嘿……"赵吉树笑，极尽朴实憨厚。

"如果年底前不出问题，一级团，先进团党委，有希望。"姜士安说。

话音刚落，人人举杯，"干"声、笑声响成了一片。后面的谈话由一级团扯到了一级师，由一级师扯到了另一个兄弟师。那个师的副师长似乎是某位大首长的女婿，师长政委因此惧他三分，以致影响到了工作的正常开展，这次一级师的评定该师榜上无名。

赵吉树说："这事怪不了别人，怪两个主官。你两个一把手治他一个副职还不容易？就不给你工作干，就把你晾那儿，你能怎么样？还是他妈私心太重鸡巴蛋太软！"桌上的人嘴上附和着，眼神却有意无意地向我这边飘，赵吉树立刻察觉到了这个情况，没有看我而是迅速看向他的师长。姜士安面无表情。赵吉树嘿嘿地笑着："师长，人家韩编剧从北京来，什么样的场面没有见过、没经历过，在乎这？现在还有种说法，看一个上级与下级关系好不好，就看下级敢不敢在你面前讲荤话，讲段子。"

姜士安端起面前的矿泉水喝一口，放下，方道："赵吉树，我看你是有一点儿得意忘形。"

赵吉树神情立刻严肃："是。"

我不免过意不去，明明是我的存在破坏了人家的和谐、尽兴。瞅空对赵吉树笑笑。他也对我一笑，眼睛里闪动着遮不住压不住的聪明。小伙子不仅聪明，不仅能干，长得也帅，身条笔直军装笔挺，国字脸，板寸头，浓眉阔嘴丹凤眼，年轻双肩上中校军衔星光灿烂，前程灿烂。

想不到，没过几天，还没到年底呢，赵吉树出了事。

那天我正在对姜士安采访，仍是晚上，在姜士安的办公室里，这是我第一次来他的办公室，房间相当开阔，约二十平方米，房间顶头是铺满了一面墙的军事地图，地图两侧紫红色金丝绒布幔一垂到地。他带我到地图前——一幅台湾军事地形图——指着某一点告诉我说，如果打台湾，他们师的位置在这里。"还真的要打台湾？"我问。"立足于打。"他说。"万一不打呢？""保持好状态。"一个"状态"我也就明白了。九江抗洪中我领教最深的就是这个"状态"，应急能力、集团冲锋能力、召之即来的服从精神，都是它的体现。

我们在他棕黑色阔大办公桌的两侧面对面坐下，公务员进来给我们倒了水后，无声无息退出。我从包里掏本子，掏笔，掏录音机，一一打开，摆好，一副公事公办的样子。他看着，默默地，带着点笑意。自上次谈话被他的一件公务打断，从此后就断了，我是说那种谈话的情绪断了。而后我们又见过几次，谈话内容风格却都同刚才差不多，这样的见面、对话越多，双方的距离会越远。

"你的工作很有意思。"他说。

我一点儿不想谈我，也不想同他谈工作，又不好硬去跟人谈家庭谈情感，权衡之下，做了一个折中。"你提副军的事儿到底怎么样了？"

"提不了也无所谓，咱能走到今天这步，该知足了。你想想，一个农村穷孩子——"

立刻，逝去的一切如同一幅幅色彩鲜艳的电影画面在脑子里滑过：那个一手掐俩大包子狼吞虎咽的黑瘦小新兵，那个立于海岛寒夜中高高电杆上的坚忍身影，那个深夜，我们走在去坑道的蜿蜒小路，一边身侧是唰唰作响的玉米地，朝另一侧望去，便是那面墨蓝锦缎般的大海，海里一轮满月银光灿然，美丽豪华得令人窒息。……一股甜美的感伤悄然升起，轻柔绰约如纱似雾在这间阔大的办公室里弥漫。我定了定神，没时间回忆遐想了，他很忙，我也很忙，不可能无止境地在这里耽搁下去，可我们似还有许多话没说，我说的是那种深切的、直切入肺腑的个人化谈话，而不是诸如打不打台湾、打台湾他们师的位置在哪里。几次想提起上次的话头接着谈下去，都被他不动声色地绕开了。也想是不是我话说得太重刺伤了他，又觉着不像，不会。不知问题到底出在了哪里。短暂的静默后，我这样开的头。

"在岛上的时候，在咱连的时候，想没想到过你会有今天？"

"今天指什么，当师长？"

"差不多吧,就这意思。"

"没有。"他老老实实答道,"那个时候我心中的偶像是咱排长。"他刚说罢我们便相对大笑起来。"咱排长"姓于,那年可能也就二十多岁,可在我们眼里,那就是成熟和权威的化身。一度我也崇拜他,须知"崇拜"这东西是有传染性的,不过这崇拜在我那里延续到了他老婆来队的时候就结束了。临时来队家属宿舍离我们排宿舍不远,于排长却始终不让我们去看她,说:"看什么看?没法看,丑得要命。不过,当兵的老婆还是丑了好,一年回去不了一个月,漂亮点儿的,搁家里怎么放心?"这种话在我十六七岁的耳朵听来简直庸俗透顶,于是崇拜不复存在。于排长军旅生涯的顶峰就是排长,之后转业,再没有听到过他的任何消息。

"让你失望了是吧。"看我只笑不语,姜士安说,"在我身上怕是找不到你们理想中的那个,呃,影子。你们爱说不想当将军的士兵不是好士兵。"我说我可从没说过,他没理我,"我嘛,对自己的要求一直就是,把该我干的事情干好,认真地、满怀着热爱地去干。对上,让上级放心,不能一件事交给你,后面跟着七八个工作组收拾。对下,让下级信任,觉着跟着你干有前途有价值,打起仗来,做不到'零伤亡'也得是死得其所,非死不可,崇高悲壮。……当师长前我是参谋长,那时我对自己的要求是,不论主官问什么,我脑子里得有,得张口就答;提建议,一提,主官马上采用才行,不能说反正我提了,你爱用不用。做什么事都得有标准,标准就是目标,目标清楚了,你加班加点吃苦受累也会乐此不疲。我跟我的干部们说,干什么吆喝什么,当排长就想着怎么当好你的排长,师长军长的工作用不着你费心考虑。一句话,干好该你干的事,每干成一件事,就是你一个向前迈的台阶,目标再远大,你也得给我一个台阶

一个台阶地走。"

我头也不抬地做着记录。我承认他说得不错,也是一种肺腑之言,是他的一个侧面,但仍不是完全属于他个人、只能属于他个人的东西。我做记录很大程度是一种姿态,是采访技巧。手指头因为冷而不听使唤,房间太大,暖气不是很足,笔在手里打滑,我放下笔,往手里哈气。姜士安提高嗓门儿叫了一声,门应声而开,公务员进来,姜士安让他去"拿件大衣"。公务员对师长的这个指示是这样理解执行的:不仅拿来了大衣,两件,还提来了电暖器。这是一个十七八岁的小战士,白里透粉的脸蛋上有一双乌溜溜的大眼睛,这双眼睛在向他的师长脸上瞥了一下之后,立刻就明确了自己下步的行动:毫不犹豫把电暖器提到了我坐的这一侧,插电源,打开,安置好后,敬礼退出。点点滴滴,全是素质。披上了军棉大衣,电暖器也开始发热,全身立刻暖和了起来,同时感到的,是一种被权力照顾呵护着的满足。

电话铃响了,姜士安拿起了其中一部白色电话,我借机起身在他的屋子里溜达。这屋里有书柜,文件柜,报架子,奇怪的是,还有衣柜。每个柜子上都贴有打印出的标签,井井有条。书柜是透明的,基本是军事、历史、社科方面的书,文学书也有,只三种,《三国演义》《水浒传》《西游记》。我随手抽出了《三国演义》,这书到目前为止我还是只看了个开头,知道是名著,该看,下过了几次决心攻读,看不下去,只好放弃,说到底文学作品是让人消遣的,为了它痛苦就犯不上了。现在我们家这书已成了海辰的,被他看得封皮儿都掉了,经常还要对我提问,诸如:"刘备娶了孙夫人回荆州诸葛亮给他们接风的第一道菜是什么?"我说你总提这种犄角旮旯的问题有意思吗?他说那你就说说赤壁大战吧。赤壁大战我也只知道个朦胧大概。

他就开始给我讲授，兴致勃勃。受此启发，以后凡给海辰买书，就买我不喜欢而比较有名的，比如《封神演义》《隋唐演义》，他一概看得津津有味。而对我在他这个年龄时所喜欢的《安徒生童话》《格林童话》，他没兴趣，这种性别所致的差异常令我惊叹。姜士安的这本《三国演义》看的遍数比海辰只多不少，封皮儿是没有掉，纸页磨薄了。他接完电话走过来问我看什么。我把书合上把封面对他。

他赞叹："看了《三国演义》，就会知道什么叫谋略，怎么以少胜多以弱胜强，无论战略战术战役，堪称军事经典。"

"这本呢？"我指《水浒传》。

"我喜欢这里面的剽悍勇猛，还有那种豪情、勇气。"

显然这三本文学书能摆上他的书柜不是偶然的了，看他能对《西游记》说出点什么。他说："异想天开！不拘一格！"

我笑了，索性就此在他阔大的办公室里走来走去，看到什么感兴趣的，就停下来看看，看不明白的，就问问，他毫无异议跟在我的身后，我走他走，我停他停，有问必答，像一个宽厚、耐心、脾气奇好的兄长。我不看他，但全身无一根神经不感觉到他的存在，令人软弱的冲动一阵一阵袭上身来，使我想不顾一切地做点什么，做点心里想做的什么，我不知道有哪一个女人能够抵抗住这种诱惑：那种来自与你有过青春恋情、现在指挥着千军万马的一个强悍男人如猫一般的驯顺、依恋、温柔所产生出的那种诱惑。有几次我不得不站住，以专心警告自己：小心噢，虚荣心不要发作！……我在他贴有"衣柜"标签的柜前站住，说实在的，打一看到它我就心存了好奇，但到底没好意思擅自打开，衣柜是一个太具隐私色彩的空间。我把手放在柜门的把手上，看他。他毫不迟疑微笑点头。我打开了柜门，里面是作训服、军装、解放鞋、洗漱袋、文件包，令我失望。

我希望的东西是不光明的,比如铺盖什么的。不过想想也傻,他一个师长,真的不想跟家属住一块儿了,哪里不能给他提供一个地方?师部两幢三层楼的招待所,套间单间都有。内心阴暗,面上便越发要做得光明磊落,我"砰"地关了柜门,大口大气地说:"嗨!这些东西完全可以放家里嘛,办公室里设衣柜,不伦不类!"

"有紧急情况,能立刻就走,用不着再专门跑回家去拿。"

"太夸张了吧,你家离办公室不过五分钟。"

"到那时五分钟也——"

我摆了摆手,我知道他要说的是什么。那些话我从十六岁当兵时就开始听了,听了几十年了,什么样的话听几十年也得听木了,也得听成了套话、大话、空话,至多是,口号而已。可我知道在这里是不一样的,备战打仗在这里鲜活具体深深渗透进了这个男人生活中的每一个细节,渗透进了他情感、精神的每一个细胞。心中涌上了一股醋意,面上不动声色。"不错。很不错。"我大咧咧环视着四周,道,"你感觉呢,是不是对自己也很满意?"

"说不上满意,至少是,不后悔吧,几十年啦。军号声,嗷嗷叫的兵,一声令下,不说地动山摇也是一呼百应。每年七八月份外训,千军万马——应该说是千军万车了——装甲车、坦克车、通信车、指挥车、工程车、牵引车、高炮地炮直升机,一齐出动,那场面!"他陶醉般叹息一声,使劲摇了下头,好像要将自己从神往中叫回来,又好像在责备自己的无力描述。接着,把目光移到我的脸上,热烈地说:"韩琳,你再来一趟,明年!亲眼看看!"

"到时候再说,可能够呛,手里还有好多事。"

"来代职嘛!副师长,副政委,都行,来后马上给你配一辆车。想下部队就下,不想下就写你的东西,什么都耽误不了。"

"主要是我家里还有孩子。"

"不就是个上学问题吗?转学过来嘛,很简单,我跟政治部说一声。"

他总是能迅速抓住你所说事情的核心并马上提出相应的解决办法,这是最能让女人意志薄弱的一种男人,让你不由自主想听他的,按他说的办,跟着他走。

我挣扎着:"孩子还学着钢琴……"

"钢琴好办!叫几个兵给你拉过来就是了。"

看样子他是真的想让我来,但是,为了什么?不会是就为了让我看一看他那一齐出动的"千军万车"吧?我凝视着他道:"太麻烦了。真要想看那些,你说的那些,哪个部队都一样,可以就近,比如北京军区。"

他愣住,停了停,闷闷应道:"……那倒也是。"

他的反应让我心痛,心痛的时候心就会狠。我说:"我理解你的感觉,万人之上,前呼后拥,像个国王,男人嘛,没有不喜欢这个的——拥有自己的王国,哪怕一个小国呢。但是你想没想过,你的这种感觉,很可能,不过是,由于封闭而造成的一种结果?"

"你的意思是说我——井底之蛙?"

"我的意思是说外面的世界很精彩!"

他耐着性子道:"不管这个世界有多少精彩,每个人也只能拥有其中的一部分,谁也别想什么都占着。"这我得承认。比如我喜欢我生活状态中的自由自在,那么就别想奢望他生活状态中的地位权力。同是精彩,非此即彼,水火不容。他接着说:"你比方一个人,有很多钱,无数的钱,又能怎么样?像那谁说的,也无外乎一天三顿饭,晚上一张床……"

"那可不一定。比如,他可以包一架豪华飞机,满世界飞!"那时候还没有蒂托花两千万美金遨游太空一事。

"包一架飞机,满世界飞,就不是单纯的物质享受了,本质上是精神需要,精神上的满足。跟我们比,不过是方式不同,渠道不同,趣味不同……"

这样的谈话让我感到累,感到厌倦,索性闭了嘴,由着他说。沉默中我想,我该走了,再待下去也是无趣。我扔下孩子扔下手头的事情大老远地跑来,绝不仅是为了看部队看千军万马,看师长看士兵,为这些,不必非到这个地方。我怀着一个朦胧温柔的愿望而来,怀着对青春岁月的追忆,怀着交流的渴求。刚开始似乎还好,而后,断了,仿佛一把正演奏到好处时突然断了弦的琴,硬要继续演奏下去,只会将原先有过的美妙也破坏光了。

"怎么不说话了,韩琳?"

"不是正听你说呢嘛。"

"你来之后净我说了。说说你!"

我猝不及防,泪水一下子涌上眼眶,掩饰都来不及,干脆动作很大地狠狠擦去,说:"有什么可说的?就那点事,在九江时都说过了!"擦干的眼泪如海浪再次涌来,后浪推前浪一般势不可挡,于是我索性也就直截了当,"姜士安,我这次来,是想看一个战友,看一个朋友,没料到,看到的是一位地地道道的师长!"

他一下子不动了,眼睛看着我但我感觉他没在看我,而是在看他自己的内心,看他的思想——像在决定要不要做一件什么事情。泪水一下子止住,我有些好奇,他要干什么?……他走到桌前的大转椅上坐下了,弯下了腰去,伸手去拉写字台右下方的小柜,柜门拉开后,又凝固了几秒,弯腰垂首一只手搁柜门上一只手撑着膝头，好像被定格了的画面，再之后的动作，果断而且流畅。他从柜子深处取出了一本画报，递给了伫立一边的我。直到翻开这本画报前，我一点儿都没有猜到这会是什么，没有任何预感，想象都无从想象。

——那是一本早年间的《解放军画报》了，画报封面上，是一个士兵的方队，士兵们身着八五式前的那种军装，领章是两面旗，帽子是软檐帽。我不太明白，抬头看他。他不看我，眼睛紧盯着我的手和手中的画报，屏息静气，带着点儿敦促，带着点儿豁出去了的狂热。我翻开画报，刚打开一页，心即剧跳，隔着毛衣军装，都听得到它发出的怦怦巨响。

这是一本用来贴剪报的画报，第一页画报上的正中央，端端正正贴着一块豆腐块大小的报纸，只这一块，任四边偌大的地方空着。报纸也已泛黄，是八十年代的报了，内容是《解放军文艺》登在报纸上的当年当月的作品目录及作者名字，目录里有我的小说，我的处女作，小说末题。第二页的剪报也是八十年代的，很长的一篇文章，占了两页画报的大半，一位评论家写的，评论部队女作者的创作情况，其中提到了我一句，这一句被用红笔勾了出来。再翻下去，全是与我有关的点点滴滴，有大块消息，更多的是零星散句，有我看到过的，也有没看到过的，看到过的我也从未注意搜集。我一页一页翻着这本年代久远的画报，模模糊糊地听到他的声音传来。

"我一直关注着你，你的每一步成长，成功。……你们改行去了护训队后，有好长一段时间，我都觉着没法儿适应，那年五一，家里、连队让我回去结婚，我就给你写了那封信。你没回信我一点儿都不意外，那时你在我的眼里就是仙女，是天上的月亮；我呢，是口枯井，有月亮照进来就该满足了——从小没爹没妈，是当兵后，是你，使我尝到了女性关心的滋味，你是因为好心因为善良,我怎么能敢再想别的?没收到你的信,只不过是证实了我的想法而已,我也就死心塌地了……

"那次你去炊事班给我偷猪油拌米饭,回来告诉我还顺便偷了些味精进去。可惜你偷错了,把糖精当成味精了。怕你失望,我没说,生生把那一大碗糖精拌米饭拌猪油酱油吃了下去,真难吃啊,那滋味我至今没忘,终生不忘!……

"我家里的事儿我没跟任何人说过,这次你来忍不住跟你说了,你批评了我,你说既然分不开就尽量对她好一些,使我一下子冷静了许多……"

可我批评你不是为了让你冷静是为了让你替自己辩解,为了让你给我们一个坚实的理由给我信心。噢,我总是这样,曲里拐弯,弄巧成拙,聪明反被聪明误。耳边,他继续在说。

"九江分手之后,多少次了,想跟你联系,有几次,电话号码都拨了,又放了。想,不行。如果你现在家庭和睦还好,你是这样一种情况,我又是这样一种情况,何必呢?"

他讲这些话时我一直埋头看画报,越埋越深,两只手悄悄挪到了画报上面,以隔住那狂奔不止的泪。感觉到他站了起来,他起来前有一段相当长的静默,但也许只有几秒,就像刚才他打开写字台柜门后的那一瞬定格。然后显然是他决定了,而只要是他决定了,行动就果断而且流畅。他向我走来……我期待着,全身每一根神经每一条肌纤维甚至每一根骨骼,都开始战栗,唯有紧紧咬住牙关攥紧双拳,避免着自己的过分失态。他向我走来……

"报告!"

我被从梦中惊醒,他大约也是同样,在我迅速抹去脸上泪水的同时,也站定了,淡淡说道:"进来。"

来人是赵吉树,说"有个事想跟师长汇报一下",同时对我的在场表示出了明显的有所不便。当姜士安让他明天再说时，他低低叫了声："师长！"声音里带着恳求，但更多的，是顾不上什么了的执拗。我知道我必得走了，起身，嘟囔了几句什么，离开了姜士安的办公室。

门外，小公务员一个人静静伫立在他的位置上，见我出来，忙迎过来，要给我拿包送我回去。我谢了他，沿着洁净、安静的长廊向外走，拐弯，下楼。出门时门口卫兵向我敬礼。我还了礼，在迈下师部大楼台阶的时候，营区里响起了悠长深远的熄灯号。这就是他的环境，他的天地，再度置身其间，才感到刚才的那段激情仿佛一支乐曲里的一个完全不谐和音，一个极不真实的梦境。

我在静静的营区里流连，师直通信连、侦察连所有宿舍的窗口都熄了灯了，阒无人声……两个巡逻哨兵迎面走来，饶是在夜间，仍然挺胸摆臂，步履铿锵，如同走在队列里……师机关军官宿舍灯光依旧，楼门口时而有人进出。楼后是一片秋后才平整出的开阔地，为达绿化要求，被别出心裁地撒上了麦种，令它在冬日里一片油绿与草坪无二，开春后，再除掉麦苗种草。在这个地方，只要有要求，就能见结果。……我信马由缰走进一个窄窄的通道，突然，阴影里闪出一个人来，同时听这人道："请问首长找谁？"才发现已不知不觉来到了师首长宿舍的区域，面前站着的，是在这个区域值勤的哨兵。同时才发现我是想去姜士安家的，即使他不在，看看他的家，看看陈秀得，看看跟他有着亲密关系的一切不论什么——刚刚分手，就开始想念！但是没有人带领没有接到通知眼前这个小哨兵断然不会放我进去，于是，只得放弃，原路退回。……再次路过师部办公大楼时我抬头向二层姜士安办公室的窗口望去，已经熄了灯了。回到招待所，师部的那个小公务员正在房间门口等我，我走的时候把本子、录音机落下了，师长让他给我送来。

我是在上床后，在熄了灯后，才发现我的录音机没有关，标志处于录音状态的小绿灯在夜暗中闪闪发亮。那是一个微型数码录音机，灵敏度极高，可持续录音八个小时，它于无意中录下了赵吉树和姜士安的对话，让我知道了赵吉树的故事。

赵吉树的故事一句话就可以概括，去掉枝节叶蔓，其主干同所有这类故事相似：他同一个他妻子之外的女人相爱，被这个女人的丈夫发现了。日前，这位丈夫向他索要三十万元的精神赔偿费，否则，就将赵吉树写给他妻子的情书复印了寄给部队各级领导直至中央军委。我想只要有一点儿可能，赵吉树都愿选择前者以息事宁人。但没有可能。就算可以讨价还价，砍掉一半，还有十五万。他一月工资才一千多点，妻子从农村随军来后在团的小卖部上班，巴掌大的个小卖部，安排了六个售货员，其他五个也都是随军来的家属，六个人一齐上班站都站不开，于是分成了上、下、晚三个班，轮着上，有饭大伙儿匀着吃的意思，其工资自然寥寥无几，更不要说夫妻俩还有一个正上小学的孩子。向这样的一个家庭索要三十万，简直愚蠢。敲诈也需要调查研究实事求是掌握分寸，需要智慧，否则只能是适得其反。

姜士安听完这件事后的第一个反应是愤怒："一分钱也不准给他！这是个流氓！社会渣滓！给他一次就有二次，一分不给！"第二个反应是生气，"你信里都写了些什么？"

"最出格的，抱你吻你……"

"偶尔出点儿格，走走火，改了就是。你说你写什么信呢！还是工作压力不够，闲的！"

"……她非要让写。每封信都说让她看后烧掉，她都说烧了，结果没烧。"说到这赵吉树声音里流露出埋怨，"她留着那些信干吗？看完了不就完了吗？早烧了何至于有这么些麻烦！"

第二十八章

"她现在什么态度？"

"坚决不让我给他钱——我也没钱给——还说，正好。"

"什么意思？"

"彻底闹开了呗。离婚，转业，跟她结婚。……简直可笑！趁早死了这个心！跟她结婚？做梦！绝无这个可能！"赵吉树恨声不断。

"家属知道了吗？"

"知道了……"

姜士安火了："赵吉树我早就发现你苗头不对，骄傲自大，狂！人一旦骄傲了，没有不出事的！是哪本书上谁说的来着？在军队工作，前头不准翘鸡巴，后头不准翘尾巴，谁翘砍谁，翘什么砍什么——"说到这他的声音忽然变得警觉、冷酷，"说实话，你到底干了没有？"

"绝对没有！"

"好！不就是几封信吗，让他寄！"

"丢人啊……"

"现在想到丢人了？……敢做敢当，没什么大不了的！信寄来了也只是领导掌握，你该工作工作。"

这话对于困境中的赵吉树无疑是最大的安慰是他最需要的承诺，但他并没有过多表露什么，只低低地道："是。"

"做好家属工作，别让她跟着凑热闹，要顾全大局。"

"是。"

"回去吧。好好工作。部队不要出事。"

"是。"

直到离开，赵吉树没有一个"谢"字，但我知道，从此后，这个年轻军官会永远记住他的师长，不论何时何地，忠诚不贰。

……

第二十九章

那天晚上我一夜没睡。

我住的是套间,有着一张大双人床,足有一米八宽。在广东的宾馆我曾睡过比这还宽的床,两米见方。但是不管床多宽大,我永远只靠一边睡等于睡单人床一样,因为这样离床头柜近,取放水杯啊安定啊发卡啊等碎物比较方便,上下床也方便。我们单位一个女演员说是离婚后简直不敢一个人睡双人床,觉着是一种身心的双重折磨,我就从来没有过这种感觉,不管睡什么样的床,宽的窄的软的硬的,心如止水。

有一本《近义词分类》里把"心如止水"和"心如枯井"划成了一类,很让我觉着荒唐。心如枯井是一种消极的人生状态,心如止水则是在有了足够的经验阅历智慧后方可达到的人生境界,是另外一种形式的丰富。

不久前彭湛提出复婚,也许是年龄渐渐大了的缘故,近来通话时他常常会流露出一种伤感,那次提出复婚时就说:我们年龄都不小了,做个伴儿吧,少年夫妻老来伴儿。……我在心里叹息,这人都结了三次婚了怎么还搞不懂婚姻是什么呢?做伴岂是那么容易做的?仅仅因为老了而要去的那种地方应当是敬老院,我这儿不是。我跟他开玩笑说你是不是跟小吕吵架了一时想不开啦啊？是不是喝酒又喝多了啊？还很想问问他这事小吕知不知道，听意思他们尚未离婚，还没离婚就去跟别人谈结婚，像做生意，找好了下家再辞上家，以求万无一失，未免不够意思。当然后一层意思我没有说，怕他误会。我只用一连串的"啊啊啊""哈哈哈"就把这重大建议搪塞了过去，只字不提心里的想法不提从前的恩恩怨怨。从前曾经多少次我想有恰当时机一定要把那一切跟他掰扯清楚，而今却能够做到一笑置之。

不仅是不想跟彭湛结婚，是不想结婚。我觉着我这样很好，有一份喜欢的工作，有足够用了的收入，有一个自己理想中的孩子，平静充实。有人说那你到老了怎么办呀，到孩子大了离开了家你怎么办？我说到那时再说那时的话嘛，反正总不能为这个就请一个男人来家里吧，给他做饭给他洗衣服跟他统一思想统一步伐统一晚饭吃白菜还是吃萝卜，为了一个未知的将来牺牲了现在。生命中的每一段应当是平等的。不料今日，积十余年经验阅历淬炼而成的理论、理智、人生信念，在姜士安的面前轰然崩塌。

我想结婚。

年轻时爱上人的时候，脑子里遐想联翩萦绕不去的是"深夜花园里四处静悄悄"的优美浪漫，以及"风萧萧兮易水寒"的奋不顾身壮丽苍茫；中年时爱上人的时候，脑子遐想联翩萦绕不去的就是结婚了，以及结婚后那种种最家常的事情：一块儿吃饭、散步、看电视，一块儿躺在一张如身下这般宽宽大大的床上睡觉，相拥而眠。这里面绝没有什么色情的期待——有也不为过，但我的确没有——我只是想闭上眼睛，偎着他，做他的家属，充分享受一个女人所能从男人那里得到的温暖、安宁、保障、依赖。我再也不要劳累，不要焦虑，不要为了钱为了安身立命去写东西写得胃黏膜广泛出血。那段日子我胃痛得腰都直不起了却还是得窝在电脑前写、写、写，实在受不住就灌一个热水袋绑在胃上，由此想起了焦裕禄，暗自苦笑时蓦然一怔：我会不会也是患了——癌？一直不愿意去医院，太远，太麻烦，太费时间，这时却不得不去。一想到极有可能是癌便热泪盈眶，我是不怕死的，从小就不怕，但我的海辰怎么办呢？一连跑了三趟医院才做上了胃镜，三位医生盯着显示屏上我的蠕动着的色彩鲜艳的胃嘀咕了许久，令昏昏沉沉中的我想，大约是了。却没有感到悲哀，只觉着累，累得意志消沉。这时一个医生扭过脸来问我：你平时是不是喝酒太多？心里一阵轻松——听这意思不像是癌——赶紧摇头，倘不是嘴里插着根穿过食道直通到胃里面去了的硬皮管子没法说话，我还会进一步告诉他，我不仅没有喝得太多而且滴酒不沾而且对酒深恶痛绝。都说不抽烟不喝酒算不上男人，但在我的标准里，能做到不抽烟不喝酒的男人才是男人。这需要意志、毅力，需要内心的充实和坚定的目标。当时并没有意识到，我这种激烈极端的看法是由于了我生活中的两个男人，彭湛和姜士安。像前者的，就是不好；像后者的，就是好，线条简洁明确直截了当非此即彼没有中间地带，思路如同儿童。

曾经自我评价非常坚强，看到因为男人的离去就哭哭啼啼的怨妇从心底里瞧她们不起，怎么离了男人就不能过了？男人离了女人不行，女人离了男人大大地可以，我不就是一个例子？倘若不是因为没有可能，不是因为还有些廉耻，我定会把自己作为妇女自强自立自尊自爱的"四自"楷模高高树起竭尽宣扬。

我坚强地独往独来着，不诉苦，不喊痛，大小困难，自己承当，大到搬家装修，小到海辰摔了腿我背着他走上下六楼，那时他的体重已经和我相仿。与男性同事男性朋友照常往来，却从不对其中的任何一个寄予希望请求帮助。也曾有人给介绍对象或建议去婚姻介绍所试试,亦不见不去。单身十余年来我工作学习带孩子干家务目不斜视心无旁骛,以至于单位里流言四起,最集中的一个说法就是:她对男人从根本上就没有兴趣,没有欲望,她结婚也只是为了要一个孩子。我想幸亏申申及时地出了国北京我再也没有什么腻在一块儿分不开的女友,否则,还不得让人说成是同性恋者?

一次失败的婚姻一个失望的男人沉重地打击了我,使我从此对婚姻对男人望而却步,再无一点儿勇气、精力、体力重来一遍,如同受了伤的蜗牛,只能把柔软无抵抗的身躯缩进壳里再不露头。我徒具了一个坚强的外表,精神深处,比一般女人都要敏感,要脆弱,要容易受伤且不易愈合。

从前申申一再批评我缺少女人味儿,使我一度对自己非常失望,索性也就死了那心破罐子破摔本色而对,哪里知道本色竟也是可以改变的,好比海的色彩可以随着天的色彩改变。

在姜士安面前我不知怎么的就变成女人了,变得天真了软弱了,变得娇小了轻盈了,娇小轻盈如一片羽毛愿随风飘去飘哪儿是哪儿不计归处。所有的女人都是有女人味儿的,只不过有的女人的女人味儿针对着所有的男人,有的女人只针对某一个或说某一类男人。姜士安唤起了我作为女人在男人面前的全部反应,他的强大坚毅,他的干干净净,唤起了我对爱情已丧失了的信心和渴求。

倘若不是赵吉树的突然到来,我们之间会发生一些什么?

后来申申回国我对她说起了这事,陈秀得的无知无觉、毫无抵抗令申申这种鼓吹利己主义的人都有所忌惮、有所踌躇,沉吟好久后,才说:"那人哪怕是我呢,你是不是都会觉着——呃,好下手一点儿?"

我说:"……是呀。"

没有跟申申说更深一层的想法,没说赵吉树,我想我可以理解但她理解不了,军营、军官、军旅生涯是我自小就熟悉了的,这位演员出身的澳籍华人能知道些什么?但她肯定不会放弃发表意见的机会,那些意见不用说我都能想象得到,刻薄,轻浮,毫无价值却令人恼火。

在这里我想我得说一下申申。

那是申申出国八年第一次回国,八年里我们倒是一直保持着通信来往——电话费太贵——有时我不回信,她也照来信,一个人在外面还是孤单。她刚出国时做过"家庭帮工",看她信中所描述的工作内容方式就是中国的家庭小时工,像我们家用的小时工小夏。不同只在于,小夏挣钱纯是为了生活,申申挣钱还用于读书,不过除了英语之外,其他的课程依我看都是瞎读,为读而读,什么"妇女与传播媒介"之类。最终令她在国外站住脚的工作与她学的那些东西毫无关系,她最后做了国内一家名牌电器产品在澳洲的总代理商,同她的爱人一起,物质上是很富有了,精神上也有一种满足,"不管怎么样我们做的是中国产品!"申申如是说。在国内并未发现她有如此强烈的爱国情结,相反,多有抱怨,出得国后倒变了个人了。有一封信里她这样说:"我正在新西兰度假,我的时间是一周。这一周我到处瞎转悠,享受着蓝天、阳光和海。从周五到周日,我开了租来的一辆漂亮的小丰田(在这些国家,不论走到哪儿,一下飞机你就可以开上一辆自己喜欢的车,然后想去妓院还是想跳海就根本不会有人看你一眼),跑遍了半个新西兰,一路上高唱着我所能回忆起的每一首中国歌曲,包括《东方红》《洪湖水浪打浪》《我爱你中国》《三大纪律八项注意》什么的。"在国内申申从不唱中国歌的,搭着又有那么一个唱西洋歌剧的丈夫,更是不唱则已，唱就外国，还要用外国语唱，以致彼此这么亲密，我倒不知道她竟然还会这么多的中国歌曲——也算"围城"现象。那封信中她接着写道，"常常唱着唱着内心一阵热浪打来，眼泪鼻涕就出来了，自己觉着自己真是祖国的好女儿，祖国养我没白养。……"这封信看得我乐不可支，同时还感到的是淡淡的酸楚。

申申的爱人叫小峰，原在北京中关村工作，毕业于清华大学。两人在澳洲相遇，相知，相爱。从申申来信的陆续介绍中，这个人是这样的："属于那种搞技术、知识面比较宽阔、思维活跃的人。人很宽容，这一点令他有魅力。但他不幽默。""小峰到目前为止还是情深意切的、一副不娶魏申申为妻死不瞑目的架势。总之，对我很好，人也诚恳、忠实，我常常很感动。他说到了未来，我仍拿不定主意。""小峰为了爱情，又从国内回来了，一往情深，我妈妈很喜欢他，我自己也明白，已到中年，姿色日衰，不应再过分挑剔，所以正努力使自己适应他，但我还是向他要求再多给我半年的时间让我试试。我也不知道自己哪儿出了毛病，一想到要和什么人共同生活，家里又多出了一个人，就心情压抑，这感觉也许是从陆成功那里来的？小峰一个劲儿地劝我跟他回中国，可是我现在在澳洲到底已有了一个自己的家，有了一点儿产业，回国了我就什么都没有，连户口都没有怎么办？""我和小峰的感觉现在挺好，实事求是、待人宽厚是他的两大优点，我过去没有接触过像他这样的人，真正了解了才能感觉到魅力，任凭我如何大吵大叫，他只保持一个形象——微笑，但我知道他骨子里是说我不和你一般见识，可暂时胜利可以满足我的虚荣心，这也是女人的通病。反正对于小峰我没什么可说的，如果我没抽羊角风的话，应该不会有什么变化了。""我和小峰很好。那种关系是一种温厚和安全的、很谐调的关系,同时很普通,没有任何压力,心理上精神上都没有。这是我过去没有过的。人的年龄不一样了,感情需要也不一样了。"……

那次回国,申申和小峰一块儿回来的,我们一块儿聚了几次,有一次她没让小峰来,说是"碍事"。那一次我们谈得比较深,谈了陆成功,谈了姜士安。之所以跟申申说姜士安而不跟雁南说,是因为雁南认识他而申申不认识。否则,会让我觉着是对姜士安的亵渎。即使如此,我也绝不对申申提姜士安的名字,这三个字是一个秘密,只属于我。

申申曾下决心和陆成功结婚的,每每事到临头发现不行,发现生活不仅仅是物质的。"跟他在一起,我的心就像个沙漠,什么都没有。"申申多次这样说,当时我对这话还不是特别理解,我跟陆成功深入接触不是很多。是在后来,申申走了之后,他来过我这里几次,才使我对他了解了一点儿。他每次来的主要内容就是痛斥申申。每次我都劝他,我说,不管怎么样,两个人是好过的,起码那一段生活应该说是美好的,两个人为此都付出了感情,付出了时间,付出了努力,不能说是因为没有结果就否定一切。陆成功态度激烈地反驳了我,说是他们好的过程,整个就是一个他付出的过程,她利用他的过程,从钱到其他,无一不是利用。"其他"甚至包括两个人的性生活。他说:"有一段时间,我们俩除了吃饭,整天就是在床上干那事儿,因为她需要;我就是一个工具,她的性工具。"还由此推论,申申坚持到外国去就是为了追求性解放,外国性解放。就是这些话,使我豁然理解了申申,本来我还是有一点点同情陆成功的。你想,一个只能体会生活中的不好、体会不到生活中的好的人,一个把同所爱的人做爱都看作是付出奉献的人,一个永远觉着全世界都对不起他的人,他的生活、他这个人还能有什么乐趣?只能是乏味,也难怪申申会想到"沙漠"。有一次临走前他对我颇认真地说"通过和魏申申这件事我感觉自己成熟了,长大了",令我从心底里深深地叹息了:一个五十多岁往六十上奔的男人了,居然能够说自己"长大了"!申申说我:"这对他来说算什么呀!……记得有一次我和他出去,他走在我前面蹦蹦跳跳的像个'红领巾',那一下子差点儿没让我跑到越南去!这世上再没有什么能比一个老男人装青春更叫人肉麻的了。"我摆摆手说这人看来是活不明白了,申申说只能等他慢慢长大。关于陆成功,我们就此打住。

关于姜士安,申申的意见是:赶紧跟他上床,只要没有上床,你就永远不会真正抓住他!就是申申的这个意见,使我感到了我们之间由于环境、经历的大相径庭,而造成的思考、处事方法的大相径庭。她的意见无疑是有道理有根据的,只是不适合我,不适合我们,我和姜士安。

前不久姜士安被提升为副军长,在随之而来的一系列变动中,赵吉树成为了该师参谋长,三十七岁的副师,前程可谓无量。他如愿以偿在他事业的台阶上又迈了一步,只是不知道他的妻子现在怎么样了,还有那个不顾一切想跟他结婚的女人,怎么样了。那天晚上在两个男人的对话中,所有担心、焦虑、思考的核心,都是赵吉树和他的前程,但凡提到这两个与之有关的女人,都是想法要她们不要成为赵吉树的妨害。……简直可笑!趁早死了这个心!跟她结婚?做梦!绝无这个可能!这是赵吉树说,其中毫不含糊的仇恨令我齿冷。做好家属工作,别让她跟着凑热闹,要顾全大局。这是姜士安说,冷静而富于经验地,于不自觉中带出了一丝对女人的轻蔑。斯时斯境没有人想到那两个女人的内心感受,我倒是想到了,但,即使让我出面，站在一个客观的立场上裁判，也得让那两个女人给赵吉树让步。不是事业、感情、男人、女人孰高孰低孰重孰轻的问题，而是，在这种情境下，谁妨害了赵吉树的事业，谁就是他的障碍，如此，还谈何感情？所以与其全军覆没同归于尽不如保住一个算一个，正所谓，"顾全大局"。

这逻辑同样适用于姜士安和我。同是第三者，小姑娘和中年妇女的最大区别就在于，小姑娘以为爱情可以战胜一切，中年妇女知道不是。

在师里，在那个宽大套间的不眠之夜里，凌晨时，我决定当日就走，并且，不再来了。男女情感如逆水行舟不进则退，进，路在何方？退，退到哪里，像赵吉树他们那样——反目成仇？

早晨起床号刚一响我就往宣传科长家打电话请他订火车票，以免他出操走了。票是下午两点二十五分的，定好一点半送我去火车站。中午师部小餐厅加了几个菜为我送行，在家的几个师领导都来了，姜士安没来，去了坦克团，坦克团今天换主战装备。

我没有这个思想准备，本以为至少在午饭时肯定能同他见上一面。整个上午，我收拾东西，还书还资料，去政治部宣传科告别聊会儿天，紧紧张张，忙忙叨叨，有意不去找他不打电话，潜意识是想强化那个我一手制造出的戏剧效果，看他吃惊，看他难过，看他不知所措，临分手前再抽空告诉他我为什么这样做，告诉他我那个深思熟虑后的决定，给他留下通情达理深明大义的惊鸿一瞥。什么都想到了设计到了就是没想到他会不在。他没有告诉我他今天去坦克团，我没有告诉他我今天离开。

我没精打采情绪低落如丧考妣，仅凭羞耻心才没有当众哭出来，心里头又难受又委屈。还不能不应酬，不微笑，说告别话，说感谢话，吃，喝。吃完喝完说完回到房间十二点四十多了，直冲到桌前抓起电话就拨了他的手机。

"喂？"低而亮的嗓音，微微由下上扬。

"是我。"

"知道。"声音里笑意荡漾，毫不掩饰的喜悦、快乐，像个孩子，"吃完饭了？"

"你能不能回来一趟？"

"晚饭后就回去了。"他安慰我，声音里笑意愈浓，接着马上又道，"我回去吃晚饭！"

"我要走了，一点半……"

听得出来他大吃一惊，我本来就是要他大吃一惊，可为什么效果有了我会这样沮丧？韩琳啊韩琳，你为什么就不能朴实一点儿纯朴一点儿该怎样就怎样顺其自然？你为什么一定要耍一些自以为是的小聪明害人害己呢？透过满眼泪水看了手表，十二点五十了！电话那边他一迭声问道："走？回北京吗？为什么？怎么回事？"不等我回答马上又道，"我马上回去！"

我等他。坐不住，站不住，只能在屋里来回遛，脚下发软，心里怦怦跳得乱了节奏；强忍着不去看表，感觉过了好长时间时才看一眼，刚两分钟，接着心中又悚然一惊：又过了两分钟！在这种对时间快与慢的矛盾渴望中煎熬了不知多久，终于听到了汽车驶来的声音，驶近，吱，在窗下尖叫着刹车，咔，车门打开，哐，车门关上，脚步声，不一会儿，听到了公务员招呼师长的声音。我长长地出了口气同时最后一次看了眼手表，一点二十。……咔咔咔咔，皮鞋声沿走廊急遽走近，每一声都准准地踏在了我的心上，我站在屋中央一动不动谛听，全神贯注，都忘了该去提前把门打开。

门被扭开了——没有例行的敲门——他出现在了我的面前，

我隔着泪水看他，从头到脚，寸寸缕缕，点点滴滴：没戴帽子，脸色棕黑目光灼灼，身材保持很好如一个注重锻炼的青年人，校官军服挺括，两肩上肩章猩黄夺目……我看他，一句话没说，不知说什么，脑子里是空的，没有是非道德前景后果，没有权衡思量自尊虚荣，只想随着心的感觉而去，只想随心所欲，此刻哪怕有人告诉我我后半辈子会为此羞惭悔恨都在所不辞——我扑进了他的怀里，那个我暗暗渴望了多少回的地方。

没有一点儿意外没有一点儿惊讶没有一点儿犹豫他抱住了我，他的力气是那样大勒得我的肋骨发出了轻微的咔咔声，隔着双方的呢军服我感觉到了他心跳如雷。

"我马上要走了……"我说。

"我知道。"他说。

"我不会再来了……"我说。

"我知道。"他说。

在黑暗的眩晕中在剧痛的甜蜜中我更紧地抱住了他，他的确是干干净净的——此前我的这种说法仅是针对男人没有节制没有原则的性欲欲望而言——他的身上没有一丁点儿大部分男人身上那些隔着老远就能闻到的气味，烟味、酒味、油味、汗味、呼吸味，一概没有，儿童一般，只有生活习惯极严谨规律卫生的人才可能做到这点。他高我半头，肩上肩章的一角生硬地硌着了我的一半脸颊，很疼，直疼入心。

"……问你个事儿吧？"我悄然说道。

"你说。"

"如果那时我回信说能，你能吗？"

"能。"

"不怕你爷爷，还有，部队的压力？"

"不。"

"为什么呢？"

"那时还年轻，从头来都行……"

而那时我却不能，也是因为年轻。那时我喜欢他却没有一点儿要向纵深里发展的意思。门户之见，虚荣心，世俗的势利，无一不控制、限制着我。世界上哪里就有什么纯粹的爱情了？所有的爱，无一不是各种条件比较平衡后的结果，才、貌、脾气、品性、成就、年龄、职业、金钱甚至国籍、种族、健康，就看你更在意什么了。在他的家中同陈秀得交谈时我曾想，看着她的苍老和蒙昧时想，倘若换了我，我能够为他做出她所做的那一切吗？答案是，能。我是一个富于自我牺牲精神的人，是一个受传统文化影响很深的人，我追求事业成功的男人，追求夫贵妻荣。倘若事先知道姜士安能有今天，我做得不会比陈秀得逊色。这就是我和陈秀得的本质不同，我的牺牲须有前提，像一个清醒冷静的投资者；陈秀得却是毫无条件，盲目盲从。不同的起点、见识造成了我们的差别，可见人之短长完全可以相互转化无一定之规。我有见识，这见识由于年轻而成为了一种短视。那时的我不可能想到，穷、贫困、卑微，正是一个人奋发向上的最好动力。若再有了足够的智力、毅力、体力，定能在残酷的竞争中脱颖而出。古人云：君子之泽五世而斩。最终令豪门子弟被"斩"、被淘汰的，正是这些地位低下的人群中的最优秀者，军队尤是。在这里，一旦到达了某种高度，再硬的后门再大的背景也得在实力面前让步，军队的特殊使命性质使人没有胆量在关键地方施以私心。最有力的一个证明，纵观今日中国军队，穷苦出身高级将领的比例已占了压倒一切的多数。

他能的时候，我不能；现在我能了——

"几十年了，她为我带孩子，操持家务……"他仿佛听到了我的思想。

"我知道。"

"她不爱想事儿,知足,这样的人,寿命会很长,可能比你我都长……"

"我知道!"

他立刻闭了嘴,不再说,我也不说,心中的唯一愿望是:此刻无限延长。

……走廊里传来了杂乱的说话声脚步声,送行的人们来了。

我们同时松开了对方。

第三十章

经过一段不堪回首、千辛万苦的突击努力,海辰总算考上了一所比较满意的中学,但由于离家太远需要住校。我本发誓不让海辰寄宿,再麻烦,在他没长大之前也要把他带在身边。我是寄宿过来的,深知寄宿对小孩子是怎样的痛苦。上小学我有一次高烧,仍坚持做操、劳动、上课,包括体育课,烧再高,没事人儿一样。就因为那时已经星期四了,星期六就可以回家了,如果让人知道发烧就得住隔离室,就不能回家,结果星期六刚一进家门就晕了过去,一个小孩子因为想家产生出的意志力足可以与一个优秀的共产党员相媲美。那次我的体温是四十二度,本就是一个普通的急性扁桃体炎,由于延误治疗发展成了风湿性关节炎。父母始终不知道为什么会成了这样,因我始终没对他们说过,凭着孩子的本能我知道他们不会原谅我。他们会认为,一个星期不回家算得了什么?我却认为,风湿性关节炎算得了什么?小孩和大人的价值观常常是非常不同的。但现在我却不得不违背誓言送海辰寄宿,孩子是我的,还是社会的,从这次"小升初"白热化的竞争中我已窥到了一个中国儿童要想成材所必须经历的种种炼狱般的磨难。曾寄希望于海辰是个天才,天才可以违反常规,为此还特地带他去做了一次智商心理测试，测试结果，他是一个再正常不过的儿童，而且，"主流兴趣不明显"，就是说，没有任何迹象表明，他有什么特殊才能可以使他无视当今现行的教育制度而同时又拥有一个较好的前程。他必须老老实实走读书、应试这条路，考中学，考大学，否则，谋生都成问题。因而当海辰因不愿住宿想放弃那所好不容易才勉强考上的好学校时，我发火了，一口气数落了他半个钟头，最后的结束语是："我不管了，将来看大门还是拾破烂儿，随便你！"也是人在江湖。幸而海辰是男孩儿，十二岁了，比我当初坚强多了也成熟多了，对于寄宿生活比较快地就适应了，我如释重负。

我又是单身了。

晚饭后，去公园散步，一个人。走得累了，就拣条面向湖水的长椅上坐下，不论坐多久，再不会有人打扰——已然过了能让人误解的年龄。我还在公园里开辟了一个"我的"地方，一小块位于飒飒竹林中的空地，青石板地，围有一圈矮矮的竹栅栏，由于没设长椅而少有人去，否则，这应是一个谈情说爱的好地方，深幽、隐蔽、美丽。我每天去那里做操，广播体操，还是在海岛时学的，新的我不会，来北京后再没有集体做广播体操的机会。做一遍五分钟，我做三遍，然后就去散步，围着公园的主湖走三圈，全套程序下来，一个半小时；回家后洗个澡，上床看看书，身心舒服，睡眠也因此好些了，人也胖了一点儿。有一天晚上，当我又怀着赴约会般的心情向"我的"地方赶去的时候，发现有一对恋人正站在我通常做操的地方紧紧相拥着接吻。我的头一个念头是：这个地方是我的。第二个念头是想告诉他们，旁边不远处有一个更隐蔽的地方，还可以坐着。当然所有的念头都只能是念头，因为这个公园里根本就没有什么"我的"地方，谁都没有。我只能反身沿着来时的甬道离开，心里头说不出地难过,好像被谁给抛弃了。

妹妹送给我了一个精致的小半导体,能收立体声,说是让我散步的时候带着,否则天天一个人一走一个半小时,闷也闷死了。那半导体至今原封原装地放着没打开过,我不需要。谁也不会知道,每天这一个半小时只有做操纯是为了锻炼身体,熬过那一刻钟后,剩下的时间,于我就是享受是精神盛宴了。我在湖边树下林中走,思想穿越了时间空间,不受任何约束地、无限自由地驰骋,无限自由。……把爸爸妈妈接过来住,让他们每天也来这里散步。爸爸是个对环境相当敏感的人,他肯定喜欢。可是,怎么来?我是骑自行车,只需六七分钟,总不能让他们也骑车。坐车啊!我开车。这个时候我当然是早已买好了车,也早已学会开了。每天吃完早饭就送他们过来,我回去工作,他们想回家的时候立刻来接他们。对了,给他们买一部手机。如果需要,每人买一部,现在这在我根本不是问题。……还有个问题,怎么住。把海辰的房间腾出来!海辰回来就跟我挤一挤。顺着这条思路,我开始在脑子里丈量海辰的房间,选择家具,连爸爸练字需要的大写字台什么样子都想好了。有一次逛家具城时还专门去看过。……我细细地、点点滴滴地做着安排,怎么住,怎么吃,每一个环节都要想到,要解决;如在哪一个环节卡住,就会苦恼,直到想出解决办法来为止。比如,我看中的那个大写字台比家中可供摆放的地方长出了两公分,就让我流畅的思绪停滞了很久。大前提可以假设,细节必须真实合理,这种畅想方式很像好的小说家创作小说。……穿越了空间时间我与爸爸妈妈相聚,一个晚上下来,充实愉快满足。

这天,晚饭过后,我换衣服换鞋,准备去"赴宴",开门的时候,电话铃响了。

"喂?"

"韩琳老师吗?……我小李!"

小李?……噢,小李。我无声地叹了口气。一个小青年,二十六岁,是汽车方面的技术员,说是热爱戏剧,通过熟人找到了我这里来。我喜欢交往,但不喜欢无谓的交往,具体地说,与小李的交往我就不喜欢。他是个好青年,善良,勤勉,衣饰整洁;可是有点儿木,有点儿太爱叹息人生啊、痛苦啊、孤独啊之类。我喜欢的聪明敏感朴素自然,他不具备。他感觉不到我的不喜欢,仍然定期电话联系。必须承认这是他的优点——他从未有过未经联系的来访。但这优点也是出于模仿而不是出自本能,否则他便不会再来电话——我已谢绝他的来访有四五次之多了。我是理解他的,可能比他自己意识到的还清楚些。二十六岁了,工作已经定型,精神和情感急需得到新的滋养,这滋养只能来自一位与之年龄匹配的女性。在这位女性出现之前他与我的交往好比是一九六〇年人们赖以度过困难时期的野菜薯干什么的。而如果说我之于他是野菜薯干,他之于我则是一盏白水。这种人物关系的持续相当耗神儿。每每下决心结束它,关键时刻却总是难以启齿,碍于熟人的面子,也是不忍伤害浑然不觉的年轻人,就这样一次复一次地拖了下来。而只要我不开口明明白白地说,小李断无自己觉悟的可能。得说,等有了适当机会无论如何也得说。有一天机会似乎来了,我收到了徐彤彤的信,那天小李恰好在。徐彤彤是位青海的读者,女孩儿,二十岁,某机关招待所招待员。她在头一封信中并未要求我回信,我却回了信,因她的那封信打动了我。那是一封真正的信:手写的,写在那种上方印有单位名称、带格的、软软的稿纸上,贴着邮票,通过邮局寄来。我似乎好久好久没有收到这样的信了。现在所能收到的信件几乎都是公函——私人往来都是电话和电子邮件了——硬硬的白光纸,方方的打印出来的字,那种信即使抬头打的就是你的名字,给你的感觉也是批量产生出来的,不是独独针对着你的,缺少那种带有私密性的亲切感。徐彤彤的那封信将一个女孩子苦苦奋斗时的处境、心境、感受表述得生动、自然、准确、流畅,使我禁不住想同她说几句什么。这封信是她给我回信的回信。看完信后我对小李讲起了她,讲着讲着突发奇想,建议他同她通信交个笔友。我不指望也从没希望这通信会导致什么实际结果,比如婚姻。只是觉着这种联系会使他们双方都感到些乐趣。私心里,当然希望充实之后的小李会少些进而停止对我的关照。结果却适得其反,与徐彤彤联系上之后,这关照反而愈加频繁。他需要能有人同他谈论徐彤彤,这人非我莫属。他显然喜欢上了她,喜欢得不愿意见面,唯恐她长得不对,破坏了他的心创造出来的人物形象。他对自己的形象还是自信的。后来徐彤彤来信说可能来京参加电影学院导演系的招生考试,小李愈发地惶惶惴惴,仿佛他肯定要失去这位感觉中已相当亲近美好的女笔友了。他一再地说,说得我也好奇起来,一时间,徐彤彤的模样儿竟成了一个我时而要揣测一下的谜。

电话那头,小李问我:"韩琳老师,最近有时间吗?"

"哎呀对不起我最近特忙!你上次送来的电视剧本我已经给你快递过去了,也写了意见,你没收到?"

"那个没关系。我是想告诉你,徐彤彤来了。"

还真的来了。

"她长得怎么样?"

"这不是一句话两句话能够说清楚的!"

我又叹口气。小李永远是这样,喜欢给最简单的事情也赋予神秘、复杂、意味深长的色彩,我可不想鼓励他的这种爱好,便不吭声了,他终究是憋不住。他说了。

"简单说吧,跟我想象的差不多。"

"就是说没有使你失望?"

"绝对没有!"

"她现在在哪儿?"

"在我这儿。"

"在你那儿?"

"啊。住我这儿。我每晚出去打游击,已经五天了。"

小李家在外地,住单身宿舍。这件事情的发展有点儿出乎我的意料,或者说,令我感到难以接受。我清楚我的过时,但还是要问:

"住你那儿,有必要吗?"

回答是"当然"。徐彤彤刚来时住在她的一个上大学的女朋友那儿,但长时间打扰人家毕竟不合适。再说,他的宿舍离考试地点很近,初试二试她都通过了,后天三试,三试一完她就得回青海,她来考试是请病假偷跑来的,想趁明天有空来看我。

我不能拒绝。

我看到了谜底。

不是通常标准里的那种漂亮,那种光芒四射的美艳,而是耐看。很匀称的中等身材,深栗色的发丝细细的,丝绒一般。眼睛明亮,看人时目光专注;衣着很随意,不是另类,没有另类的怪异也没有另类的邋遢,随意而已:深棕长裤,格衬衫,外面套一件原白色夹克式短风衣,与她脸上的神情十分匹配,那是一种对自己的外貌全不在意的、全然不觉的神情,一种年轻女孩儿少有的神情。她来时半长的头发用皮筋儿扎在脑后,同我说话的时候有时会把皮筋儿取下拿在手里面玩儿,于是那头深栗色发丝便会于顷刻间垂落下来,又顺又亮,下颌小巧的明净面孔环抱其间,平添了几分生动、几分妩媚。

我当时当刻就理解了小李。

却发现她喜欢他远不如他喜欢她。

表面看是够亲近的。饮料没了,我要去买,我是主人。徐彤彤拦住我,"小李去!"小李便心满意足地去,尽管他每月的收入只有工资。我嘴上说:"哈,彤彤,内外有别?"心里,却分明感觉到了那表示亲昵的随便里隐含着的不恭。女孩子,尤其是这个年龄这种性格的女孩子,很难爱上一个不为她所崇拜敬重的人,崇拜是爱的基础。

徐彤彤是通过发表在《剧本》月刊上的《父与子》后面的作者简介知道我的地址的,信的开头她说对她来说,作者简介要比作品本身更让她感兴趣:女性,从小岛上奋斗出来。尽管我的年龄比她大着许多,但她深信,我曾经有过的青春与她必有着某种相同之处。她说她之所以要"不嫌絮烦说明这点",是为了让我不要把她当成"满世界请名人赐教的傻瓜",初见她人也颇有一些她信中的风格。大多年轻女孩儿即使在同性面前,只要比她年长,她都要发嗲装嫩的;徐彤彤不,或说恰恰相反,她极力要表现的是干练、成熟、不俗。一见面就大大方方地同我握手,坐下来后就开始唧唧呱呱地说,讲考试的事情,也评论时势,国内大事世界大事,令我遗憾。固然我讨厌别人跟我发嗲装嫩,可也不喜欢女孩儿中性化男性化,渐渐我的话就少了,她的话随之更多、更密、更快了。……我转动着手中细高细高的玻璃杯,眼睛盯着那里面深琥珀色的茶液,心想他们打算什么时候走呢?想着,抬头看她一眼,发现她正在看我,目光与目光相撞,她的脸腾地红了。突然意识到这之前她虽然嘴一直没停,眼睛却几乎不肯与我对视,偶尔遇上就赶紧闪开:她要表现干练成熟，她的眼睛出卖了她。那干练成熟于她只是外壳，本质上她还是一个年轻女孩儿，甚至比一般女孩儿更敏感更羞涩。这才想起我不也是有过这样一个阶段的吗？完全拿不准该怎么跟外界打交道，干脆一见生人就皱起眉头板着脸做出一副高傲冷漠的样子，比她还不如。心一下子变得柔软了，她几乎是一下子就感觉到了，屋里的气氛一下子轻松了。她再也不跟我谈国内国外的大事了，开始说她想说的事。

徐彤彤聪明敏感，极不安分，对才华和成就的追求到达了极端。读高中时发表过诗歌散文，因而过早忽视了理工课程，没能考上大学。此后三年干临时工，三年换了三个工种。每次的工种转换都是因为擅自考学旷工。头一年考戏剧学院，次年考工艺美院，皆因文化课没过而名落孙山。第三年玩命复习文化课，专业课她有十二万分把握。这次电影学院的七百考生，专业初试二试后只剩下三十七名，她稳在其中。最后一试是小品，更有利于她显示自己远胜于其他考生的天赋修养。她这次有可能成功。

小李回来了，不仅买了饮料，买了啤酒，还买了冷饮，梦龙，可爱多，小牛奶，点点……两个大塑料袋撑得鼓鼓的，塞满了冰箱的一个格。

"小李，你再出去一会儿，啊？我和韩琳老师有事。"

"什么事，对我还保密？"

"就是对你保密！"

小李冲我意味深长地笑笑，出去了。因为徐彤彤在，我便也还他了一个意味深长的笑，其实心里什么都没有。

"你们笑什么？"小李出去后，徐彤彤敏感地问。

我开玩笑似的认真说："他大概认为你在跟我谈他呢。"

徐彤彤笑笑，又开始说，说她自己，说一个年轻女孩儿苦苦挣扎时所能遇到的一切。说一个头头儿如何要她答应付出某种代价就送她去市文艺专修班的事，说父母对她的不理解不支持，说周围男孩子的平庸无能，说与同屋女伴儿的摩擦矛盾，更多的是说她的目标、理想。说到这些时目光闪闪，咬牙切齿。她急急忙忙地说，什么都说，无保留地流露出对我的敬重、信赖和渴慕。没有一句话需要对小李保密，她不愿他在场只是因为他和我在她心中的位置不同，这无疑会影响谈话气氛的和谐。

……窗外明亮的阳光不知何时已渗进了柔和的金色，院子里出现拎暖瓶端饭盒打水打饭的人了，真是不知不觉。我们都不愿动，决定在食堂里打点饭凑合一顿。去打饭时才想起了小李，这半天小伙子在哪里如何打发的他孤独的光阴？于是吩咐徐彤彤去找，徐彤彤愣了愣才反应过来，冲我龇牙一笑，笑得像个犯错知错又不愿让人说的孩子。我却想不论怎样我得说说。

打饭回来等了近一刻钟才把他们等来，小李脸上一副故意沉痛的表情，这故意的沉痛比真沉痛还叫我替他难过。但我没说什么，招呼他们洗手吃饭，小李去开了啤酒。

我不喝酒；小李喝，很少；徐彤彤喝，一杯接着一杯，菜都不吃。她说她最爱喝酒，也特别能喝。如今女孩子抽烟喝酒是有性格或有才华的一个标志，我算是一个过时之物了。两瓶啤酒很快光了，小李又去打开了第三瓶。我从不劝人喝酒，同样，也不劝人不喝，我觉着那都是个人的事情。小李看着徐彤彤，不时轻轻摇头，却也不说什么。后来我才醒悟到他的不说与我不同，我是无知，他是爱极后的盲目胆怯。所谓盲目，就是他错误地认为徐彤彤此刻会不喜欢他的劝阻。

徐彤彤远不是她所宣称的那样能喝。

近三瓶啤酒对她来说是过多了。

发现这点时已经迟了。

"韩琳老师,你记住:我要是能考来,总有一天会叫北京的地面在我脚下震颤!我有这个能力!我有!!"

她一边说,一边狠狠地捶着桌子。小李不声不响把一条毛巾折成四折垫在了她拳头落下的桌面上。我不无忧郁地看着:唉,连疼爱关心也只敢用消极被动的方式,那怎么行?

"我接触过很多艺术学院的学生,同他们聊过,我一点儿都看不出他们比我强在哪里!一张口就是恋爱啊感觉啊,真他妈没劲!可就是他们,有那么好的老师,那么多的资料图书,他们吃剩的、不要的,拿到我们那里都是宝贝!他们凭什么?!……韩琳老师,你,到过我们那里吗?高原大风,文化沙漠,人要是在那里待下去,总有一天会变成颧骨上长着两块深红的傻子!"

我想起了我的海岛,四面水一面天,那样小,而且闭塞。我却从不嫌弃它,从来不。我对它一直怀着一种柔情,还有依恋,还有爱。但这也没能使我安分守己,安于现状。徐彤彤是过于急躁了,急躁容易心浮,还多痛苦。可我不能说什么,没有用。此一时彼一时,她的客观环境比我们那时不知要多了多少的外来刺激。

"你不说话,你在嘲笑我,是不是?韩琳老师,你记着,我今年二十岁,如果到了二十五岁还没有出来,就一辈子不见你!"

我无言以对,唯一能做的是站起来,走过去,坐在她身边握住她的一只手,企望这能传递给她一点儿安慰。她却忽然地安静了,张着一双晶亮的眼睛怔怔地看我,接着便把脸埋在了我的肩上。"韩琳老师!韩琳老师!韩琳老师!"她发出了极力压抑的深切呜咽。我紧紧握住她的手,全身心都感受到了那伤痛、委屈、孤单和柔弱。

小李默默地去拧了一条湿毛巾给徐彤彤擦脸,她抬头一看是他,立刻垂下眼睛沉重地叹息了。

"小李,你出去,好不好?让我和韩琳老师单独待一会儿,好不好?拜托!"

小李脸上露出了真正的而不再是故作的痛苦,还有不解,还有困惑。但是此刻没有人会给他解释,不论她还是我。我示意他先出去,他顺从地照办了。

"彤彤,你对小李该客气点,人家对你相当够意思了。"

"是。这人绝对是个好丈夫。"

"你不喜欢他?"

"不知道。谈不上。没想过。"

"可你却住在他那儿。"

"那你让我住哪儿?"

"你在北京不是有女朋友吗?"

"她们八个人一个屋,每晚至少折腾到十二点以后;离考试地点还远,倒四次车!我没有办法。"

"小李怎么办?"

"他心甘情愿。我反正是把一切都跟他谈开了。我说我要是考取了,人离你近了,心离你却远了;考不取,心可能会离你近点,人却又离你远了,所以我们注定只能是一般朋友。当然,偶尔的拥抱接吻可以,别的,不行。——他心甘情愿!"

我没有对"偶尔的拥抱接吻"表示异议,谁执意要在两厢情愿的事上说东道西,那才是愚蠢。我过时,却不愚蠢。屋里安静下来,徐彤彤拿起小李送来的湿毛巾擦脸,擦过的面孔立刻在灯下反射出熠熠的光,年轻的皮肤真好。我表示了赞叹,她站起走到镜子跟前:"是吗?可惜不能让你看我十六岁的时候,我那时的皮肤比现在好十倍!"不用看也想象得出,谁不是打十六岁时过来的？……徐彤彤在我身边坐下，悄悄拉过我的手放在了她细瓷般光洁的面颊上，久久地，一动不动。干什么？想让这打字的手给她点运气？这小姑娘显然已把她全部精神情感心思都凝聚到了一个地方，那地方是她心中最辉煌灿烂的圣殿，她一心一意，急急忙忙，竭尽全力朝着它走，承受着一个又一个无情的打击，忽略了一个又一个温柔的挽留。那遥远的地方实在是太美好、太美好了，它支撑着她的精神，占据了她心灵空间的全部。

这样不行。

我对她讲，这样不行，以切身的体会讲。她苦恼地摇头。她说除了实现她的理想，什么事也不会有真正的欢乐，包括爱情。否则便是欺骗，欺骗自己，也欺骗对方，在困难的时候孤独的时候她也渴望过爱情的慰藉，结果导致的却是对爱情更深更高的苛求……

我看到了很久以前的我，那时的我像海岛春天的黎明一样清新、透明、生气勃勃。我要改行去护训队学习了，同志们去码头送我。风很暖，带着新鲜的海的气息，蓝晶晶的天空明亮柔和。他也来了，站在人群中，一声不响；我走过去，心情愉快地同他开玩笑："有病去医院找我啊我一定给你多打几针！"他笑笑，一声不响。……登陆艇起航的汽笛响了，他突然伸出了他的右手，说："再见。"我们从来没有握过手，关系亲密的人常常如此，也许，告别时应当例外？我握住了那只手。那只手的手心很湿，湿得像是刚刚洗过。于是我想：噢，他是汗手。好多年之后我才明白，那不是由于汗手。那时的我目光是过于集中了，集中到对其余的一切视而不见。现在如果让我回过头去重走，我想我会知道怎样使我的未来少一些后悔，多一些完美，可惜，许多人生经验的获得就意味着它的已经作废。

但，能不能让它还有一点儿用处呢——哪怕是对别人？

我又开始对徐彤彤讲，很耐心地，怀着忧郁的热切。

徐彤彤很耐心地听，听完了，慢慢地说：

"也许，到我三十岁的时候，连小李这样条件的丈夫都没有了；也许，我会后悔。可是，现在，在一个人二十岁的时候，你怎么可能要她按照三十岁、四十岁的想法去走？……"

那一刻我豁然开朗，明白了我对过去的一切无从后悔，无须后悔。

……

我在公园的湖边、树下、林中走，姜士安走在我的身边，当然我们不可能像小青年那样手拉着手，中年人了，手拉手出现在公共场合里不免肉麻、做作，更何况他还穿着军装。逛公园应穿便服，可是我想象不出他穿便服的样子，没见过，所以他只能穿军装了。但是我们离得很近，尽可能地近了，近到我时时会感觉到他的肩章的触碰，嗅得到他身上干干净净的气息……

晚上回到家时已经快九点了，我洗澡，上床，看书。十点钟，电话铃响了，军线电话，轻柔的铃声赛得过最好听的音乐，我拿起了话筒。是他。低低的嗓音由下微微上扬，带着点笑意。

"喂。……休息了吗？"

"还没有。"

"看书哪？"

"对。"

"今天工作顺利吗？"

"今天好了，比昨天好多了。"

"听到你顺利比我顺利还让我高兴……"

"我也是。"

……

十分钟后,我们放下电话,他要回家了,我要睡了,明天早晨八点,天各一方的我们将同时准时开始工作。

图书在版编目（CIP）数据

大校的女儿（珍藏版）/ 王海鸰著. -- 北京：作家出版社，2024.8
ISBN 978-7-5212-1930-2

Ⅰ.①大… Ⅱ.①王… Ⅲ.①长篇小说 - 中国 - 当代 Ⅳ.①I247.5

中国版本图书馆CIP数据核字（2022）第102054号

大校的女儿（珍藏版）

作　　者：	王海鸰
出版统筹策划：	汉　睿
装帧设计：	天行云翼·宋晓亮
责任编辑：	李　娜
出版发行：	作家出版社有限公司
社　　址：	北京农展馆南里10号　　邮　编：100125
电话传真：	86-10-65067186（发行中心及邮购部）
	86-10-65004079（总编室）
E-mail:	zuojia@zuojia.net.cn
http://www.zuojiachubanshe.com	
印　　刷：	中煤（北京）印务有限公司
成品尺寸：	142×210
字　　数：	332千
印　　张：	14.125
版　　次：	2024年8月第1版
印　　次：	2024年8月第1次印刷
ISBN　978-7-5212-1930-2	
定　　价：	68.00元（精）

作家版图书，版权所有，侵权必究。
作家版图书，印装错误可随时退换。